La légende du sang

Ont collaboré à l'ouvrage :
Édition : Catherine Cornu
Fabrication : Murielle Vaux, Michel Moulins
Recherche iconographique : Marie-France Naslednikov
Cartographie : Gilles Alkan, avec Philippe Boutet
Conception graphique : Rampazzo & Associés
Mise en pages : Daniel Leprince
Corrections : Colette Morel, François Thomas
Composition : Photocomposition Franc-comtoise, Dole
Photogravure : Bussière Arts graphiques, Paris

ISBN : 2-08-035152-4
Dépôt légal 1er tirage : octobre 1992

LA LÉGENDE DU SANG

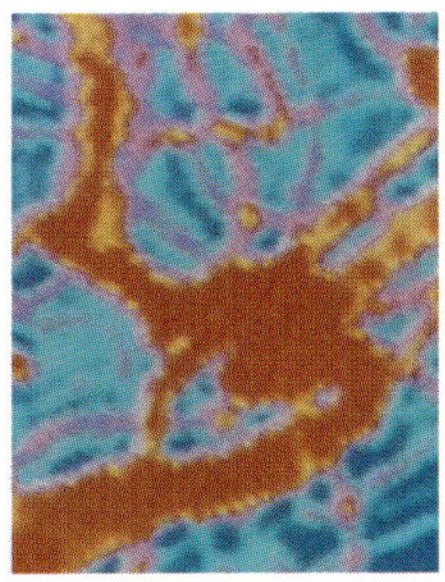

JEAN BERNARD
de l'Académie française

Flammarion

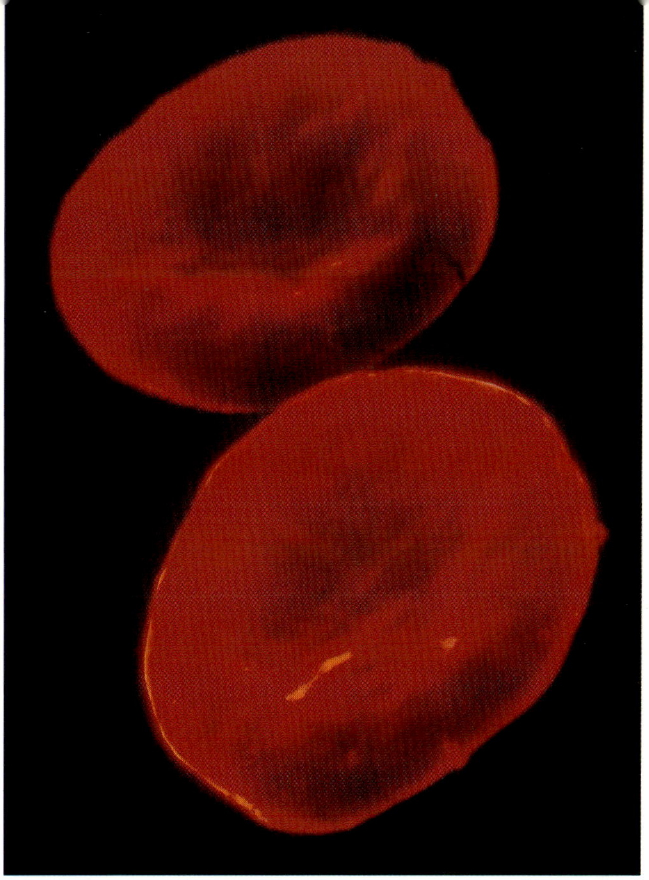

*N*os lointains aïeux savaient que le sang est nécessaire à la vie, que sa perte en grande quantité entraîne la mort. Sur les murs des grottes habitées par les hommes de la préhistoire se trouvent souvent des dessins, des images représentant des animaux blessés. La mort, parfois conséquence d'une hémorragie, est alors figurée par une tache rouge.
Grotte de Niaux, bison blessé.

*L*es hommes du passé avaient le même sang que nous. L'étude de la momie du tisserand égyptien Nakht, mort voici trente et un siècles, a permis d'isoler et d'étudier ses globules rouges. En forme de disques biconcaves, ils sont pareils aux nôtres.

INTRODUCTION

Nakht, tisserand égyptien, vivait au temps de la XVe dynastie, en l'an 1150 avant notre ère. Une équipe canadienne, étudiant sa momie en 1974, fait trois constatations. Tout d'abord, elle reconnaît la cause de la mort du tisserand, une maladie parasitaire, la bilharziose, commune encore aujourd'hui dans le delta du Nil. On reproche parfois aux médecins leur retard dans l'établissement du diagnostic. Ici il a fallu attendre trente et un siècles. Puis l'équipe canadienne isole et photographie en microscopie électronique les globules rouges de Nakht avec la forme de disques biconcaves qu'ont aussi nos globules rouges. Et, enfin, elle montre que le tisserand appartenait au groupe sanguin B.

DE CORIOLAN À ANTONIE VAN LEEUWENHOEK

Dans *Coriolan* (acte I, scène I) on lit ceci : « Je renvoie tout par les rivières du sang jusqu'au palais du cœur, jusqu'au trône de la raison et grâce aux conduits sinueux du corps humain, les nerfs les plus forts et les simples veines reçoivent de moi ce simple nécessaire qui les fait vivre. » *Coriolan* est joué pour la première fois en 1607. La découverte de la circulation sanguine par Harvey est annoncée en 1628. Il semble bien que le poète ait précédé le savant.

Les Philosophical Transactions, organe de la Royal Society, publient en septembre 1674 une importante lettre d'Antonie Van Leeuwenhoek, datée du 1er juin. Antonie Van Leeuwenhoek, commis drapier à Delft, aux Pays-Bas, a fabriqué lui-même son microscope. Il a examiné avec ce microscope son propre sang. Il a, le premier, découvert et décrit les globules rouges de l'homme. Non seulement il les décrit, mais il les mesure.

« *Le sang,* écrit-il, *est composé de particules extrêmement petites, appelées globules, qui, pour la plupart des animaux, sont de couleur rouge et baignent dans un liquide nommé par les médecins sérum. Les globules rouges sont si petits que cent d'entre eux, placés côte à côte, atteignent à peine le diamètre d'un grain de sable commun. En conséquence, le volume d'un globule rouge représente la millionième partie du volume d'un grain de sable.* »

« *J'ai observé le sang de ma main,* écrit encore Van Leeuwenhoek, *et j'ai trouvé qu'il consiste en globules rouges nageant dans un liquide clair.* »

Compte tenu du volume d'un grain de sable moyen les dimensions du globule rouge mesurées aujourd'hui sont celles qu'avait annoncées Van Leeuwenhoek.

DE L'ÉVOLUTION DES LÉGENDES

Le mot légende, nous apprend le dictionnaire, entre dans la langue française en 1220. Sa définition va s'enrichir et se diversifier au cours des cinq siècles suivants. La première et la dernière définition nous conviennent très bien. La première, « ce qui doit être lu », forme du latin *legere,* peut être courtoisement rappelée à nos lecteurs. La deuxième, « texte qui accompagne une image et lui donne un sens », pourrait aussi bien être acceptée que retournée. En effet, ce sont souvent les images qui donnent un sens au texte.

Dans le domaine qui est ici le nôtre, les définitions successives évoquent les grandes étapes, les grands courants que nous rencontrerons. Courants religieux d'abord. Récit de la vie de saints dit le dictionnaire. Ici, rappel de la place du sang dans les grandes religions. Récits populaires ensuite, « récit populaire traditionnel plus ou moins fabuleux qui a souvent un fondement historique », ou, comme l'écrit Michelet, « représentation de faits ou de personnages réels accrédités dans l'opinion mais déformés ou amplifiés par l'imagination, la partialité ».

Le sang est tout à la fois motif de descriptions précises et motif de déviations, d'erreurs, de mythes émouvants et absurdes.

Dernière définition. Épopée. Les biologistes sont des personnes modestes. Plus exactement ils ne sont pas vaniteux. Ils connaissent à la fois l'orgueil et l'humilité, et n'auraient pas osé proposer cette épopée, mais puisque le dictionnaire nous l'offre, il est permis de noter qu'il convient assez bien, dans le passé aux grands mouvements des poètes, dans le présent à l'admirable explosion de découvertes dont le sang est l'objet, avec une nouvelle définition de l'homme, une nouvelle définition des maladies, la guérison des maladies longtemps incurables, de nouvelles méthodes offertes aux historiens, aux géographes, le renouvellement des grandes questions posées aux moralistes.

Deux héros : le sang et l'homme

Le sang tout à la fois définit l'homme et le défend. Le sang est à la fois essence et existence. « *Pure and eloquent blood* », disait déjà le poète anglais John Donne. Ici les deux héros sont le sang et l'homme. L'étude de leur relation fournit à ce livre son objet.

Sur l'un des murs de la grotte d'Altamira, en Espagne, un de nos lointains aïeux, un Aurignacien des temps paléolithiques, a dessiné un animal, un mammouth ou un bison, qui meurt d'hémorragie. Une large tache rouge figure le sang épanché. L'homme comprend (et pour la première fois nous en avons la démonstration) que le sang est nécessaire à la vie, que la perte de sang entraîne la mort. Tel est le début fort lointain de la science du sang, l'hématologie.

Dans la longue histoire des relations entre l'homme et le sang, trois périodes peuvent être distinguées.

La première période est magique, religieuse, philosophique. Les religions orientent leurs réflexions, leurs affirmations, leurs symboles autour du sang. Aussi bien les religions primitives, avec les sacrifices sanglants, que les religions plus évoluées exaltant le sang que reçoit le prêtre. C'est pendant cette période que naît et se développe le mythe du sang. Le sang est la vie. Il est symbole de pureté, ou parfois d'impureté, les mythes étant souvent contradictoires. Le sang exprime la force, le courage. Les héros mêlent leur sang. Il est le témoin de la transmission héréditaire des vertus. Les héros refusent de mêler leur sang, par des mariages imprudents, au sang de filles inférieures.

Quant à la médecine, pendant quatorze cents ans, elle est dominée par le concept des quatre humeurs : le sang, le phlegme, la bile noire, la bile jaune. Les médecins ne savent pas que le sang circule ; ils penseront longtemps, avec Galien, que les veines contiennent un sang liquide, que les artères renferment surtout des vapeurs et de l'air.

La deuxième période est médicale. Elle est parcourue par quatre courants – anatomique, physiologique, embryologique, technique –, qui tantôt se succèdent, tantôt évoluent sur des voies parallèles, tantôt se mêlent.

Nous l'avons vu, Antonie Van Leeuwenhoek découvre les globules rouges au XVIIe siècle et William Hewson les globules blancs à Londres au siècle suivant. Fils d'un apothicaire du Northumberland, Hewson a le mérite de voir les globules blancs qui, peu nombreux et incolores, étaient d'abord passés inaperçus. Il meurt à trente-cinq ans des suites d'une piqûre anatomique. Il faudra attendre 1840 pour qu'Alfred Donné, médecin de l'Hôtel-Dieu de

Paris, découvre et décrive le troisième élément du sang, la plaquette sanguine.
Les descriptions anatomiques sont, pour une large part, fonction des progrès techniques.
Le microscope que Van Leeuwenhoek avait fabriqué est ultérieurement dédaigné. Au XVIIIe siècle, il sert surtout à amuser les marquises. Un peu plus tard, Goethe écrira que le microscope et le téléscope troublent et rendent confus le jugement de l'homme. Dans la seconde moitié du XIXe siècle et au début du XXe, surviennent trois progrès importants : l'amélioration des méthodes optiques permet la fabrication de microscopes efficaces ; des techniques pour mesurer les globules du sang et les compter sont mises au point. Paul Ehrlich, inventant de nouveaux procédés de coloration des globules, reconnaît les diverses variétés de globules et identifie leur noyau, leur cytoplasme. Tous les classements qui inspirent les définitions actuelles sont conséquences des méthodes de coloration inventées par Ehrlich
Le courant physiologique commence glorieusement avec la découverte de la circulation sanguine entrevue par Shakespeare, affirmée par Harvey. Il s'épuise ensuite et resurgit au XIXe siècle avec les travaux de Claude Bernard et le concept de milieu intérieur qui concerne avant tout le sang. Les fonctions des divers éléments du sang sont définies : les globules rouges sont les transporteurs d'oxygène ; les globules blancs nous défendent contre les agressions extérieures et, avant tout, contre les infections ; les plaquettes gouvernent l'équilibre de la fluidité du sang.
On a longtemps ignoré l'origine de ces globules, dont on décrit les formes, dont on commence à comprendre les fonctions. On pensait que tout se passait dans le sang, qu'ils naissaient les uns des autres, par exemple que les globules rouges étaient formés par les plaquettes. Le rôle de la moelle osseuse-usine, formant la plupart des globules du sang, est affirmé par Neumann, à Königsberg, à la fin du XIXe siècle. Toute une série de recherches a alors pour objet la fabrication du sang, l'hématopoïèse. Le rôle majeur de la moelle osseuse est confirmé. Les fonctions moins importantes de la rate, des ganglions lymphatiques sont reconnues.
Mais, en dépit de ces remarquables progrès, les études consacrées au sang restent peu nombreuses et ne retiennent guère l'attention. Lorsqu'en 1929, j'entre en hématologie, lorsqu'un peu plus tard commencent mes premières recherches cliniques et expérimentales, la discipline est peu considérée. Elle reste cantonnée à des laboratoires, souvent de second plan, à des querelles de nomenclature. Cette situation médiocre, étriquée, va persister pendant plus de trente ans.
La première révolution de la médecine, la révolution thérapeutique, qui commence en 1937 avec les sulfamides et se poursuit avec les antibiotiques, les hormones, cette révolution ne concerne pas le sang et ses maladies.
Tout va changer pendant la troisième période. De nouvelles techniques apparaissent. Le microscope électronique grossit un million de fois, ce qui veut dire qu'un mètre est agrandi à la distance de Paris à Nice. La microcinématographie accélérée en contraste de phase permet de voir les mouvements des cellules, de leurs éléments, permet de voir la vie. De nombreuses maladies guérissent, qui longtemps non seulement étaient fatales, mais étaient tenues

pour à tout jamais irrémédiables, comme l'anémie pernicieuse, la maladie de Hodgkin et, dans les deux tiers des cas, la leucémie aiguë des petits enfants. Bien plus, les méthodes, les progrès de l'hématologie, de l'étude du sang, vont avoir valeur de modèles pour d'autres domaines de la médecine. Les leucémies sont devenues les maladies pilotes de la cancérologie. De nombreux cancers sont aujourd'hui traités par des méthodes mises au point pour les leucémies. L'étude de la plus petite des cellules du sang, la plaquette qui gouverne l'un des plus importants équilibres de la vie, celui de la fluidité du sang, donne de grands espoirs pour la prévention et le traitement des obstructions vasculaires, des thromboses.

Ce ne sont pas seulement les questions thérapeutiques, ce sont les concepts fondamentaux de la médecine que l'hématologie remet en question, transforme heureusement, tel le concept de pathologie moléculaire inspiré par les études dont l'hémoglobine est l'objet, telles la prévention, la prédiction des maladies qui vont dominer toute la médecine du XXIe siècle.

C'est même, au-delà de la médecine, toute la biologie qui est concernée. La découverte de nouveaux groupes sanguins du système HLA apporte une nouvelle définition de l'homme.

La relation entre le sang et l'homme s'est développée pendant une première période loin de la médecine. Par un remarquable retour, cette relation se poursuit aujourd'hui hors de la médecine. L'étude du sang apporte aux géographes, aux historiens, de nouvelles méthodes, de nouvelles données objectives. De nouvelles disciplines apparaissent, l'hématologie géographique, le sang et l'histoire. Toutes ces données médicales, biologiques, sociologiques, historiques, géographiques suscitent les réflexions des moralistes, inspirent les grands courants de l'éthique de la vie, discipline toute neuve qui se nourrit largement des progrès de l'hématologie et des questions ainsi posées.

Questions très variées, fondamentales, qui vont du racisme au commerce du corps humain, des greffes de moelle osseuse au génie génétique. Avec de fréquentes tensions entre l'intérêt de l'individu et l'intérêt de la collectivité.

Du « Blood Cells Club » à l'Institut du sang

Cet important centre de recherches hématologiques est installé dans un domaine universitaire en pleine campagne. Loin de là, au centre de la ville, dans une des ailes d'un palais de la découverte, un musée expose les documents, les images décrivant, pour le sang et ses maladies, les diverses étapes des progrès de la connaissance. Ailleurs, dans le bureau de l'un d'entre eux, quelques hommes de sciences ont coutume de se retrouver régulièrement. Ils viennent de pays variés, appartiennent à des disciplines différentes, de la biologie à la clinique, de la physique à la chimie, aux mathématiques, à la géographie. Ils sont unis par l'objet de leur réflexion qui est le sang, par le même désir de mieux comprendre l'évolution des recherches, leurs conséquences. Leur groupe s'appelle tantôt, lorsque l'on cède à l'anglophilie, « Blood Cells Club », tantôt le Rouge et le Blanc, par référence aux globules de ce sang qu'ils étudient. Théologiens, philosophes, démographes, économistes viennent parfois se joindre à eux. Ces trois structures sont habituellement séparées. On peut imaginer leur réunion et la création d'un grand Institut assemblant Centre de recherches hématologiques, musée de la Découverte, groupe de réflexion, du type le Rouge et le Blanc. Non pas juxtaposition mais coopération intime dans chacun des domaines de la science du sang.

Je voudrais vous inviter à visiter cet Institut. Les équipes qui y travaillent se sont fixé quatre objectifs : une analyse attentive des recherches du passé dont les motifs, les chemins, les erreurs peuvent éclairer les recherches du présent et du futur ; une relation précise des recherches actuelles, des voies ouvertes, des espoirs permis ; un examen des conséquences de ces recherches hématologiques pour la médecine, pour la biologie, pour la géographie, pour l'histoire, pour les sociétés humaines, pour l'homme ; une confrontation entre biologistes et poètes, entre les médecins du sang et les poètes qui, si souvent, ont pris le sang pour thème.

Cette confrontation a parfois été négligée. Des écrivains, des chercheurs ont consacré d'importantes études au mythe du sang, ils ont exalté le sang irréel et ont oublié le sang réel. En fait, ébauchée par Shakespeare au début du XVIIe siècle, cette confrontation se poursuit. Elle inspire les travaux de l'Institut que nous visitons. Elle est l'objet essentiel de ce livre.

Ces sources sont très variées, les modes de réflexion, les rêves sont très divers. Le thème final est le même : l'unité du sang.

Ainsi se construit, sous sa forme moderne, la légende du sang.

Dans cet Institut, à chaque domaine de la recherche, de la méditation, un étage est réservé. Le rez-de-chaussée est tout naturellement consacré aux définitions : définition des éléments du sang dans un premier département ; groupes sanguins et définition de l'homme dans le département voisin. Le premier étage assemble les informations, les recherches concernant les maladies, la pathologie sanguine. Histoire et géographie du sang, telle pourrait être l'inscription placée à l'entrée du deuxième étage. Au troisième étage, se trouvent deux départements fort différents. Dans l'un sont étudiées les relations entre éthique et hématologie ; dans l'autre, les différentes formes de l'hématologie symbolique. Tout en haut, au dernier étage, le visiteur trouvera dans la bibliothèque les ouvrages consacrés au sang. Et aussi des salles permettant les confrontations entre hématologues et poètes, entre des hommes souvent très différents dont les réflexions ont eu le sang pour motif.

Première partie

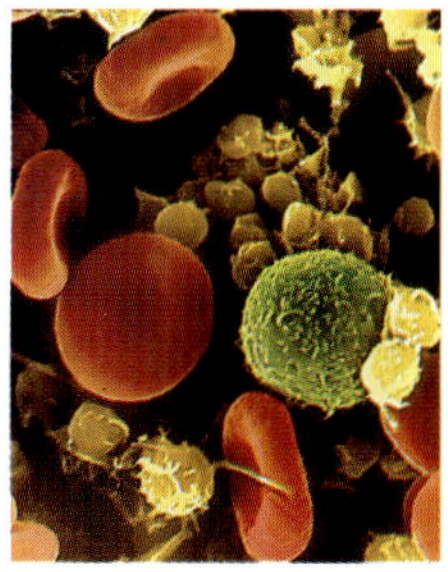

L'homme sain, l'homme malade

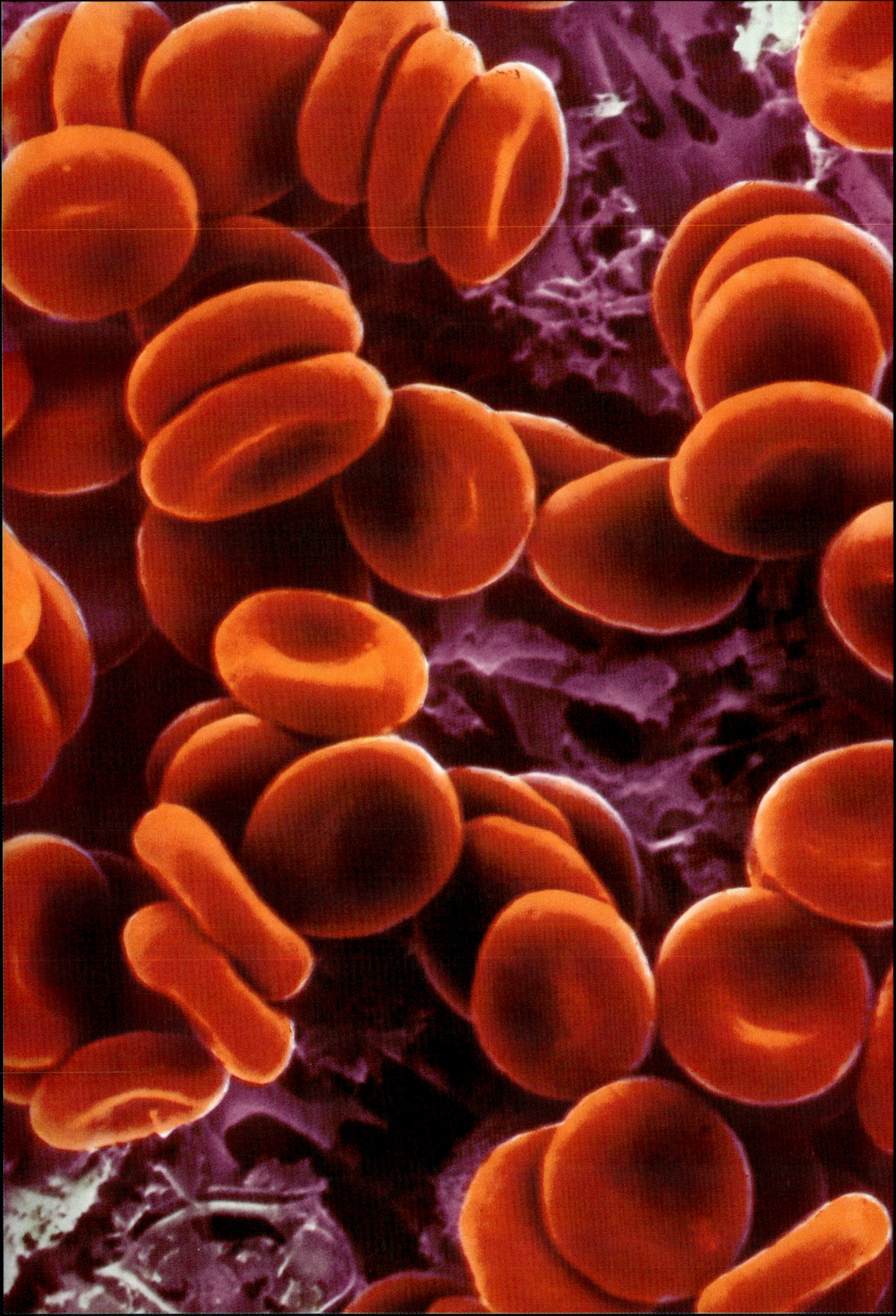

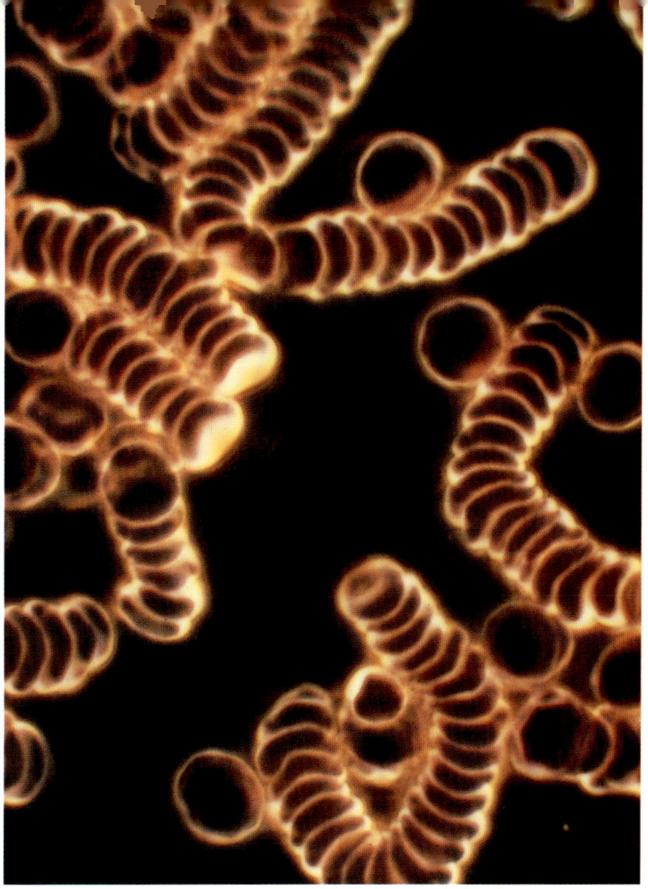

*L*es globules rouges de l'homme ont été vus au microscope pour la première fois au XVIIe siècle par le drapier hollandais Van Leeuwenhoek. Grâce aux puissants microscopes modernes, nous connaissons bien aujourd'hui leur forme de disques biconcaves légèrement déprimés en leur milieu. Tel est leur aspect sur les lames de verre où est étalée et colorée la goutte de sang après avoir été prélevée au doigt ou dans une veine du bras.

*D*ans le sang circulant, l'aspect des globules rouges, vivants est différent. Ces globules se placent les uns sur les autres en des piles qui ressemblent aux piles de pièces d'un avare. C'est sous cette forme qu'ils vont circuler dans les vaisseaux et porter l'oxygène aux divers tissus.

DÉFINITIONS

Dans le hall d'entrée de l'Institut, un grand tableau rappelle au visiteur l'histoire des définitions du sang. Ce grand tableau est divisé en quatre colonnes.

La première est blanche. Point de définition pendant des milliers d'années. Faute d'instruments optiques convenables, les globules du sang sont ignorés.

La deuxième colonne est anatomique, avec les descriptions successives des diverses variétés de globules du sang. Mais les fonctions des divers globules du sang sont longtemps mal connues ou l'objet d'interprétations erronées.

La troisième colonne est physiologique et embryologique. Les travaux poursuivis depuis la fin du

XIXe siècle et poursuivis tout au long du XXe reconnaissent d'une part les fonctions des divers éléments du sang, et d'autre part les différentes étapes de leur formation. Chaque globule est ainsi triplement défini, par son origine, par son anatomie, par sa physiologie. Les progrès des techniques rendent plus précises les définitions. Techniques quantitatives permettant des numérations exactes, techniques qualitatives permettant le classement des diverses formes cellulaires. La quatrième colonne est écologique, c'est-à-dire qu'elle est consacrée à l'écologie cellulaire, aux relations qu'ont les globules du sang entre eux et avec le milieu où ils vivent. Cette colonne, qui sera celle du XXIe siècle, est encore presque vide, mais commence à se remplir avec les progrès des recherches concernant les messagers cellulaires, les interleukines.
Ainsi le visiteur va, dans les différentes chambres de cet étage de l'Institut, apprendre les définitions de notre temps, celles de cette fin du XXe siècle.

Le sol des palais des empereurs de Byzance est recouvert de très belles mosaïques faites de pavés différents, juxtaposés. C'est à de telles mosaïques qu'a été comparée la surface de nos globules rouges où sont assemblés les groupes sanguins. Ces « pavés », ou plus exactement ces molécules, définissent les divers systèmes de groupes sanguins, groupes du système ABO, du système Rhésus, des systèmes MNP, etc. En revanche, c'est avant tout sur la surface des globules blancs et de différentes cellules de nos tissus que l'on trouve les groupes du système HLA, autre système de groupe sanguin dont nous verrons toute l'importance.

Les pavés de la mosaïque

Les tissus de nos organes, le foie, le poumon, le cerveau, sont fixes. Le sang est un tissu liquide, circulant. Il comprend deux parties : les globules, qui sont de trois sortes – globules rouges, globules blancs et plaquettes –, et le plasma.

Les globules rouges sont colorés par l'hémoglobine qu'ils transportent. Ils ont la forme de disques biconcaves dont le grand diamètre mesure sept à huit millièmes de millimètre. Ils n'ont pas de noyau. Leur membrane porte, accolés comme les pavés d'une mosaïque, les facteurs de groupes sanguins, ABO, Rhésus, etc. Leur protoplasme contient donc de l'hémoglobine. C'est comme vecteur de l'hémoglobine que le globule rouge assume sa fonction essentielle qui est de transporter l'oxygène. Le globule rouge est avant tout un organe respiratoire. On compte à l'état normal quatre à cinq millions de globules rouges par millimètre cube de sang, soit, pour les cinq litres de sang que contient notre corps, 2,3 litres de globules rouges.

Les globules blancs sont presque mille fois moins nombreux que les globules rouges. On compte quatre mille à huit mille globules blancs par millimètre cube de sang, soit, pour l'ensemble du sang, deux cuillerées à soupe. Les globules blancs, qui ont été décrits par William Hewson, cent ans après Antonie Van Leeuwenhoek, sont de vraies cellules, des cellules complètes avec membrane, protoplasme, noyau.

La membrane porte une mosaïque particulière, celle que forment les groupes sanguins, les groupes tissulaires essentiels dits HLA, groupes d'importance plus générale que les groupes ABO, Rhésus, limités aux globules rouges. Les groupes HLA (nous y reviendrons) définissent chaque être humain.

Le protoplasme contient des ferments, des enzymes responsables de certaines fonctions des globules blancs, et aussi des grains (des granulations) qui, selon qu'ils prennent les colorants, acides basiques, ou ne prennent pas ces colorants, sont dits acidophiles (ou éosinophiles), basophiles ou neutrophiles.

Le noyau tantôt est formé de plusieurs lobes et paraît multiple, tantôt est unique, formé d'un seul lobe. La forme du noyau, la qualité des grains contenus dans le protoplasme permettent un premier classement des globules blancs.

La première classe, la plus nombreuse (55 à 60 %) assemble les globules blancs dont le noyau est formé de plusieurs lobes. Ce sont les polynucléaires qui, selon la nature des grains de leur protoplasme, sont dits polynucléaires neutrophiles, polynucléaires acidophiles ou éosinophiles, polynucléaires basophiles.

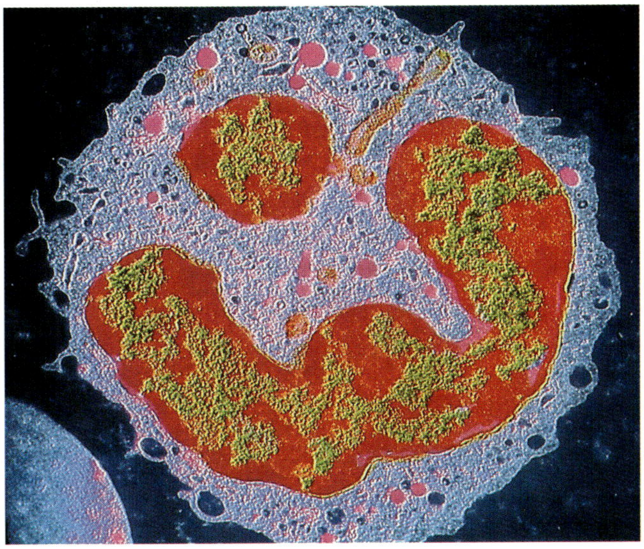

Les polynucléaires représentent 55 à 60 % de l'ensemble des globules blancs. Comme la quasi-totalité des cellules de l'organisme, le polynucléaire est composé d'un seul noyau, d'un protoplasme et d'une membrane. Mais le noyau, comme le montre la photo, est fait de plusieurs lobes, dont l'un peut parfois se détacher du noyau. Dans le protoplasme se trouvent des granulations qui tantôt prennent les colorants acides, tantôt prennent les colorants basiques, tantôt ne prennent ni les uns, ni les autres. Les polynucléaires les plus importants sont les neutrophiles.

Les polynucléaires neutrophiles sont de loin les plus nombreux.

La deuxième classe (40 à 45 %) assemble les globules blancs à noyau unique, appelés mononucléaires. Les globules blancs mononucléaires, les plus importants par leur nombre, par leurs fonctions, sont les lymphocytes.

Les globules blancs sont les défenseurs de l'identité, de l'intégrité de l'individu. Ils protègent le soi contre le non-soi. Ils combattent les microbes, les poisons, et jouent un rôle capital dans la bataille menée contre les infections, les intoxications. Ils combattent les cellules étrangères et s'opposent aux greffes, à la prise des greffes. De même qu'une armée utilise des fantassins, des artilleurs, des espions, des hommes chargés de la propagande, les globules blancs, pour assumer leurs fonctions de défense, ont recours à des méthodes variées. Tel détruit l'agresseur en le dévorant. Tel autre en le fusillant à distance par les anticorps qu'il fabrique. Tel autre encore en le poignardant. D'autres lymphocytes plus subtils découragent l'agresseur par les médisances, les calomnies chuchotées, en langage moléculaire, de cellule en cellule.

Vedettes récentes, objet, depuis quelques années, d'importantes recherches, les interleukines sont des substances qui tout à la fois sont formées par le sang et forment le sang. Elles sont très diverses. On compte actuellement près d'une dizaine de variétés ou sous-variétés. Les interleukines, chacune spécifique, ont une triple importance. Elles gouvernent certaines relations des éléments du sang entre eux. Elles gouvernent certaines relations des éléments du sang avec les autres cellules, les autres tissus du corps humain. Elles sont pour une part responsables de la défense de l'organisme tout entier contre les agressions extérieures.

Les globules rouges, les globules blancs sont connus de tous, appartiennent au langage commun. Le troisième élément du sang, la plaquette sanguine, est souvent ignorée. Sa taille est très petite,

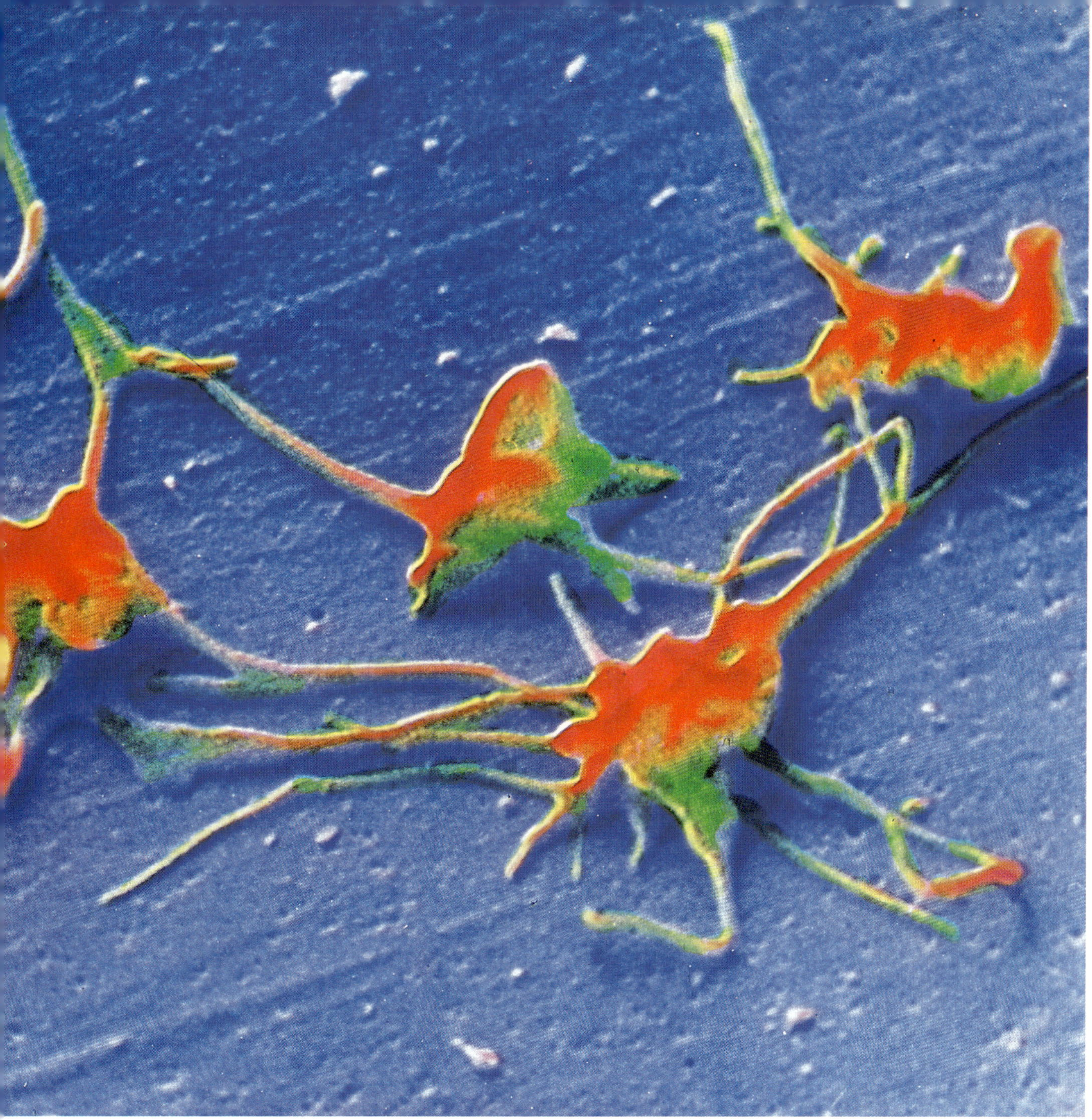

deux à trois millièmes de millimètre, alors que la taille des globules blancs varie de sept à vingt millièmes de millimètre. Ainsi les premiers microscopes ne permettaient pas de les voir. La première description des plaquettes est due à Alfred Donné, médecin de l'Hôtel-Dieu de Paris, vers 1840. Alfred Donné, qui avait une très haute opinion de lui-même, décida de se nommer lui-même professeur, ce qui est assu-

*L*es plaquettes dans le sang circulant sont des éléments ronds de très petite taille. Lorsqu'elles sont étalées sur les lames de verre ou lorsqu'elles sont activées, elles se ramifient en prolongements irréguliers dans diverses directions. Cette remarquable plasticité est très probablement utilisée par les plaquettes adhérant à la paroi des vaisseaux pour empêcher une hémorragie.

rément, pour accéder à une chaire, la méthode la plus sûre. Il justifiera cette décision par trois grandes découvertes : la première description des plaquettes sanguines, la première description des leucémies, les premières photographies au microscope. L'Université ratifiera ensuite son choix personnel en le nommant réellement professeur.

Les plaquettes ont longtemps été méconnues. Doublement méconnues. Elles ont tour à tour été ignorées puis méprisées. En fait ces tout petits éléments, qui n'ont pas de noyau, ont une grande importance. Entre tous les équilibres nécessaires à la vie, l'un des plus remarquables est celui qui s'établit dans le sang entre l'excès de fluidité avec danger d'hémorragie et l'insuffisance de fluidité avec danger de thrombose, c'est-à-dire d'obstruction des vaisseaux. Les plaquettes sont pour une très large part responsables de cet équilibre. Les altérations du nombre des fonctions des plaquettes ont de redoutables conséquences, soit du côté des hémorragies, soit du côté des thromboses. On compte à l'état normal 150 000 à 400 000 plaquettes par millimètre cube de sang, soit pour l'ensemble du sang circulant deux cuillerées à café.

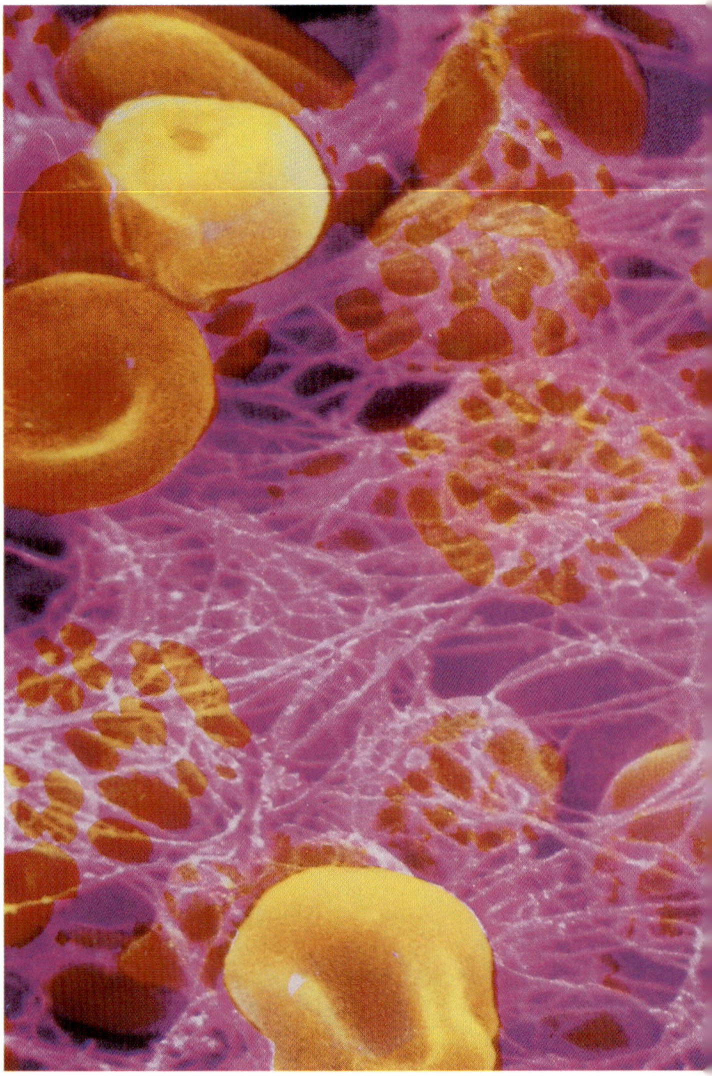

Le sang circule dans les vaisseaux. Il cesse de circuler et coagule dans deux conditions : à l'état normal dès qu'il sort des vaisseaux, après une coupure ou une piqûre ; au cours de certaines maladies lorsque se forme dans les vaisseaux une obstruction ou thrombose. La formation du caillot, c'est-à-dire la coagulation, est la transformation du fibrinogène soluble, qui circule, en fibrine non soluble, qui ne circule pas. Le réseau de fibrine, comme le montre la figure, entoure, emprisonne les globules rouges.

Le plasma, sang liquide, véhicule, outre les globules, de nombreuses substances chimiques : l'urée, le sucre, le cholestérol, le calcium, le fibrinogène, diverses albumines appelées protéines du sérum.

Le fibrinogène pour la coagulation du sang, les protéines pour de nombreuses fonctions de défense et de transports ont une très grande importance. La coagulation du sang est la transformation du fibrinogène soluble en fibrine insoluble. De nombreuses

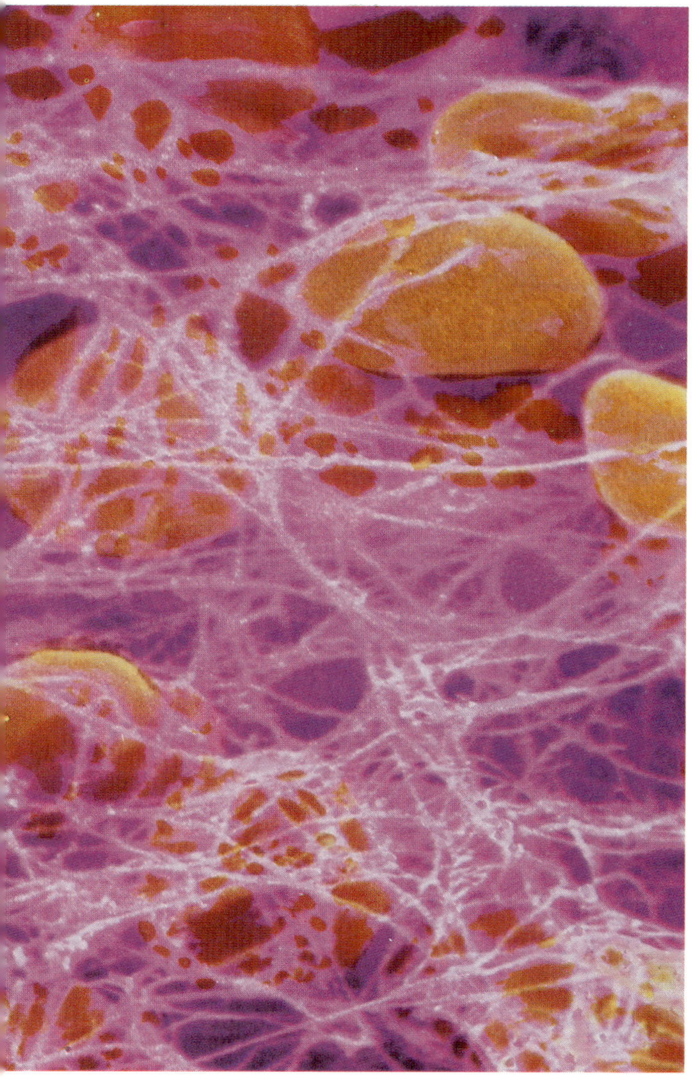

substances, appelées facteurs de coagulation et que transporte le sang, gouvernent, activent, entravent cette transformation. Les protéines du sérum sont de deux sortes, l'albumine et les globulines souvent appelées immuno-globulines en raison des fonctions de défense qu'elles assument. Elles sont fabriquées par les lymphocytes. Elles sont diverses et spécialisées, chacune assumant une fonction particulière, tel type de défense ou encore tel transport d'un minéral comme le fer ou le calcium.

VIE ET MORT DES GLOBULES

Comme toutes les cellules du corps humain, les globules du sang sont formés, accomplissent leurs fonctions, puis sont détruits. Certains organes, comme la moelle osseuse, la rate et les ganglions, forment les globules du sang. La rate, les ganglions forment certains lymphocytes.

La moelle osseuse est l'usine la plus importante. La fonction de la « substantifique » moelle a cependant été longtemps méconnue. Seuls peut-être Aggripa d'Aubigné et Shakespeare avaient pressenti cette relation existant entre la moelle osseuse et le sang. Ainsi Aggripa d'Aubigné écrivait :

« Pour sucer le sang et les chiches moelles. »

Et l'on trouve sous la plume de Shakespeare :

« Thy bone is marrowless
Thy blood is cold. »
« Ton os est sans moelle
Ton sang est froid. »

*L*a moelle osseuse est l'usine qui fabrique la plupart des globules du sang. De même que, dans une usine, on voit des châssis, des moteurs, des voitures incomplètes et des voitures terminées, dans la moelle osseuse coexistent des cellules immatures appelées cellules souches, et des cellules qui se différencient, qui se spécialisent et se transforment en globules rouges, en globules blancs ou en plaquettes.

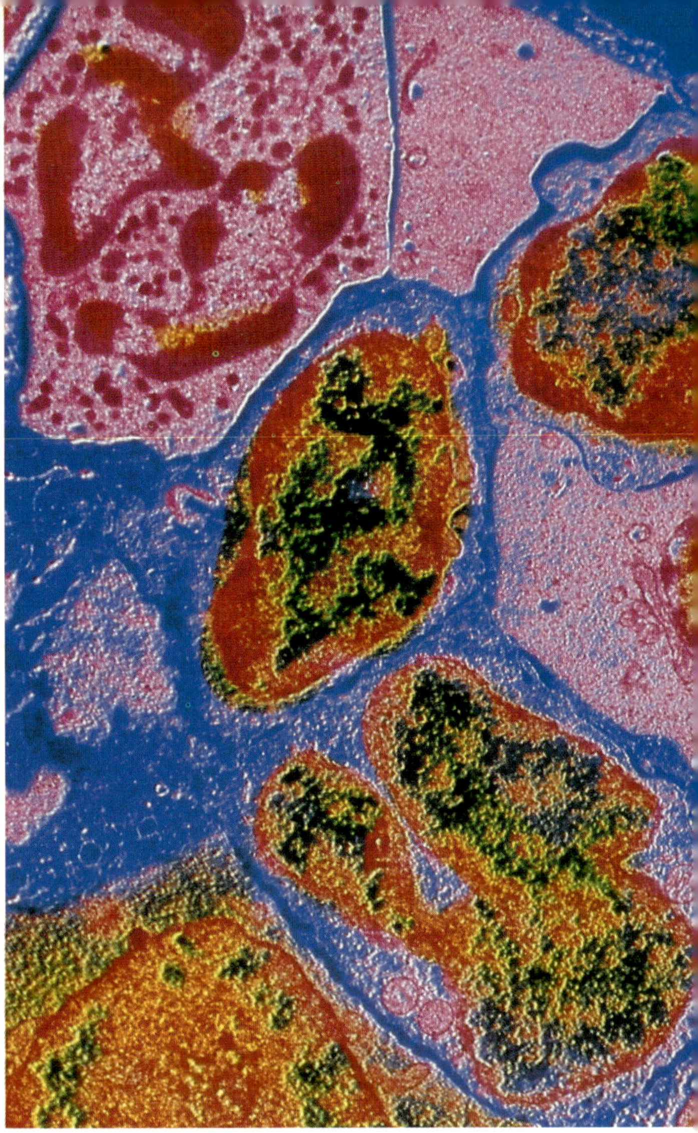

Le rôle de la moelle osseuse formant la plupart des globules du sang n'a été découvert que pendant la seconde moitié du XIXe siècle par Neumann. Neumann vivait à Königsberg et, comme Kant un siècle plus tôt, méditait en marchant dans les rues de sa ville.

La moelle osseuse forme les globules rouges, les plaquettes, les polynucléaires, certains lymphocytes. De même que dans une usine d'automobiles sont tour à tour fabriquées les diverses pièces du moteur, le châssis, la carrosserie, de même dans les organes qui constituent le sang la formation des globules se fait selon un ordre très précis. Cette formation, cette maturation se font pour chaque globule dans un temps défini, obéissant à une chronologie rigoureuse. Les divers éléments des globules, noyau, protoplasme, se développent synchroniquement dans une remarquable concordance des temps. Pendant la plus grande partie de cette période de fabrication, ces globules en cours de formation ne sont pas fonctionnels et ne sont pas capables d'exercer les fonctions qui seront les leurs. Cette formation des globules obéit à des régulations qui ne sont pas encore toutes connues, mais dont l'importance est très grande. Elles maintiennent un équilibre entre leurs diverses activités et, s'il y a anémie, fabriquent de façon accélérée des globules rouges par la moelle osseuse. Certaines hormones de la glande hypo-

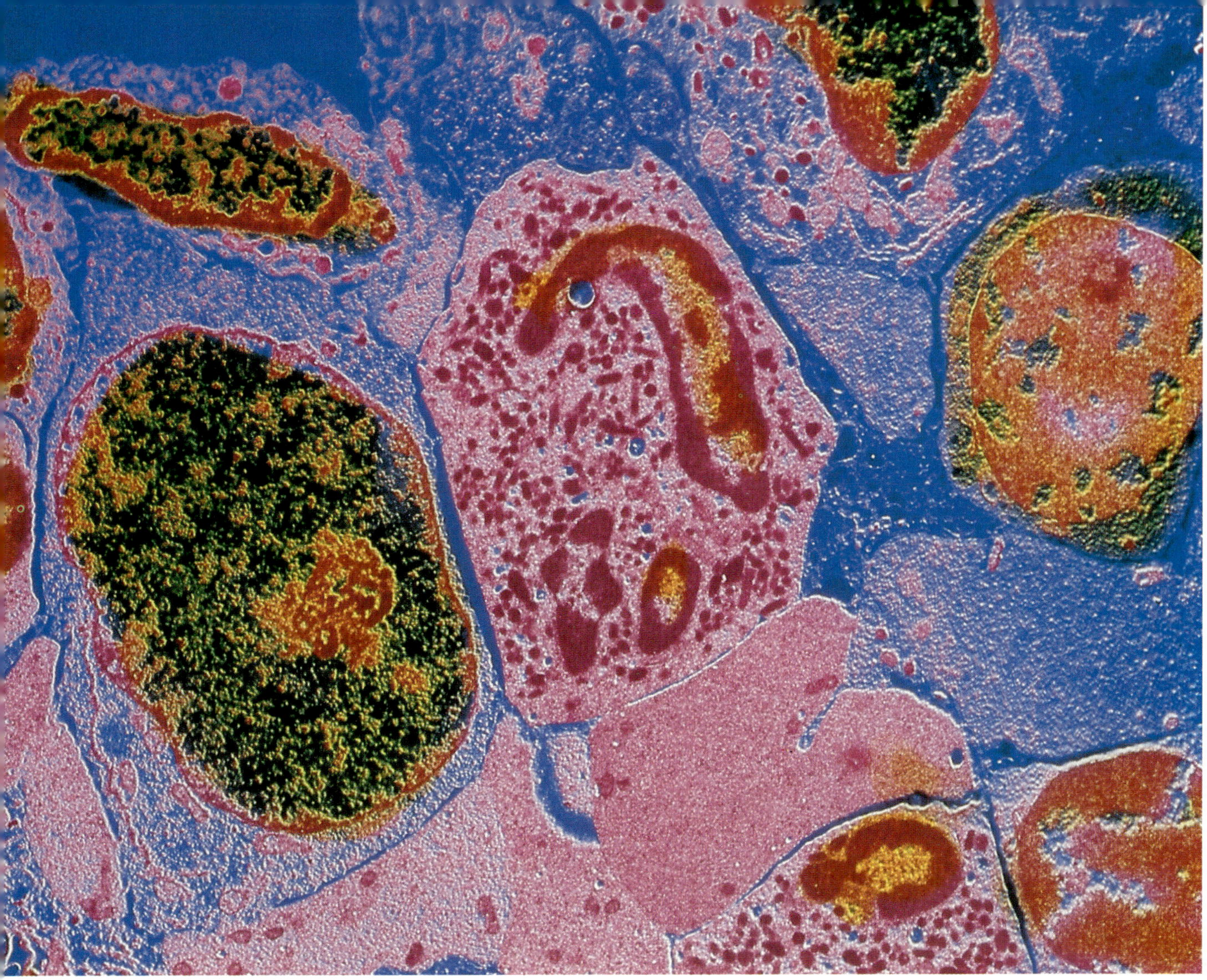

physe, certaines substances rénales interviennent dans la formation des globules rouges. Un grand courant de recherche a actuellement pour objet les facteurs de croissance, les facteurs qui gouvernent la formation, la maturation des globules du sang dans la moelle osseuse. Les conditions de la vie des globules ainsi formés, la durée de cette vie varient selon les globules considérés.

Les globules rouges et les plaquettes sont des globules exclusivement sanguins qui ne quittent pas les vaisseaux. Les globules blancs sont beaucoup plus largement répandus dans l'organisme. Les uns restent dans le sang, les autres, beaucoup plus nombreux, vont, hors des vaisseaux, accomplir leurs fonctions dans les tissus. De remarquables techniques utilisant les isotopes, véritables espions radioactifs, ont permis de connaître le destin des diverses formes de globules, de mesurer la durée de leur vie. Durée homogène pour les globules rouges et les plaquettes, longue pour les globules rouges (cent vingt jours), courte pour les plaquettes (sept jours). Durée hétérogène pour les globules blancs, différente selon la population considérée. La durée de vie des globules blancs polynucléaires est courte, très courte (un ou deux jours).

Comme des éphémères, ils naissent, remplissent leurs fonctions et meurent. Durée à la fois beaucoup plus longue et très variable pour les lymphocytes puisqu'elle va de quelques jours pour certaines variétés à plusieurs mois, voire plusieurs années pour d'autres.

Ordre et désordres

Chaque jour, une personne normale met en circulation environ 250 milliards de globules rouges, soit environ cinq cuillerées à café, 15 milliards de globules blancs, soit trois cuillerées à café, 500 milliards de plaquettes, soit un peu moins d'une cuillerée à café. Si l'on admet que le passage des globules mûrs dans la circulation est régulier, chaque seconde sont déversés dans le sang 2,5 millions de globules rouges, 120 000 globules blancs, 5 000 plaquettes.

De très grandes variations dans la composition du sang sont observées pendant les maladies. Ainsi pour les globules rouges le volume total, qui est d'environ 2,3 litres, peut varier de cinq litres dans les grandes polyglobulies à un quart de litre dans les grandes anémies. Pour les globules blancs, les variations, beaucoup plus amples, vont de un à cinq litres dans certaines leucémies à une goutte dans les grandes insuffisances de globules blancs, la quantité normale étant de l'ordre de deux cuillerées à soupe.

L'hématologie, une des toutes premières parmi les disciplines médicales, s'est construite sur des données numériques. Les variations du nombre des globules, de leur répartition, ont joué, jouent encore un grand rôle dans les réflexions, les jugements des médecins étudiant les maladies du sang. Et c'est tout naturellement que, de cette première rigueur, celle des nombres, l'hématologie est passée à la seconde rigueur, celle des molécules de la biologie moléculaire.

La circulation du sang a été ignorée par les médecins de l'Antiquité, comme par ceux du Moyen Age ou de la Renaissance. La petite circulation, celle qui s'établit entre le cœur et les poumons, et qui, pour cette raison, s'appelle aussi circulation pulmonaire, a été reconnue la première, d'abord par la médecine arabe, puis, au XVIe siècle, par Michel Servet à Genève. La circulation générale, ou grande circulation, que Shakespeare évoque déjà dans *Coriolan,* a été remarquablement décrite par William Harvey au XVIIe siècle. Auparavant, et comme le montre cette planche du XIVe siècle, des interprétations variées étaient proposées. Planche médicale sur la circulation du sang tirée d'un manuscrit du XIVe siècle.

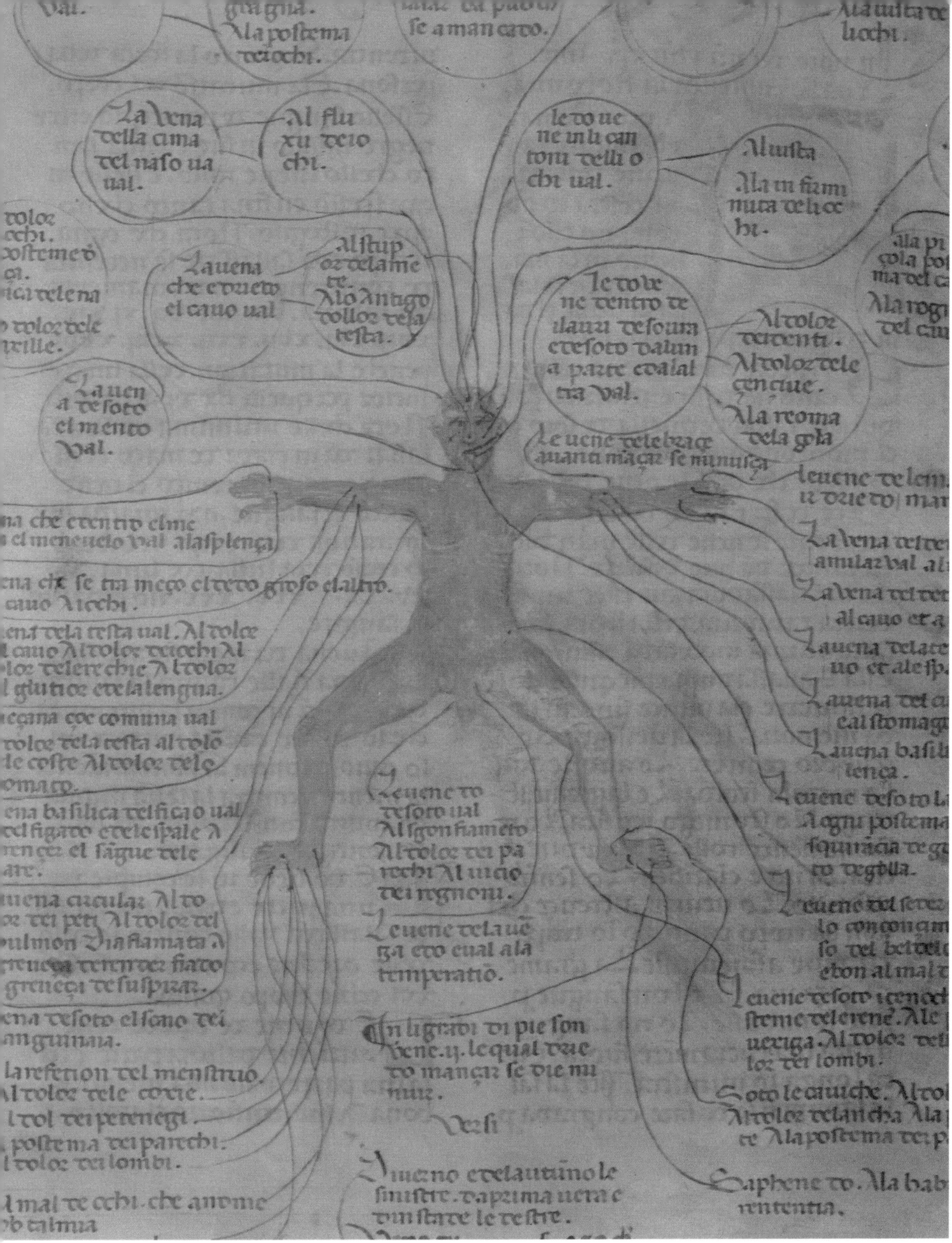
Ala postema deiochi.
se amancado.
La vena della cima del naso ua ual.
Al flu xu deio chi.
le do ue ne in li can toni delli o chi ual.
Al uista
Ala in fiam mata deli oc hi.
La uena che e dureto el cauo ual
Al stup or dela me te.
Alo antigo dollor dela testa.
le dove ne dentro de lauri desoura e desoto dalun a parte e dalal tra val.
Al dolor deidenti.
Al dolor dele cenciue.
Ala reoma dela gola
La uen a desoto el mento val.
Le uene dele brace auanti maçar se minuiça
alasplença
Leuene de so to ual Al sgonfiameto Al dolor dei pa rochi Al uicio dei regnoni.
Leuene dela ue ga eto eual ala temperatio.
In ligradi di pie son uene .y. lequal dae to mançar se die mi nuir.
Versi
Saphene to. Ala bab

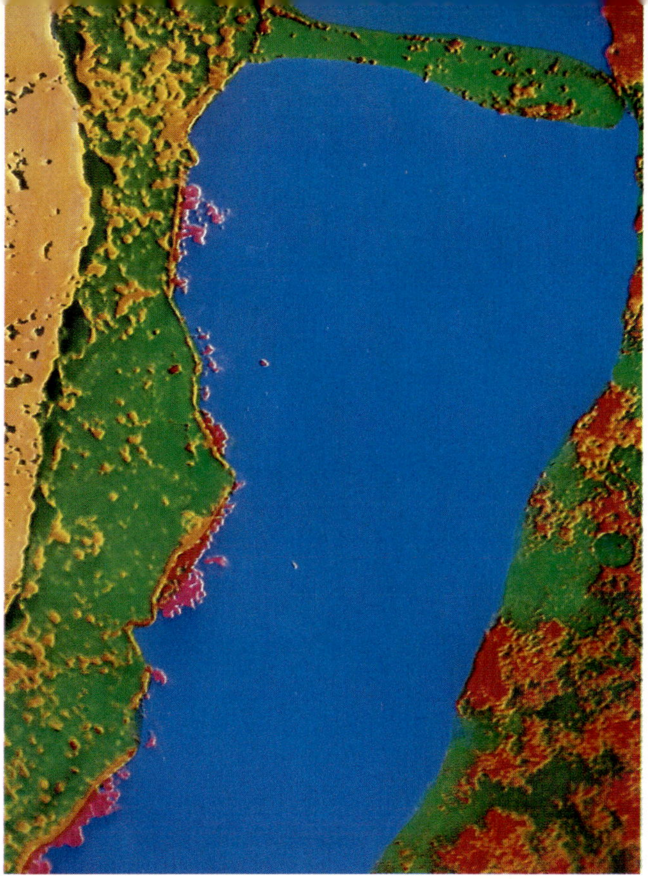

La médecine, jusqu'au milieu du XXe siècle, tendait à s'orienter vers une pratique appliquant les mêmes méthodes à tous les hommes considérés comme identiques. C'est tout le contraire qui se produit. On connaît actuellement des milliards et des milliards de combinaisons de groupes sanguins. Si l'on excepte les jumeaux vrais, chaque homme est donc un être unique, irremplaçable, différent de tous les hommes.

De tous les groupes sanguins qui définissent l'homme et permettent de démontrer son caractère unique, le plus important est le système des groupes HLA, présents non seulement sur les globules blancs, mais aussi sur les cellules qui forment nos tissus. L'image représente un objet HLA à la surface d'un globule blanc, le lymphocyte.

L'HOMME : UNIQUE, IRREMPLAÇABLE

Le visiteur de ce département, lui aussi situé au rez-de-chaussée, se voit d'emblée proposer quelques voyages assez lointains dans l'espace et dans le temps. Pour le premier voyage, nous allons à Vienne, en Autriche, en 1900, dans le laboratoire d'Anatomie pathologique de la faculté de médecine. Là travaille un jeune chef de travaux, Karl Landsteiner. Il prélève du sang aux différents travailleurs, chercheurs, techniciens du laboratoire. Après avoir séparé le sérum et les globules de ce sang, il mêle le sérum de l'un aux globules rouges de l'autre. Il s'aperçoit que tantôt le sérum agglutine les globules rouges, tantôt il ne les agglutine pas. Il vient de faire une grande découverte : les groupes sanguins.

LES GROUPES SANGUINS

Pour comprendre le sens de cette découverte, on peut se représenter la surface de nos globules rouges comme l'une de ces mosaïques que l'on trouve dans les vieilles églises et qui sont faites de pavés juxtaposés.

Découvrir un facteur de groupes sanguins, c'est découvrir un des pavés de la mosaïque, et dès 1900, Karl Landsteiner trouve les deux premiers facteurs de groupes sanguins, j'allais dire les deux premiers pavés que, tout naturellement, il appelle A et B. On comprend alors très vite que les hommes se classent en quatre catégories, selon qu'ils possèdent le facteur A, le facteur B, les deux facteurs A et B, ou aucun de ces deux facteurs, on dit alors qu'ils sont O.

Cette grande découverte allait avoir deux sortes de conséquences, les unes du côté de la transfusion sanguine, les autres du côté de la définition de l'homme.

Les essais de transfusions sont nombreux au XVIIe siècle et entraînent souvent la mort du malade. Si bien que, vers 1670, un édit du roi Louis XIV interdit la pratique des transfusions sur le territoire du royaume. Après Karl Landsteiner, les transfusions deviennent possibles entre donneurs et receveurs compatibles.

C'est surtout pendant la Première Guerre mondiale que les transfusions sont pratiquées sur une assez grande échelle, et spécialement pendant les campagnes d'Orient, aux Dardanelles, à Salonique. Depuis lors, la transfusion a pris son essor, elle a sauvé des millions et des millions de vies humaines, et l'on peut dire que le nom de Karl Landsteiner, trop souvent ignoré, mériterait d'être honoré, à l'égal de celui de Louis Pasteur, comme celui d'un des hommes auquel l'humanité doit le plus.

Dans le même temps se poursuivait un effort de définition. Dans les années qui suivent la découverte de Karl Landsteiner, deux autres données sont apportées. On constate tout d'abord que le groupe sanguin demeure le même de la naissance à la mort chez les

*S*i le macaque est généralement peu considéré, il est sous son nom latin le *Macacus rhesus*, le héros d'une des grandes aventures de la médecine moderne : la définition par Karl Landsteiner d'un nouveau système de groupes sanguins appelé Rhésus. Cette découverte permet d'empêcher la mort de nombreux nouveau-nés. Elle apporte aussi une importante contribution à la définition biologique de l'homme.

êtres humains. On a bien reconnu depuis quelques exceptions. Au cours des leucémies, il peut en effet y avoir modification temporaire du groupe sanguin, mais il s'agit là de faits très rares.

Une autre donnée est que la répartition des groupes sanguins dans une famille obéit aux lois de la génétique découvertes par Mendel en 1865, oubliées pendant trente-cinq ans et redécouvertes à la fin du XIXe siècle. Les lois de Mendel gouvernent la répartition des caractères sanguins.

Telles sont les données acquises vers 1903-1904, lorsque Karl Landsteiner écrit : « Un jour viendra où les groupes sanguins définiront l'homme mieux que les empreintes digitales. » Ce jour est venu.

Il faut d'abord passer rapidement sur une période que l'on pourrait appeler « de Landsteiner à Landsteiner », et qui va de 1903 à 1939. Durant cette période, on observe peu de progrès. On décrit quelques autres groupes, mais un intérêt assez modéré s'attache aux groupes sanguins.

Du macaque au facteur Rhésus

Nous sommes en 1939, dans un laboratoire de New York, et nous retrouvons Karl Landsteiner qui est alors un vieil homme. Les événements d'Europe centrale ne lui ont plus permis de travailler en Autriche. Il a tout à la fois émigré et, pendant un temps, changé de discipline. Avec Popper, il est à l'origine des travaux qui permettront plus tard la découverte du virus et du vaccin de la poliomyélite. Puis il est revenu à ses premières amours, et, inlassablement, mêle le sérum d'un individu aux globules d'un autre. Mais là, en 1939, il mêle du sérum humain à des globules rouges d'un singe, le macaque *(Macacus rhesus)*. Il s'aperçoit que tantôt le sérum humain agglutine les globules du singe, tantôt ne les agglutine pas : il a fait une deuxième très grande découverte, il a découvert ce que l'on appellera le facteur Rhésus.

Là encore, cette découverte, comme la première, allait avoir des conséquences pratiques d'une part, théoriques et fondamentales de l'autre. Peu après, un de ses élèves, Philip Levine, découvre que l'étude du système Rhésus vient expliquer une très grave maladie connue sous le nom de maladie hémolytique du nouveau-né, maladie qui, dans certaines familles, fait des ravages, par jaunisse, anémie grave ou hydropisie. Philip Levine conçoit, postule que, dans certains couples, le mari possède le facteur Rhésus positif, la femme ne le possède pas. Elle est dite Rhésus négatif, et l'enfant qu'elle porte peut être Rhésus positif. A ce moment, un conflit se produit entre la mère et l'enfant pendant la grossesse ; les anticorps maternels provoquent des accidents graves et tuent l'enfant. Il faut remarquer le changement formidable, au sens strict, que cette découverte apporte au vieux concept selon lequel rien n'est plus harmonieux que la mère et l'enfant qu'elle porte dans son sein. Nous savons désormais que ce couple peut être l'objet de combats sanglants.

Grâce à la découverte de Philip Levine, une série de mesures thérapeutiques, puis préventives, ont été mises au point, et, en cinquante ans, cette maladie hémolytique du nouveau-né a tour à tour été décrite, comprise, traitée, prévenue. Elle est en train de disparaître. En 1938, elle tuait en France trois mille nouveau-nés.

Mais cette découverte de Karl Landsteiner, comme la première, a aussi des conséquences théoriques. Très vite on s'aperçoit que ce facteur Rhésus est beaucoup plus complexe que le système ABO. Il comprend en fait un nombre considérable de sous-groupes, on en vient rapidement à parler de système Rhésus.

Vers 1947-1948, la situation est très confuse.

C'est alors qu'intervient un généticien anglais nommé Ronald Fisher. Il n'est pas médecin, il n'a même jamais vu de malade ni de globules rouges au microscope. C'est un mathématicien de la génétique. On lui soumet les arbres généalogiques des familles concernées et il propose des règles. Il suppose qu'il existe six facteurs qu'il nomme C D E, c d e, et que la combinaison de ces six facteurs explique la répartition dans les familles des groupes Rhésus. On lui dit qu'il a peut-être raison, mais qu'il y a un très grand nombre de combinaisons qui n'ont pas été vues. Avec le flegme de Cambridge, il répond : « Attendez. » En effet, dans les années qui suivent, la description de nouvelles familles vient peu à peu combler les manques, les absences initiales.

Il faut insister sur ce point, car il existe des précédents, par exemple en astronomie, avec la découverte de la planète par les calculs de Le Verrier, ou encore en chimie avec la table de Mendeleïev ; mais, en biologie, une telle prédiction est tout à fait exceptionnelle.

A cette époque, nous sommes en 1950, on croit que tout est terminé. Un certain confort intellectuel s'établit, et ce confort est inspiré par un dogme, à savoir qu'il n'y a de groupes que sur des globules rouges.

On doit à Jean Dausset la découverte capitale du système de groupes sanguins ou plus exactement de groupes tissulaires dits Human Leucocyte Antigen, ou HLA, antigènes des leucocytes, des globules blancs de l'homme.Cette découverte a permis de donner une définition biologique de l'homme. Ses conséquences sont primordiales en médecine, d'une part en permettant des greffes d'organes entre donneurs et receveurs compatibles dans le système HLA, d'autre part en apportant la première preuve biologique de la prédisposition à telle ou telle maladie. Jean Dausset a reçu en 1980 le prix Nobel de physiologie et de médecine.

Le système HLA de Jean Dausset

C'est à ce moment qu'intervient la grande découverte de Jean Dausset. En 1952, Jean Dausset observe un accident de transfusion. Une femme, qui a eu des hémorragies après un accouchement, est transfusée. Après la transfusion survient un choc très rude, accident que l'on observe lorsqu'il n'y a pas compatibilité entre le donneur et le receveur. On songe à une erreur. On vérifie, donneur et receveur sont du même groupe OAB, du même groupe Rhésus. Jean Dausset émet alors une hypothèse : peut-être existe-t-il des facteurs de groupes sur des globules blancs, peut-être est-ce une incompatibilité dans les groupes de globules blancs qui explique l'accident. Il n'est pas sans intérêt, maintenant que le succès est venu, de rappeler que cette proposition a été très mal accueillie.

En revivant cette époque, je me souviens de cette remarque que faisait le grand Charles Nicolle quand je travaillais à l'Institut Pasteur, il y a bien longtemps. Charles Nicolle, qui est le savant auquel nous devons la découverte de la transmission du typhus, nous disait :

> « *Si vous faites une découverte* [cette hypothèse qu'il énonçait était flatteuse pour nous] *vous rencontrerez trois objections :*
> – *Ce n'est pas vrai. Alors vous démontrez que c'est vrai.*
> – *C'est vrai mais ce n'est pas neuf. Alors vous démontrez que c'est neuf.*
> – *C'est vrai, c'est neuf, mais ce n'est pas de vous. Alors vous démontrez que c'est bien de vous.* »

Et Jean Dausset a rencontré une quatrième objection à laquelle Charles Nicolle n'avait pas pensé. Il a démontré que c'était vrai, que c'était neuf, que c'était bien de lui. On lui a dit : « C'est vrai, c'est neuf, c'est bien de vous, mais ce n'est pas important. » Or l'évolution des connaissances a confirmé l'importance de cette découverte.

Il faut ici distinguer les faits et leurs conséquences.

Les faits sont les suivants :

– Existence d'un très important système de groupes sanguins inconnu jusque-là. On lui donnera le nom HLA (Human Leucocyte Antigen), qui signifie en français : antigènes (éléments constitutifs) des globules blancs (leucocytes) de l'homme.

– Originalité de ce système. Les globules rouges sont des sacs d'hémoglobine. Les globules blancs sont de vraies cellules avec protoplasme, noyau, membrane. Ce qui est vrai pour les globules blancs est vrai pour les autres tissus de l'organisme, et très vite le terme « groupes tissulaires » remplace le terme « groupe sanguin ».

– Complexité du nouveau système. On compte aujourd'hui six cents millions de combinaisons du système HLA.

Jean Dausset, par analogie avec la découverte de Karl Landsteiner, et comme c'est le temps des premières greffes et transplantations d'organes, se demande si ce système ne gouverne pas les greffes et les transplantations d'organes. Et il commence par la greffe la plus simple, la greffe de peau.

Nous étions, lui et moi, à l'hôpital Saint-Louis, hôpital célèbre dans le domaine de la dermatologie, où

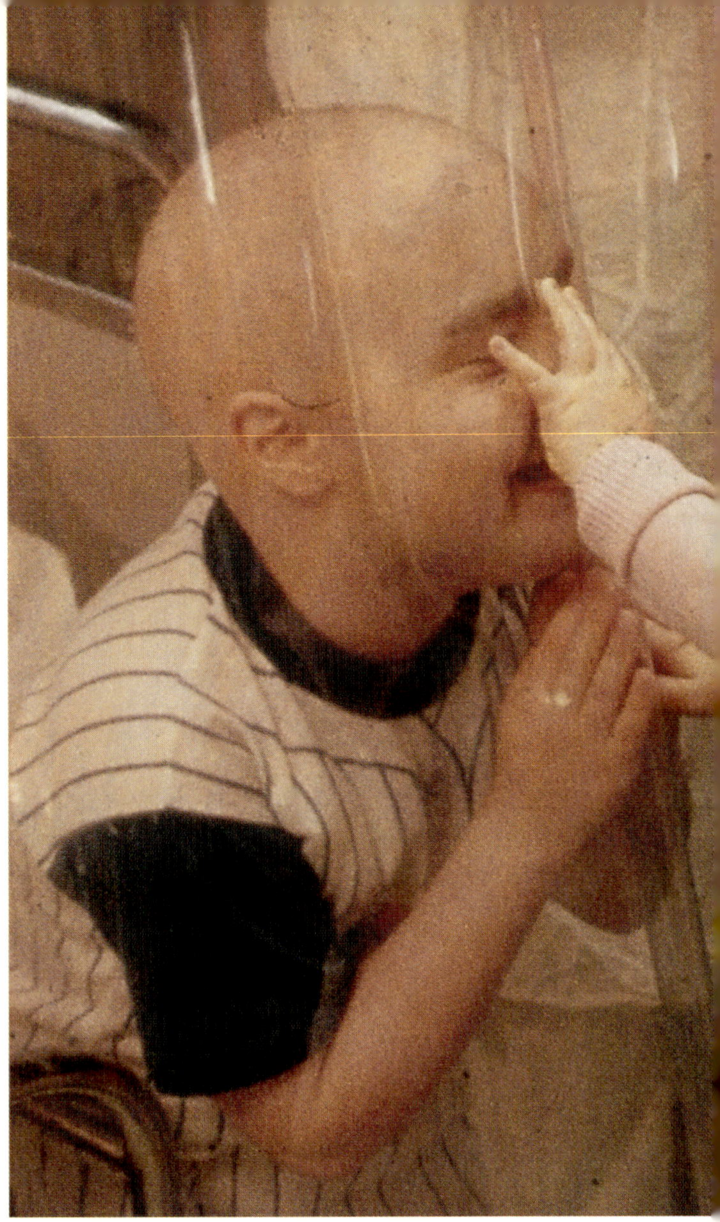

l'on soigne beaucoup de brûlés, où l'on pratique beaucoup de greffes de peau. Jean Dausset confirme ce que tout le monde sait : que si l'on greffe la peau de Paul à Pierre, Pierre la rejette au bout de quelques jours. Mais il voit que si l'on greffe à Pierre, non seulement la peau de Paul, mais également celle de Jeanne, de Jacques, la durée du rejet varie. Paul sera rejeté en trois jours, Jacques en quinze jours, Jeanne en deux mois. Et il émet une hypothèse : la durée du rejet dépend du degré de compatibilité. Si donneur et receveur sont très éloignés dans le système HLA, le rejet sera très rapide, s'ils sont très proches, le rejet

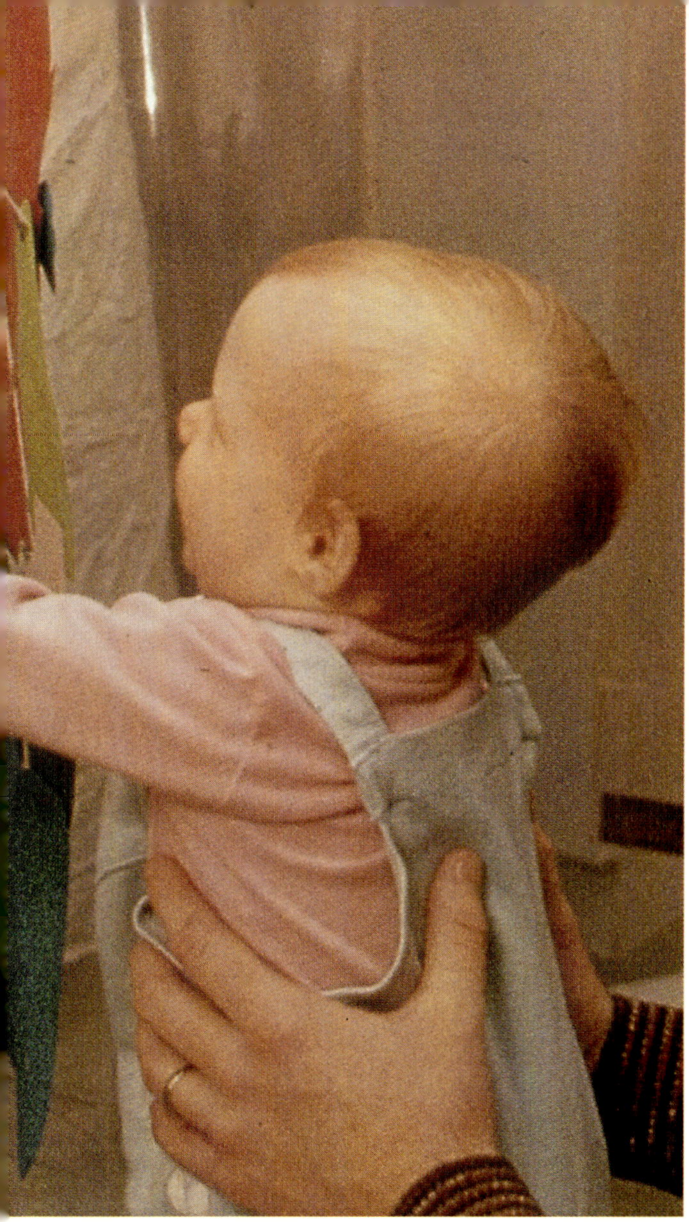

La greffe de la moelle osseuse sauve de nombreux enfants et adolescents atteints de maladies sanguines graves, et principalement de leucémies. Le donneur et le receveur doivent appartenir au même groupe HLA. Cette compatibilité est le plus souvent fraternelle : le donneur sain est un frère ou une sœur de l'enfant malade. Rien de plus émouvant que la solidarité ainsi établie entre l'enfant malade et son frère qui, par le don de sa moelle, lui permet de survivre. Les médecins des services hospitaliers qui se consacrent à la greffe de la moelle osseuse en reçoivent de fréquents témoignages.

sera beaucoup plus tardif, peut-être n'y en aura-t-il pas. L'hypothèse s'est trouvée bientôt confirmée. Les heureux résultats actuels des greffes de moelle osseuse, de rein, sont pour une large part les conséquences de cette découverte.

Le système HLA n'a pas seulement permis les greffes d'organes redonnant la vie à des malades condamnés. Elle a transformé le raisonnement médical. Elle a apporté d'utiles informations à des disciplines apparemment éloignées de la médecine : l'histoire, la géographie, l'anthropologie.

Elle inspire une discipline médicale nouvelle, la médecine de prédiction, qui va dominer le XXIe siècle. C'est ainsi qu'elle donne aux anthropologues, aux historiens, aux géographes un instrument remarquable permettant de suivre les migrations humaines. Mais surtout elle a renouvelé la définition de l'homme.

L'HOMME, ÊTRE UNIQUE, IRREMPLAÇABLE

A l'heure actuelle on connaît plusieurs centaines de millions de combinaisons du système HLA. Si vous joignez à ces centaines de millions de combinaisons le système Rhésus, les groupes A, B, O, vous arrivez à plusieurs milliards, et vous parvenez à cette notion d'une très grande importance : depuis qu'il y a des êtres humains, et tant qu'il y en aura, il ne s'en est jamais trouvé, il ne s'en trouvera jamais deux pareils, réserve faite des jumeaux vrais. Il y a quelques années, j'étais invité par M. René Brouillet, ambassadeur au Vatican, à parler à Rome des découvertes de Jean Dausset devant une assemblée de

Les premiers êtres vivants,
des bactéries, étaient
identiques, asexués et, d'une
certaine façon, immortels ;
en tout cas, ils ne pouvaient
produire que des êtres
semblables à eux-mêmes.
Puis sont apparues
la reproduction sexuée,
la différence et la mort.
C'est le rôle d'Adam et Ève
d'exprimer cette différence qui
a joué un rôle capital dans
l'évolution des êtres vivants
et dans leur survie.
Des êtres identiques auraient,
à un moment ou à un autre,
été tous détruits
par une catastrophe cosmique.
Quand les êtres sont différents,
les uns succombent,
les autres survivent. C'est
à la reproduction sexuée,
donc à la différence,
que nous devons d'exister.

cardinaux, de chefs d'ordres religieux. Un éminent cardinal prit la parole pendant la discussion : « Vous nous dites que chaque homme est différent des autres, mais nous, théologiens, il y a très longtemps que nous le savons. » J'ai répondu respectueusement qu'il n'était pas indifférent d'en apporter la preuve biologique. Les découvertes de Jean Dausset ont démontré que chaque homme est un être unique, irremplaçable.

Mais, et c'est là un nouveau progrès accompli en ces dernières années, nous ne sommes pas seulement définis par ces caractères, par ces groupes sanguins, tissulaires, reconnus par les réactions d'immunité qu'ils provoquent. D'autres caractères individuels ne provoquent pas de telles réactions. Ils avaient échappé aux immunologistes, mais ont été reconnus par les biochimistes. Tels sont certains éléments intervenant dans la formation de l'hémoglobine, certaines enzymes.
Des techniques nouvelles, des électrophorèses améliorées, ont reconnu, entre les enzymes de Pierre et les enzymes de Paul, des différences chimiques certaines. Une nouvelle complexité apparaît. Une définition nouvelle de l'homme apparaît, complétant celle qu'apportait le système HLA, plus subtile, plus précise encore. Cette admirable diversité est appelée, dans le langage des spécialistes, polymorphisme génétique. Elle a, dans l'analyse génétique des populations des familles humaines, des conséquences importantes. Une fausse paternité ne peut plus passer inaperçue. Elle confirme, sur un plan plus général, le caractère unique, irremplaçable de chaque être humain. Une étude récente de Charles Salmon concernant une de ses malades en témoigne. La probabilité de trouver une personne de formule identique à cette malade était de $1{,}10^{-17}$; ce qui signifie qu'il aurait fallu étudier cent millions de milliards d'individus pour avoir une chance de découvrir une personne identique.

« MAÎTRE CERVEAU »

Revenons au tisserand Nakht. L'équipe canadienne qui a étudié sa momie a donc reconnu qu'il appartenait au groupe sanguin B. Or il est mort depuis longtemps. Ainsi le groupe sanguin, s'il définit l'homme, ne définit pas l'homme vivant. Il faut que nous cherchions d'autres éléments de définition. Je vous propose de faire appel à trois témoins – un romancier, un médecin, un anthropologue.

Le romancier est Vercors, auteur d'un très beau roman, *Les Animaux dénaturés*. Dans ce roman, une équipe d'anthropologues, de chercheurs britanniques découvrent, dans une île du Pacifique, des êtres qui s'appellent les Tropis. On ne sait trop s'ils sont des hommes ou des singes. Pour en avoir le cœur net, un des explorateurs a eu commerce avec une des guenons, ou femmes. Un nouveau-né vient au monde. L'explorateur l'étrangle. Le thème du livre est le procès. Il se déroule devant la Cour de justice de Londres. Si l'explorateur a étranglé un petit singe, ce n'est pas trop grave. S'il a étranglé un nouveau-né humain, c'est un infanticide. Le magistrat anglais, lord Temple, qui préside la Cour de justice, se dit : « Ce n'est pas très difficile, j'ouvre mes codes et je trouve la réponse. » Mais les codes

*C'*est par son cerveau
que l'être humain se distingue
de l'animal et qu'il est donc
possible de le définir comme
tel. Au premier rang
des définitions de l'homme
viennent son aptitude
à comprendre et son aptitude
à créer. Les animaux les plus
savants ne peuvent l'égaler :
aucun n'aurait peint *La Joconde*
ni inventé le calcul intégral.
La connaissance du cerveau
de l'homme est longtemps
restée très imparfaite,
se limitant à des données peu
précises comme l'existence
des hémisphères cérébraux,
telle que l'illustration
les représente.
Les travaux ultérieurs
ont permis une connaissance
beaucoup plus précise
de la structure des hémisphères
cérébraux et des circonvolutions
qui les forment.
Mais c'est seulement à l'époque
contemporaine que la neuro-
biologie s'est développée
avec la connaissance
des neurones, des synapses
et de leurs fonctions.

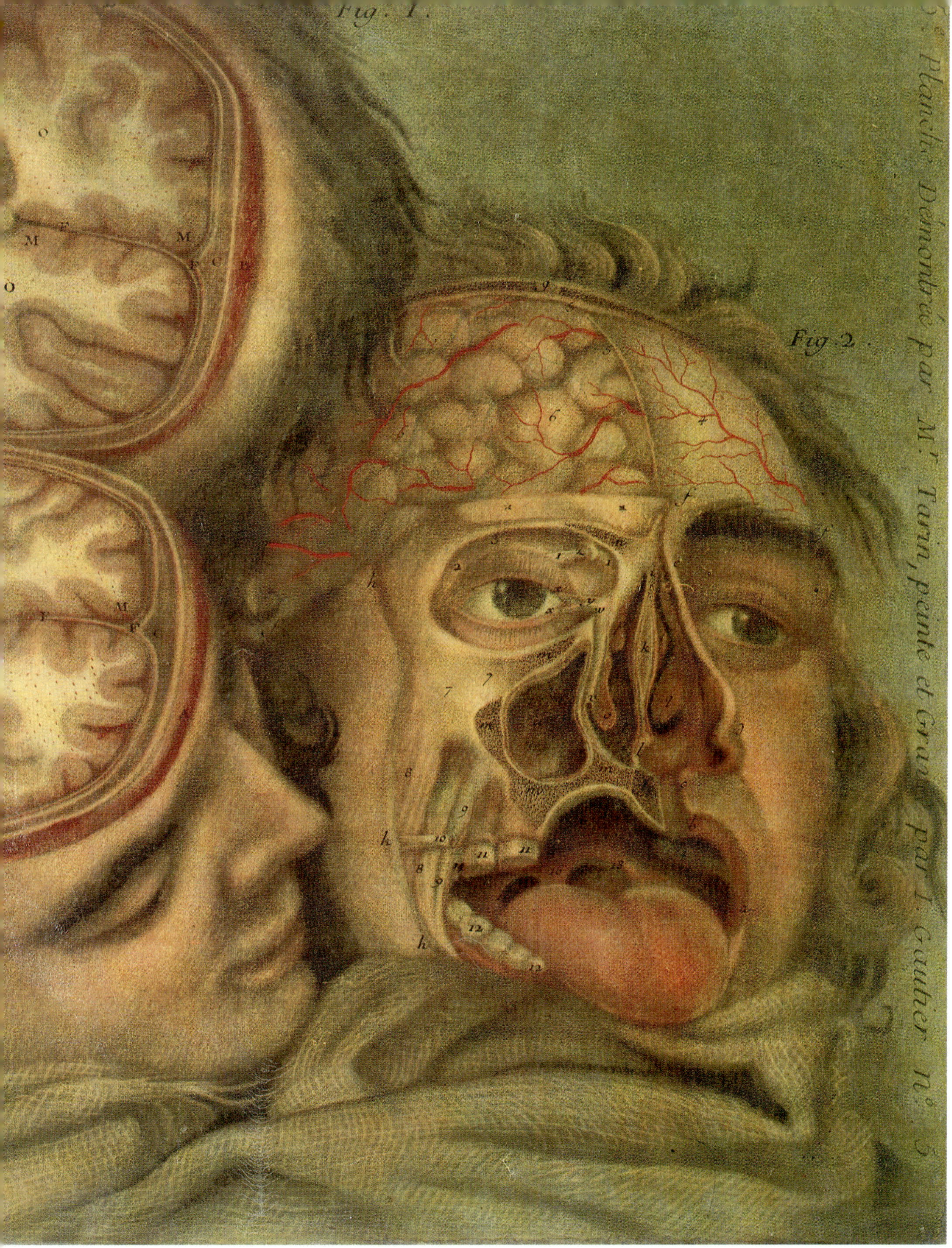
Fig. 1.
Fig. 2.
5e. Planche Démontrée par Mr. Tarin, peinte et Gra
par I. Gautier n°. 5

anglais, si parfaits qu'ils soient, sont, sur un point, insuffisants ; on a oublié de définir l'homme. Par conséquent, rien dans les codes ne permet de savoir si c'est un petit singe ou un petit enfant que l'on a étranglé. Le magistrat demande aux explorateurs de retourner dans le Pacifique et d'observer à nouveau ces êtres, les Tropis. Un soir, un des explorateurs les découvre rendant un culte à leurs morts. Ils ont une religion. Ce sont des hommes, conclut le magistrat.

Le deuxième témoin est un grand médecin, le professeur Jean Hamburger. Il y a quelques années, fut admise dans le service de Hamburger, à l'hôpital Necker à Paris, une jeune fille de vingt ans dans l'état le plus grave : température à quarante et un degrés, respiration irrégulière, arythmie, coma. Les méthodes de réanimation (Hamburger en est l'un des promoteurs) sont mises en œuvre. La situation s'améliore, la température baisse un peu, le pouls redevient régulier, la respiration également, mais la jeune fille reste dans le coma. Huit jours, dix jours, douze jours, quinze jours se passent, toujours le coma. On appelle un neurologue de haut rang. Il examine la malade avec le soin méticuleux des neurologues. L'examen dure trois quarts d'heure. Il se relève et dit à Jean Hamburger : « Mon cher collègue, votre malade est morte depuis deux jours. » Quand l'autopsie eut lieu, on s'aperçut que le neurologue avait dit vrai et que le cerveau était dans l'état où il est quand la mort est survenue depuis deux jours. Nous savons maintenant que le pouls peut battre, que le cœur peut battre, que la respiration peut fonctionner, mais que l'on peut être mort. Ce qui définit l'état de mort, c'est l'état du cerveau apprécié par divers signes cliniques et par deux électroencéphalogrammes plats. Notre société a dû s'occuper de la définition exacte de la mort. Avec deux électroencéphalogrammes plats, cet homme est mort, bien mort selon les règlements.

Le troisième témoin est Jacques Ruffié, anthropologue, professeur au Collège de France, qui, dans un de ses livres, raconte deux apologues.
Le premier se passe au temps de Darwin. Une dame anglaise, de la bonne société, apprend que l'homme descend du singe. Elle est indignée. Elle dit : « J'espère beaucoup que ce n'est pas vrai, mais si par malheur c'était vrai, il serait raisonnable de ne pas l'ébruiter. »
L'autre remarque de Jacques Ruffié est plus sérieuse. Il suppose une catastrophe atomique. Il ne faut pas beaucoup d'imagination pour cela. En prévision de cette catastrophe, on a mis à l'abri, dans une île du Pacifique, d'une part cinq nouveau-nés humains – un Français, un Chinois, un Anglais, un Américain, un Russe –, d'autre part un insecte – une guêpe. La catastrophe arrive. L'univers entier est détruit. Toute la population de la terre disparaît, sauf les cinq nouveau-nés et la guêpe. Les cinq nouveau-nés humains, livrés à eux-mêmes, ne peuvent rien faire. Ils meurent, alors que la guêpe reconstitue le monde des guêpes. Les insectes sont programmés depuis deux cent mille à trois cent mille ans et savent ce qu'ils ont à faire, alors que les êtres humains l'ignorent. Comme l'a très bien écrit François Jacob, l'homme est défini par son aptitude à apprendre. C'est là une des définitions les plus belles et les plus nobles que l'on puisse donner de l'homme.

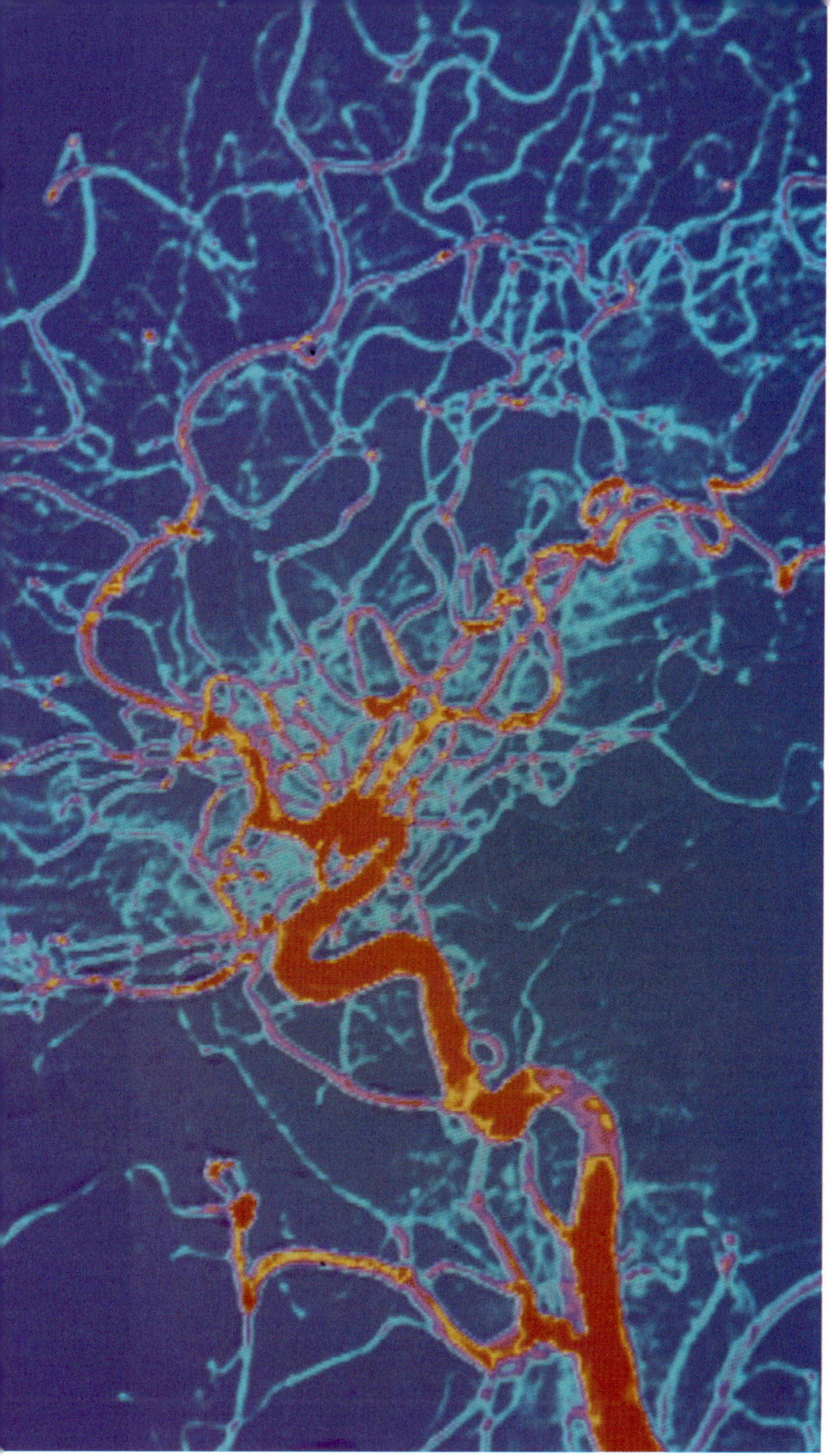

De très importantes recherches ont fait connaître la circulation du sang dans le cerveau irrigué par deux artères, la carotide et la vertébrale. Elles se ramifient en plusieurs branches qui vont nourrir chacune un ou plusieurs territoires importants du cerveau. L'aspect du sang est essentiel et permet le fonctionnement cérébral normal. Si le sang est pauvre, comme au cours des anémies, le cerveau fonctionne mal. La thrombose des artères encéphaliques a de très graves conséquences. Tout un territoire du cerveau cesse de fonctionner, ce qui peut entraîner des paralysies, parfois le coma et la mort. Les radiographies du cerveau faites avec introduction de substances colorées dans ses artères (artériographie) apportent de précieuses informations sur l'état de la circulation cérébrale.

Tout ceci nous conduit, que le témoin soit l'anthropologue, le médecin, le romancier, à proposer, à côté de la définition par les groupes de tissus de Jean Dausset, une deuxième définition par le système nerveux, et, après tout, le fameux *cogito* de Descartes le disait déjà, comme aussi la formule de Paul Valéry : « Maître cerveau sur son homme perché. »

Ainsi, par le langage de la biologie moléculaire, se trouve renouvelé un très ancien débat qui, parmi les auteurs de mythes, les poètes, oppose ceux qui tiennent le sang pour le maître unique à ceux qui distinguent et séparent l'âme et le sang.

L'INVENTEUR DU CALCUL INTÉGRAL

Nous nous trouvons donc en présence de deux définitions, l'une par les groupes sanguins, l'autre par le système nerveux, et le problème n'est pas résolu de la liaison, de l'accord entre les deux définitions. Certes, le cerveau contient des centres régulateurs de la chimie du sang, probablement aussi des centres régulateurs de l'immunité. Certes, on sait depuis longtemps que l'homme anémique a un cerveau qui fonctionne moins bien. On a appris plus récemment que des messagers immunitaires peuvent exercer une action sur certaines régions stratégiques du cerveau. Deux données importantes, acquises ces dernières années, peuvent être ici rappelées.

La première concerne les cerveaux différents des jumeaux vrais. Les jumeaux vrais, issus tous deux du même ovule fécondé par le même spermatozoïde, sont des êtres identiques. Leurs groupes sanguins sont les mêmes. Pareils aussi leur foie, leur cœur. Mais leur cerveau peut être différent. Les études portant sur de nombreuses espèces animales, de la daphnie au poisson, ont reconnu cette différence. Les données ne sont pas aussi assurées pour les mammifères et pour l'homme, mais hautement probables. Les gènes gouvernent les grandes lignes de l'organisation du système nerveux, mais permettent des variations entre les lignes.

Jean-Pierre Changeux a proposé l'excellent terme d'enveloppe génétique. L'enveloppe génétique est soumise au strict déterminisme des gènes. A l'intérieur de la même enveloppe, des variations d'un jumeau à l'autre sont possibles.

On sait l'importance des synapses, ces territoires d'échanges entre les neurones. Or les synapses, en grande majorité, se forment, se développent après la naissance. D'importantes relations existent assurément entre l'influence de l'acquis, l'influence de l'environnement d'une part et ce développement des synapses d'autre part. Deux sortes de relations sont possibles. Ainsi Jean-Pierre Changeux se demande : « L'environnement instruit-il le cerveau comme un sceau de bronze laisse son empreinte sur un morceau de cire ? Ou au contraire ne fait-il que stabiliser sélectivement des combinaisons de neurones et de synapses au fur et à mesure que celles-ci apparaissent spontanément et par vagues successives au cours du développement ? »

Ainsi, grâce aux remarquables études des neurobiologistes, se trouve renouvelé le vieux débat du déterminisme. Et ceci pour l'organe essentiel, le cerveau.

La seconde donnée concerne les gènes, les neurones, les nombres. Les gènes sont nombreux, mais leur nombre est limité. Quelques centaines de milliers, peut-être un million. Les neurones, les synapses se

*L*es neurones, cellules nerveuses, sont ici étalés sur une préparation microscopique. Dans le cerveau existe entre eux une contiguïté établie par les synapses. Les fonctions du cerveau humain dépendent des ensembles que forment les neurones, l'action de chacun étant complétée par celle des autres.

comptent par milliards de milliards. Ce paradoxe a fait l'objet de très importantes recherches qui ont permis de proposer divers modèles de régulation dans le temps et dans l'espace. Ces recherches continuent. D'autres progrès peuvent être espérés.
Dans le foie, dans le cœur d'une souris, le nombre de gènes exprimés est de cinq à dix mille. Dans le cerveau de la même souris, ce même nombre est de trente à cinquante mille. Ainsi, le nombre de gènes du cerveau est plusieurs fois supérieur au nombre de gènes exprimés dans les autres organes. Bien plus, alors que pour de nombreux organes, les gènes sont, si l'on peut dire, assoupis, pour le cerveau, le nombre de gènes actifs est très élevé. Le cerveau, rappelle François Gros, mobilise à lui seul autant de gènes que le reste du corps. D'où aussitôt deux questions, l'une anatomique, l'autre fonctionnelle.
Premièrement, cette abondance de gènes, cette prépondérance sont-elles le fait de la cellule nerveuse, sont-elles spécifiques du neurone ou sont-elles liées à l'extrême diversité de ces neurones ? Les deux hypothèses ont été proposées. En l'état actuel, il n'est pas de réponse formelle. Deuxièmement, les neurones sont des cellules qui transmettent des informations dans des conditions très différentes. Peut-être l'abondance des gènes est-elle en relation avec cette diversité des fonctions, des communications des neurones. Il convient donc d'attendre les progrès espérés d'une science neuve, la génétique moléculaire du système nerveux. Sans être sûr qu'elle apporte la solution du problème fondamental. Avec modestie et en rappelant l'excellente définition de l'homme que l'on doit à Jean Rostand : « Cet arrière-neveu de limace qui rêva de justice et inventa le calcul intégral. »

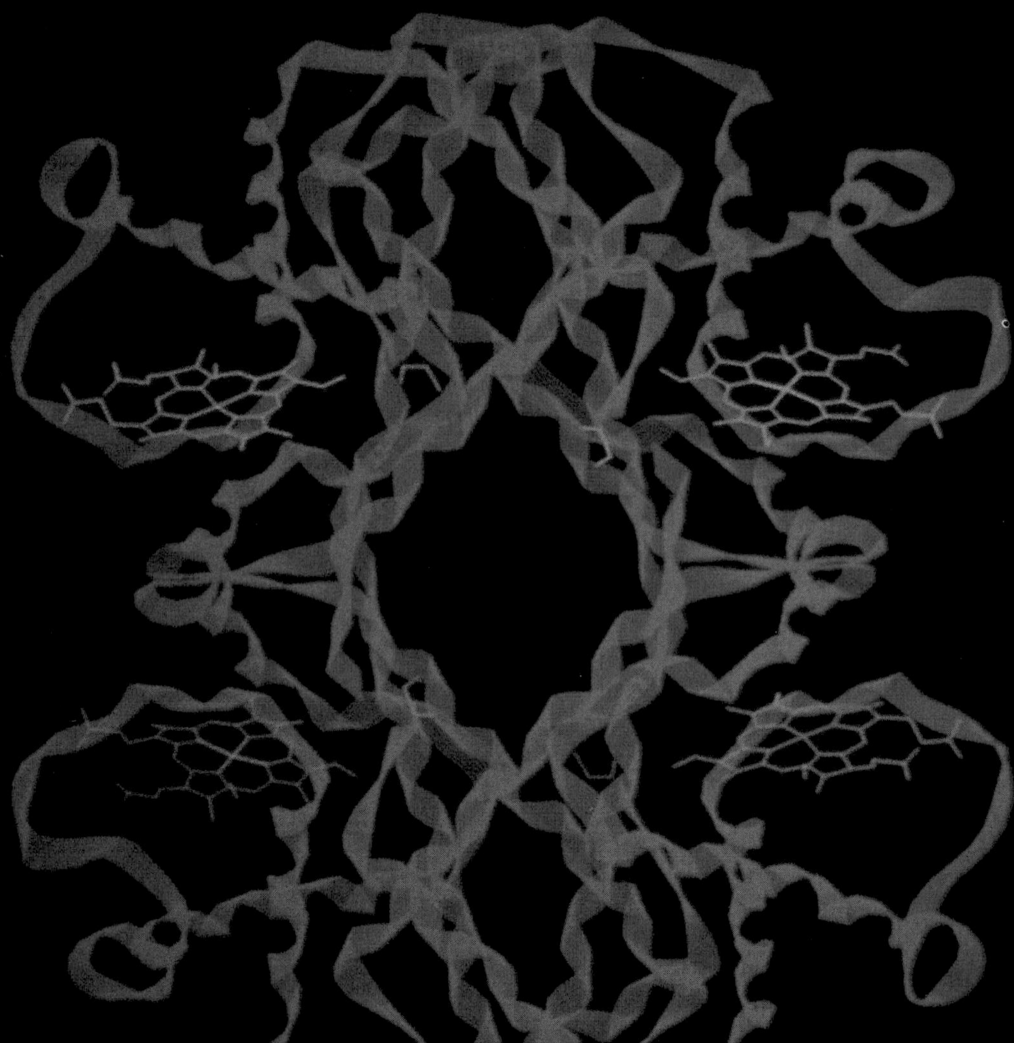

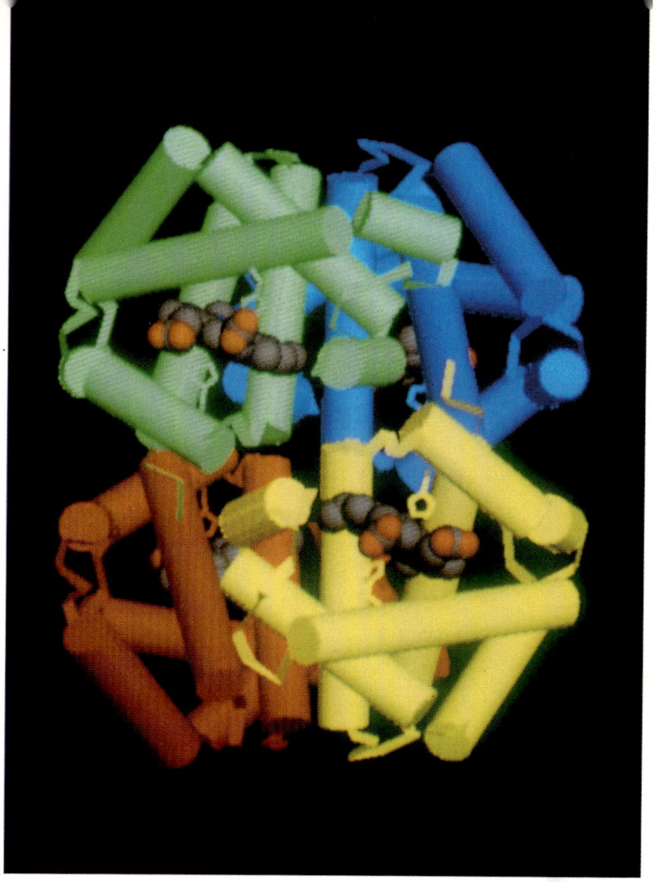

*L'*hémoglobine est notre principal organe de respiration. Elle colore les globules rouges, transporte l'oxygène dans les tissus. Sans oxygène, pas de fonctionnement des tissus, pas de vie. C'est en apportant l'hémoglobine, donc l'oxygène, que les transfusions sanguines sauvent des vies. La structure de l'hémoglobine comprend deux éléments : l'hème qui contient le fer, et une protéine, la globine. Une architecture rigoureuse unit ces éléments : l'hémoglobine n'opère que si chacune de ses molécules est à sa place. Des techniques variées, permettant des représentations différentes de ces structures et se complétant naturellement, précisent notre connaissance. Ces deux documents illustrent cette diversité. De graves maladies de l'hémoglobine sont les conséquences de changements de place d'une molécule ou d'un atome. L'étude de ces hémoglobines anormales a permis de concevoir la pathologie moléculaire.

MÉDECINE DU PASSÉ, MÉDECINE DU FUTUR

Nous voici au premier étage de l'Institut. C'est l'étage des maladies, de la pathologie sanguine. Nous allons tour à tour visiter quatre départements : Hémoglobine et pathologie moléculaire – Plaquettes sanguines : vers la guérison et la prévention des thromboses – Vers la guérison et la prévention des cancers ; les leucémies, maladies pilotes – Le sang et la prévention. Le classement des maladies correspond au classement des globules du sang ; maladies des globules rouges dans le premier département, maladies des plaquettes dans le deuxième, maladies des globules blancs dans le troisième, ensemble des éléments sanguins dans le quatrième.

La recherche médicale se développe au long de deux voies. La première, qui part de données fondamentales et descend vers les applications thérapeutiques ; la seconde, qui part d'observations cliniques et remonte vers la biologie la plus raffinée. C'est ainsi qu'un accident de transfusion conduisit Jean Dausset à la découverte du système HLA, à la définition de l'homme, puis, en retour, aux greffes d'organes, à la médecine de prédiction. C'est ainsi que l'étude de maladies graves de l'hémoglobine observées en Afrique, en Amérique, autour du bassin méditerranéen, inspira à Linus Pauling le concept de pathologie moléculaire qui, en retour, gouvernera toute la médecine clinique.

LES MALADIES DE L'HÉMOGLOBINE

Les maladies de l'hémoglobine sont très variées, mais elles ont en commun deux caractères. Ce sont des maladies géographiques, observées avec une fréquence particulière sur tel continent ou sur tel rivage. Ce sont des maladies héréditaires, transmises depuis des millénaires dans certaines familles. Ces maladies sont bénignes lorsqu'elles sont héritées d'un seul des deux parents, l'autre étant normal. Elles sont très graves, souvent mortelles, lorsqu'elles sont héritées des deux parents tous deux atteints.

Deux maladies de l'hémoglobine ont par leur fréquence et leur gravité une très grande importance : l'anémie à globules rouges en forme de faucille (ou drépanocytose), l'anémie méditerranéenne (ou thalassanémie, ou thalassémie). Elles ont d'abord été décrites en Amérique avant d'être retrouvées sur leurs continents, leurs rivages originels.

L'anémie à globules rouges en forme de faucille a été décrite en 1910. C'est, en effet, l'examen d'un étudiant noir de l'île de Grenade, dans les Antilles occidentales, qui permet à James Herrick, médecin de Chicago, de donner la première description de la maladie. Il s'agit d'une maladie africaine observée en premier lieu chez les descendants des esclaves noirs déportés, et qui a fait ultérieurement l'objet d'importantes relations en Afrique. La maladie est, en Afrique, assurément très ancienne, comme en témoignent les examens de squelettes antérieurs à l'ère chrétienne et certaines études sémantiques.

Sa distribution géographique a fait l'objet de recherches très attentives. En dehors des deux Amé-

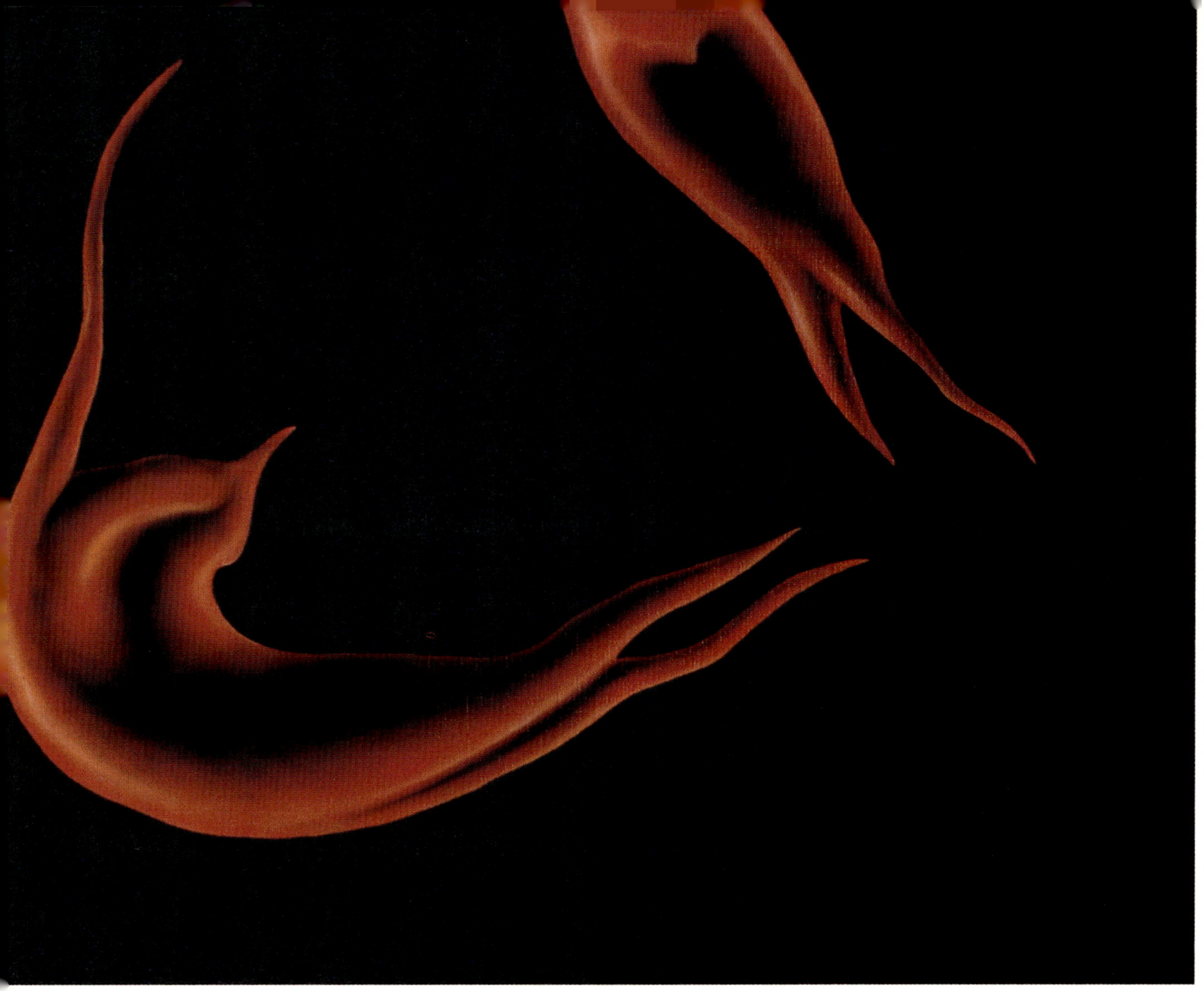

riques, la zone de fréquence maximale (taux moyen de 25 %) occupe une partie de l'Afrique occidentale, toute l'Afrique équatoriale, Madagascar. Sur le continent, la zone est limitée au nord par une ligne allant de l'embouchure du Sénégal à la frontière méridionale de la Somalie ; au sud par le cours du Zambèze. La maladie occupe aussi la partie sud du sous-continent indien, peuplée par les anciennes communautés veddites, où la fréquence atteint 30 à 35 %.

Les formes graves atteignent les enfants, les adolescents issus de l'union de deux personnes portant l'anomalie de l'hémoglobine.

L'anémie très profonde apparaît assez tôt dans l'enfance, s'aggrave rapidement, se complique de

L' anémie à globules rouges en forme de faucille est le premier exemple de maladie définie par la pathologie moléculaire. C'est ainsi que l'hémoglobine anormale responsable de la maladie s'appelle hémoglobine S, en référence à *sickle*, qui signifie faucille en anglais. La présence de cette hémoglobine anormale S a de graves conséquences. Si l'apport d'oxygène est insuffisant, l'hémoglobine S devient insoluble. Elle fabrique des cristaux allongés qui disloquent le globule rouge, dont la forme est normalement celle d'un disque biconcave, lui conférant alors la forme d'une faucille, comme le montre ce tableau. Cette anémie, appelée aussi anémie à globules rouges falciformes, frappe surtout les populations noires d'Afrique ou d'Amérique.

thromboses, d'infections, entraîne souvent la mort pendant l'enfance ou l'adolescence. Les globules rouges prennent la forme d'une faucille. Une anomalie de l'hémoglobine connue sous le nom d'hémoglobine S (cellule en forme de faucille se dit *sickle cell* en anglais) explique la forme des globules rouges, l'anémie, sa gravité.

Les personnes issues de l'union d'un parent sain avec un parent porteur de l'anomalie ne sont pas malades car on trouve dans leur sang de l'hémoglobine normale et de l'hémoglobine anormale. Leur santé est apparemment bonne, à une réserve près : l'anomalie de l'hémoglobine ne leur permet pas de supporter les séjours en haute altitude, les voyages en avion.

L'extension géographique, la haute fréquence de la maladie en Afrique montrent la gravité des problèmes qu'elle pose. Certes des progrès sont récemment survenus. D'autres peuvent être espérés dans un avenir assez proche. Mais, en dépit de ces progrès, les thérapeutiques sont souvent inefficaces, ou peu efficaces. Un drame angoissant survient dans chaque famille concernée à la naissance d'un enfant qui peut être porteur soit d'une forme latente sans gravité, soit d'une forme fatale.

L'anémie méditerranéenne, la thalassanémie, dite souvent thalassémie par une étrange contraction sémantique, est une anémie grave. C'est dans les hôpitaux de Ferrare, de Palerme, d'Athènes ou d'Istanbul, de Canton ou de Bangkok, de New York ou de Buenos Aires que l'on peut voir de nombreux enfants au teint pâle, aux traits déformés, à l'abdomen gonflé par une rate volumineuse, victimes de cette anémie.

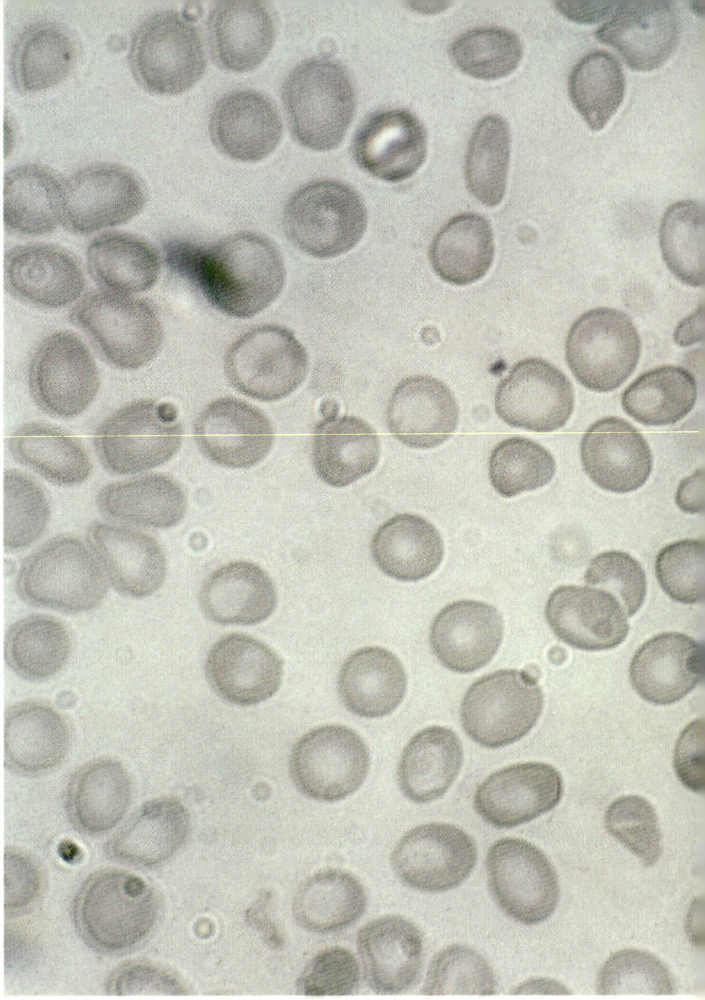

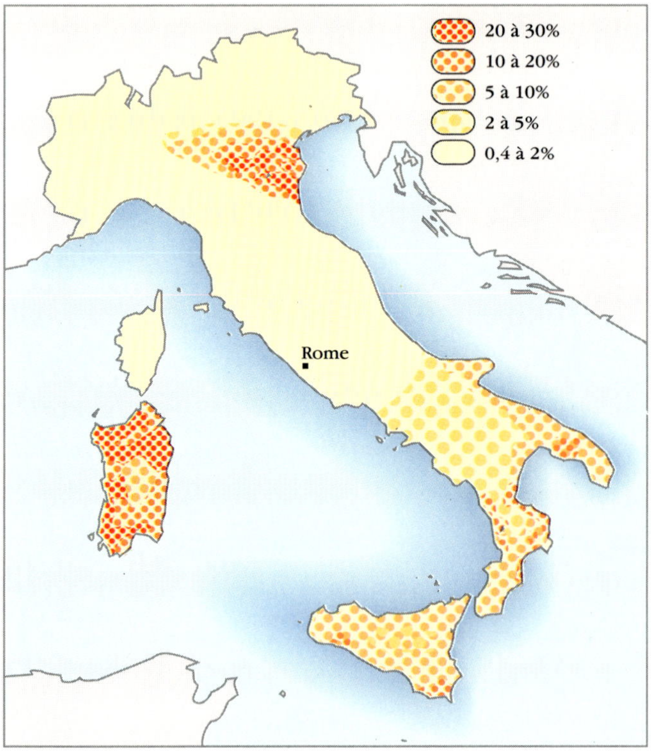

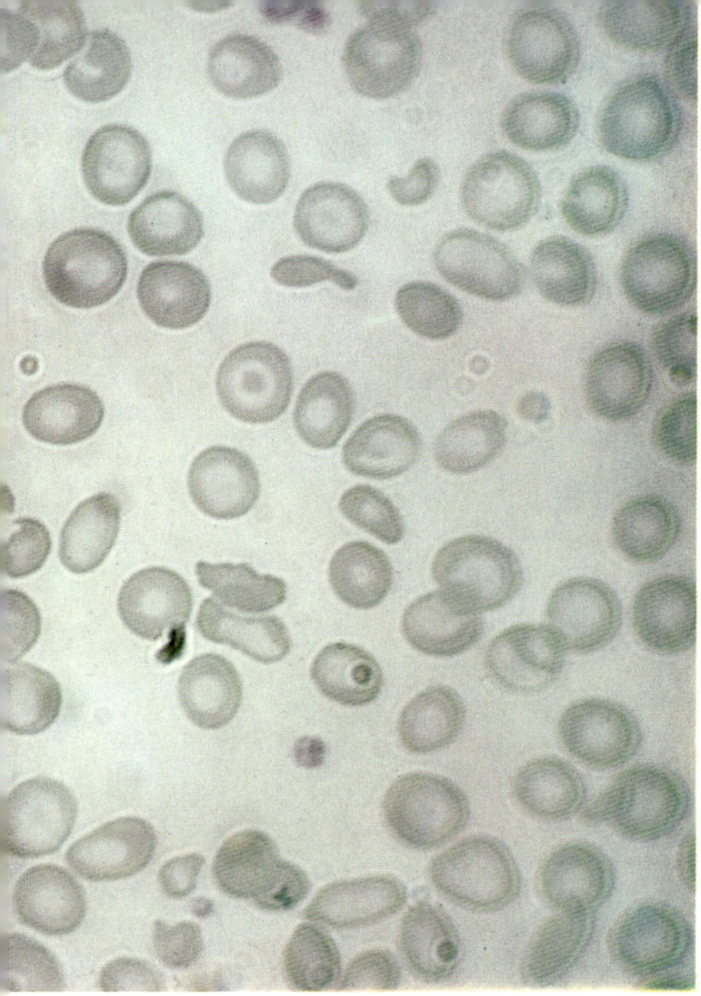

*L'*anémie méditerranéenne ou thalassanémie, ou encore thalassémie, est actuellement observée en trois zones géographiques : sur les rivages de la Méditerranée et sur ses îles ; dans les deux Amériques, là où ont émigré certaines populations méditerranéennes ; en Chine et en Asie orientale. La maladie est particulièrement fréquente en Italie, surtout en Sicile, en Sardaigne et dans la région de Ferrare. Comme dans le cas de l'anémie à globules en forme de faucille, la maladie est bénigne si elle est héritée d'un seul des deux parents. Elle est grave et souvent mortelle si elle est héritée des deux parents. L'anémie provient ici de la persistance d'une hémoglobine fœtale, dite hémoglobine F, qui normalement disparaît avant la naissance. Les globules rouges ont souvent, comme le montre la figure, une forme de cocarde, le centre et la périphérie étant plus colorés que la partie moyenne.

Ici encore, la première description de la maladie est donnée aux États-Unis par un éminent pédiatre, Thomas Cooley, qui soigne des enfants de souche italienne, grecque ou syrienne, nés au Nouveau Monde. Un peu plus tard, la thalassémie est reconnue sur les rivages mêmes où elle est apparue, par les médecins méditerranéens, quelque peu marris de ne pas avoir été les premiers à la découvrir.

La thalassémie est surtout observée en Méditerranée centrale et orientale, particulièrement en Italie, où elle atteint 15 à 25 % de la population dans certains territoires. Les régions les plus frappées sont le delta du Pô, la région côtière du sud de la péninsule, la Sicile – surtout le sud de l'île –, la Sardaigne. La maladie est aussi fréquente en Grèce qu'en Italie ; elle est répandue sur tout le territoire continental et dans les îles. Elle est assez uniformément constatée à Chypre, avec une fréquence égale dans la communauté grecque et dans la communauté turque. On la trouve souvent en Turquie, tant à Istanbul qu'en Asie Mineure. Elle est assez répandue en Égypte, dans les pays du Maghreb. Elle est beaucoup plus rare dans les pays de la Méditerranée occidentale. Elle est souvent observée en Corse. Elle existe seulement à l'état sporadique au Portugal, en Espagne, en France continentale. Avec pourtant, dans ces pays, une fréquence particulière dans les familles d'immigrés venus de Grèce, d'Italie, d'Afrique du Nord, qu'il s'agisse d'immigration récente ou d'invasion ancienne. Tel cet homme, habitant la région de Poitiers, que j'ai été appelé à examiner en 1970. Il était atteint d'une forme mineure d'anémie méditerranéenne et s'appelait Maure. C'est en 732, à Poitiers, que Charles Martel a vaincu les Arabes.

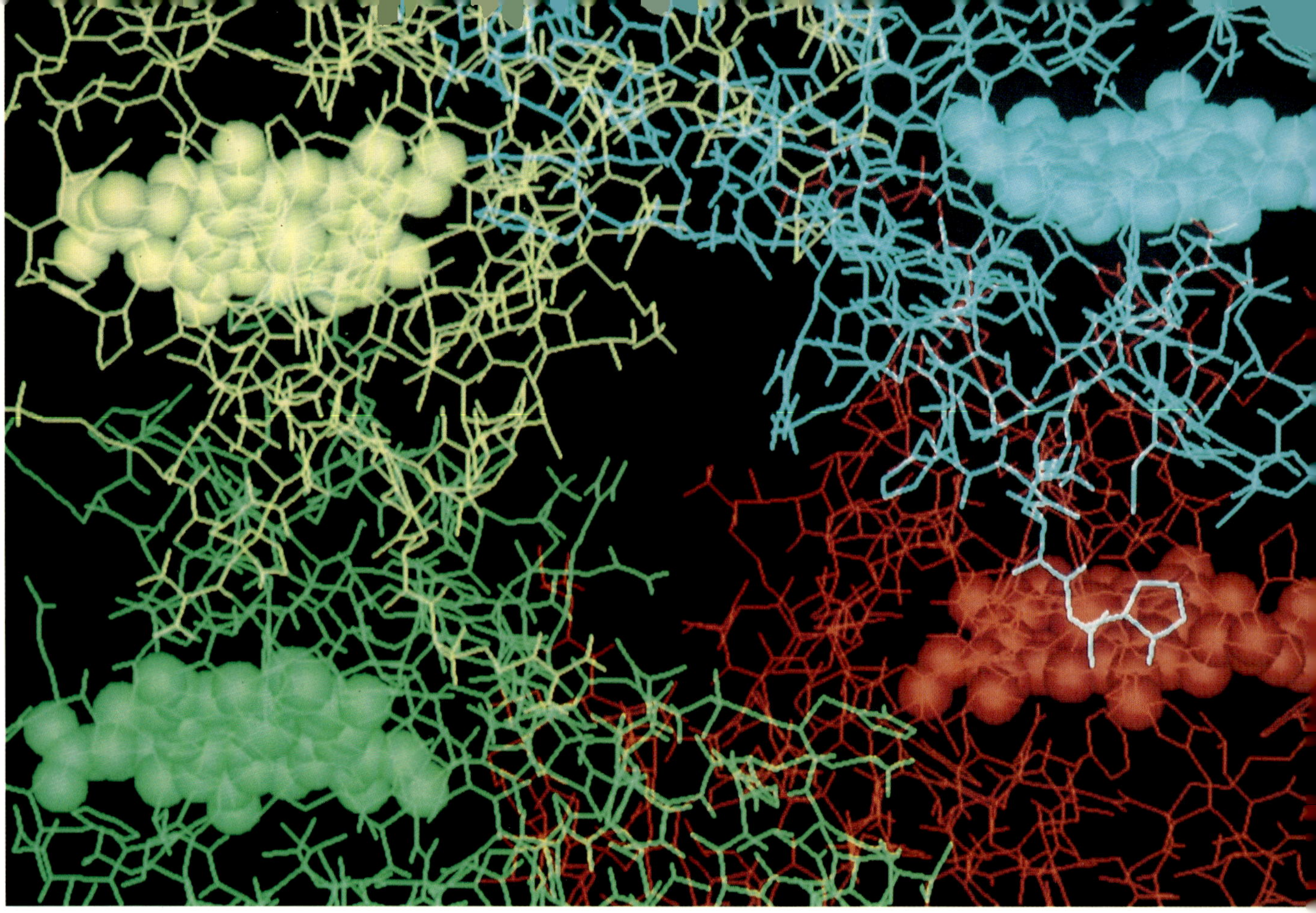

La thalassémie se rencontre dans toute l'Asie, du Moyen-Orient aux côtes de la mer de Chine. En Iran, on la remarque surtout près des rives de la mer Caspienne. La fréquence est modérée en Inde, mais très élevée en Thaïlande. La maladie est répandue au Cambodge, au Laos, au Viêt-nam, en Chine méridionale. Elle joue un rôle essentiel à Canton en pathologie sanguine et en pédiatrie. On la rencontre aussi beaucoup en Indonésie. L'importance de l'immigration méditerranéenne en Amérique du Nord et en Amérique du Sud explique la fréquence relative de la thalassémie aux États-Unis, au Brésil, en Argentine. Ainsi peut-on schématiquement distinguer trois grands foyers de la maladie : méditerranéen, américain, asiatique.

Comme les autres maladies de l'hémoglobine, les thalassémies se montrent tantôt sous des formes mineures, tantôt sous des formes majeures. Les

***D**e nouvelles techniques, utilisant en particulier le laser, permettent de mieux comprendre les diverses structures de l'hémoglobine. La combinaison de ces méthodes permet en quelque sorte d'allier la physique et la chimie. Les images ainsi obtenues peuvent varier à tel ou tel moment de l'évolution des fonctions de l'hémoglobine, ainsi qu'avec l'extrême diversité des hémoglobines anormales. Tout naturellement, la première hémoglobine connue, l'hémoglobine normale, a été appelée hémoglobine A. Les hémoglobines anormales ont d'abord été désignées par des lettres, mais, très vite, leur nombre a dépassé les possibilités de l'alphabet. Ces hémoglobines ont alors été désignées par le nom de la ville, de la province ou de la région dans laquelle elles ont été découvertes. Les variétés les plus importantes sont l'hémoglobine S et la thalassanémie, puis l'hémoglobine C africaine et l'hémoglobine E cambodgienne.

formes mineures observées chez les personnes dont un seul des deux parents porte la tare sont tout à fait latentes ou se manifestent par des troubles sanguins modérés. Les formes majeures sont le fait d'enfants dont les deux parents portent la tare. Elles sont graves. Une anémie progressive, souvent accompagnée de désordres osseux, accable les malades. Ces enfants mènent une vie misérable, allant d'hôpital en hôpital, de transfusion en transfusion, et meurent souvent avant d'avoir atteint l'adolescence.

Dans tous les cas de thalassémie, on retrouve des altérations de la forme des globules rouges (petite taille, disposition en cocarde) et des anomalies de l'hémoglobine. De nombreuses autres maladies expliquées par la présence d'hémoglobine anormale ont été décrites. Nombreuses au point que les lettres de l'alphabet initialement utilisées pour les désigner se sont révélées insuffisantes.

UN TRANSPORTEUR D'OXYGÈNE

Le globule rouge a pour mission de transporter l'oxygène des poumons aux tissus. Il assure cette mission grâce à un pigment, l'hémoglobine. L'hémoglobine joue un rôle essentiel dans les échanges respiratoires. Elle transporte une quantité importante d'oxygène et permet les grands mouvements du gaz carbonique.

Le globule rouge du sang du mammifère adulte, et plus particulièrement de l'homme adulte, est un sac contenant un pigment qui fixe l'oxygène. Ce sac est le reste d'une cellule qui porte un noyau dans diverses espèces animales (reptiles, oiseaux) pendant la vie embryonnaire, et dans les organes qui forment le sang chez les mammifères. Mais dans le sang de l'homme adulte, il n'est plus qu'un sac d'hémoglobine. C'est là une situation avantageuse et simple, ou apparemment simple. Avantageuse parce que l'hémoglobine enfermée dans le sac ne pose pas les problèmes graves de pression que poserait une hémoglobine dissoute dans le plasma, avantageuse parce que la surface considérable des globules rouges (plusieurs milliers de mètres carrés au total) permet une diffusion rapide de l'oxygène que la forme des globules favorise aussi. La forme du globule rouge et son extrême plasticité facilitent sa circulation dans les petits vaisseaux. Simple, ou plutôt apparemment simple, car le sac où l'hémoglobine s'enveloppe et l'hémoglobine elle-même ne sont pas si simples.

Chaque globule rouge contient trois cents millions de molécules d'hémoglobine. On sait depuis longtemps que l'hémoglobine exerce sa fonction respiratoire grâce au fer qu'elle contient. C'est le fer qui lui permet de se charger, puis de se décharger d'oxygène. On sait aussi depuis longtemps que l'hémoglobine comprend deux fractions, l'hème et la globine. L'hème est le vrai pigment et porte le fer. La globine est une protéine formée par de nombreux acides aminés. La fonction respiratoire de l'hémoglobine est assurée par l'hème et dans l'hème par le fer. Le fer, qui est dans l'hème à l'état ferreux non oxydé, va, et c'est là sa propriété fondamentale, se combiner à l'oxygène. Le fer oxydé devient ferrique. Toute la structure de l'hémoglobine a pour objet d'assurer cette fonction, et avant tout d'éviter l'oxydation accidentelle prématurée du fer qui l'empêcherait d'exercer cette fonction. Ainsi le fer se trouve dans l'hème

au centre d'une organisation qui le protège. Ainsi la globine est faite de deux chaînes d'acides aminés, chaque chaîne contenant environ cent quarante acides aminés.

Ainsi encore et surtout, ces différentes chaînes s'orientent selon des hélices savantes qui s'enroulent et se replient. Enroulement et repliement ne sont point fortuits. Ils ménagent une porte centrale, une sorte de crevasse dans laquelle l'hème est enfoui, et assurent les liaisons souhaitables entre le fer et les autres éléments de la molécule qui le protègent et lui permettent d'exercer sa fonction.

On a pu, lors de la fixation ou de la libération de l'oxygène, reconnaître les mouvements des chaînes

*L*e sang est vraiment la fontaine de la vie. Tout à la fois il nous nourrit, nous défend et nous définit. Chaque battement de cœur, soixante fois, quatre-vingts fois par minute, jette dans la circulation les globules rouges qui portent la vie aux tissus. Les globules rouges, mais aussi de nombreuses substances indispensables à la vie des tissus comme le sucre. Cette fontaine de vie est différente d'un homme à l'autre. Elle contient les caractères très divers qui nous définissent et font de chacun de nous un être unique. Elle est à la fois nourricière et protectrice. Elle contient les défenses qui nous protègent contre les ennemis restés à l'extérieur ou ceux, plus dangereux, qui ont réussi à pénétrer dans notre corps. *La Fontaine de vie*, école d'Avignon (vers 1460-1470).

les uns par rapport aux autres, les changements de position de la poche, des poches de l'hème, l'intervention de certaines enzymes.

Les biochimistes, les biophysiciens modernes ont pu donner des représentations spatiales de ces phénomènes, de ces déroulements, de ces enroulements des chaînes moléculaires qui ressemblent à des serpents entrecroisés et qui, par leur rigoureuse précision, assurent notre vie.

On doit au savant anglais Perutz ces progrès essentiels de notre connaissance. Entre Lavoisier, qui, le premier, avant de périr sur l'échafaud, découvrit l'oxygène et son importance pour la respiration, et Perutz, près de deux siècles se sont écoulés.

DES MOLÉCULES PLURIELLES

Tout a peut-être commencé par l'hémoglobine, ou au moins par les ferments transporteurs d'électrons dont elle est la parente. La vie à son début n'a pu se développer sans énergie. Les transporteurs d'électrons apportaient ou permettaient d'utiliser l'énergie nécessaire. Sans eux point de vie. Le grand jour n'est pas celui où se forment protoplasme, appareil génétique – le système que nous attribuons à la vie –, mais bien le jour où apparaît la première molécule de transporteur d'électrons, de ferment oxydant. Plusieurs centaines de millions d'années de lent travail chimique sur le roc original, au sein de la soupe

de molécules de l'océan primordial, ont préparé ce jour. La vie est alors devenue possible.
Le présent de l'hémoglobine est aussi glorieux que son passé. On crut longtemps à l'unité de l'hémoglobine humaine. On connaît maintenant la pluralité des hémoglobines. C'est l'étude d'anémies géographiques qui a permis d'identifier les hémoglobines anormales, responsables de l'anémie. L'hémoglobine a en ces dernières années inspiré deux grandes recherches, l'une géographique, l'autre biochimique.

Les hémoglobines anormales sont dues à des modifications de structure de la globine. Ces modifications sont de deux sortes. Tantôt c'est une chaîne tout entière qui se substitue à une autre ; le remaniement porte donc sur une partie importante de la molécule. Tantôt, et beaucoup plus souvent, la modification a lieu à l'intérieur même d'une chaîne d'acides aminés, et porte par exemple sur la substitution d'un acide aminé à un autre acide aminé. Par exemple, l'acide 129 vient en 103 et réciproquement. Ce changement de position paraît un événement mineur. D'une hémoglobine à une autre, la différence est apparemment petite. On a pu comparer ces hémoglobines à autant de hérissons qui ne se distinguent l'un de l'autre que par un piquant cassé. C'est peu de chose qu'un seul piquant cassé, et pourtant un seul acide aminé changé a pour conséquence une maladie mortelle. Ce changement de position des deux acides aminés entraîne la formation d'une hémoglobine anormale. L'hémoglobine anormale entraîne à son tour une forme anormale et plus encore des fonctions anormales des globules rouges. D'où l'anémie mortelle qui frappe des millions d'enfants.
Aujourd'hui, plusieurs centaines d'hémoglobines anormales ont été décrites, analysées, avec, pour chacune, la connaissance exacte de la substitution d'acides, de l'anomalie moléculaire originelle qui la définit. Avec aussi des conséquences variées, tantôt hémoglobine produite en quantité insuffisante (comme pour les anémies des rivages méditerranéens), tantôt hémoglobine à propriétés physiques anormales (comme pour l'anémie des populations noires), tantôt hémoglobine instable se précipitant dans le globule rouge et le rendant fragile, tantôt hémoglobine à propriétés modifiées incapable de jouer correctement son rôle de livreur d'oxygène aux tissus.

VERS LA MÉDECINE DU XXIe SIÈCLE

Ainsi est illustrée, par la découverte même qui l'inspira, la remarquable conception de la pathologie moléculaire due au savant américain Linus Pauling. Les hémoglobinoses fournissent le premier exemple de maladies définies par un trouble chimique précis, par un désordre de l'arrangement des molécules.
C'est un très grand événement en médecine. Les douleurs et les malaises, la fièvre, tous les tourments dont souffre le patient, les hypertrophies et les atrophies constatées par le médecin, tous les désordres cliniques connus sous le nom de maladies sont liés à des désordres biochimiques fondamentaux, à des changements de la constitution moléculaire des éléments qui forment la substance vivante. Cette nouvelle conception transforme profondément le raisonnement médical. A la vieille méthode anato-

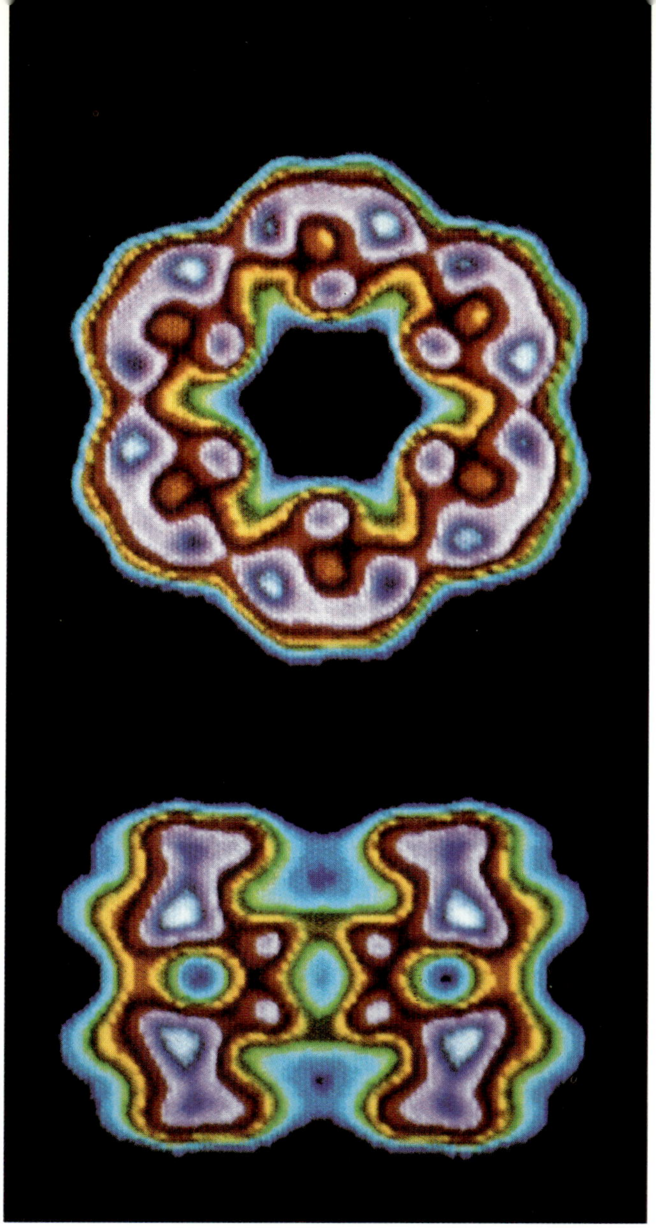

*L'*hémoglobine de l'homme est faite de deux éléments associés, l'hème, qui porte le fer, et une protéine, la globine. L'étude d'un ver bien connu, le lombric ou *Lombricus terrestris* permet de reconnaître ici cette protéine géante, composante de l'hémoglobine. Sa structure est illustrée par ces deux photographies prises au microscope électronique : le document du haut fournit une vue inférieure et celui du bas une vue latérale. Les dimensions de cette protéine du lombric permettent une étude précise de sa structure. Ainsi sont recueillies des informations utiles à la compréhension de la structure de la globine humaine.

mo-clinique héritée de Morgagni et de Laënnec, se substitue une méthode chimique neuve. On doit donc désormais tenter d'expliquer les maladies non plus par une lésion anatomique grossière, mais par un trouble chimique subtil. Il ne suffit plus de se représenter les lésions responsables des troubles observés, il faut tenter de définir l'erreur biochimique qui engendre ce désordre clinique. Cette erreur biochimique peut être innée ou acquise. Elle peut parfois être redressée : la correction de l'erreur biochimique entraîne la correction du trouble chimique qui en dépend et, partant, la guérison d'une maladie.

*L*e médecin du passé palpait un abdomen, essayait de se représenter les lésions de l'intestin, du foie, du péritoine, responsables des anomalies perçues par le palper, et par exemple ce que trouverait un chirurgien intervenant aussitôt. Le même médecin auscultant un poumon s'interrogeait, se demandait quelles lésions des bronches, des alvéoles correspondaient aux souffles, aux râles que percevait son oreille.

Le médecin du présent, et plus encore le médecin du futur, ont un raisonnement différent. Soit une anémie : quels sont les changements de la structure chimique des molécules sanguines, responsables de l'anémie ? Soit une jaunisse : quelles sont les modifications de la chimie des cellules du foie responsables de la jaunisse ? Ainsi est née la pathologie moléculaire. L'hématologie, la science du sang, lui a fourni son motif et ses premiers exemples. Toute la médecine a suivi. La médecine du XXIe siècle va être entièrement gouvernée par le concept de pathologie moléculaire.

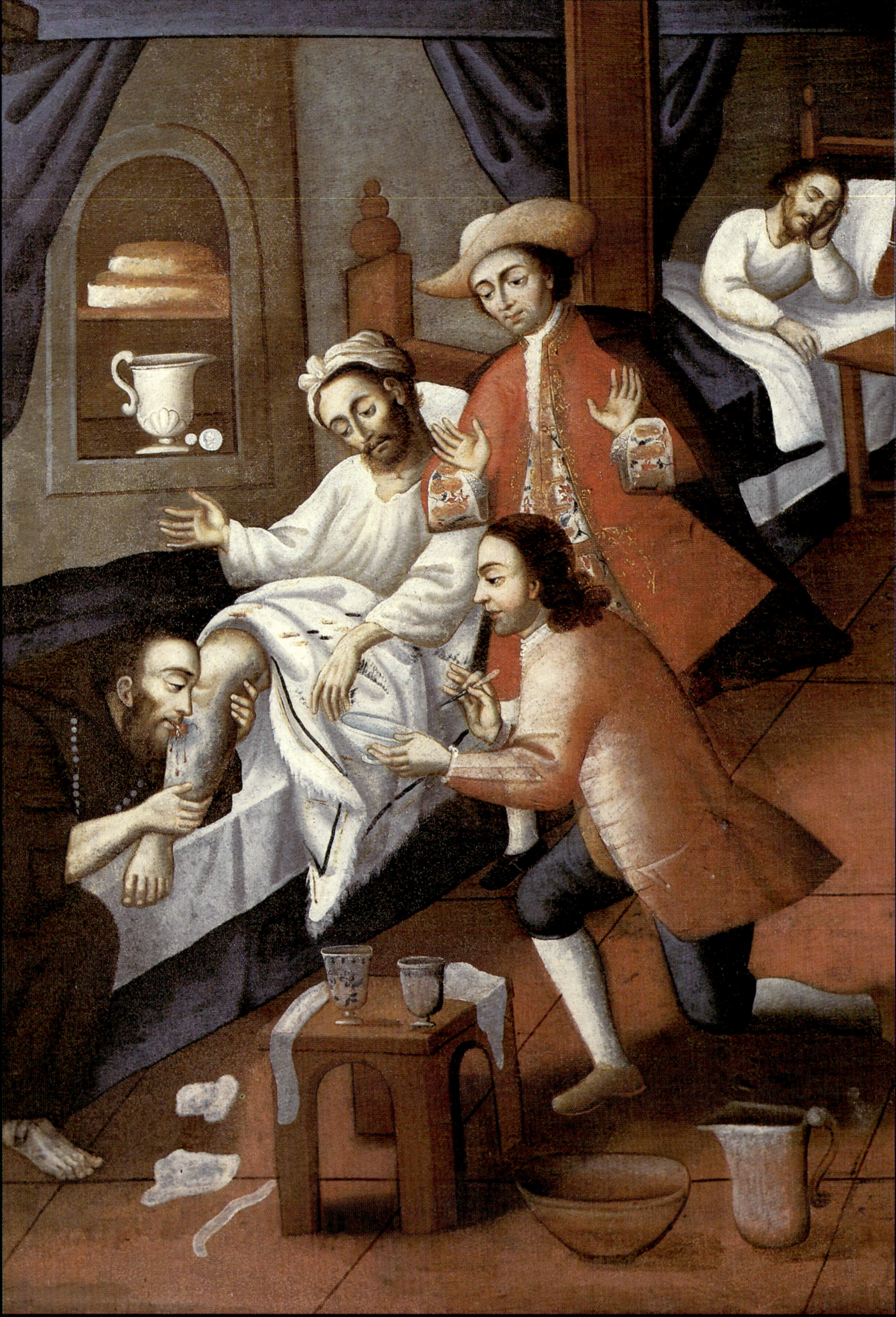

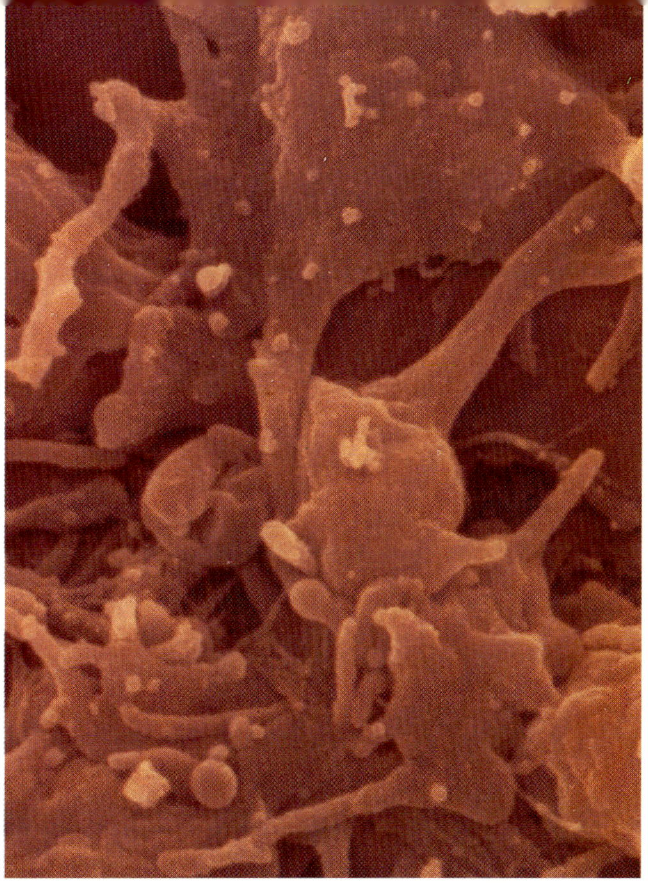

*L*ongtemps la médecine est restée inefficace. Les maladies bénignes guérissaient sans l'intervention des médecins, les maladies graves étaient toutes mortelles.
Dans les hôpitaux, les religieux étaient souvent à la fois médecins et infirmiers, comme le montre un détail du tableau de Zapatta, *Religieux saignant les malades à l'hôpital San Andrès* (Cuzco, Pérou) ; de modestes secours et surtout la compassion étaient apportés aux patients.

*L*a médecine va progresser grâce à l'expérimentation et à la physiologie. Le troisième élément du sang, la plaquette sanguine, maintient un des grands équilibres de la vie, entre excès et insuffisance de fluidité du sang. Cette photo de Lennart Nilsson montre comment, après une coupure, les plaquettes s'agrègent entre elles et adhèrent à la paroi du vaisseau, arrêtant ainsi l'hémorragie.

VERS LA GUÉRISON

Les progrès survenus dans la connaissance des globules blancs permettent de proposer une définition de l'homme. Les progrès survenus dans la connaissance des globules rouges, de l'hémoglobine, permettent de proposer à la médecine une nouvelle méthode. L'étude du troisième élément du sang, la plaquette sanguine, permet dès maintenant, permettra plus encore demain, de traiter, de prévenir les obstructions des vaisseaux appelées thromboses, de retarder la mort.

D'un côté les plaquettes sanguines décrites en premier par Alfred Donné à l'Hôtel-Dieu de Paris en 1842, puis à Londres par Georg Gulliver, identifiant les plus lilliputiennes des cellules du sang dont le

*L'*hémorragie, depuis les temps les plus reculés jusqu'à l'époque contemporaine, est une cause fréquente de la mort des hommes.
Cette perte de sang peut survenir dans trois conditions : elle est parfois la conséquence d'un trouble de la coagulation comme l'hémophilie ; celle de la lésion d'une viscère comme l'ulcère de l'estomac ; ou encore elle peut être provoquée par une blessure accidentelle ou intentionnelle.
On voit ici un crime passionnel extrait du *Code des lois du roi Magnus Eriksson.*

diamètre atteint à peine deux millièmes de millimètre.

D'un autre côté le grand danger, le plus grand danger qui menace les hommes en Europe et en Amérique du Nord, les obstructions, les thromboses des artères, les infarctus du myocarde, les hémorragies du cerveau, les artérites. En 1990, les maladies du cœur et des vaisseaux ont tué deux cent mille Français, cependant que le cancer était responsable de cent mille morts.

Un homme se coupe avec un couteau, se pique avec une aiguille, quelques gouttes de sang s'écoulent. Après deux ou trois minutes, la petite hémorragie s'arrête. Cet arrêt tout simple est la conséquence de

phénomènes très complexes, d'une physiologie très subtile. On appelle hémostase l'arrêt de l'hémorragie et, par extension, l'ensemble des phénomènes, des fonctions responsables de cet arrêt.

Si le sang est trop fluide, une blessure insignifiante peut provoquer une hémorragie fatale. Si le sang est trop épais, à tout moment peut survenir l'encombrement des vaisseaux, la thrombose, la mort. Le sang coagule dès qu'à la suite d'une plaie il s'épanche hors des vaisseaux. Mais normalement, dans les vaisseaux, le sang circule et ne coagule pas.

L'équilibre entre l'excès de fluidité et l'insuffisance de fluidité est fondamental, essentiel à la vie. Sans cet équilibre, point de vie. Cet équilibre est assuré par de nombreux facteurs. Au premier rang de ces facteurs se trouvent les plaquettes sanguines.

Souvenirs...

En 1929, je suis interne à l'hôpital Beaujon, situé alors faubourg Saint-Honoré. Dans la bibliothèque de la salle de garde, je découvre le volume des *Opera medica*, édité à Hanovre en 1775, et dans ce volume la première description d'un purpura observé chez une jeune femme, description due à Paul Gottlieb Werlhoff. Sous le nom de purpura (pourpre) on entend les tâches de sang de la peau, les hémorragies de la peau. Paul Gottlieb Werlhoff est médecin à la cour du roi George II d'Angleterre. Ce purpura s'appellera longtemps *morbus Werlhoffi,* la maladie de Werlhoff.

Je revois Georges Hayem, présidant en 1931 les premières séances de la Société française d'hématologie, à peine fondée, dont j'étais le jeune secrétaire. Les séances ont lieu à l'Hôtel-Dieu de Paris, dans le salon Saint-Christophe. Les meubles sont vieillots. Pour avancer sur le parquet ciré, on utilise des patins, ces rectangles de feutrine dont on usait naguère chez nos tantes de province.

Georges Hayem a quatre-vingt-dix ans. Il est vêtu de noir, porte de fines lunettes noires et, sur des cheveux de neige, un chapeau dit Cronstadt, qui est une sorte de demi-haut-de-forme. Il est le père vivant de l'hématologie. Son fameux livre *Du sang et de ses altérations anatomiques*, paru en 1889, a été la bible de l'hématologie naissante. Le premier il établit la relation entre purpura, hémorragie et insuffisance des plaquettes. Le premier il comprend et montre que les plaquettes ont des fonctions précises, qu'elles gouvernent pour une large part l'équilibre entre l'insuffisance et l'excès de fluidité du sang. Il écoute avec attention les rapports, les communications des jeunes hématologues. Il intervient dans les discussions, rappelant d'anciennes observations : « Mes enfants, dit-il, j'ai déjà fait cette constatation avant la guerre. » Et nous ne savons jamais de quelle guerre il s'agit : la guerre de Crimée, la campagne d'Italie, l'expédition du Mexique ou la guerre de 1870 ?

En 1948, à Buffalo, je rencontre l'illustre physiologiste américain Armand Quick, auteur de remarquables travaux sur la coagulation, les maladies hémorragiques. Je viens de donner au Congrès d'hématologie réuni à Buffalo la description d'une nouvelle maladie héréditaire des plaquettes sanguines. Armand Quick me rappelle en souriant que, pendant ses études de médecine, au début du siècle, un de ses maîtres, parlant dans son cours des plaquettes sanguines, avait dit aux étudiants :

Les cellules les plus grandes de la moelle osseuse s'appellent les mégacaryocytes (en jaune). On sait aujourd'hui que ces mégacaryocytes sont les cellules mères des plaquettes sanguines. Les plus grandes cellules de la moelle fabriquent les plus petites cellules du sang. De l'état des mégacaryocytes, de leurs éventuelles altérations, dépendent l'état des plaquettes sanguines et en conséquence les hémorragies ou les thromboses.

« Méfiez-vous, messieurs, ce sont peut-être des poussières. »

En 1916, pendant la Première Guerre mondiale, une jeune femme souffrant d'hémorragies graves par manque de plaquettes est admise dans la clinique médicale de l'université de Prague, capitale de la Bohême, alors autrichienne. L'un des médecins de cette clinique, Paul Kaznelson, suppose que la rate, détruisant exagérément les plaquettes, est responsable de la maladie. Il propose comme traitement l'ablation de la rate, la splénectomie.

J'ai rencontré vers 1950 un des collaborateurs de Paul Kaznelson, le docteur Frank. La proposition de Paul Kaznelson fut, me dit-il, d'abord examinée avec méfiance. De telles interventions étaient alors très peu habituelles, le danger d'hémorragies provoquées par l'intervention paraissant très grand. Un

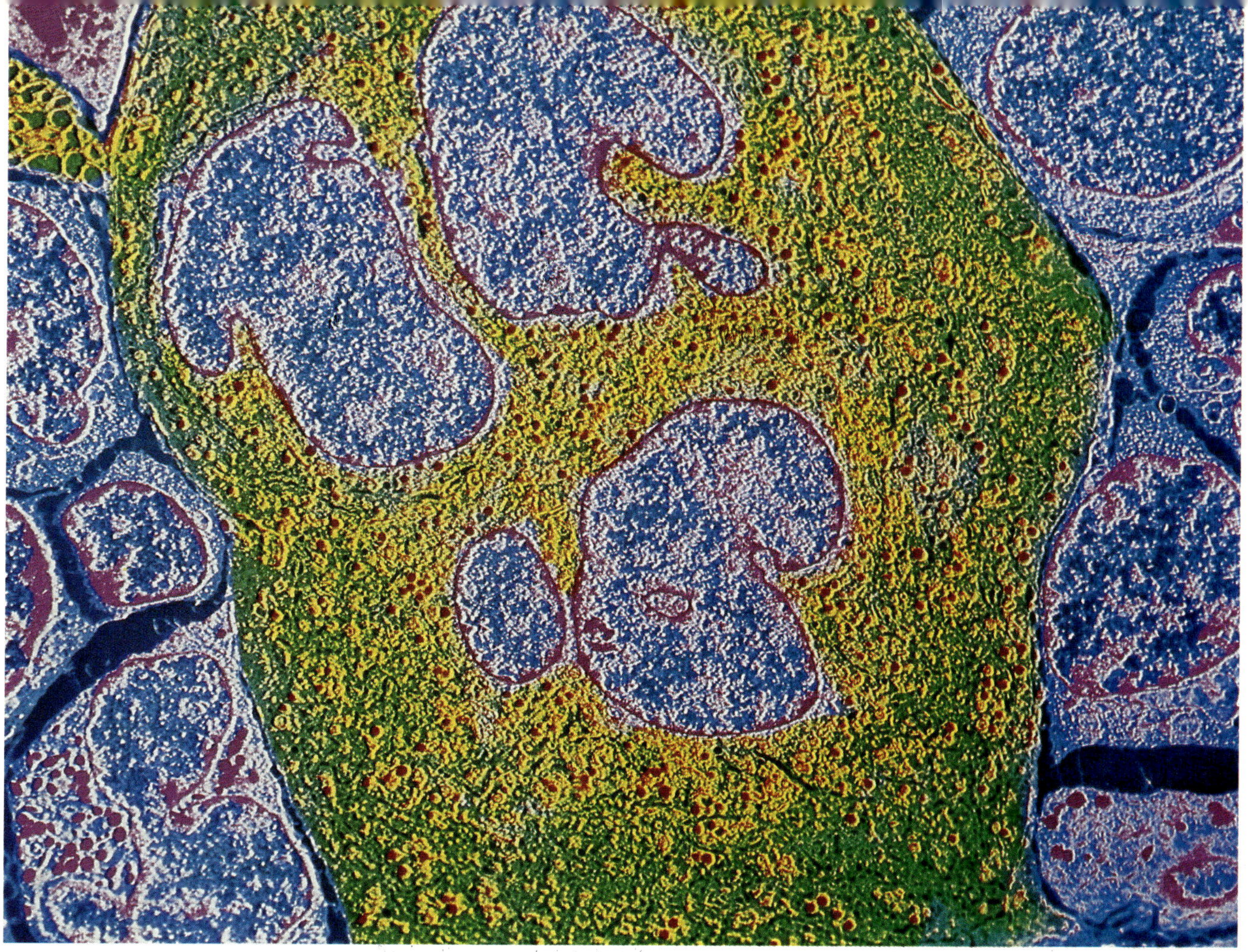

argument l'emporta. « Tant de nos jeunes hommes meurent sur le front russe. Le risque que nous assumons est beaucoup plus petit. » L'ablation de la rate eut lieu sans incident. La guérison fut obtenue. Depuis trois quarts de siècle, cette intervention est l'un des traitements les plus efficaces des maladies hémorragiques par insuffisance des plaquettes.

En 1955, j'assiste à la projection d'un film dans le laboratoire de Marcel Bessis. Les bras d'une pieuvre s'allongent, forment un nœud compact de matière, s'allongent à nouveau. Les mouvements sont tantôt lents, paisibles, tantôt rapides, saccadés, puis à nouveau lents. La substance de la cellule se ramifie dans ces bras qui s'allongent, s'étirent, deviennent des fils. A nouveau surviennent des contractions, des épaississements, des allongements. Bientôt les rubans se détachent, se fragmentent en petits éléments. Ces quelques lignes ne sont pas empruntées aux *Chants de Maldoror*. Elles décrivent la naissance des plaquettes. Les microscopes optiques traditionnels, les microscopes électroniques les plus pénétrants ne voient que des cellules mortes, des cadavres. Le microscope à contraste de phase, lui, voit des cellules mouvantes, vivantes. D'éminents chercheurs, et en particulier Marcel Bessis, ont eu l'idée d'allier le microscope à contraste de phase au cinématographe, et de projeter ensuite à vitesse accélérée les images enregistrées. La vitesse de la vie dépend alors de l'observateur qui peut transmuer les semaines en secondes. C'est ainsi qu'a pu être définitivement comprise la naissance des plaquettes.

Ce sont les plus grandes cellules de la moelle osseuse, les mégacaryocytes, qui engendrent les plaquettes. Les géants de la moelle forment les nains du sang. Cette origine, envisagée par Wright dès 1906, n'a été confirmée que cinquante ans plus tard par le contraste de phase, le cinéma et l'accélération.

DE LA STRUCTURE À LA FONCTION

Depuis Claude Bernard, la plus haute ambition des physiologistes est d'établir un lien entre structure et fonction. Cet objectif a été atteint pour les plaquettes en trois étapes, avec la succession de découvertes importantes qui commence par l'observation rigoureuse, attentive, due à des cliniciens, de rares maladies héréditaires (première étape), passe par la définition précise des fonctions troublées, responsables des hémorragies (deuxième étape), reconnaît enfin l'anomalie de la structure chimique des plaquettes, identifie chacune des fonctions des plaquettes et leur altération, identifie la molécule assurant telle fonction, telle autre molécule assurant telle autre fonction (troisième étape).

La première étape est clinique, avec la description des maladies héréditaires rares des plaquettes. On savait donc, depuis Georges Hayem, que la forte diminution du nombre des plaquettes entraîne de graves hémorragies. On apprend plus tard que les altérations de la qualité des plaquettes, dont le nombre reste normal, peuvent être aussi responsables d'hémorragies. Tel est le cas de trois maladies familiales rares des plaquettes.
La première maladie a été décrite en Suisse. Depuis plus de mille ans, les habitants des hautes vallées valaisanes descendent peu dans la plaine, n'acceptent guère les étrangers, se marient entre eux. Cette

Les médecins ont longtemps employé les thérapeutiques soustractives : les purgations, les clystères et surtout les saignées. Depuis la préhistoire et jusqu'au début du XXe siècle, la saignée a été largement ordonnée. Elle fut recommandée par toutes les écoles médicales comme remède à toutes les maladies. Molière s'amuse et ironise : quelle que soit l'affection à traiter, ses médecins, grotesques et caricaturaux, prescrivent la saignée, unique panacée. Mais nous avons beaucoup d'autres traces de cette thérapie que tous les autres médecins utilisent, comme le montre cette gravure datant du XVe siècle parue dans le *Tractabus de Pestilentia* de M. Albik.

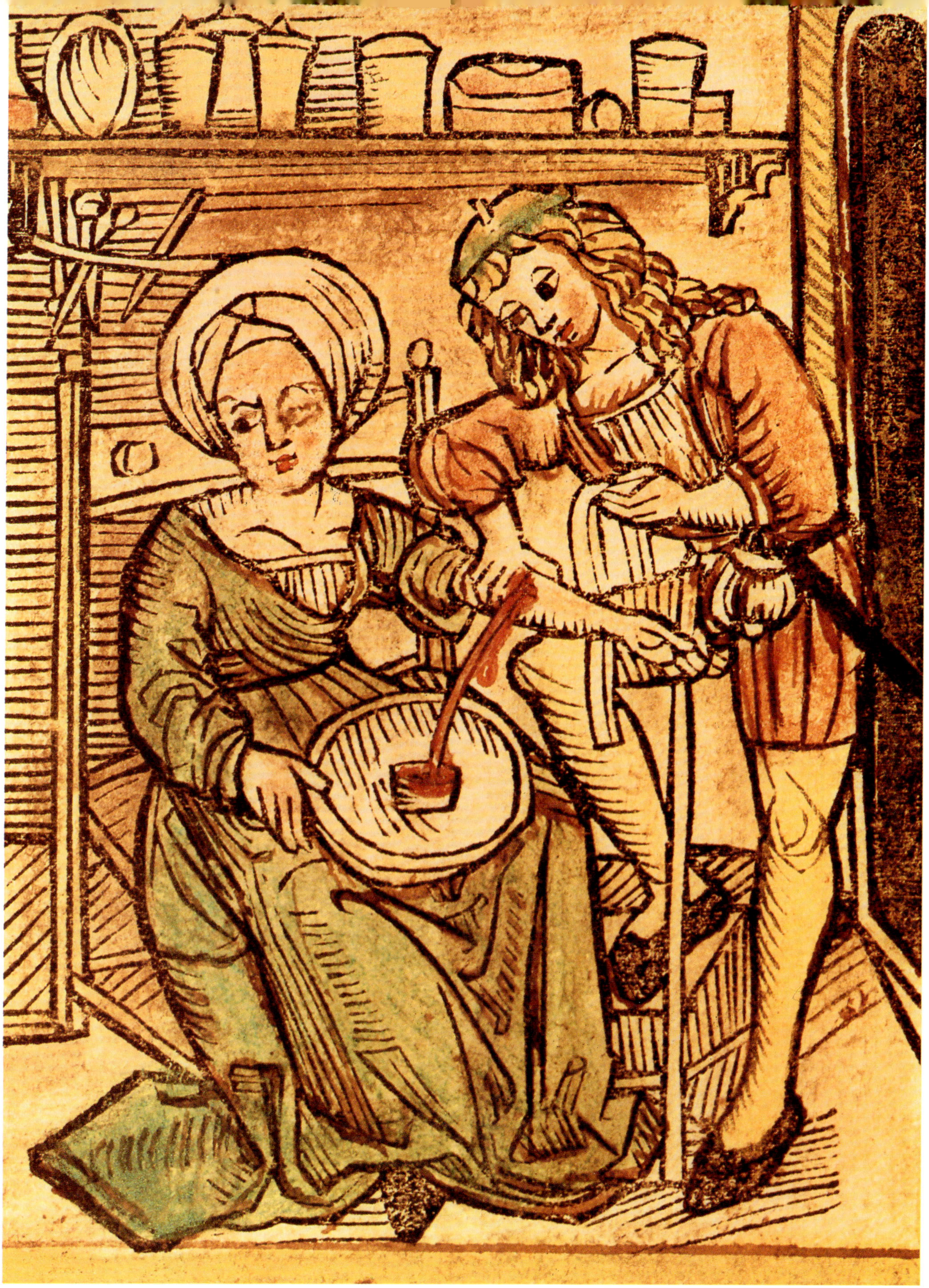

endogamie favorise la persistance des tares, des anomalies initialement fortuites. C'est ainsi qu'Édouard Glanzmann, pédiatre de Berne, a étudié en 1918 plusieurs familles du Valais, victimes d'une maladie hémorragique héréditaire. Les hémorragies sont la conséquence d'un désordre plaquettaire. Le nombre des plaquettes est normal, mais leur qualité est altérée.

La deuxième maladie a d'abord été reconnue en France. Simone naît en 1946 et meurt trois semaines plus tard, emportée par des hémorragies abondantes et multiples. Le sang du nouveau-né avait été envoyé dans un laboratoire parisien. Aucun diagnostic n'avait pu être porté. La forme anormale des plaquettes avait été remarquée. En 1947 naît Michel, frère cadet de Simone. Des hémorragies abondantes surviennent après quinze jours de vie. L'enfant est hospitalisé à Paris. Un traitement vigoureux, des transfusions abondantes lui permettent de survivre, puis de vivre. Le nombre des plaquettes est normal mais leur taille est anormale, très grande. Leur forme est très anormale aussi. Cette altération des plaquettes est assurément responsable de la maladie des deux enfants, de la mort de l'aînée. Elle n'avait pas été antérieurement signalée. Cette maladie nouvelle, cette altération familiale particulière de la qualité des plaquettes est décrite en 1948. D'autres observations recueillies sur tous les continents sont venues confirmer la première description. Depuis quarante ans, cette maladie très rare fait l'objet d'études attentives qui ont précisé son hérédité, ses symptômes, les liens existant entre ces symptômes et les troubles des plaquettes.

La troisième maladie est, initialement au moins, américaine. Elle est extrêmement rare, quatre familles en tout ont été observées, deux américaines, deux françaises. L'histoire de la maladie est ici encore faite d'hémorragies importantes ou modérées pendant l'enfance et l'adolescence. Le nombre des plaquettes est normal, leur apparence est anormale. L'affection est appelée maladie des plaquettes grises à cause de l'aspect terne des plaquettes sur les préparations colorées.

La deuxième étape est physiologique. Ces maladies familiales rares réalisent une véritable dissection des fonctions plaquettaires. Dans chacune de ces maladies, c'est une seule fonction plaquettaire qui est altérée. Ainsi, dans la maladie suisse, c'est la fonction d'agrégation des plaquettes qui est troublée. Les plaquettes normales se rassemblent, s'agrègent en adhérant à la plaie et forment un bouchon efficace. Les plaquettes des enfants malades ne s'assemblent pas, ne s'agrègent pas. L'absence d'agrégation des plaquettes des malades d'Édouard Glanzmann explique les hémorragies de ces enfants, leur vie troublée par les saignements, parfois leur mort. Dans la maladie française, celle qui a tué Simone et atteint son frère, c'est la fonction d'adhérence des plaquettes à la paroi des vaisseaux qui est gravement perturbée. Ces plaquettes s'assemblent, s'agrègent très bien, mais n'adhèrent pas à la paroi des vaisseaux. D'où les hémorragies.

Dans la troisième maladie, celle des plaquettes grises, il s'agit d'un trouble de la fonction de sécrétion. La plaquette normale fonctionne comme une petite glande et sécrète des substances qui, à des temps variables, interviennent et gouvernent l'hémostase, c'est-à-dire empêchent les hémorragies. Une

analyse très attentive des plaquettes grises a reconnu l'absence de certains granules de la plaquette, les granules alpha, et l'absence de diverses substances indispensables sécrétées par les granules des plaquettes.
Rien de plus remarquable que cette atteinte d'une seule fonction des plaquettes, d'une fonction différente dans chacune de ces trois maladies, les autres fonctions étant chaque fois respectées.

La troisième étape, l'étape biochimique, est plus remarquable encore. Les plaquettes normales sont entourées d'une membrane faite de substances spéciales, appelées glycoprotéines.
Dans la maladie suisse, décrite par Édouard Glanzmann, manquent deux glycoprotéines appelées II et III. Ces glycoprotéines II et III sont responsables de la cohésion, de l'agrégation des plaquettes entre elles. En leur absence, point de cohésion, point d'agrégation.
Dans la maladie française, définie par un trouble de l'adhérence à la paroi des vaisseaux, manque une autre glycoprotéine, la glycoprotéine I. Cette découverte, due à l'école française, en particulier à Jacques Caen, Nurden et leurs collaborateurs, a une double importance. Elle définit la maladie par un désordre chimique précis, l'absence de glycoprotéine I. Mais surtout elle reconnaît le mécanisme normal (ou l'un des mécanismes normaux) de l'adhérence à la paroi du vaisseau de la membrane des plaquettes. Cette glycoprotéine est le site de l'adhérence de la plaquette au vaisseau. Sa présence empêche l'hémorragie, son absence dans la maladie de Michel entraîne l'hémorragie.

Pendant longtemps les descriptions des physiologistes ont été très sommaires. On se bornait à constater que les plaquettes s'agglutinaient, formaient bouchon, collaient à la paroi des vaisseaux. On n'allait pas plus loin. On a récemment progressé. On analyse ces phénomènes avec le langage, avec les méthodes de la chimie moderne. Phénomènes fondamentaux, leur ordre maintient notre vie. Leur désordre peut entraîner la mort par hémorragie ou par thrombose.
Les trois responsables de cet ordre, de ce désordre, sont les cellules qui bordent la paroi des vaisseaux, les plaquettes et certains éléments du plasma. La paroi des vaisseaux est faite de deux strates, de deux couches superposées. La couche interne, celle qui est en contact avec le sang, est formée d'éléments, les cellules endothéliales qui, à l'état normal, refusent l'adhérence de la plaquette. La couche externe, faite essentiellement d'une substance chimique appelée collagène, protégée par la couche des cellules endothéliales, n'est normalement pas en contact avec le sang. Elle peut recevoir l'adhérence des plaquettes. Heureuse et périlleuse propriété. Heureuse parce qu'elle permettra, en cas de blessure des vaisseaux, l'adhérence des plaquettes, l'arrêt de l'hémorragie. Périlleuse parce qu'une thrombose peut être ainsi amorcée.

Les progrès de la connaissance, dus à l'étude de maladies héréditaires rares, ont précisé le dialogue chimique qui s'établit entre certaines cellules des vaisseaux et les plaquettes. On connaît, on définit certains termes du dialogue. Ces termes sont les substances fabriquées soit par les plaquettes, soit

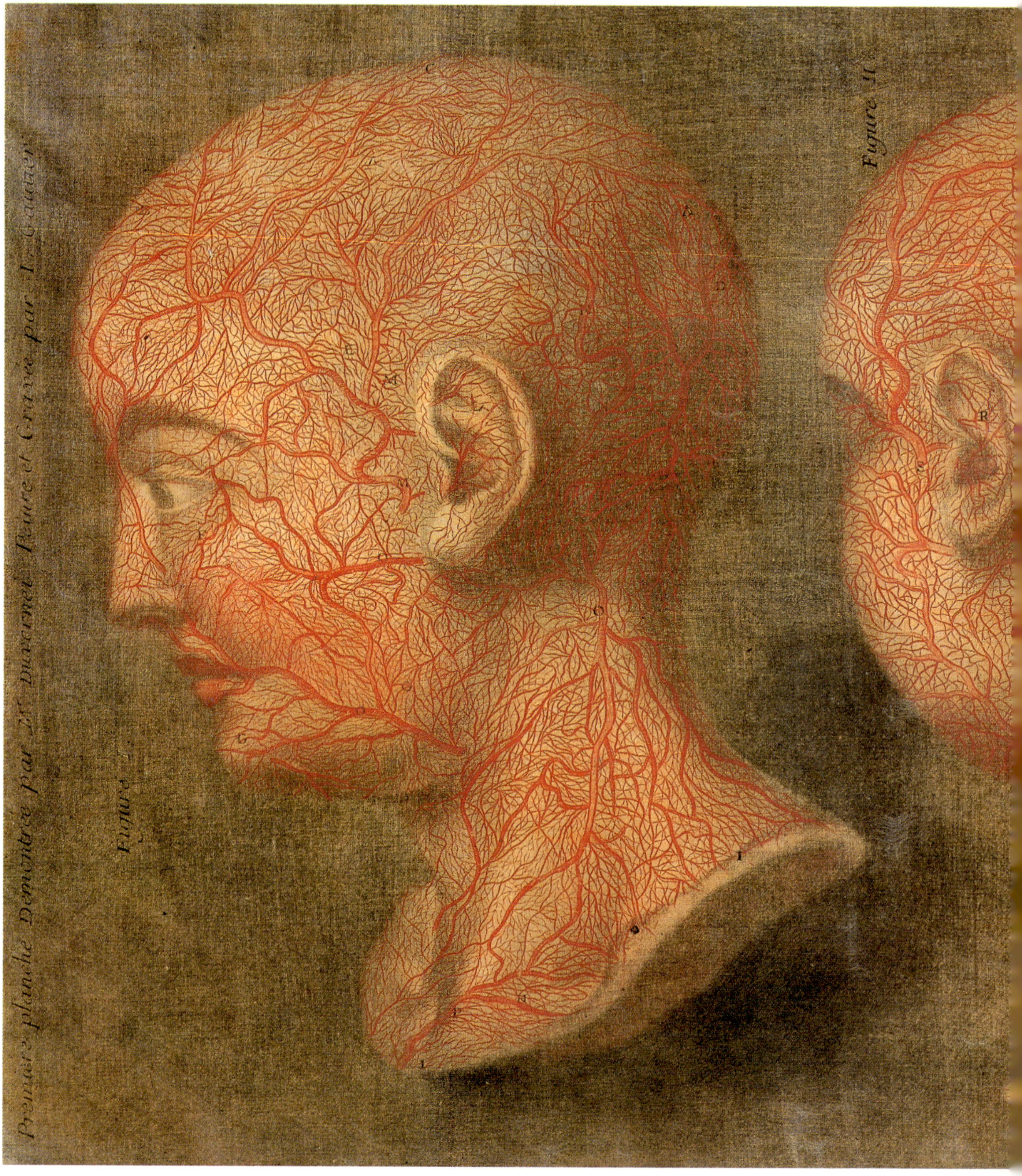

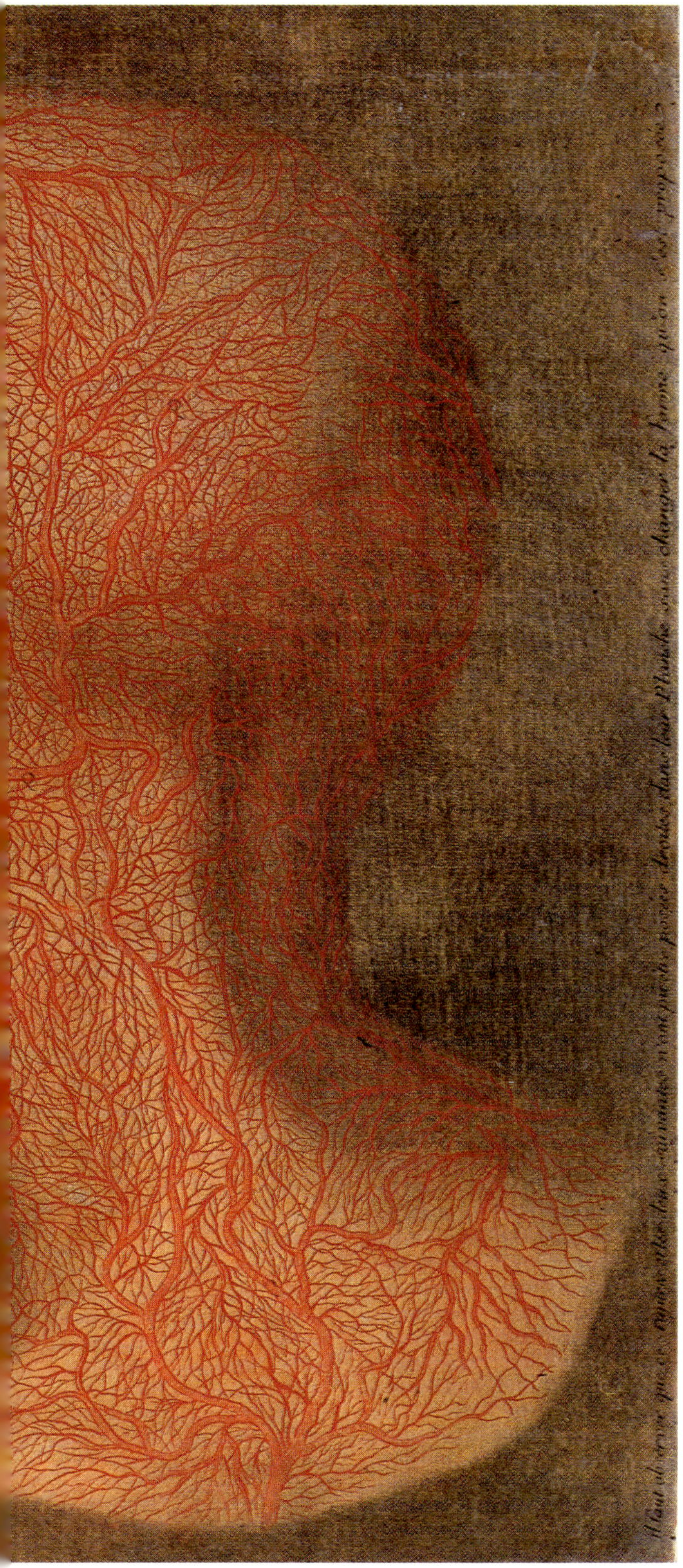

*L'*anatomie, la physiologie du sang sont restées incertaines, imprécises durant des siècles. Les autopsies ont longtemps été interdites ou rarement pratiquées. La circulation du sang a été ignorée jusqu'au XVIIe siècle.

C'est lorsque se développent les recherches anatomiques que se dévoile l'admirable complexité du système des vaisseaux de l'homme. On découvre les artères, les veines, et leurs ramifications.

Entre les deux, se révèlent les capillaires longtemps méconnus. Cette planche anatomique du XVIIIe siècle (vers 1746), réalisée par Jacques Gautier d'Agoty, représentant l'irrigation de la tête d'un enfant, illustre cette complexité, peu différente de la complexité que reconnaîtraient les méthodes actuelles.

par les vaisseaux dont l'échange permet l'équilibre. L'harmonie de celui-ci assure l'intégrité de l'arbre vasculaire. Des anomalies de structure et de fonction des cellules des vaisseaux ou des plaquettes peuvent rompre cet équilibre et se trouver à l'origine de désordres graves : l'artériosclérose, la thrombose, les hémorragies.

Nous commençons à mieux comprendre la succession, l'intrication de phénomènes longtemps restés obscurs. L'adhérence de la plaquette au vaisseau est suivie de grands changements : changements de la forme des plaquettes qui deviennent rondes, changements de leur structure, changements de leur chimie avec libération de nombreux constituants qui vont intervenir dans la relation entre plaquettes et vaisseaux.

Cependant les plaquettes, après avoir subi ces changements de structure, après avoir libéré dans le milieu une partie de leurs sécrétions, perdent définitivement leur liberté. Elles étaient des éléments libres, circulant dans le sang. Elles se sont arrimées au vaisseau. Elles s'accolent maintenant entre elles, s'agrègent les unes aux autres. D'abord très fragile, fragmenté par le courant sanguin, l'agrégat plaquettaire devient plus solide et ferme la plaie. De nombreuses substances interviennent pour favoriser cette agrégation : acides gras, prostaglandines, protéines contractiles venant des plaquettes elles-mêmes, acide phosphorique, fibrinogène, calcium.

Dans ce domaine fondamental resté si longtemps obscur, de remarquables progrès sont dus aux recherches récentes. La prévention et le traitement des hémorragies, des thromboses, devraient, dans un avenir proche, se trouver amendés ou transformés.

*L'*obstruction des artères, la thrombose, peut être due à des altérations du sang avec formation anormale d'un caillot, à des altérations des artères elles-mêmes ou à des troubles affectant les relations entre sang circulant et artères. L'artériosclérose représentée sur cette photographie de Lennart Nilsson est la plus grave, la plus fréquente des maladies des artères. Elle est favorisée par des désordres d'absorption et de fixation des graisses souvent liés à un taux élevé des graisses du sang.

La lumière obstruée

On peut définir une thrombose comme une masse organisée de cellules du sang (globules rouges, globules blancs, plaquettes), de fibrine et d'autres protéines du plasma qui obstrue la lumière d'une cavité cardiaque ou d'un vaisseau. Les thromboses sont les complications fréquentes des maladies du cœur et des vaisseaux, de l'artériosclérose, maladies qui atteignent les organes vitaux, le cœur, le cerveau, le rein.

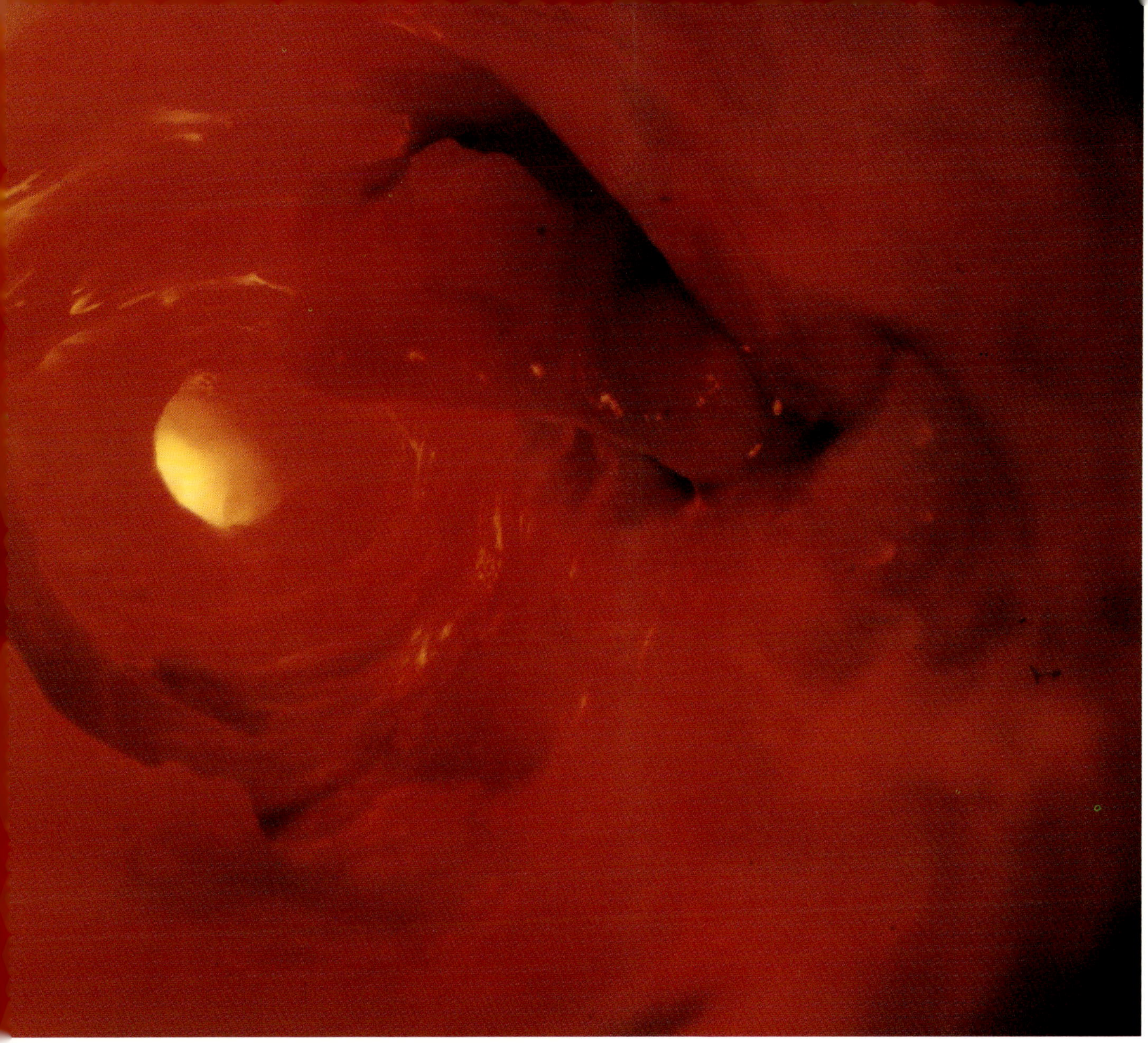

Tout au long des cinquante kilomètres des vaisseaux qui parcourent le corps humain, se déroule un ballet incessant entre les cellules du sang – en premier lieu les plaquettes – et les cellules de la paroi des vaisseaux.

Comparons ce ballet au flottage. Sur certaines rivières, les troncs d'arbres, grossièrement coupés, plus ou moins assemblés, descendent au fil du courant. Ils sont parfois très nombreux et par leur masse obstruent la rivière. Parfois c'est l'une des rives qui s'étend et vient rétrécir ou même fermer le passage de l'eau. Plus souvent c'est le choc tout récent d'un ou de plusieurs troncs d'arbres qui bouleverse un rivage antérieurement altéré, le conduit à former des îles, des presqu'îles constituées des troncs d'arbres et des pierres, du sable de la rivière. Elles vont rapidement ou lentement boucher complètement le cours d'eau. De ces oppositions entre le flottage et les berges, naissent les compromis qui permettent les régulations, les équilibres utiles. Ainsi peuvent être naïvement représentées les relations des plaquettes sanguines avec la circulation du sang, avec la paroi des vaisseaux.

Certaines maladies sont définies par la forte augmentation du nombre des plaquettes. Ces plaquettes trop nombreuses peuvent par leur masse ralentir la circulation et même l'arrêter complètement. Fort heureusement, des médicaments efficaces permettent le plus souvent de diminuer le nombre excessif des plaquettes et de corriger ou de prévenir l'obstruction.

L'histoire de Gilbert en est un exemple. Gilbert, quarante-cinq ans, général d'aviation, souffre de vives douleurs, d'engourdissement des pieds. Les pieds sont froids, remuent difficilement. Gilbert ne peut plus piloter. Il doit vivre en pantoufles. Tout à la fois il est malheureux et se sent vaguement déshonoré. Après de nombreuses consultations, hésitations, après de nombreux examens, une forte augmentation du nombre des plaquettes (1 000 000 par millimètre cube au lieu de 200 000, chiffre normal) est découvert. Le traitement convenable est prescrit. Le nombre des plaquettes redevient normal. Les douleurs, l'engourdissement disparaissent. Gilbert retrouve ses souliers militaires et son poste de pilotage.

Dans ce cas, les plaquettes paraissent jouer un rôle lointain dans la naissance de l'artériosclérose. De nombreuses données expérimentales sont ici concordantes.

Point d'artériosclérose chez les lapins privés de plaquettes. Point d'artériosclérose chez les porcs atteints d'une maladie héréditaire spontanée des plaquettes, incapables d'adhérer au vaisseau. Remarquables variations de la fréquence de l'artériosclérose des babouins selon l'état des plaquettes.

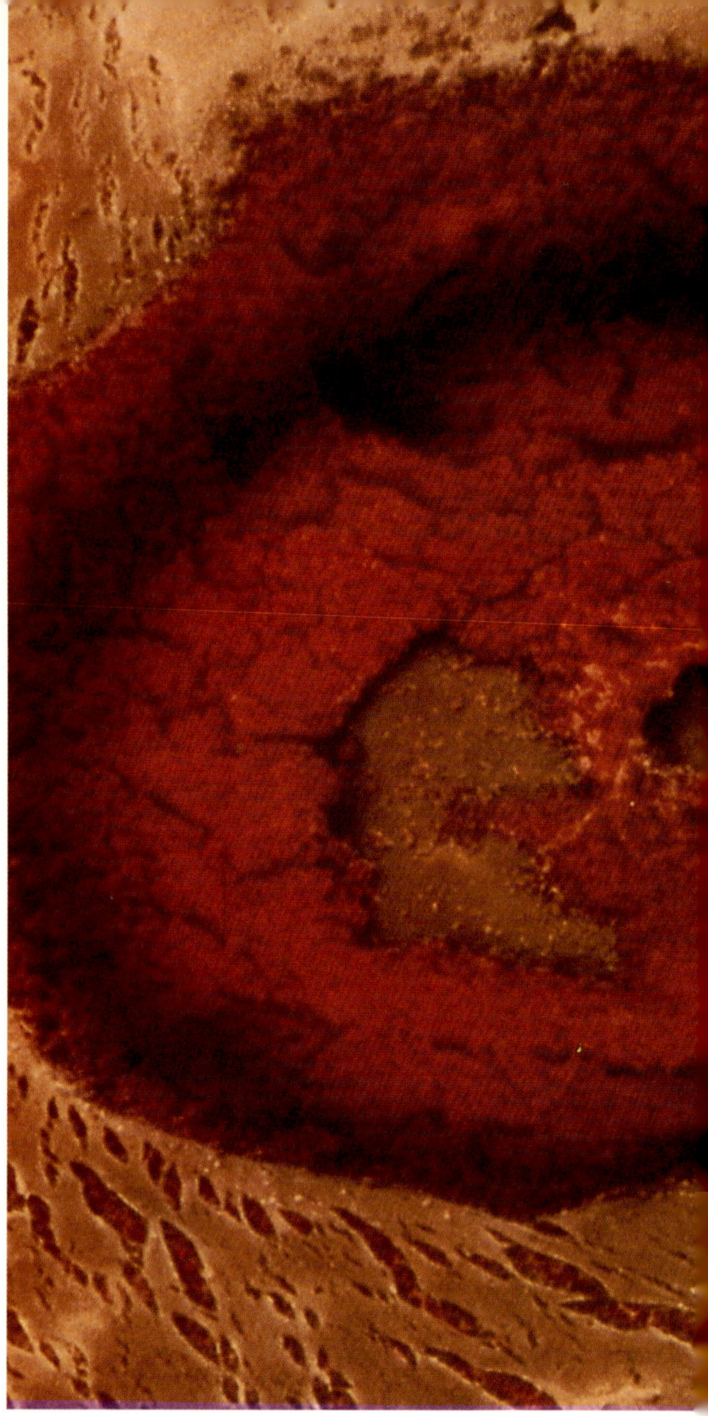

La thrombose est une obstruction des artères par un caillot nommé *thrombus*. Ce caillot est formé de fibrine. De nombreuses substances sont employées en thérapeutique pour tenter de le dissoudre. Cette photographie de Lennart Nilsson illustre l'action de l'une de ces substances, l'activateur du plasminogène, qui disloque le caillot, libérant les globules rouges et les fragments de fibrine.

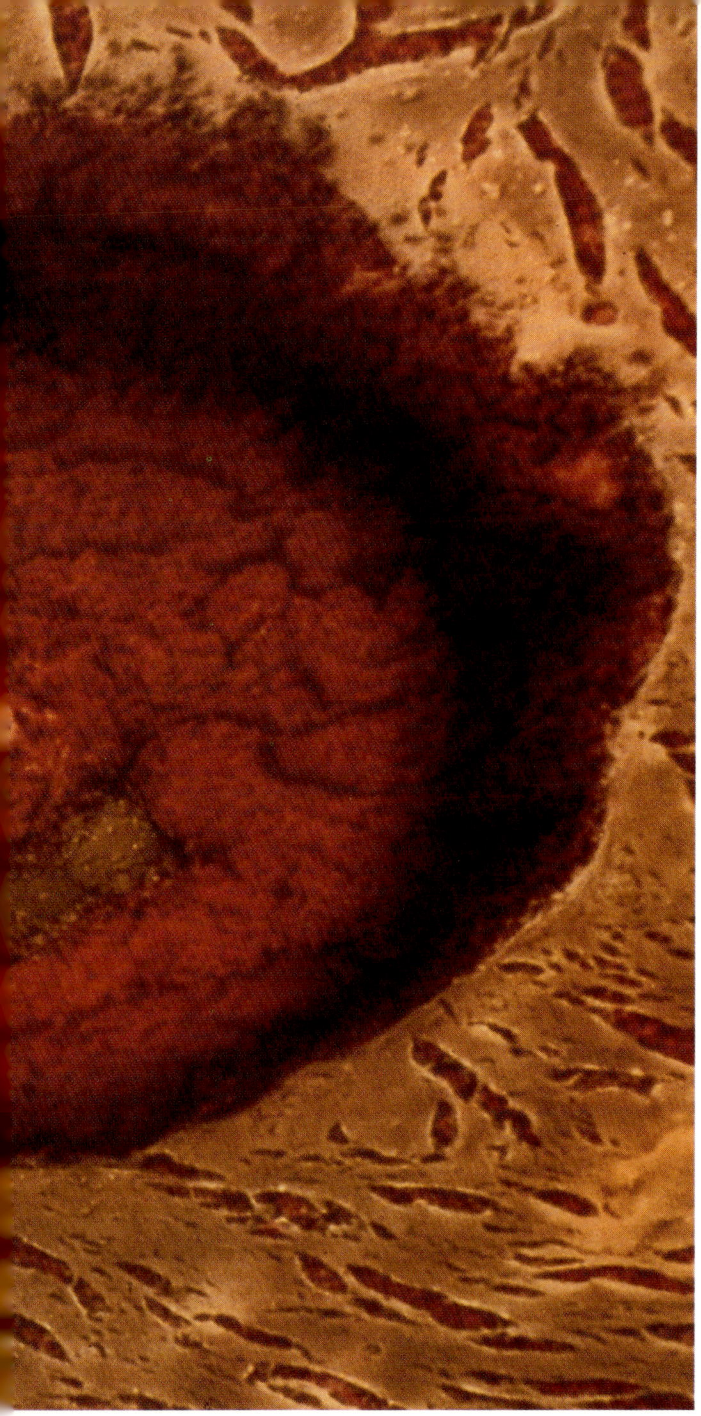

La situation la plus importante, la plus assurée, la plus commune est celle du tronc d'arbre qui heurte la rive, la transforme et conduit à la formation d'un obstacle. C'est la relation entre plaquette et paroi du vaisseau, la formation de la thrombose.

La connaissance des thromboses est très ancienne. Huang Ti, voici vingt-cinq siècles, décrit déjà les douleurs et les maladies liées à l'obstruction des vaisseaux. Saint Louis, en 1257, guérit miraculeusement un malade atteint d'une thrombose de la jambe. Mais longtemps cette connaissance est très imparfaite, et les médecins distinguent mal la thrombose de l'embolie, de la coagulation qui se fait dans les vaisseaux après la mort. Limitée longtemps aux documents cliniques et anatomiques, la connaissance des thromboses a beaucoup progressé en ces dernières années. Une discipline nouvelle est née, l'angio-hématologie, qui a pour objet l'étude des relations entre les vaisseaux et le sang. Les recherches des angio-hématologues ont précisé ces relations, leurs étapes successives.

A l'état normal les plaquettes circulent dans le sang sans adhérer aux vaisseaux indemnes. Lorsqu'elles rencontrent une plaque craquelée d'artériosclérose, elles y adhèrent, puis s'agrègent les unes aux autres, déclenchant ainsi le mécanisme normal de l'hémostase, ou arrêt de l'hémorragie. Mais il va dépasser son but. En s'agrégeant, les plaquettes libèrent des substances qui vont activer divers facteurs de coagulation présents dans le plasma. Le caillot se forme, il s'organise. Les cellules de la paroi du vaisseau prolifèrent et le bouchon formé par le caillot s'intègre à la paroi. La lumière du vaisseau est réduite. Bientôt son oblitération est totale. Parfois le bouchon, appelé thrombose, s'étend, et cette extension est très dangereuse. Plus rarement, le bouchon se détache et, formant embolie, va oblitérer un territoire d'aval.

Les thromboses, les maladies des artères tuent chaque année plusieurs millions d'êtres humains. Les progrès qui se poursuivent devraient, dans un avenir pas trop éloigné, limiter leur fréquence et leur gravité.

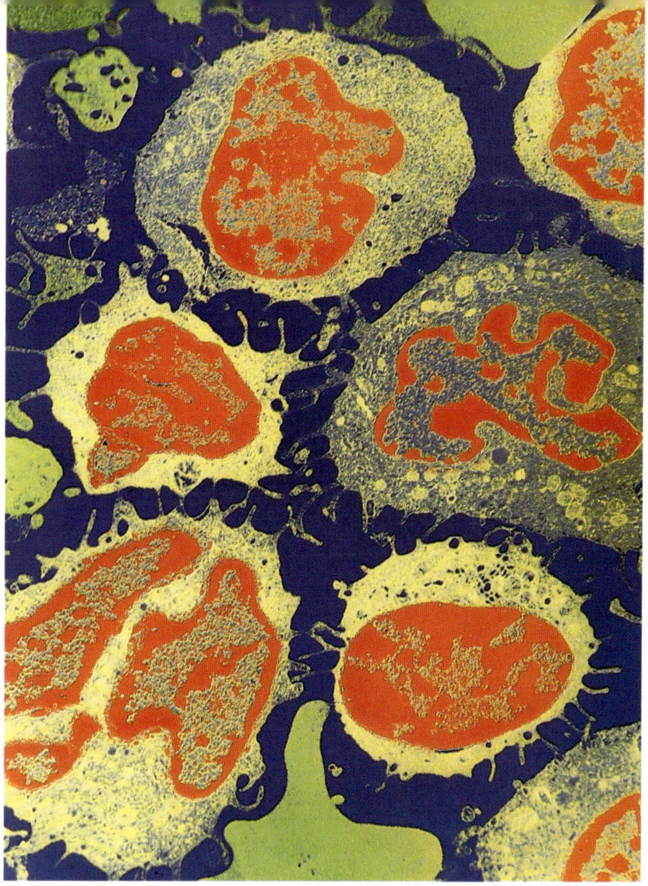

L'art des peintres (ici *L'Atelier du peintre* par Pietro Falca, dit Longhi) et la science du sang se rejoignent dans trois circonstances. D'abord quand les peintres représentent des personnes anémiques, avant même parfois que les médecins aient décrit ces anémies. Ensuite lorsque l'on compare les deux formes de création, scientifique et artistique. Enfin, et fort heureusement rarement, lorsque les produits utilisés contenant du benzol ou de la céruse deviennent toxiques pour le sang de l'artiste.

L'une des leucémies est nommée leucémie à globules blancs chevelus. Comme le montre la photographie, la surface de ces globules blancs est hérissée de petits prolongements ressemblant à des cheveux. Cette leucémie est à la fois rare et grave. Elle est remarquablement améliorée par un médicament nouveau, l'interféron.

LEUCÉMIES, MALADIES PILOTES

Avant de poursuivre son voyage dans les divers départements de l'Institut du sang, le visiteur que nous guidons doit accepter des voyages plus lointains. A Vienne et à New York pour les groupes sanguins ; des rivages méditerranéens à la mer de Chine pour les hémoglobines. Avant d'aborder l'étude des leucémies, des cancers, visitons deux pays africains. L'Afrique, continent considérable, disait déjà Strabon. Et Pline le Jeune d'écrire : « Ex Africa semper aliquid novi » (« D'Afrique nous vient toujours quelque chose de nouveau ! »). C'est en effet d'Afrique que nous viennent certains des progrès qui transforment notre connaissance des leucémies et des cancers et qui permettent d'espérer.

VOYAGES AFRICAINS

Premier voyage. Tunis, où nous rencontrons Myriam, l'une des premières, probablement la première enfant au monde guérie de leucémie aiguë. Son histoire a déjà été décrite, mais elle mérite de l'être à nouveau. Au début des années 1960, Myriam, alors âgée de six ans, est très gravement malade. Le début est brutal et se manifeste par des hémorragies de la bouche et du nez, une angine ulcéreuse, de gros ganglions au cou. Le sang et la moelle sont leucémiques. La rémission complète est obtenue à l'hôpital Saint-Louis à Paris après cinq semaines de traitement. Le traitement ultérieur (entretien, renforcement) est conduit pendant cinq ans avec une grande rigueur (doses, chronologie). Le sang et la moelle sont normaux. A treize ans, sept ans après le début de la leucémie, Myriam bat un record de natation, le cent mètres dos, en Afrique du Nord. L'année suivante, elle gagne un concours hippique. Onze ans après, elle se marie. Deux ans plus tard, elle m'écrit et me demande si elle peut envisager une grossesse. Je lui réponds en donnant mon accord de principe, mais en souhaitant sa venue à Paris pour des examens préalables. Deux mois plus tard, je reçois un faire-part de naissance. Elle m'avait demandé la permission d'avoir un enfant alors qu'elle était enceinte de sept mois. Depuis un deuxième enfant est né. Les enfants sont et resteront normaux. Myriam est guérie.

Second voyage, Kampala, capitale de l'Ouganda. Dans le temps même où, dans les laboratoires les mieux pourvus, les biologistes les plus éminents utilisant les techniques les plus raffinées de

L'Ouganda, situé en Afrique orientale, est le pays du lac Victoria et des sources du Nil. Le voyageur parti de Kampala risque de se trouver au milieu des fréquentes luttes tribales qui déchirent et ensanglantent le pays. C'est dans ce lieu étrange et lointain que le chirurgien anglais Denis Burkitt constate que les enfants porteurs d'une même tumeur venaient tous d'une même région : les jeunes enfants vivant en Ouganda sont en effet fréquemment victimes d'un cancer de la mâchoire nommé lymphome. Denis Burkitt a donc orienté dans des voies nouvelles les recherches dont le cancer est l'objet.

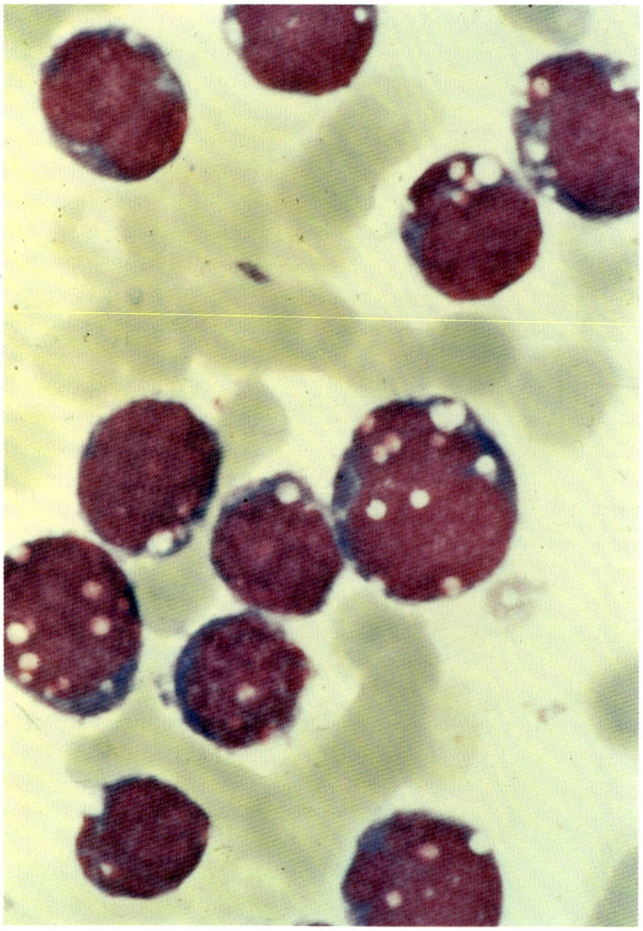

*L*es cellules du lymphome représentées sur cette photographie sont très proches des cellules leucémiques, comme le donne à voir la comparaison entre les deux documents. Denis Burkitt montre que l'existence de la tumeur est liée à la température, à l'hygrométrie et à l'altitude. Le lymphome de Burkitt est le premier cancer qui dépende aussi étroitement de la géographie. Les études ultérieures ont démontré un fait très important : ce cancer ne dépend pas d'une seule cause, mais de plusieurs facteurs associés (virus, parasite du paludisme, anomalies des chromosomes et pauvreté).

la microscopie électronique, de la biophysique, de la biologie moléculaire, de l'immunologie ne progressaient que très lentement, une très vive clarté nous parvient grâce aux travaux de Denis Burkitt, d'un pays inattendu, l'Ouganda.

L'Ouganda est le pays du lac Victoria et des sources du Nil ; un pays de lions, de girafes, de crocodiles, de bougainvillées. Denis Burkitt est un chirurgien anglais exerçant depuis la fin de la dernière guerre à Kampala. Comme Fleming, Denis Burkitt est discret, modeste. Il ressemble à ces jardiniers sexagénaires qu'on voit taillant des rosiers dans une allée du Sussex. On apprend, au détour d'une phrase, que ce jardinier a été vice-roi des Indes ou qu'il a commandé la flotte en Méditerranée.

Denis Burkitt, vers 1960, remarque la fréquence particulière des tumeurs de la mâchoire des enfants conduits à sa consultation. Ces tumeurs sont, par leur constitution cellulaire, très proches des leucémies. Burkitt note que les enfants malades, porteurs de cette tumeur, viennent tous des mêmes régions. Il abandonne alors la chirurgie et entreprend de longs « safaris » en Afrique orientale et en Afrique centrale à la recherche de ces tumeurs et de leur distribution. Cette tumeur n'est pas nouvelle. Déjà les carnets de campagne de Stanley et de Livingstone portent, dans leurs marges, des esquisses d'enfants noirs au visage déformé. Burkitt établit la géographie de la tumeur. La tumeur dépend étroitement de la température et de l'humidité. Elle ne survient que pour une température et une hygrométrie définies. La tumeur de Burkitt est donc le premier cancer dont l'apparition dépende étroitement de conditions liées à la géographie, le premier cancer géographique.

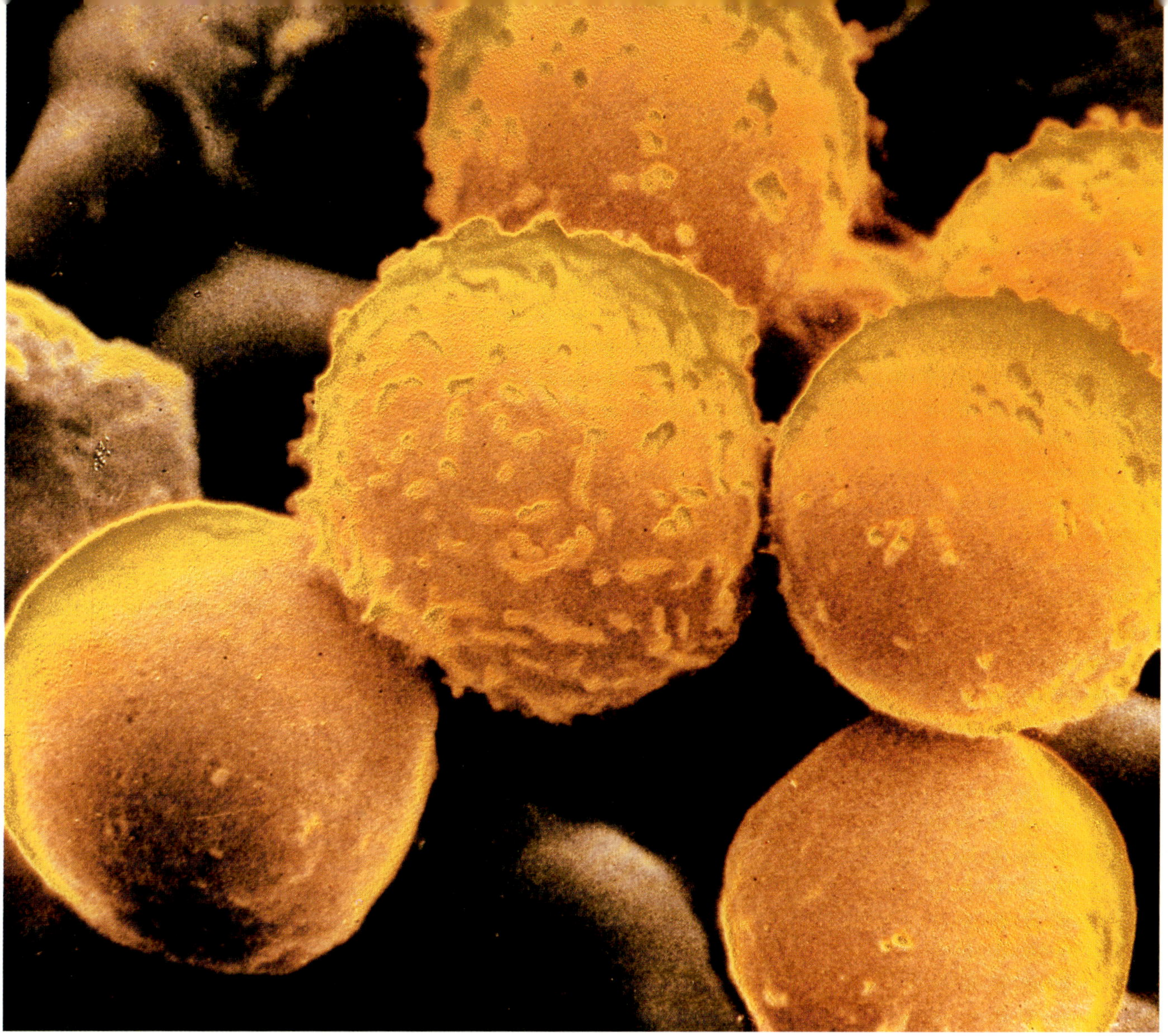

Les leucémies sont des maladies de la moelle osseuse, de l'usine qui fabrique et forme les globules du sang. Elles atteignent les cellules de la moelle osseuse à un stade très précoce et les empêchent de mûrir. Ces cellules restent immatures et ne peuvent se différencier pour former les globules blancs normaux du sang. L'image représente les cellules jeunes du tissu lymphoïde, ou lymphoblastes, d'une leucémie lymphoblastique aiguë. Ces lymphoblastes figés à leur stade initial ne peuvent, comme le font les cellules normales, se transformer en lymphocytes. La plupart des jeunes enfants souffrant de leucémie sont atteints de la leucémie lymphoblastique aiguë.

VOYAGES DANS LE TEMPS

Poursuivons notre visite. La première chambre de ce département des leucémies est consacrée à l'évocation du passé. On y trouve les textes originaux relatant les découvertes, parfois les portraits des savants responsables.

Les premières descriptions sont dues à Alfred Donné, dans son cours de microscopie en 1844. Celles, plus complètes, de John Hugues Bennett en octobre 1845, de Rudolf Virchow quelques semaines plus tard ; Rudolf Virchow qui, le premier, proposera le mot : leucémie.

Admirables précurseurs, O. Ellerman et V. Bang montrent, dès 1908, à Copenhague, que la leucémie des poules est due à un virus. Puis vient une tragique image, une image que j'ai connue vers 1925 au début de mes études de médecine. Dans les salles médiévales des hôpitaux d'adultes, on nous montre, une ou deux fois par an, un homme âgé, au corps couvert de glandes, dont le sang contenait cinquante ou cent fois plus de globules blancs qu'un sang normal. On nous apprend l'existence de deux leucémies, la lymphoïde à gros ganglions, la myéloïde à grosse rate. Soudain le ton monte. Une querelle de nomenclature naît. Nous entendons au chevet de ce mourant de furieuses discussions de vocabulaire. Les hématologues contemporains n'en ont pas tout à fait perdu l'habitude. Puis nous passons au malade suivant. Pourquoi nous attarder ? Les leucémies, nous enseigne-t-on, sont des maladies toujours fatales et à tout jamais irrémédiables.

Me voici, quelques années plus tard, en 1934, dans le laboratoire de l'hôpital Claude-Bernard, consacrant mes recherches aux leucémies expérimentales. Les injections de goudron de houille, substance cancérigène connue, dans la moelle des rats provoquent une leucémie proche des leucémies humaines. Ainsi se trouve établie l'importance des liens qui unissent leucémies et cancers. La leucémie est bien un cancer du sang, ou plus exactement un cancer des organes qui forment le sang.

Viennent ensuite deux documents très émouvants, ceux qui relatent les deux premières rémissions obtenues dans le traitement des leucémies aiguës du petit enfant : l'une, en novembre 1947 à Paris, par Marcel Bessis et moi-même, grâce au grand échange du sang, l'exsanguino-transfusion, l'autre en 1948, à Boston, par Sydney Farber, qui utilise un médicament, l'aminoptérine. Sydney Farber qui, à l'époque où le traitement était si rude, les échecs constants, me disait : « Je n'entreprends jamais le traitement d'un enfant leucémique sans me dire : celui-là sera peut-être le premier qui guérira. »

Les documents suivants concernent Ludwik Gross, savant né en Pologne, ayant travaillé à l'Institut Pasteur de Paris avant de poursuivre ses recherches aux États-Unis. Il démontre le rôle du virus à l'origine de leucémies de mammifères, souris, rats.

Les images suivantes sont japonaises. La première illustre les travaux poursuivis à Hiroshima. La fréquence des leucémies a été multipliée par sept dans les années qui ont suivi l'explosion de la bombe atomique. La seconde rappelle les découvertes toutes récentes, la démonstration, pour la première fois, du rôle d'un virus à l'origine de leucémies humaines, les leucémies observées chez les pêcheurs au sud du Japon.

LE HASARD ET LA RAISON

Les premières descriptions des leucémies sont données en 1844-1845. Pendant plus d'un siècle, les leucémies, et surtout les formes les plus redoutables, les leucémies aiguës, seront considérées non seulement comme des maladies incurables, mais comme des maladies à tout jamais incurables. Cette incurabilité définitive, ce caractère irrémédiable ont alors valeur de dogme. C'est ainsi que lorsque est obtenue en 1947, pour la première fois dans l'histoire des leucémies, une rémission, nous allons, Marcel

Bessis et moi, présenter l'observation à la Société médicale des Hôpitaux de Paris. Des microscopes sont apportés avec des préparations de la moelle osseuse de la période évolutive et de la période de rémission. Un des maîtres de l'hématologie reste longtemps penché au-dessus du microscope, paraît troublé, regarde à nouveau, se relève, puis déclare : « C'est vrai, ces cellules ressemblent beaucoup à des cellules leucémiques, mais puisqu'il y a eu amélioration, rémission, il ne s'agissait certainement pas de leucémie. »

En général, dans le traitement des maladies, quatre méthodes peuvent être employées : la destruction des tissus malades ; leur remplacement ; leur correction avec le retour aux caractères, aux propriétés des tissus sains ; une action sur la cause. Les deux premières rémissions de l'histoire des leucémies aiguës ont été inspirées, la première, celle de Paris, par l'espoir de modifier les cellules leucémiques, de les corriger, de les ramener à la normale en changeant leur environnement, la seconde, celle de Boston, par l'espoir de détruire par un médicament les cellules leucémiques.

Pendant quarante ans les traitements destructeurs vont presque seuls retenir l'attention. Dans l'histoire des méthodes qui conduisent à la découverte des médicaments destructeurs, le hasard et la raison ne cessent de s'allier, de se succéder, d'alterner.

Le hasard. Pendant la dernière guerre, une explosion se produit dans les soutes d'un navire américain qui, dans le Pacifique, transportait des gaz de combat. L'examen des soutiers, des marins victimes de l'accident révèle une forte diminution du nombre de globules blancs. Cette constatation suscite la préparation de médicaments dérivés de ces gaz de combat, appelés analogues de l'ypérite, venus par un curieux chemin des plaines de Flandre de la Première Guerre mondiale aux veines de nos patients.

Le hasard encore. Les paysannes du Québec traitent le diabète par la tisane de pervenche. Les contrôles effectués au laboratoire montrent que la pervenche ne modifie pas le diabète mais qu'elle diminue considérablement le nombre de globules blancs. Les substances extraites de la pervenche sont aujourd'hui au premier rang des médicaments antileucémiques.

La raison. Des chercheurs américains remarquent que la fréquence des leucémies de la souris est augmentée si une vitamine du groupe B, l'acide folique, est ajoutée à l'alimentation. D'où l'espoir que des antagonistes de l'acide folique, les antifoliques, exerceront une action antileucémique. Espoir justifié. Le premier médicament employé par Farber en 1948, l'aminoptérine, est un antifolique.

La raison de nouveau, avec le recours aux hormones de l'hypophyse, de la glande surrénale, qui diminuent dans les ganglions, dans la rate le nombre de certains globules blancs, les lymphocytes.

La raison encore. Les antibiotiques agissent en troublant la croissance des bactéries. Peut-être certains antibiotiques sont-ils capables d'agir en troublant la croissance des cellules leucémiques ? Espoir justifié vers 1965. Les antibiotiques de la famille des anthracyclines rendent de grands services dans le traitement des leucémies.

Parfois le hasard et la raison se succèdent. Le sérum de cobaye injecté aux souris ralentit l'évolution de la leucémie de la souris et parfois la guérit. On croit

d'abord avoir découvert une immunothérapie. On sait aujourd'hui que le sérum de cobaye est très original, qu'il contient une enzyme appelée asparaginase. L'asparaginase ne trouble pas les globules blancs normaux, mais altère électivement les globules blancs leucémiques. Ainsi a été découvert, tout à fait par hasard, le médicament rationnel longtemps espéré, un médicament qui détruit les cellules leucémiques sans altérer les cellules normales. Ce pouvoir, cette différence sont malheureusement moins nets pour l'homme que pour la souris.

Certes, plusieurs des médicaments utilisés dans le traitement des leucémies sont produits par la chimie de synthèse, tels les analogues de l'ypérite, les antimétabolites. Mais beaucoup plus nombreux sont les médicaments présents dans la nature, extraits de substances naturelles : d'animaux (sérum de cobaye, éponge du golfe du Mexique) ; de végétaux (la pervenche, le colchique) ; de champignons (antibiotiques) ; de bactéries. Cette importance des substances naturelles suggère des remarques. En aucune façon, ces extraits ne peuvent être invoqués par les

On connaît de nombreuses vitamines du groupe B. L'acide folique, ainsi nommé à cause de son origine végétale, est doublement important. Son absence ou son insuffisance est responsable d'anémies observées surtout dans les pays pauvres, curables par l'addition d'acide folique dans l'alimentation. Sa présence en quantité excessive peut, au moins pour la souris, favoriser l'apparition de leucémies. Le fait a inspiré une découverte importante, la préparation, selon la méthode consacrée, des analogues antagonistes de substances antifoliques. Ces substances sont employées utilement dans le traitement des leucémies humaines.

tenants purs ou impurs de la médecine par les plantes. Un quintal au moins de pervenche est nécessaire pour traiter une leucémie, ce qui représente plusieurs milliers de tasses de tisane.

Pour les philosophes de la vie, il n'est peut-être pas indifférent de noter la présence dans la nature de substances capables de guérir une des plus graves des maladies de l'homme.

La distinction est schématique. La même substance peut d'abord être extraite de végétaux, d'animaux, puis plus tard produite par synthèse.

*L*es succès ne sont pas seulement dus à la découverte de nouveaux médicaments, mais au bon usage des médicaments existants. Dans ce domaine, de remarquables progrès ont été accomplis. L'association, la combinaison de plusieurs médicaments doivent être préférées à l'emploi isolé de l'un d'entre eux. Des études très attentives ont pu déterminer les combinaisons les meilleures. Les doses de médicaments données à la période initiale doivent être très fortes. Il faut accepter, avec regret, mais il faut accepter la destruction de nombreux globules normaux et pallier cette destruction et ses conséquences par les transfusions de globules rouges, de globules blancs, de plaquettes, par les antibiotiques, par l'isolement. La chronologie des médicaments fait l'objet d'études qui se poursuivent. Une nouvelle discipline, la chrono-pharmacologie, est en plein essor. De sérieux progrès peuvent ici être espérés dans les prochaines années.

Le traitement enfin, loin d'être limité à la période d'attaque, doit être prolongé une fois la rémission obtenue sous des formes variées : consolidation, renforcement, entretien. La durée de ces traitements a longtemps été de six à sept ans. Elle est actuellement de trois ans pour la leucémie aiguë. Échecs pour les leucémies chroniques, remarquables succès pour les leucémies aiguës de l'enfant, rares succès pour les leucémies aiguës de l'adulte. Telle est, très schématiquement, la situation actuelle.

Les traitements destructeurs ne guérissent jamais une leucémie chronique, mais donnent souvent aux malades une vie acceptable pendant la durée de la maladie. Pour les leucémies aiguës de l'adulte, le taux des guérisons reste encore modéré. Pour les leucémies aiguës du petit enfant, les résultats sont très satisfaisants, avec plus des deux tiers de guérisons. Guérisons vraies affirmées seulement après dix ans de recul.

La greffe de moelle osseuse, tentée pour la première fois chez l'homme à Paris en 1957-1958, n'a pris son essor qu'après la découverte, par Jean Dausset, du système HLA. Elle a permis d'obtenir la guérison, dans un certain nombre de cas, de la redoutable leucémie myéloïde chronique, qui aupa-

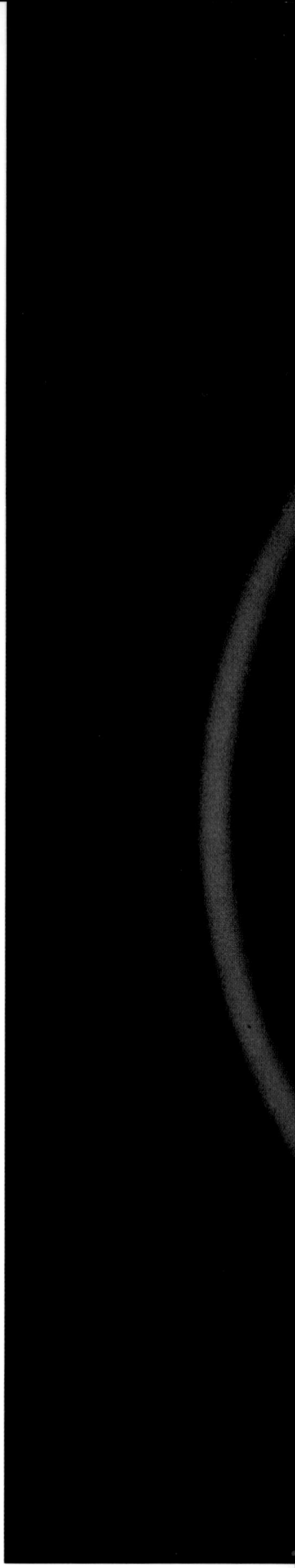

De nombreuses maladies sanguines, anémies, leucémies, sont en réalité des maladies de l'organe qui forme le sang, des maladies de la moelle osseuse. D'où l'idée de remplacer la moelle malade ou inefficace par une moelle normale, saine. C'est ainsi qu'a été appliquée, puis s'est largement développée, la greffe de la moelle osseuse. Le donneur étant sous anesthésie générale, le médecin prélève, comme on le voit sur cette photo, la moelle osseuse de l'os iliaque par plusieurs ponctions. Cette moelle sera ensuite injectée par voie veineuse au receveur ; les cellules de la moelle du donneur ainsi injectées dans la veine du receveur vont traverser de nombreux organes et se fixer exclusivement dans l'organe qui les attend, la moelle osseuse.

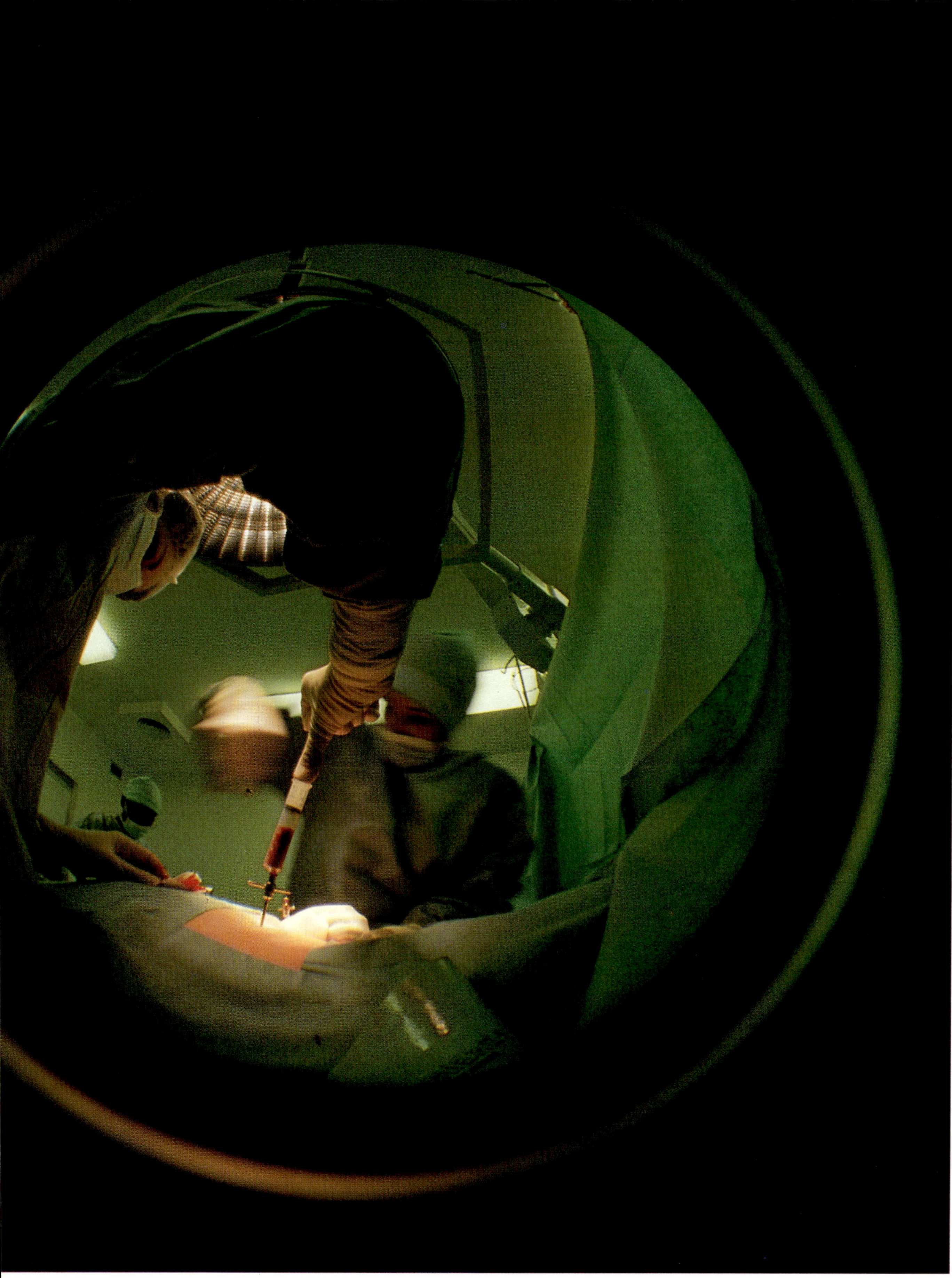

ravant tuait en trois ou quatre ans tous les malades atteints. Cette greffe est également indiquée dans de nombreuses leucémies aiguës de l'adulte et dans les leucémies aiguës de l'enfant résistant aux chimiothérapies.

Les recherches en cours devraient limiter les obstacles qui actuellement ne permettent pas d'étendre les indications de la greffe de moelle osseuse, c'est-à-dire la fréquence et la gravité des complications liées à la greffe connues sous le nom de maladie du greffon contre l'hôte ; la nécessité absolue de disposer d'un donneur compatible dans le système de groupes sanguins HLA.

Les traitements destructeurs, les traitements substitutifs ont de grands mérites. Ils ont obtenu la guérison, surtout chez l'enfant, de malades condamnés. Mais ils sont très agressifs et connaissent encore de nombreux échecs. La troisième voie, la voie des traitements correcteurs, beaucoup plus rationnelle, longtemps peu fréquentée ou abandonnée, suscite à nouveau l'intérêt. Trois étapes peuvent ici être distinguées.

La première étape est clinique. Avec deux faits. Tout d'abord, la possibilité, démontrée dès 1947, d'obtenir la rémission complète d'une leucémie aiguë par le grand échange du sang, l'exsanguino-transfusion, modifiant le milieu où vivent les cellules, leur écologie, sans introduction de médicament. Ensuite, la possibilité, reconnue vers 1952, d'obtenir la rémission complète d'une leucémie aiguë par une hormone hypophysaire appelée ACTH. Or l'ACTH est une stimuline. Elle n'apporte rien, mais elle stimule la production par l'organisme de substances utiles.

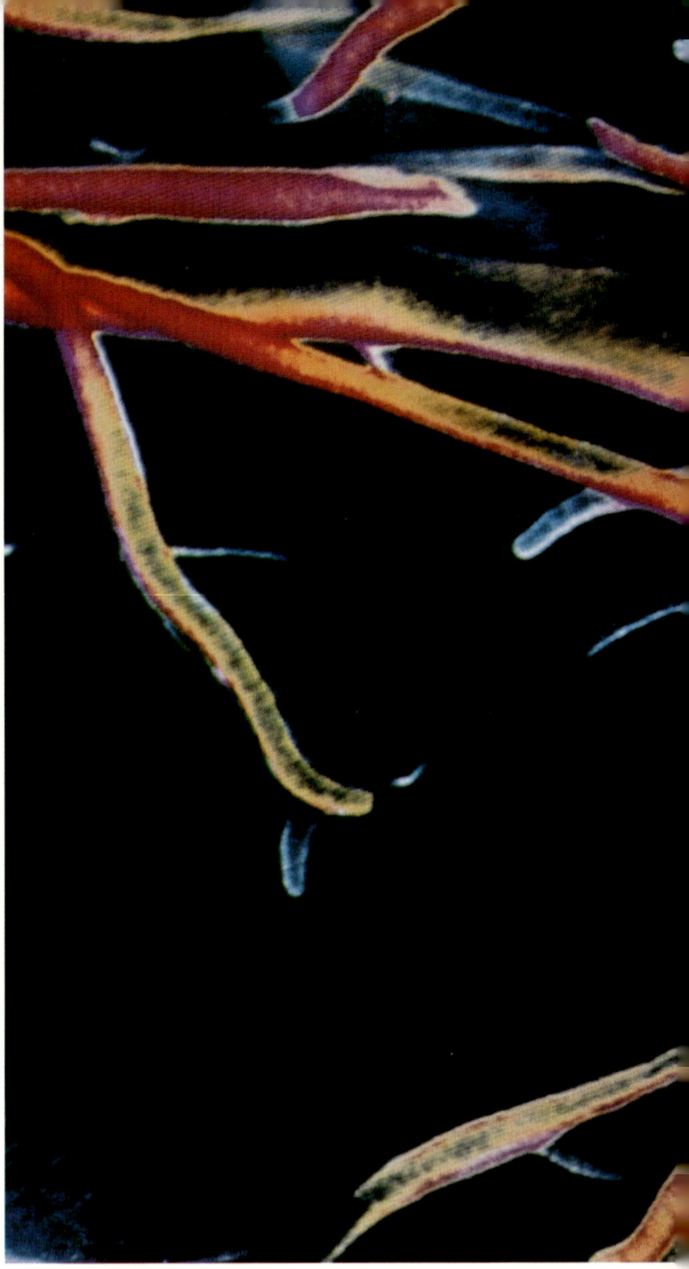

L'enfant leucémique traité par l'ACTH possédait en lui le pouvoir endormi mais présent de triompher temporairement de sa leucémie.

La deuxième étape est expérimentale. *In vitro* et *in vivo*. *In vitro*. Les cellules leucémiques, comme toutes les cellules cancéreuses, sont immatures, ne mûrissent pas, ne deviennent jamais capables d'assurer les fonctions des cellules adultes. Un chercheur américain, R. Gallo, parvient le premier à faire mûrir en cultures de cellules les cellules d'une leucémie aiguë. Les substances obtenant ce résultat sont très variées :

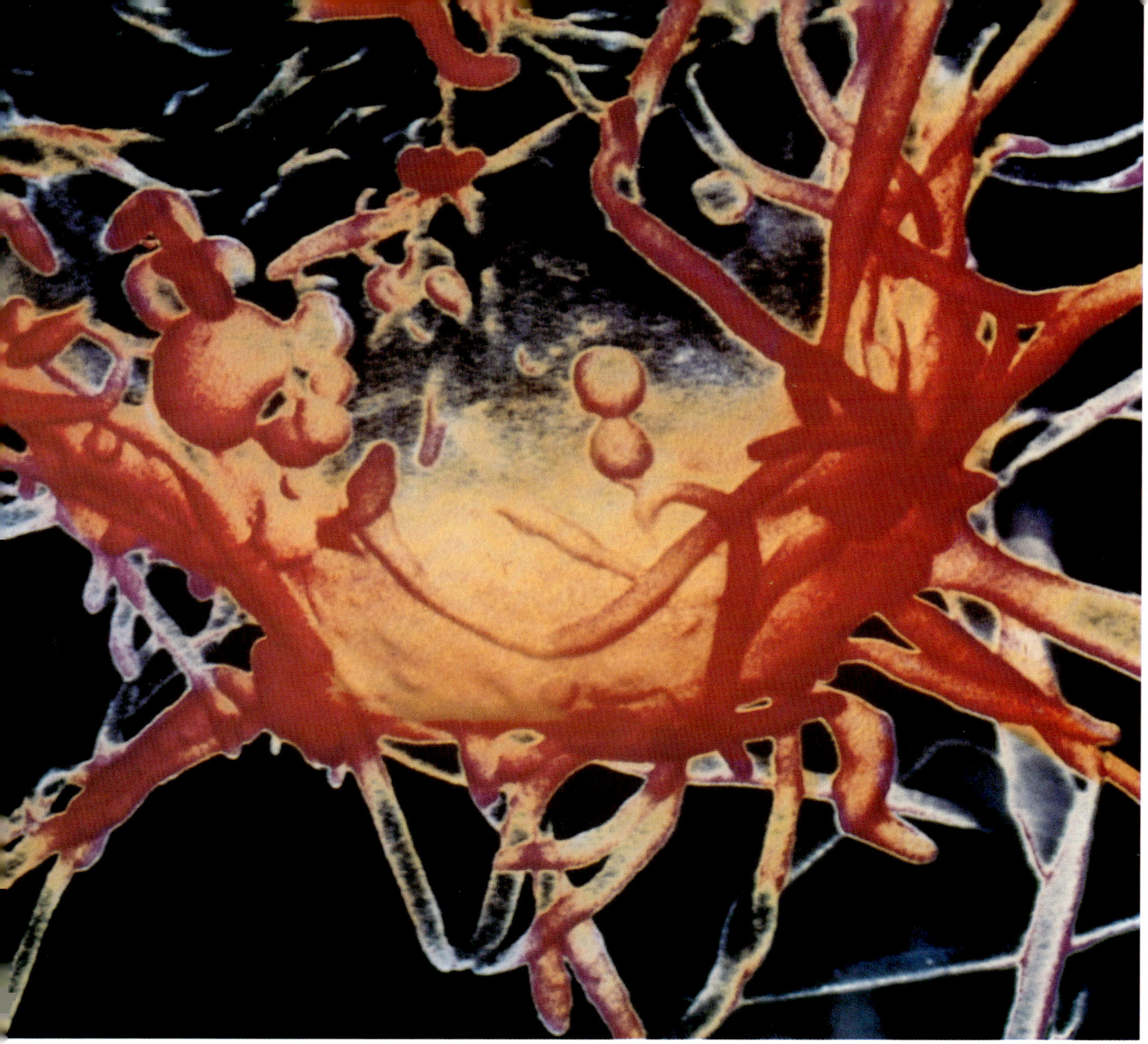

Comme nous l'avons déjà indiqué, la leucémie à globules blancs chevelus (en grec leucémie à *tricholeucocytes,* en anglais *hairy cell leukemia*) est une maladie exemplaire. Les prolongements qui étirent la membrane des globules blancs peuvent être de petite taille (voir p. 69), ou, comme sur la présente photographie longs et vraiment chevelus. Alors que la quasi-totalité des traitements des leucémies agissent en détruisant les cellules leucémiques, l'interféron, médicament de la leucémie à tricholeucocytes, semble bien corriger les cellules leucémiques sans les détruire.

interféron, vitamine A et ses dérivés, acide rétinoïque. *In vivo.* Léo Sachs, en Israël, montre que des cellules leucémiques de souris, introduites dans un embryon de souris, redeviennent des cellules normales.

Cette constatation expérimentale peut être rapprochée d'une constatation inverse faite par les cliniciens après greffe de moelle. La rechute leucémique, lorsqu'elle survient, peut parfois concerner les cellules du donneur. Le rôle de l'environnement, de l'écologie cellulaire est ainsi affirmé.

La troisième étape est clinique. Avec dès maintenant trois sortes de résultats : certains médicaments destructeurs à fortes doses sont correcteurs à faibles doses : un médicament nouveau, l'interféron, obtient de remarquables résultats dans certaines variétés de leucémies. Probablement pour une large part par un effet correcteur, un dérivé de la vitamine A, l'acide rétinoïque, obtient la rémission complète d'une très grave leucémie aiguë, la leucémie à promyélocytes, sans détruire les cellules leucémiques mais en les corrigeant, en les remettant dans le droit chemin.
Nous sommes au début d'une nouvelle et très importante période du traitement des leucémies. De nombreuses voies s'ouvrent à cette recherche, neuve ou renouvelée. Renouvellement de l'immunothérapie. Renouvellement des méthodes corrigeant les désordres de régulation responsables. Action sur l'environnement cellulaire et non cellulaire des cellules leucémiques.
Cette révolution, qui ne fait que commencer, va assurément avoir des conséquences importantes pour le traitement des cancers en général.

Parce qu'ils avaient la chance d'étudier les leucémies, c'est-à-dire les tumeurs d'un tissu fluide, aisément accessible, étroitement mêlé au métabolisme général, les hématologues ont été les pionniers de plusieurs domaines. Les traitements des leucémies ont pour l'ensemble des cancers valeur de modèles.
Ainsi la cancérologie « médicale », longtemps réduite aux bonnes paroles, aux vitamines pas toujours inoffensives, aux morphines, a changé. Elle dispose aujourd'hui, grâce au progrès de l'étude des cellules, de méthodes simples de diagnostic qui, largement employées, permettent le dépistage précoce de nombreux cancers. Elle commence d'appliquer des thérapeutiques proprement médicales.
Certes ces démarches encore trébuchantes ne sauraient être comparées à l'assurance tranchante de la chirurgie du cancer. Encore moins lui être opposées. Une collaboration confiante a été établie. Plus intime encore est l'union des médecins cancérologues avec les radiologues, et plus généralement les physiciens, puisque aussi bien les radiations, qui parfois provoquent les cancers, les font voir et peuvent les guérir, tiennent une grande place dans le diagnostic et le traitement des cancers.
Confrontée à ces puissants seigneurs de la chirurgie et de la radiologie, la cancérologie médicale a longtemps perçu et perçoit encore ses insuffisances. Ses insuffisances actuelles. Les limites des méthodes de destruction chirurgicale ou physique sont dès maintenant atteintes. L'avenir appartient aux méthodes médicales.

QU'EST-CE QU'UNE LEUCÉMIE ?

Déjà Hippocrate, voici vingt-cinq siècles, recommandait, pour comprendre l'origine des maladies, d'étudier d'abord l'environnement climatique, géographique et physique, puis d'étudier attentivement le comportement des individus, leur façon de boire, de manger. La recherche des causes des leucémies s'inspire de ces conseils anciens.
Pour cela, notre visiteur se voit ici proposer un voyage dans le temps. Il va tour à tour explorer le passé, le présent, le futur de ces recherches qui ont pour objet les causes des leucémies.

*H*ippocrate, cinq siècles avant J.-C., est en Grèce le créateur, le père de la médecine. Avant lui, cette discipline s'apparente plus à la magie qu'à la science ; elle est réservée aux pythies, aux devins.
Avec Hippocrate, elle est définie par l'étude attentive des symptômes, par une recherche scrupuleuse des causes, par un premier essai de description des maladies.
L'œuvre d'Hippocrate va, pendant deux mille cinq cents ans, dominer la médecine. Elle a valeur de modèle de pensée en dehors même du domaine strictement médical.
Nombre des contemporains ou successeurs d'Hippocrate (représenté ici par Delacroix), de Thucydide à Platon et Aristote, reconnaissent l'influence de son action.

*T*rois constatations ont été faites après les bombardements atomiques d'Hiroshima et de Nagasaki : une forte augmentation de la fréquence des leucémies et des cancers ; l'existence d'une période latente entre l'explosion et l'apparition de la maladie, période de durée moyenne pour les leucémies, beaucoup plus longue pour les cancers ; l'inégale fragilité des personnes également exposées, les unes souffrant de leucémies, les autres restant indemnes. De très sérieuses, de très strictes précautions entourent les explosions nucléaires du temps de paix, comme celle de Mururoa représentée sur cette photographie. Les négligences, comme on l'a vu à Tchernobyl, ont de redoutables conséquences.

Les évolutions des structures industrielles sont responsables, au moins pendant certaines périodes, de l'augmentation des risques auxquels sont exposés les travailleurs. Risques d'accidents, de radiations, de troubles spécifiquement sanguins selon le secteur d'activité de l'ouvrier.
Les Constructeurs à l'aloès,
Fernand Léger, 1951.

Pour le passé, cette histoire permet de distinguer trois périodes. La première est marquée par trois faits : la description des leucémies professionnelles ; l'intervention de virus à l'origine des leucémies animales ; le concept d'hématologie géographique. L'histoire des leucémies provoquées par les radiations reconnaît deux évolutions opposées et une évolution incertaine.

On constate en premier lieu la nette diminution de la fréquence des leucémies des physiciens (tels les membres de la famille Curie avec leur glorieux et tragique palmarès, cinq prix Nobel, deux leucémies), des médecins radiologues des hôpitaux de Paris, qui exerçaient leurs fonctions à une époque où étaient ignorés les dangers des radiations et les mesures de protection. Ils sont presque tous morts de leucémies. Depuis plus de trente ans je n'ai plus observé un seul cas de leucémie chez les radiologues. Les radiologues contemporains connaissent les dangers, se protègent. Ils restent indemnes.

En deuxième lieu, on observe la fréquence nouvelle des leucémies de guerre avec les constatations faites à Hiroshima : augmentation du nombre des leucémies, délais d'apparition, inconstance des troubles, inégale fragilité des personnes exposées. Parmi les habitants des villes bombardées situées à égale distance de la bombe, les uns sont devenus leucémiques, les autres sont restés indemnes.

En troisième lieu, il convient de signaler la difficulté d'apprécier actuellement l'influence sur la fréquence des leucémies du développement de l'industrie nucléaire pacifique et militaire. Il faut mettre à part les accidents, tels celui, relativement modéré, de Three Miles Island, et celui, très grave, de Tchernobyl. Une meilleure organisation, des mesures préventives plus rigoureuses auraient probablement permis d'éviter ces accidents ou, tout au moins, de limiter leur importance. En l'état actuel, en dehors des accidents, il n'a pas été constaté d'augmentation de la fréquence des leucémies dans la population vivant dans le voisinage des centrales nucléaires.

Deux propositions complémentaires résument l'état actuel : tout d'abord, les radiations sont dangereuses et peuvent provoquer des leucémies, des cancers ; de plus, nous savons et pouvons nous protéger efficacement. L'histoire des médecins radiologues que nous avons évoquée illustre ces deux propositions.

Pour le second grand groupe, celui des leucémies induites par les substances chimiques, les leucémies benzéniques tiennent le premier rang. Elles sont surtout observées chez les ouvriers maniant des colles benzéniques (ou benzoliques), colles largement employées dans l'industrie du caoutchouc (imperméables, pneumatiques). Il est moralement peu acceptable d'exposer les travailleurs à de tels risques. De sérieux efforts ont été faits en France pour limiter l'usage du benzène (benzol) dans l'industrie. Dans d'autres pays, il reste largement employé. Ainsi une récente étude chinoise portant sur de très grands nombres a comparé deux groupes égaux de travailleurs de chacun vingt-huit mille personnes, les uns maniant le benzol, les autres ne le maniant pas. On compte trente leucémies dans le premier groupe, quatre dans le second.

Les mêmes agents qui guérissent les cancers et les leucémies peuvent dans d'autres circonstances provoquer ces maladies. Cette notion établie depuis longtemps pour les radiations a plus récemment été confirmée pour certaines chimiothérapies. Les recherches en cours ont pour objet la limitation de ces périls en identifiant les substances chimiques et les conditions d'emploi dangereuses.

Le rôle que jouent les virus à l'origine des leucémies animales a été reconnu pour la première fois par O. Ellerman et V. Bang en 1908. Les recherches ultérieures se sont orientées dans trois directions. D'abord du côté des poules, avec la diversité des leucémies aviaires, l'analyse des données épidémiologiques et, au moins pour une variété, la maladie de Marek, une vaccination efficace. Ensuite du côté des rongeurs, avec les travaux déjà cités de Ludwik Gross, la découverte des virus responsables des leucémies de la souris et, ultérieurement, de remarquables études concernant les relations existant entre virus et cellules leucémiques. Enfin du côté des animaux sauvages et domestiques, ne vivant pas en laboratoire, bovins, porcins, chiens et surtout chats, grâce aux recherches de Jarrett.

De nombreux faits ont été reconnus qui, lorsqu'on songe aux leucémies humaines, nourrissent utilement notre réflexion. C'est un virus très particulier, un rétrovirus, qui est responsable de la leucémie du chat. Ce virus peut provoquer des leucémies, des maladies non malignes, des anémies, des stérilités. Les modes de contamination sont très divers selon que les chats vivent isolés ou en groupe. Les leucémies animales, et surtout celle du chat, sont de bons modèles pour les leucémies humaines. Mais elles n'en sont pas responsables. On ne connaît pas actuellement de transmission d'une leucémie animale à l'homme. Le concept d'hématologie géographique sera commenté dans la deuxième partie de ce livre. Mais il est dès maintenant important de noter les inégalités de répartition géographique des leucémies.

D'une façon générale, la fréquence des leucémies est plus élevée dans les pays riches que dans les pays pauvres, en Europe qu'en Afrique. En Suède, elle est le double de l'Italie. Au Nigeria, l'amélioration de l'état socio-économique s'est accompagnée d'une augmentation de la fréquence des leucémies des petits enfants. Une variété, connue sous le nom de leucémie lymphoïde chronique, est fréquente en Europe, en Amérique du Nord, absolument exceptionnelle en Extrême-Orient, en Chine, au Japon.

En dehors des médecins radiologistes dans le passé, des ouvriers maniant le benzol, aucune relation assurée n'a été établie entre la profession exercée d'une part et la fréquence des leucémies d'autre part.

La maladie de Waldenström des chefs d'État mérite une mention particulière. Affection proche de certaines leucémies chroniques, la maladie de Waldenström est très rare, atteignant une personne sur deux cent cinquante mille dans la population générale. Elle a récemment (et sur plusieurs continents) frappé quatre chefs d'État. Elle est dix mille fois plus répandue chez les chefs d'État que dans la population générale. La signification de cette fréquence a été discutée. Consulté, un maître de la statistique médicale a fait cette réponse : « Vous en avez quatre, il m'en faut six. » Le rôle du hasard ne peut en effet être totalement exclu en l'état actuel.

La deuxième période de l'histoire des leucémies peut être appelée période de Burkitt tant est importante l'œuvre que celui-ci a accomplie en

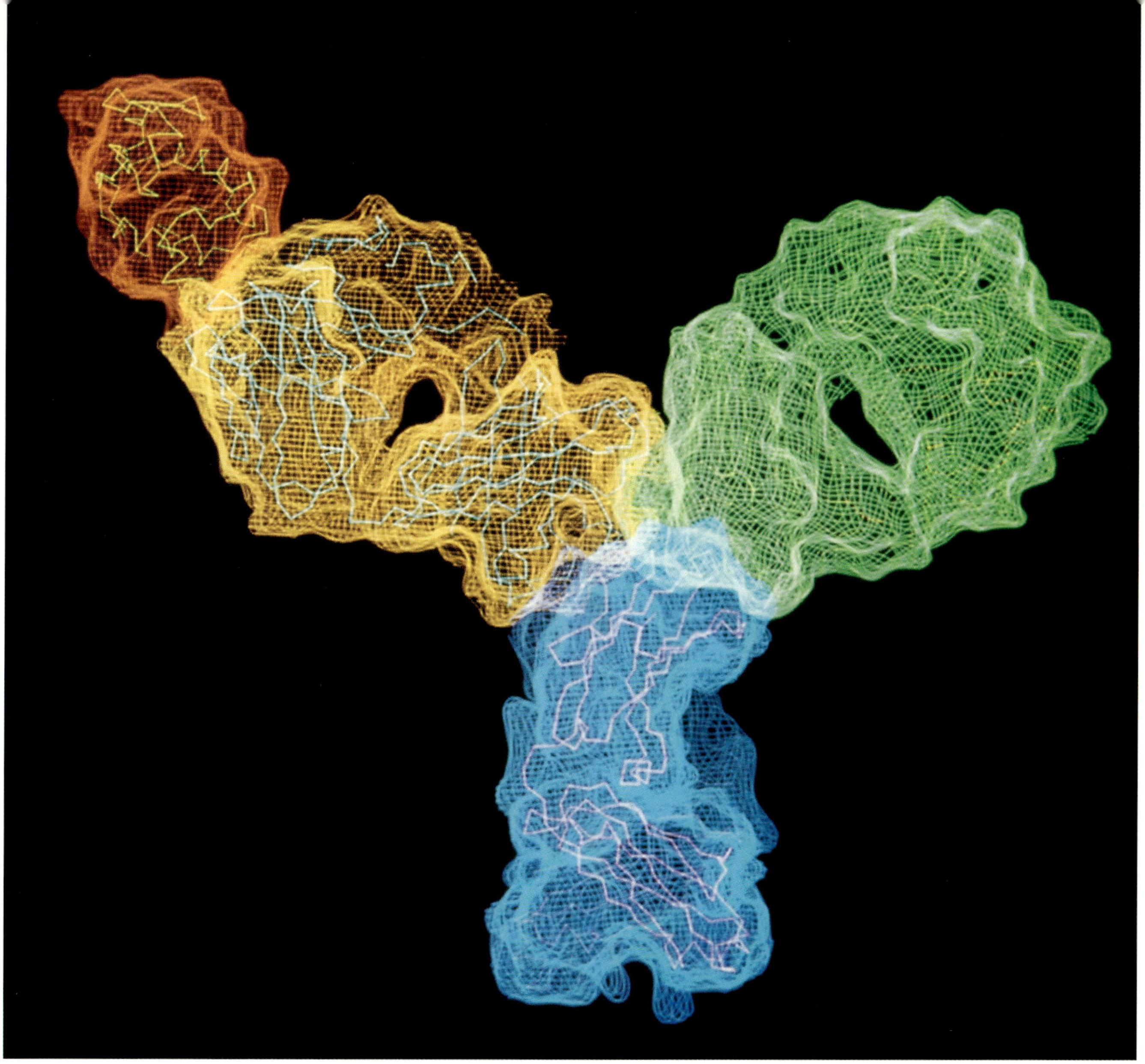

*L*es leucocytes
nous défendent contre
les agressions.
Tantôt ils agissent en dévorant
l'agresseur, tantôt
ils le détruisent à distance
par les immunoglobulines G
représentées ici.
Fabriquées par certains
globules blancs,
elles se comportent comme
des anticorps et s'opposent
à la substance étrangère.
Des liens très précis ont pu
être établis entre les diverses
fonctions assurées
par les immunoglobulines,
d'une part,
et leur structure illustrée
par ces différences de couleur
que nous montre
la photographie, d'autre part.

Ouganda dans les conditions bien difficiles que nous avons rappelées.

Les découvertes de Denis Burkitt ont eu deux grandes conséquences. Les unes du côté de la biologie fondamentale, avec tour à tour le rôle d'un virus reconnu par Epstein et Barr et appelé le virus E.B., l'intervention des oncogènes, de ces éléments de la cellule qui tiennent une si grande place dans la genèse des cancers, les molécules de défense telles les immunoglobulines, les liens qui les unissent. Les autres du côté de l'épidémiologie proprement dite, avec, tour à tour, la notion de pluralisme des causes,

les enquêtes sur le terrain portant sur les mœurs, les coutumes.
Ainsi les mères dans une tribu couvrent d'un voile le berceau du bébé. Les mères de la tribu voisine laissent le berceau à découvert. Dans la première tribu, les enfants sont protégés de la piqûre des moustiques vecteurs, dans la seconde ils ne le sont pas. Point de tumeur dans la première tribu, tumeurs fréquentes dans la seconde. Les mères africaines ne préparent pas sur le fourneau la bouillie de leurs nourrissons. Elles mâchent et remâchent dans leur bouche les céréales afin de les transmettre, bouche à bouche, mâchées en bouillie, à l'enfant. Virus compris, si elles le portent dans leur gorge. Il a suffi de leur apprendre la méthode européenne de préparation des bouillies pour limiter la transmission du virus, pour diminuer la fréquence de la tumeur de l'enfant. On reconnaît actuellement à l'origine de la tumeur de Burkitt l'intervention additionnée de quatre facteurs : virus d'Epstein-Barr plus parasite du paludisme plus anomalie des chromosomes plus pauvreté. Tel gouvernement africain, luttant contre le paludisme et élevant le niveau socio-économique de la population, a obtenu une nette diminution de la fréquence de la tumeur des enfants.
Ainsi la tumeur de Burkitt est une véritable pierre de Rosette pour l'étude de la genèse des leucémies, et plus généralement des cancers.

La troisième et dernière période est japonaise et américaine, au moins initialement. Elle comprend deux temps successifs, le temps des découvertes et le temps des extensions. Le temps des découvertes, avec la relation apportée en 1976, lors d'un congrès international d'hématologie à Tokyo, de la fréquence d'une leucémie très particulière dans le sud du Japon, et notamment dans l'île de Kyushu, avec la découverte du rôle d'un rétrovirus à l'origine de ces leucémies. Rétrovirus à la fois proche et différent de celui qui, antérieurement, avait été isolé chez le chat.
Le temps des extensions, extension géographique d'abord. La même leucémie est reconnue dans d'autres provinces du Japon, en Chine, en Corée, à la Martinique, en Amérique centrale, en Afrique. Extension et diversité des maladies causées par le virus ensuite. Le même virus tantôt provoque de très graves leucémies, tantôt engendre d'importantes paralysies, tantôt est bien toléré par la personne qui le porte. Les raisons de ces différences sont inconnues. On soupçonne le rôle d'autres facteurs s'ajoutant au virus.

C'est dans les îles du sud du Japon qu'ont été observées en 1976 les premières leucémies humaines dues certainement à un virus. Plusieurs formes de leucémies causées par des virus étaient déjà connues chez l'animal. La découverte du virus responsable des leucémies japonaises, appelé HTLV1, a permis l'étude des facteurs qui lui sont associés. De nombreuses personnes portent ce virus apparemment sans en souffrir ; on peut espérer dans un avenir proche la mise au point d'un vaccin efficace.

ESPÉRANCE ET INSUFFISANCES

Tel est le passé. Pour le présent, il convient de distinguer les forces et les faiblesses. D'ores et déjà, on a reconnu comme agents responsables l'action générale des radiations, des substances chimiques et de plusieurs sortes de virus : virus proches de celui de l'herpès (virus d'une leucémie des poules, la maladie de Marek), virus E.B. de la tumeur de Burkitt, rétrovirus (virus de la leucémie du chat, virus de la leucémie des Japonais).

L'importance de ces leucémies provoquées par des virus doit être soulignée. Triplement. Avec l'espoir de préparation de vaccins préventifs (vaccin déjà efficace pour certaines leucémies de la poule), avec la possibilité d'un diagnostic plus précoce des leucémies humaines, avec l'espoir de supprimer certains cofacteurs agissant aux diverses étapes de la genèse des leucémies humaines. On a par ailleurs remarqué des éventuelles associations de ces différents agents, radiations, substances chimiques, virus, avec intervention d'un ou de deux facteurs, voire d'une incertitude sur le rôle des uns ou des autres faute d'un recul suffisant dans l'étude de la maladie, comme pour les leucémies du sud du Japon.

L'épidémiologie, longtemps limitée à l'étude des maladies infectieuses, a progressé en ces dernières années. Elle est devenue une véritable science. Elle souffre cependant encore de la diversité, de la disparité des méthodes employées. Elle doit ainsi allier la rigueur de la biologie moléculaire aux incertitudes des enquêtes portant sur les facteurs culturels.

Les progrès des dernières années, les classements proposés sont pragmatiques, facilitent les diagnostics, les comparaisons thérapeutiques entre les différents centres de recherches. Les enquêtes épidémiologiques devront dans l'avenir se fonder sur des données plus fortes, celles qui expriment les lésions essentielles de la cellule leucémique. Toutes les enquêtes géographiques, celles qui concernent les inégalités de répartition des leucémies, doivent être reprises en tenant compte de ces données.

PERSPECTIVES ET OUVERTURES

Forces et faiblesses. L'examen des données acquises et des insuffisances oriente les travaux futurs, fixe les grandes voies de la recherche des causes en cette fin de siècle. Dans trois directions, induction, prédiction, corrélation.

*I*nduction d'abord. Les données acquises concernant une variété rare de leucémie observée dans une région géographique limitée ont-elles ou non une valeur générale ? Ainsi, l'étude récente des leucémies japonaises va-t-elle rester cantonnée à une forme peu commune de leucémies aux îles du sud du Japon, aux Caraïbes ? ou va-t-elle avoir une portée plus générale ? soit que de nouvelles enquêtes révèlent une extension géographique beaucoup plus importante de cette leucémie, soit surtout que cette leucémie et l'ensemble des connaissances qu'elle a permis d'acquérir aient valeur de modèle. Triplement. Par les méthodes mises au point à son propos. Par les faits nouveaux acquis concernant les diverses étapes de la genèse des leucémies. Par les relations établies entre les diverses voies de la recherche hématologique et épidémiologique.

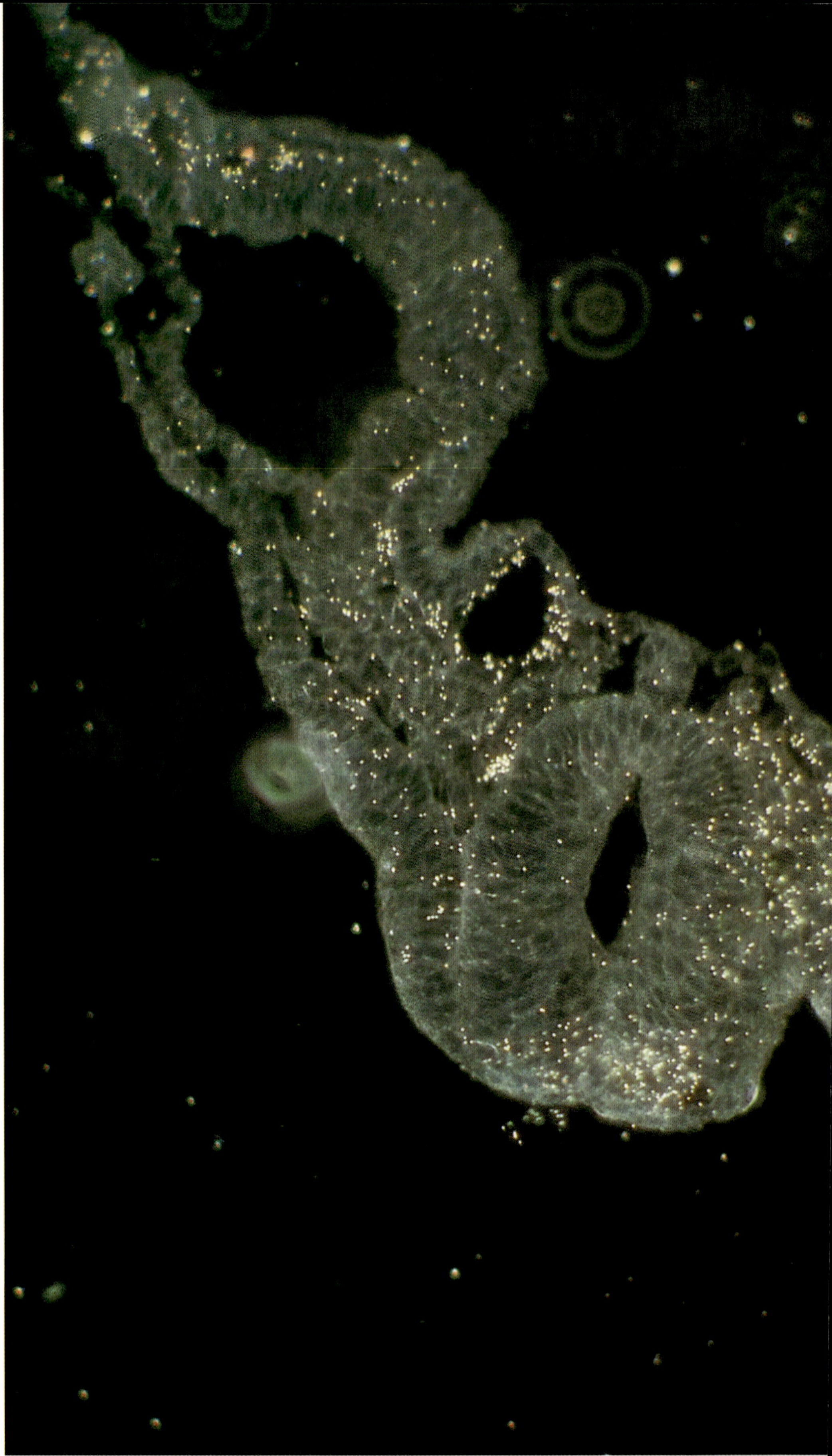

*L*a découverte des oncogènes a été l'une des plus grandes aventures de la science contemporaine. On sait que des gènes spécifiques appelés proto-oncogènes (la photographie représente les proto-oncogènes d'un embryon de poulet) sont, pour la plupart, des cellules vivantes responsables du développement. Ils sont contrôlés par d'autres gènes appelés anti-oncogènes. Sous des influences variées (en particulier sous l'influence de certains virus) surviennent un désordre des proto-oncogènes et une défaillance des anti-oncogènes de contrôle. Le proto-oncogène devient oncogène et le cancer se développe. Pour la première fois on a réussi à comprendre les phénomènes intimes de la transformation d'une cellule normale en cellule cancéreuse.

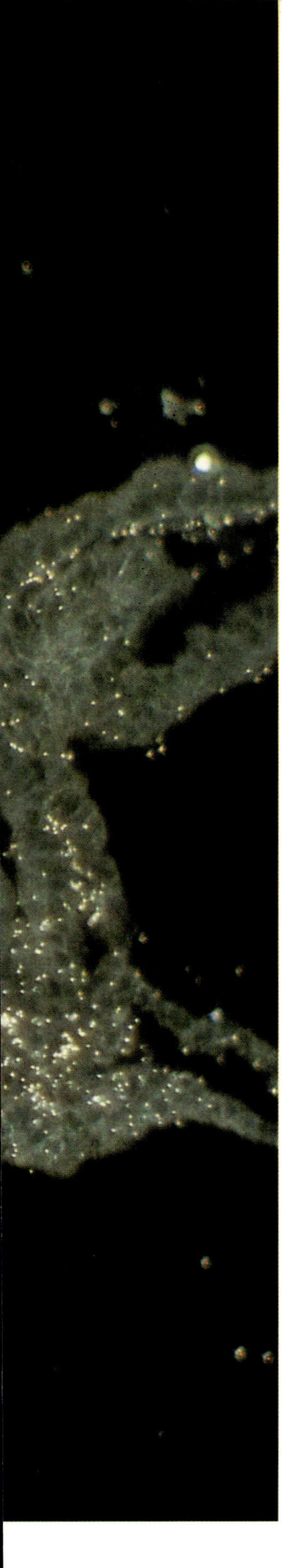

Prédiction ensuite. Prédiction limitée jusqu'à présent à quelques cas particuliers. Celui du mongolisme d'abord. Dès 1950, nous avions signalé des leucémies fréquentes chez des enfants mongoliens, avant même la découverte par R. Turpin, J. Lejeune et M. Gautier, de l'anomalie des chromosomes, de la trisomie qui définit le mongolisme. Ce fait a été largement confirmé ultérieurement, cependant qu'était soulignée la fréquence des leucémies atteignant les enfants porteurs d'autres anomalies chromosomiques.

Puis le cas des jumeaux. Lorsqu'un jumeau est leucémique, la fréquence de la leucémie chez son jumeau dépend du type de la gémellité. S'il s'agit de jumeaux issus de deux œufs différents, elle est celle de la population générale (1 pour 20 000). S'il s'agit de jumeaux vrais issus du même œuf, elle est très élevée : une fois sur cinq le frère jumeau vrai d'un leucémique sera lui aussi leucémique.

Et enfin diverses maladies. On a signalé et confirmé la fréquence des leucémies au cours de rares maladies congénitales (absence de gammaglobulines, anomalie des globules blancs) ou acquises, tels certains rhumatismes chroniques.

Prédictions qui pourraient dans l'avenir avoir une portée plus générale. Déjà des recherches récentes ont reconnu la fréquence particulière chez les leucémiques de certains sous-groupes du système de groupes tissulaires HLA. Les progrès survenus dans la connaissance du système HLA, le passage de l'immunologie à la biologie moléculaire, tous ces changements devraient pour les leucémies inspirer des travaux qui pourraient porter sur le système HLA ou sur d'autres systèmes de prédiction encore à découvrir.

Enfin et surtout corrélation. Corrélation entre l'épidémiologie et les autres disciplines qui s'efforcent de reconnaître les causes des leucémies. Avec des changements des méthodes et des concepts. Longtemps, en effet, dans d'autres domaines de la médecine clinique et d'autres disciplines scientifiques, les corrélations étaient simples : la bactériologie pour la peste, la toxicologie pour les maladies professionnelles, pour le saturnisme, la chimie pour les maladies de l'hémoglobine. Dans d'autres cas, de constants efforts pour fixer les responsabilités respectives des facteurs extérieurs et des caractères innés.
Pour l'étude des causes des leucémies, tout change avec les progrès de la virologie, une meilleure connaissance de la biologie des virus et de leur mode d'action, les progrès de la génétique cellulaire et bientôt la description d'anomalies des chromosomes spécifiques propres à chaque type de leucémie, les progrès de l'immunologie, la découverte des oncogènes, de cette fraction de la cellule responsable de la transformation maligne.
Il ne sera plus possible, il n'est déjà plus possible d'étudier en bloc les causes des leucémies chroniques, des leucémies aiguës. Il sera nécessaire d'établir des corrélations entre les données fournies par l'étude de l'environnement d'une part, et, d'autre part, les anomalies des chromosomes, l'intervention de tel virus, les oncogènes. Ainsi, solidement fondée, la recherche des causes des leucémies atteindra ses objectifs de prévention et de prédiction, avec peut-être, pour certaines formes au moins, la mise au point de vaccins efficaces, et, en tout cas, la limitation de la fréquence des leucémies par une meilleure connaissance des facteurs de risques.

Tantôt les virus sont directement responsables d'un cancer, il en est ainsi dans diverses espèces animales, tantôt ils s'associent à d'autres facteurs, c'est le cas de la tumeur de Burkitt, tantôt ils procèdent par étapes. Ainsi le virus de l'hépatite B (de forme ronde sur la photo ci-contre), largement répandu, provoque d'abord une hépatite, puis une cirrhose et parfois un cancer du foie. La vaccination contre le virus de l'hépatite B peut limiter la fréquence des cancers du foie.

Des leucémies aux cancers

Les traitements des leucémies ont inspiré les nouveaux traitements des cancers. De même, les progrès dans la connaissance des causes des leucémies ont permis d'importants progrès dans celle des cancers.
D'abord, sur un plan général. Le concept de pluralisme des causes et de l'addition de plusieurs causes, qui a été établi à propos de la maladie de Burkitt, a ensuite été étendu à de nombreux cancers. Ainsi, à l'origine d'un grave cancer de la gorge frappant les Chinois de la région de Canton, on admet l'intervention additionnée de trois facteurs : un virus, l'appartenance à un groupe sanguin HLA particulier, et l'habitude de ne pas vider le poisson avant de le

préparer et de le manger. Ensuite, en ce qui concerne chacun des facteurs intervenant. Les radiations provoquent des leucémies (les exemples cruels que nous avons cités en témoignent assez), mais aussi d'autres cancers.

A Hiroshima, après le bombardement atomique, ce sont surtout des leucémies que l'on a observées pendant les dix premières années. Après trente ans, la fréquence des leucémies a beaucoup diminué, cependant qu'a augmenté celle des cancers.

Les leucémies induites par le benzol sont des maladies professionnelles modèles. Ultérieurement ont été reconnus des cancers professionnels très divers, et surtout ceux que provoquent l'aniline ou l'amiante. Longtemps auparavant, Percival Pott avait décrit les cancers professionnels de jeunes ramoneurs.

C'est l'étude de la leucémie des poules qui a permis, pour la première fois, voici plus de soixante-dix ans, de connaître la responsabilité d'un virus à l'origine d'une maladie maligne. Depuis, l'origine virale de nombreux cancers de l'animal a été reconnue. Chez l'homme, l'exemple le plus fort est celui du virus de l'hépatite B qui provoque, surtout en Afrique occidentale, des cancers du foie. Divers agents microbiens jouent un rôle important dans l'étiologie de divers cancers des organes génitaux de la femme.

Longtemps assoupie, la recherche des causes des cancers est redevenue très vigoureuse lorsque ont été connus les progrès des recherches consacrées aux leucémies. On peut raisonnablement espérer, dans un avenir proche, de très heureuses conséquences pour la prévention des cancers.

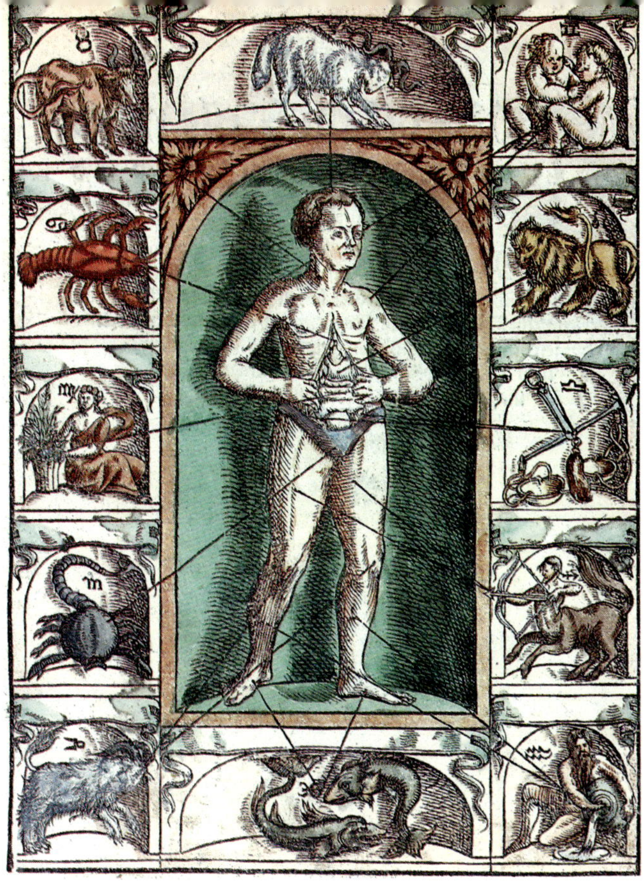

*L'*astrologie est très ancienne. Elle est pour une large part fondée sur l'étude du zodiaque et des constellations, admirablement représentés sur cette fresque de G. Varèse, G. de Vecchi et Raphaël, qui recouvre le plafond de la salle des Mappemondes dans le palais Farnèse à Caprarola (Italie).

*O*n a voulu, comme en témoigne cette gravure, établir des relations précises entre tel signe du zodiaque et tel organe du corps. L'homme a toujours souhaité connaître son destin. La croyance ancienne en l'astrologie est très naturelle ; sa persistance en cette fin de XXe siècle est plus singulière. Les astrologues définissent des relations très précises entre tel signe du zodiaque et donc la destinée, et le jour de la naissance. Nous savons pourtant que le jour de la naissance dépend de l'accoucheur, ses occupations le conduisant à avancer ou à retarder l'accouchement. Gravure du livre de Georg Bartish, *Das ist Augendienst,* 1583.

PRÉDICTIONS

La prévention des maladies s'est longtemps limitée à la protection contre les risques extérieurs. Les épidémies de peste et de variole ont accablé les hommes pendant des millénaires avant d'être comprises et maîtrisées. Au danger infectieux se sont ajoutés les dangers physiques, chimiques, et les conséquences des abus d'alcool et de tabac. Ici la prévention est simple. Elle n'est pas toujours appliquée.

De Jenner à Pasteur et à leurs successeurs , les vaccinations ont transformé le destin des hommes. Et voici que l'étude du sang permet une espérance nouvelle , l'espérance de prédire la prédisposition à certaines maladies et d'orienter ainsi leur prévention.

L'HOMME : UN DANGER POUR L'HOMME ?

Paul Valéry évoque en 1936, dans ses *Carnets*, « la situation défensive et créative de la vie au milieu de son milieu qui par [on] ne sai[t] quel prodige n'est propre qu'à elle ». Cette situation n'est pas du tout celle de l'homme. Entre toutes les espèces animales, l'espèce humaine a seule le pouvoir de modifier le milieu qui l'entoure. Heureusement ou malheureusement. Trop souvent malheureusement. Trop souvent bourreau de soi-même, comme disait un vieux poète, ou, comme l'a dit un poète plus moderne, « la nature s'est prise aux filets de ta vie ». Il est à peine besoin d'insister, tant ces notions sont devenues communes, sur les grandes insuffisances qui menacent à moyen terme – insuffisance en oxygène, insuffisance en eau –, sur la rupture des équilibres biologiques de la terre et de la mer, sur la déplorable écologie des sociétés urbaines, sur la pollution générale, les fleuves et jusqu'aux humbles rivières demeurant les grands égouts collecteurs des pays modernes, les poissons qui, dans les contes antiques, transportaient diamants ou perles, sont devenus les vecteurs qui concentrent les déchets dangereux, le mercure, le cadmium, le benzopyrène et autres produits cancérigènes. Aujourd'hui quatre dangers majeurs menacent la santé de l'homme, dangers contre lesquels il est le plus souvent possible d'organiser une protection efficace.

Premier danger : les radiations ionisantes. Toute époque a ses diables. Les cancers, les radiations sont les diables de notre temps. La question des cancers provoqués par les radiations est ainsi doublement diabolique. D'où les passions. Dans les débats fort sérieux que suscite le développement de l'industrie nucléaire, s'affrontent les conceptions très différentes et très générales de l'existence, qui évoquent tour à tour Jean-Jacques Rousseau, l'âge d'or, la croissance zéro, les bonheurs dus aux machines, le bonheur de la consommation. Les données médicales sont simples. Les radiations, celles que manie l'énergie nucléaire comme les autres radiations, sont dangereuses pour l'homme. Des mesures de protection permettent de limiter ou d'éviter ces dangers. Le développement sauvage de l'énergie nucléaire est dangereux. Le développement prudent, contrôlé, de cette énergie nucléaire n'augmente pas, en l'état actuel des connaissances, le risque de cancer lorsque

*L*es progrès de la biologie et de la médecine transforment le destin des êtres humains, sauvent des enfants, prolongent la vie. D'autres aspects du progrès sont moins positifs. Si les habitants du centre des grandes villes ont le privilège de vivre entourés de beaux monuments, de musées, ceux de certaines banlieues industrielles, comme le montre cette toile de Seurat, ne connaissent souvent que la tristesse des usines.
Georges Seurat, *La Banlieue*, 1881-1882.

les précautions sont prises. Le rôle des médecins est, dans le cas où le choix de la société se fait du côté de l'énergie nucléaire, de veiller avec ténacité et persévérance à l'observation stricte et permanente de ces précautions.

Deuxième danger : les poisons chimiques. Les femmes, les hommes de notre temps, émus par les radiations, négligent le plus souvent, sous-estiment le danger chimique. Dangers des leucémies professionnelles, des cancers professionnels (benzène, matières colorantes, amiante) déjà évoqués. Dangers liés à l'extension, au développement sans grandes précautions, de nombreuses industries chimiques. La catastrophe survenue en Inde, à Bopal, il y a quelques années, les nombreuses morts qu'elle a entraînées ont cruellement valeur de leçon.

Troisième danger : les erreurs alimentaires. D'un côté, les millions d'enfants, de femmes, d'hommes d'Afrique, d'Asie, d'Amérique du Sud qui souffrent de famines ou à tout le moins de graves carences alimentaires. D'un autre côté, les populations surnourries d'Europe, d'Amérique du Nord, absorbant des quantités excessives de graisses. Et partout dans le monde les dangers du tabac et de l'alcool. Une forte augmentation de la consommation du tabac par les jeunes filles, les jeunes femmes est apparue. Chaque cigarette, a-t-on calculé, enlève huit minutes de vie. En 1990, cent dix mille Français sont morts de maladies dues au tabac ou à l'alcool. Les mesures de protection sont simples, bien connues. De puissants intérêts économiques en entravent souvent l'application.

Quatrième danger : les virus. Les grandes infections bactériennes, qui si longtemps ont accablé les hommes, sont beaucoup moins redoutables. Mais les

De l'homme sain à l'homme malade... Bacchus est le dieu romain du vin. Il est fils de Jupiter et de Sémélé. Il apprend de Silène la culture de la vigne. Ces deux tableaux de Caravage représentent Bacchus adolescent (à gauche), puis Bacchus malade (à droite) : peut-être a-t-il bu trop de vin ? L'alcoolisme tue chaque année 40 000 Français environ. Il provoque de graves altérations du foie et du système nerveux. Il peut frapper les enfants, tels ceux de certaines provinces françaises où l'on ajoute de l'alcool aux biberons de lait des nourrissons. Des mesures protégeant la production des vins de haute qualité, limitant ou supprimant celle des autres, sont régulièrement proposées, régulièrement enterrées.

infections virales restent très préoccupantes. Et avant tout celle due au virus de l'immunodéficience humaine, le sida. La maladie a longtemps été (au moins en Amérique du Nord et en Europe) limitée à certains groupes (homosexuels, toxicomanes). Elle pourrait s'étendre à toute la population par contamination hétérosexuelle si les précautions voulues n'étaient pas prises. Un très vigoureux effort pédagogique, s'adressant aux jeunes hommes et aux jeunes femmes, est ici indispensable. Si l'indifférence actuelle n'est pas corrigée, le danger est très grand d'une extension de la maladie à toute la population.

C'est en constatant
que les hommes contaminés
par la vaccine de la vache étaient
immunisés contre la variole,
maladie qui faisait alors
des ravages, que Jenner
découvrit, à la fin du XVIIIe siècle,
la première vaccination.
D'abord contestée, cette
vaccination contre la variole
s'étend peu à peu ; approuvée,
puis pratiquée au XIXe siècle
par les médecins de qualité
tel Alibert, médecin
de l'hôpital Saint-Louis.
Après deux siècles,
la variole a été vaincue grâce
à la vaccination ;
elle a pratiquement disparu
depuis trente ans.
Constant Desbordes,
Alibert faisant la vaccine, 1820.

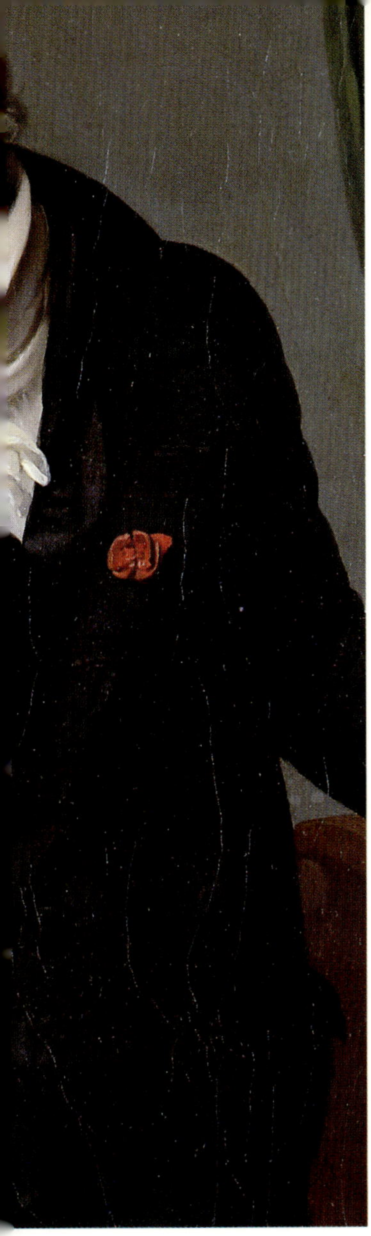

Grâce à Edward Jenner, Louis Pasteur, Albert Calmette, Gaston Ramon, Albert Sabin, Jonathan Salk, les vaccinations ont permis de prévenir de redoutables maladies. La variole semble avoir disparu. La diphtérie, la poliomyélite sont devenues très rares. La fréquence de la tuberculose a beaucoup diminué. Il n'y a pas stagnation en matière de vaccination, mais constant renouvellement, constant progrès. Dans deux directions. Du côté de la prévention de maladies longtemps tenues pour inaccessibles. Telles les différentes hépatites, telles les maladies parasitaires, certaines d'entre elles au moins, tels demain certains cancers, certaines leucémies. Du côté surtout des méthodes de préparation. Plusieurs vaccins sont actuellement préparés par les méthodes du génie génétique avec une rigueur et une sécurité remarquables.

La prédiction, une réalité scientifique

Au soir d'une conférence donnée à l'étranger, j'attends mon train sur le quai de la gare. Un homme fort courtois s'approche, m'identifie, se présente et, après quelques généralités, m'explique qu'il consacre sa retraite à des recherches astrologiques. Il aimerait connaître le jour et l'heure de ma naissance. Il se propose de faire ensuite les études nécessaires et de m'envoyer ses conclusions. Je lui donne les informations souhaitées que fort heureusement je possède. Quelques mois plus tard, un gros cahier me parvient. Ma personne, mon caractère, mes vertus, mes défauts, mon passé, mon présent, mon avenir sont analysés, décrits, prédits avec soin. Tout est faux. Tout est tenu pour faux, non seulement par moi (car la personne concernée peut être partiale), mais par les amis objectifs qui lisent le document établi par l'homme courtois.

La survivance de l'astrologie est surprenante. L'astrologie est au moins aussi ancienne que les civilisations des Assyriens, des Chaldéens. Elle n'a jamais fait ses preuves, sauf par quelques coïncidences heureuses. Cependant presque tous les journaux ont une rubrique astrologique (il y a d'honorables exceptions). De très éminentes personnalités, intelligentes, sévères, critiques dans tous les domaines, acceptent l'astrologie, sont prêtes à organiser leur vie en fonction des données apportées par l'étude des astres, le jour et l'heure de leur naissance. Concordance très singulière, car le moment de l'accouchement dépend souvent de l'emploi du temps de l'accoucheur, de sa disponibilité, de son désir de ne pas être dérangé la nuit, de partir le dimanche à la campagne. A la rigueur c'est le jour et l'heure de la conception qu'il faudrait connaître, ce qui est rarement possible. Les progrès de la science non seulement n'ont pas affaibli la magie, mais l'ont plutôt renforcée. Puisque vous admettez les merveilles de la physique, de la biologie, pourquoi ne pas accepter l'astrologie ? La réponse a été donnée à peu près dans les mêmes termes par Descartes, Claude Bernard, Paul Valéry : « Le vrai est ce qui est vérifiable. » Comme le cahier de l'homme courtois de la gare étrangère, les données apportées par l'astrologie ne sont ni vérifiables, ni vérifiées.

Il ne faut surtout pas se moquer. La méthode est mauvaise, mais le désir de prévoir, de prédire l'avenir est pour l'homme très profond. Des augures, des pythonisses de l'Antiquité grecque aux cartomanciennes de nos foires, de nombreux exemples en témoignent. Avec en règle des échecs. Mais voici que l'étude du sang, dans certains cas au moins, apporte une réponse, permet la prédiction.

Le visiteur de l'Institut du sang, que nous accompagnons au long de ces pages, s'est déjà vu offrir divers périples. Proposons-lui de nouveaux voyages. En Californie. En Italie. En Israël.

Les Noirs vivant en Californie sont depuis longtemps souvent victimes du paludisme. Pour limiter le danger, une prévention systématique est organisée. Un médicament appelé primaquine est donné à toutes les personnes exposées. Les résultats sont bons dans l'ensemble. Le paludisme recule. Mais pas pour toutes les personnes qu'on a voulu protéger. Certaines d'entre elles souffrent, après avoir reçu la primaquine, d'une anémie aiguë, parfois très grave, due à la destruction soudaine d'un grand nombre de globules rouges.

Les Italiens, surtout les Italiens des îles, les Sardes, les Siciliens, aiment les fèves, se nourrissent de fèves

*D*e l'astrologie aux pythies, des prophètes aux diseuses de bonne aventure, la liste est longue des méthodes cherchant à prédire l'avenir. Durant des millénaires la prédiction est restée magique et incertaine. Elle est devenue à la fois scientifique et exacte grâce à la science du sang. Certaines enzymes des globules rouges et certains groupes sanguins, ou tissulaires, du système HLA permettent de reconnaître les prédispositions à telle maladie. Nous sommes ainsi passés de la pythie à la biologie moléculaire.
Caravage,
La Diseuse de bonne aventure.

diversement cuisinées. Ces fèves qui plaisent sont le plus souvent bien tolérées. Le plus souvent mais pas toujours. L'ingestion de fèves, parfois même la simple inhalation de pollen lors de la traversée, au printemps, d'un champ de fèves en fleurs, peuvent provoquer l'anémie aiguë dramatique, parfois mortelle, de certaines personnes. Cette anémie est également due à la destruction brutale de nombreux globules rouges.

Un nouveau-né israélien, un puîné, est enveloppé avec les langes qui l'année précédente avaient servi à son frère aîné. Après quelques heures, parfois après quelques jours survient une anémie par destruction globulaire, très grave, parfois mortelle. Il ne s'agit pas d'accidents liés à une iso-immunisation au facteur Rhésus. Les langes du premier-né avaient été protégés des mites par addition de naphtaline. La naphtaline pénétrant par la peau du puîné a provoqué l'anémie.

Noirs de Californie, Siciliens et Sardes, nouveau-nés israéliens, les populations touchées sont très diverses. Mais la raison de l'anémie est unique. Dans certaines populations, dans certaines familles existe un défaut de l'équipement constitutionnel en enzymes des globules rouges. Cet équipement en enzymes des globules rouges normaux est double. D'une part, les enzymes indispensables à la vie du globule rouge, celles qui lui apportent l'énergie. D'autre part, les enzymes de secours qui ne sont pas utilisées dans la vie normale, mais qui interviennent en cas d'événements, d'agressions inhabituels. Ces enzymes de secours portent un nom chimique compliqué, glucose-6-phosphate déshydrogénase, en abrégé G.-6-P.D. L'absence de cette enzyme de

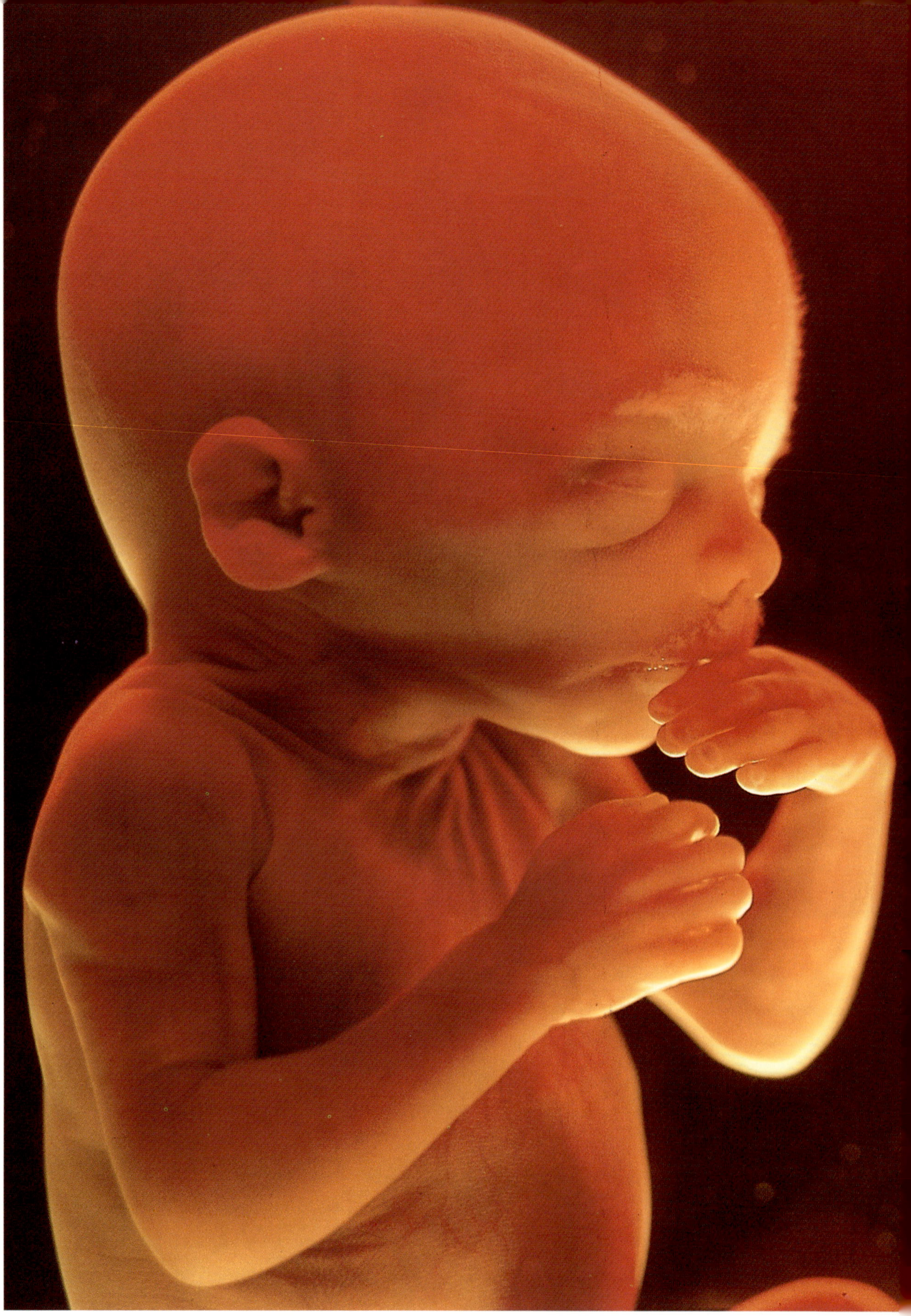

secours, de cette G.-6-P.D. est le défaut constitutionnel héréditaire observé dans certaines populations, dans certaines familles.

La génétique et la géographie de ce défaut sont aujourd'hui bien connues. Le défaut – comme l'hémophilie – est transmis par les mères conductrices exclusivement à leurs fils. Le trouble enzymatique est observé dans les populations noires d'Afrique et d'Amérique, tout autour de la Méditerranée et en Asie du Sud-Est.
En l'absence d'agression, ce défaut héréditaire reste latent ; il n'a aucune conséquence. Mais qu'intervienne un facteur extérieur, un médicament, la primaquine, un aliment, la fève, une substance ménagère, la naphtaline, alors la faiblesse latente se trahit. Une anémie très grave peut survenir. La primaquine, la fève, la naphtaline n'altèrent pas le globule rouge normal correctement équipé, mais détruisent le globule rouge africain, méditerranéen. La naphtaline et plus encore la primaquine sont récentes. Mais la présence des fèves dans l'alimentation des hommes est ancienne. Les anémies qu'elles provoquent sont décrites dans de vieilles relations médicales. Lucrèce pensait peut-être aux fèves quand il écrivait dans *De natura rerum :*

Ce qui chez l'un est nourriture
S'est révélé pour l'autre amer poison.

Ce défaut de l'équipement enzymatique de certains globules rouges, l'absence de l'enzyme G.-6-P.D. semble bien avoir existé en Afrique et sur les rivages méditerranéens depuis des temps très reculés. Pen-

Longtemps, l'homme fut persuadé que la vie commençait à la naissance. Nous savons maintenant que l'existence commence à la conception. L'embryon, le fœtus (comme ce fœtus de cinq mois) suscitent un grand intérêt affectif et médical.
Une nouvelle discipline est apparue, le diagnostic prénatal. Elle utilise des méthodes très variées (échographie, étude des chromosomes, des cellules, des molécules). Elle permet déjà dans quelques cas, et permettra davantage encore demain, d'opter pour des mesures efficaces de prévention et de traitement pendant la vie intra-utérine.

dant des millénaires ce désordre existait mais n'avait pas de conséquence. Les hommes atteints ignoraient le désordre et menaient une vie normale. Avec les changements de la coutume, les progrès de la culture, le désordre cesse d'être inoffensif. L'entrée des fèves dans l'alimentation, l'usage de produits ménagers, de médicaments vont révéler la fragilité latente. Le défaut de l'équipement enzymatique a ainsi dormi pendant des millénaires avant d'être, comme la princesse du conte, réveillé, tiré de sa léthargie, de sa latence. Non par un prince charmant, mais par un changement des mœurs, de la culture. Cette absence d'enzyme peut être reconnue par un test chimique simple. Pour la première fois, grâce à la mise en évidence de l'anomalie moléculaire, il est possible de prédire. Il ne s'agit pas du diagnostic précoce d'une maladie, qui est depuis longtemps l'un des objectifs principaux de la médecine, mais de la reconnaisance d'une fragilité, d'une prédisposition. Il s'agit bien d'une prédiction. Soit par exemple une population noire de Californie que l'on souhaite protéger du paludisme par la primaquine. On peut, par un test chimique simple, identifier les personnes fragiles, les écarter. Les autres, dont l'équipement enzymatique est normal, recevront sans inconvénient la primaquine.

La primaquine, les fèves, la naphtaline ne sont pas les seules substances dangereuses. D'autres molécules, particulièrement des médicaments, données aux personnes portant l'anomalie enzymatique, peuvent provoquer de graves anémies. Au premier rang les sulfamides. Dans les populations concernées, et plus encore dans certaines familles, des études très attentives peuvent être faites sur la recherche du déficit enzymatique. Les personnes fragiles sont ainsi connues. On leur remet la liste des substances, surtout des médicaments, qui sont proscrits. Ainsi, grâce à une prévention efficace, sont évités des accidents graves, assez souvent mortels.

Cette étude des globules rouges a fourni le premier exemple d'une prédiction fondée sur des données biochimiques précises. Elle est très importante, elle a valeur d'exemple mais ne concerne que des populations bien définies.

L'étude des globules blancs, la découverte par Jean Dausset du système d'histo-compatibilité dit HLA vont avoir une portée plus générale. Nous avons déjà rappelé la complexité de ce système de groupes sanguins, ou plus exactement de groupes tissulaires. On compte actuellement plus de six cents millions de combinaisons de ce système. Certaines combinaisons vont, pour la prédiction, prendre une grande importance. Depuis plusieurs millénaires, en tout cas depuis Hippocrate, les médecins ont noté l'inégale fragilité, l'inégale résistance des hommes confrontés à la maladie. Mais ayant constaté ces inégalités, ils ne les comprenaient pas. Et, ne les comprenant pas, ils utilisaient la méthode employée de tout temps par les médecins ignorants ou perplexes : la parole, l'éloquence. D'où tout un vocabulaire, terrain morbide, diathèse, idiosyncrasie, intolérance, allergie. Vocabulaire qui masquait l'ignorance.

Nous savons aujourd'hui que, au moins pour certaines maladies, c'est l'appartenance à tel sous-groupe, à telle combinaison du système HLA qui représente cette fragilité, cette prédisposition cherchées en vain depuis Hippocrate. Voici un enfant qui naît. On détermine son groupe HLA ; on sait que les risques d'être atteint plus tard de diabète sont pour lui trente fois plus grands que ne le sont les mêmes risques pour ses contemporains. Voici un autre nouveau-né. L'étude de son groupe HLA nous apprend qu'il appartient à une catégorie menacée par le rhumatisme. Deux ordres de conclusions peuvent être tirés de ces constatations, les premières, simples, les secondes, complexes.

Conclusions simples, on indiquera aux parents du premier enfant le régime qu'il convient de lui donner, le diabète n'apparaîtra pas ; aux parents du second le climat convenable, point de rhumatisme. Conclusions complexes. Assez souvent la situation exposant au danger ne dépend pas d'une seule combinaison mais de plusieurs. On parle de situation monogénique dans le premier cas, de situation polygénique dans le second. Les relations entre facteurs constitutionnels, prédisposition d'une part et éléments extérieurs déclenchant la maladie d'autre part, sont souvent bien plus complexes que dans les exemples assez grossiers cités , le diabète, le rhumatisme.

Un grand courant de recherches est inspiré par ces premières données. L'importance de cette prédiction ne cesse de croître. C'est ainsi que le cancer de la gorge de la région de Canton, en Chine, n'apparaît que chez les personnes appartenant à un groupe HLA particulier.

Ces recherches ont une très grande portée. Triplement. L'étude du système HLA est actuellement entreprise avec le langage, l'esprit, les méthodes de la biologie moléculaire. Cette médecine de prédiction va être une médecine rigoureuse. Elle sera une médecine économique, car il est beaucoup moins coûteux de prévenir un diabète que de le traiter. Les dépenses de santé, leur progression inquiètent les financiers, et au-delà des financiers toutes les sociétés humaines. Ces inquiétudes, ces soucis vont s'apaiser avec la prévention par la prédiction de nombreuses maladies.

Enfin et surtout ces prédictions, ces préventions vont diminuer le malheur des hommes en empêchant l'apparition de graves maladies qui souvent tôt dans la vie les accablaient. Nous sommes au début d'une grande révolution. Tout permet de penser que la médecine du XXIe siècle sera pour une large part une médecine de prédiction. Grâce à l'étude du sang. Grâce à l'hématologie.

Le sang, la médecine et l'espoir

Grâce aux progrès de l'étude du sang et de ses maladies, il est possible de prévoir les caractères de la médecine du futur, d'indiquer les voies qui seront les siennes. Cette médecine sera d'abord et avant tout rationnelle. Elle utilisera des données assurées grâce à l'imagerie médicale. La scannographie, la résonance magnétique nucléaire sont d'admirables procédés descriptifs. L'état des organes, des tissus est montré très exactement. Cette médecine rationnelle – les faits étant assurés – les interprétera, les interprète déjà en appliquant le raisonnement des physiologistes. Plus d'un siècle s'est écoulé avant que les méthodes de Claude Bernard aient été utilisées par les médecins. Au temps lointain (mais pas tout à fait préhistorique) de mes études de médecine, le diagnostic d'une anémie

Parmi les plus grands
peintres contemporains,
certains, tel Pablo Picasso,
redoutent, évitent le sang,
et même lorsqu'ils représentent
de cruels combats
ne le montrent pas. D'autres
l'acceptent, le représentent.
Ainsi René Magritte, dont
le *Sang du monde* est ici figuré.
Le *Sang du monde,* quel beau
titre... Nous savons que
les caractéristiques du sang
d'un homme dépendent du lieu
où cet homme est né
et peut-être plus encore du lieu
où sont nés ses aïeux.
Nous savons qu'entre les sangs
des hommes on peut trouver des
différences, mais
qu'il ne peut y avoir d'inégalité.
Le sang définit l'homme,
définit les hommes
partout dans le monde.

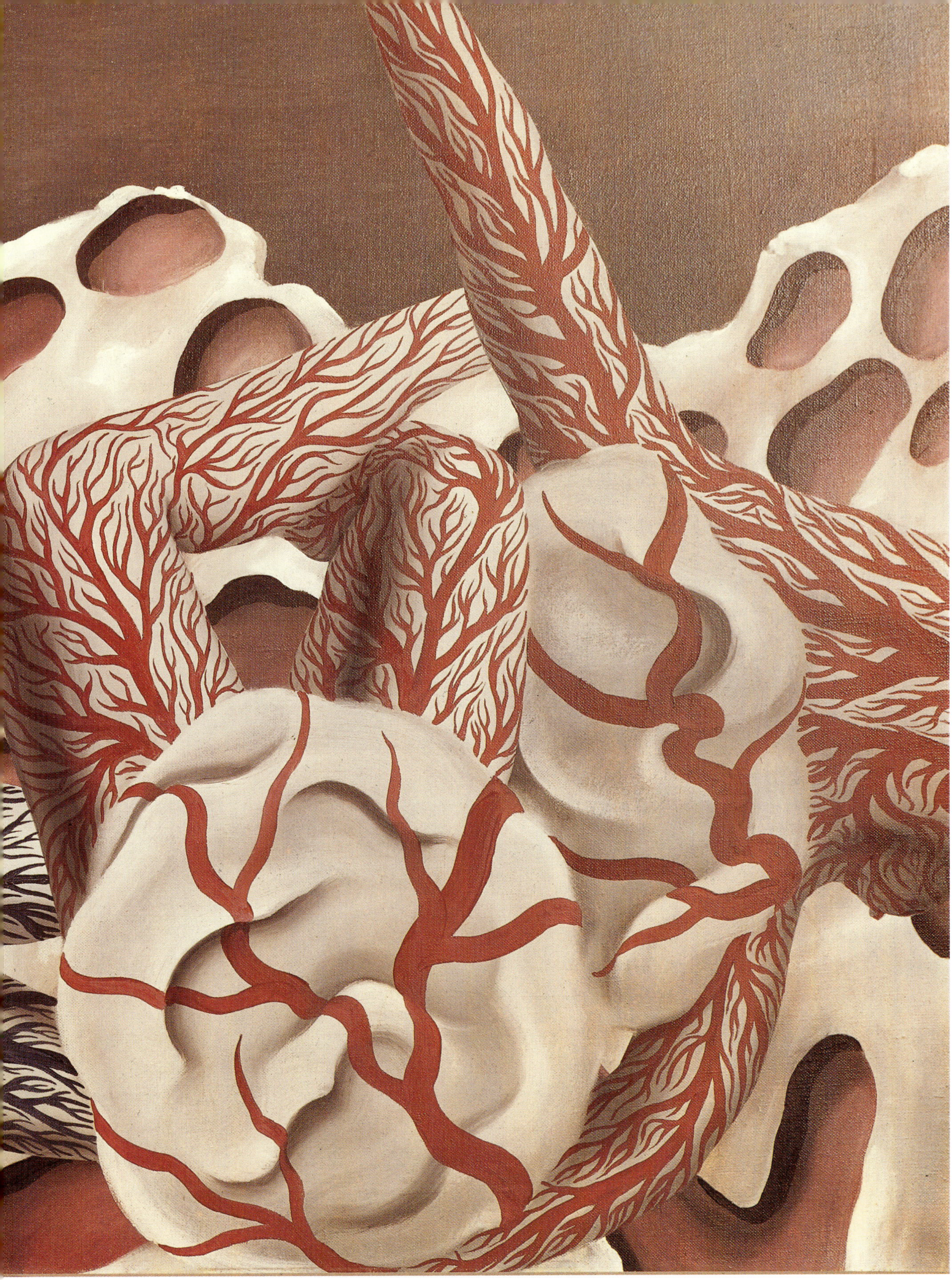

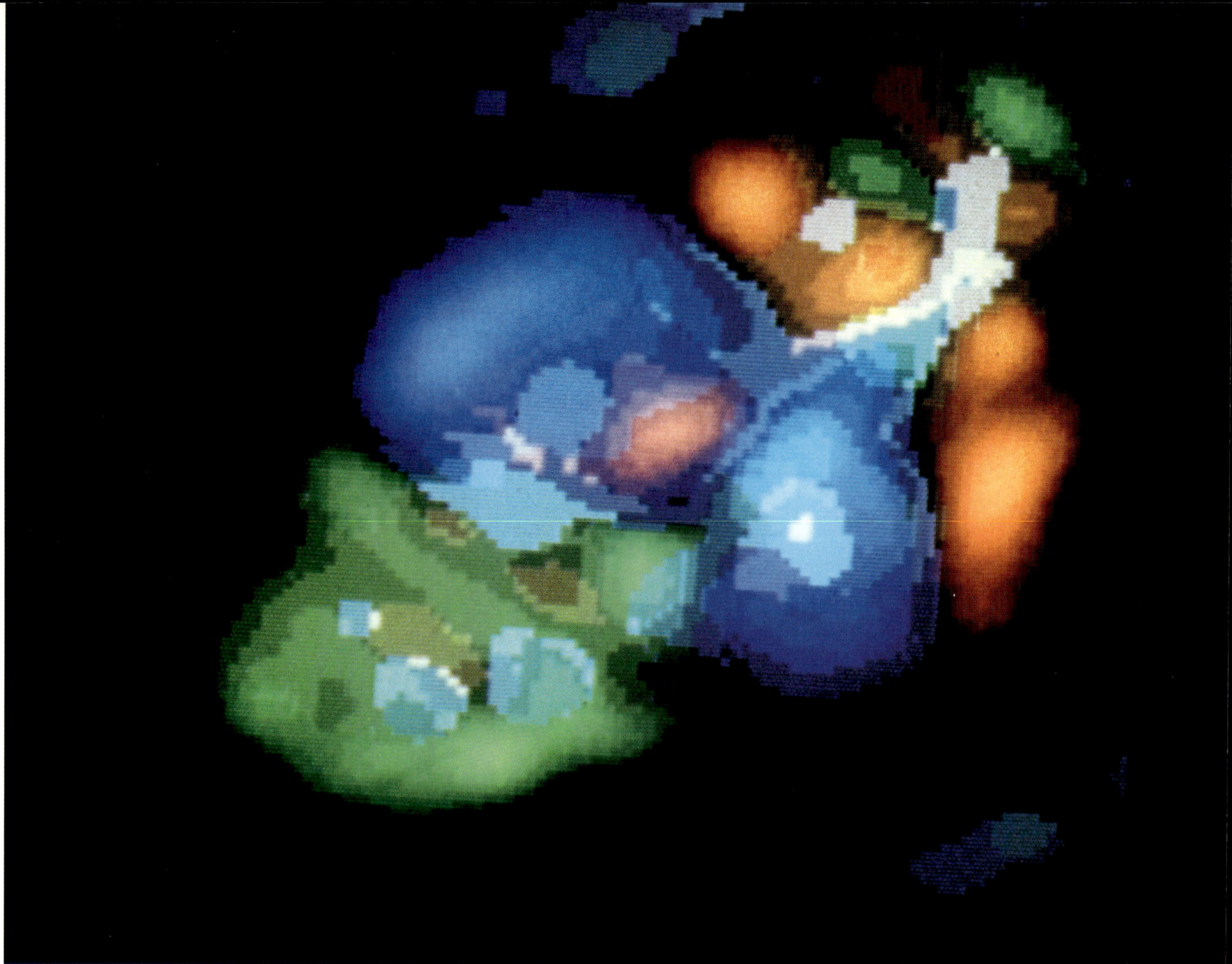

dépendait de la couleur de la peau, des variations de la pâleur, pâleur d'albâtre, pâleur tirant sur le jaune, sur le vert. Nous savons aujourd'hui que l'anémie peut être due à un trouble de production des globules rouges, à des hémorragies, à un excès de destruction des globules rouges. Cette destruction excessive peut être provoquée à son tour par la fragilité innée des globules rouges ou par l'intervention de facteurs extérieurs. Ces facteurs extérieurs peuvent être infectieux, toxiques. Et ainsi, par une série de dichotomies, de classements, on parvient au diagnostic exact.

Enfin cette médecine rationnelle sera tout entière gouvernée par la pathologie moléculaire. Nous l'avons indiqué à propos de l'hémoglobine. Établi

L' imagerie médicale a longtemps été limitée aux radioscopies et radiographies utilisant les rayons X. Depuis quelques années, des progrès spectaculaires ont conduit à l'échographie, à la scannographie, et à l'imagerie par résonance magnétique. Comme nous le montre cette photographie d'un cœur, la résonance magnétique reconnaît et analyse tous les détails. Elle nous permet de voir tous nos constituants.

pour les désordres héréditaires du sang, le concept de pathologie moléculaire est valable pour la pathologie acquise et pour tous les organes. Ce concept transforme en profondeur le raisonnement médical. Déjà le médecin, au cours du XIXe siècle, était passé de la relation clinique, anatomie macroscopique, à l'œil nu, seule connue de Morgani et Laënnec, à la correspondance clinique, anatomie microscopique. Il doit maintenant, chaque fois qu'il examine un malade, se demander quelle est l'anomalie moléculaire responsable de la maladie qu'il a mission de reconnaître et de traiter.

Cette médecine du futur sera correctrice. Elle se proposera de corriger les désordres cellulaires, humoraux, qui définissent les maladies. Les méthodes de destruction massive, qui furent si longtemps les seules pour le cancer, vont peu à peu disparaître. Les méthodes de substitution (greffes, organes artificiels) ont rendu et continueront de rendre quelque temps des services. Mais l'ordre cannibale est manifestement un ordre temporaire.

Déjà pour les leucémies, ces méthodes correctrices commencent d'être appliquées et donnent de grands espoirs. La médecine du futur le plus souvent ne détruira pas, mais corrigera, remettra dans la bonne direction les cellules, les humeurs altérées. Cette médecine du futur, après des millénaires d'impuissance, sera une médecine efficace. Les deux révolutions que nous venons de vivre, la révolution thérapeutique, la révolution biologique, déjà transforment le destin des hommes. Il suffit de songer à ce qu'était l'espérance de vie au XIXe siècle, ce qu'était au début de ce siècle la mortalité des petits enfants.

En dépit de ces progrès, quatre demi-échecs persistent (maladies du cœur et des vaisseaux, cancers, psychoses et névroses, maladies génétiques). D'importants progrès sont en vue, qui devraient dès le premier tiers du prochain siècle apporter les solutions souhaitées.

Pour les maladies du cœur et des vaisseaux, grâce aux remarquables analyses des relations entre plaquettes et paroi des petits vaisseaux, grâce à l'espoir sérieux de traiter, de prévenir les thromboses.

Pour les cancers, grâce à une véritable explosion de découvertes : connaissance, avec les oncogènes, du mécanisme intime de la genèse des cancers, traitements correcteurs. Espoir d'une meilleure interprétation des mécanismes de défense et, avec Denis Burkitt, pluralisme des causes et espoir de prévention.

Pour les psychoses et les névroses, qui donnent encore tant de soucis, grâce au nouvel essor de la psychopharmacologie, de la science qui s'efforce de traiter les désordres de l'esprit par des molécules spécifiques, peut-être – mais la situation actuelle est encore incertaine – par des greffes de cellules nerveuses, plus sûrement par la psychosociologie, peut-être par l'arrivée de nouvelles méthodes psychologiques.

Pour les maladies génétiques enfin (hémophilie, maladies de l'hémoglobine, myopathies, etc.), grâce aux progrès du génie génétique, avec les problèmes moraux, éthiques qui seront évoqués plus loin.

Médecine de prévention et de prédiction, dont on ne saurait trop souligner l'importance avec ses trois grandes méthodes : limitation des dangers extérieurs ; vaccination ; prédiction.

Médecine individuelle. Nous a-t-on assez dit que la médecine du futur serait une médecine grégaire, une médecine de troupeau. C'est tout le contraire qui se produit. Chaque homme est unique, irremplaçable, différent de tous les autres hommes, nous apprend l'étude du système HLA. La médecine du futur tiendra le plus grand compte de cette situation. Elle concerne non seulement l'homme, mais un homme.

Enfin cette médecine devra être universelle. En cette fin du XXe siècle, les hommes d'Europe et d'Amérique du Nord meurent d'artériosclérose, d'hypertension artérielle, de cancers, d'accidents d'automobile. Les hommes d'Afrique, d'Asie ou d'Amérique du Sud meurent de faim, de carences alimentaires, de parasitoses, d'infections. Le paludisme est sur cette terre la première cause de mortalité, et les enfants africains meurent encore de rougeole, comme jadis les enfants européens.
Dans le premier groupe, l'espérance de vie à la naissance varie de soixante-dix à quatre-vingts ans. Dans le second, elle dépasse à peine quarante ans. Les causes de mort prématurée des hommes du tiers monde pourraient être limitées par un effort général de solidarité. Cet effort, actuellement modeste, doit être développé. Le biologiste, le médecin ne doivent pas s'aventurer dans le domaine de l'économie qui n'est pas le leur. Certaines absurdités doivent pourtant être signalées. En Europe la production agricole, l'élevage sont sérieusement limités. Il est recommandé de diminuer la production des céréales, de limiter le nombre des animaux élevés. En Afrique, faute de céréales, faute de protéines animales, les enfants meurent de faim. Des économistes de talent ne peuvent-ils imaginer des solutions raisonnables ? Il devrait être permis d'espérer.

Nombreux sont les habitants de notre planète qui ne mangent pas à leur faim : six cents millions d'êtres humains sont sous-alimentés. La nature des famines diffère selon les lieux. Dans certains cas, il s'agit d'une pénurie totale de denrées alimentaires ; famines complètes mais ponctuelles qui surviennent à la suite de guerres civiles ou catastrophes météorologiques, telles les grandes sécheresses qui sévissent au Mali, où cette photographie a été prise. Dans d'autres cas ces famines sont liées à des carences alimentaires permanentes, telle l'absence des protéines et des vitamines indispensables à la vie. Les documents qui illustrent ces famines, ces carences, sont tragiques.

Deuxième partie

La géographie, l'histoire, les sociétés humaines

EMESTATAVOAESTA
ha prouimsia das Amazonasa com ho seu gramde
Rio hesta a prouimsia dos vraqas ho nouo Reinoo
ha margarita ho Reino deborburata ho peru as amti
lhas a tera firme as fomduras as charcas ho Reino
de mexico a noua espanha ho mar do sul ho Reino
de guatimala a ilha de cuba ha de iamaica ha ilha
espanhola a ilha de porto Rico o gosto de valemsue
lla ho Rio gramde a prouimsia dos topaios
MAR DO SVL
Mar do Sul
mexico
guatimala
O peru
Iamaica
Iago
Amtilhas
cariba
Puerto R.
Ro das Amazonas

*L*es premières cartes des Amériques étaient belles mais imparfaites. Sur ce portrait tiré de l'*Atlas de l'Univers* de Lazaro Luis figurent l'Amérique centrale, l'Amérique du Sud, les îles Caraïbes et nos Antilles telles que se les représentaient les géographes, soixante-dix ans après le premier voyage de Christophe Colomb. Leurs études se sont poursuivies pendant plusieurs siècles. Certains hauts plateaux des Andes n'ont été décrits qu'en 1950, par des équipes péruviennes et françaises.

*L*es habitants des Amériques découverts par les explorateurs espagnols, les Peaux-Rouges des livres de notre enfance, les Amérindiens des ethnologues, sont longtemps restés entourés de mystères, de légendes, telle celle de l'*Indien Serpent* qu'illustre ce tableau de Jacob Miller.

OUVERTURE

Le deuxième étage de l'Institut appartient aux géographes et aux historiens. Cet étage comprend deux départements, celui de la géographie et celui de l'histoire. Ces deux départements sont précédés d'une sorte de vestibule, d'antichambre appelée ouverture où sont assemblées les données générales, les informations communes aux deux disciplines. Le visiteur pénètre d'abord dans ce vestibule, dans cette ouverture.

L'étude du sang, de ses désordres, a donc permis le traitement et la prévention de très graves maladies. Elle a ouvert les grandes voies de la médecine du futur. Elle n'a pas seulement limité la souffrance, donné à la médecine ses méthodes. Elle a aussi proposé une nouvelle définition de l'homme. Par l'examen des relations existant entre le sang et la géographie, entre le sang et l'histoire, elle retrouve des thèmes anciens, elle les renouvelle, les fortifie. Cette analyse des rapports unissant nos deux héros – le sang et l'homme – quitte le domaine de la magie pour se fonder sur des données scientifiques rigoureuses.

A TRAVERS LE TEMPS ET L'ESPACE

Ces échanges, cette coopération entre l'hématologie d'un côté, la géographie et l'histoire de l'autre, sont doublement féconds. La géographie, l'histoire apportent parfois la solution d'un problème médical longtemps resté obscur. L'étude du sang fait le don aux géographes, aux historiens d'une nouvelle méthode, et tantôt confirme des données acquises, tantôt fournit les explications longtemps cherchées en vain. Le sang définit l'homme au long des parallèles, des méridiens, des siècles, des millénaires.
L'anatomie, la physiologie, la pathologie du sang dépendent pour une large part des peuples et des races, du sol, de l'air, des climats, des coutumes alimentaires, des infections, des parasitoses particulières à certaines régions. Longtemps cette dépendance a été méconnue ou signalée seulement par quelques notes d'un pittoresque un peu facile. Mais, en ces dernières années, l'étude de la répartition des groupes sanguins, des hémoglobines, des enzymes, l'analyse des anémies alimentaires et de leurs conditions, une meilleure connaissance de la distribution des parasites sanguicoles ont apporté des faits nombreux, nouveaux, concordants. Les lieux où un

La civilisation inca et les civilisations qui la précédèrent se sont développées à très haute altitude (3 000 mètres, 4 000 mètres) sur les hauts plateaux des Andes. Cuzco fut la capitale de l'Empire inca. Les descendants des Incas, les paysans péruviens d'aujourd'hui, supportent bien l'altitude ; ils travaillent, élèvent leurs animaux, cultivent leurs terres. Cette photographie nous montre des paysans réunis près de Cuzco (Pérou).

homme vit, et parfois ceux où ont vécu ses ancêtres, règlent en partie l'état de son sang. Ainsi naît l'hématologie géographique. Son importance est triple. Pratique d'abord. Le diagnostic d'une anémie est parfois d'emblée orienté, voire aussitôt assuré, par la seule géographie. Ensuite, et par un heureux retour, les données fournies par l'examen du sang peuvent faciliter la solution de problèmes d'anthropologie, d'ethnologie, la fixité de certains caractères sanguins à travers les millénaires identifiant les peuples à travers leurs migrations. Enfin, et surtout, l'hématologie géographique a une valeur exemplaire. Une des grandes faiblesses actuelles de l'hématologie générale, parmi tant de progrès, est l'insuffisance de l'étiologie. L'hématologie géographique offre des modèles de maladies du sang dont les causes, ou au moins certaines conditions, sont connues, des maladies du sang classées en somme. Elle nous munit de modes de raisonnements, de méthodes d'enquêtes qui devraient, appliquées plus largement, permettre de nouveaux progrès.

Tel est l'acte de naissance de l'hématologie géographique, paru sous forme d'un éditorial dans la *Nouvelle Revue française d'hématologie* en 1963.

Quelques semaines plus tard, je reçois la visite de Jacques Ruffié, qui était alors le premier titulaire de la chaire d'hématologie de la faculté de médecine de Toulouse. Il venait de montrer que les caractères sanguins, les groupes, les hémoglobines, les enzymes expriment une grande partie du patrimoine génétique, sont de véritables « marqueurs » de ce patrimoine. Il appelle hémotypologie la discipline nou-

velle ainsi définie. Il va créer des centres d'hémotypologie, d'abord près de Toulouse dans les Pyrénées, puis un peu partout dans le monde, sur les plateaux des Andes, dans les vallées himalayennes, au nord de l'archipel nippon, dans les oasis du Sahara. Ainsi se développe une nouvelle génétique des populations. Ainsi commence un travail commun constamment poursuivi depuis lors, et qui s'est en particulier exprimé dans les deux volumes d'hématologie géographique parus respectivement en 1966 et 1972.
La découverte par Jean Dausset du système de groupes tissulaires dit HLA allait fortifier l'hématologie géographique en la dotant d'un admirable instrument de travail. La complexité du système HLA,

*L'*hématologie géographique étudie les relations entre la géographie et le sang de l'homme. Elle analyse les caractères génétiques et l'influence de l'environnement. Les relations établies entre l'homme et l'animal sont importantes : transmission de parasites de l'animal à l'homme, coutumes alimentaires. On voit ici un grand marché aux bestiaux, au Niger.

la diversité de la répartition des sous-groupes HLA dans les différentes populations ont inspiré des recherches très poussées et sont à l'origine de remarquables progrès.

UN MOUSTIQUE, UNE TRIBU ET L'ÎLE DE PÂQUES

Nous partons pour trois voyages. L'un, très court, à l'hôpital Saint-Louis. En 1965, un jeune interne des hôpitaux de Paris, vingt-cinq ans, est admis dans le service d'hématologie avec le diagnostic de leucémie aiguë. Ce diagnostic, à l'époque, est un arrêt de mort. La pâleur d'albâtre, la fièvre, la grosse rate, certaines modifications des globules blancs conduisent à redouter la leucémie aiguë. Un premier interrogatoire n'apporte pas d'information. Ce jeune médecin a assuré régulièrement ses fonctions d'interne pendant les six mois précédents. Mais un second interrogatoire apprend que, pour compléter les honoraires très modestes attribués aux internes, le jeune homme accompagne parfois de grands malades retournant dans leur pays. C'est ainsi que quelques semaines auparavant il a passé, entre deux avions, trois heures à Saigon. Les trois heures ont suffi. Un moustique l'a piqué. Il ne s'agit pas de leucémie mais de paludisme. Le traitement du paludisme conduit en quelques jours à la guérison.

Le deuxième voyage est un peu plus lointain. Notre visiteur est invité à suivre en Afrique une équipe associant anthropologues et hématologues. Cette équipe étudie une tribu touareg, les trois cent quatre-vingt-deux membres de la tribu Kel-Kummer vivant actuellement à l'est du Mali. Cette étude a permis d'allier les informations fournies par les traditions familiales à la détermination rigoureuse des groupes sanguins, et surtout du système HLA. Ces hommes bleus nomadisent au sud du Sahara sur un territoire dépourvu de pétrole et de minerais rares. Leur économie est fondée sur l'élevage du dromadaire. Ils ont conservé leur mode de vie ancestral, leurs coutumes, leur système matrimonial (le jeune homme épouse toujours sa cousine germaine, fille du frère de sa mère), leur pureté. Cette étude, la combinaison de la généalogie et de l'immunohématologie, a une grande importance. Elle a permis, par les groupes sanguins et tissulaires des Kel-Kummer actuels, de déduire les groupes sanguins et tissulaires des Kel-Kummer du passé, et de classer ces fondateurs par l'importance de leur contribution. Vingt-deux fondateurs seulement ont fourni quatre-vingt-dix pour cent du patrimoine génétique collectif des Kel-Kummer. Ainsi, pour la première fois, l'évolution du patrimoine génétique d'une population est connue pendant trois siècles. Elle est aussi, sur le plan des méthodes, un remarquable exemple d'observation rigoureuse directe d'une population, modèle utilement confronté aux modèles mathématiques et aux simulations sur ordinateur souvent employés en génétique des populations.

D'une façon générale, elle s'inscrit sur la liste courte des études des populations qui refusent de s'unir aux populations voisines et restent fidèles à l'endogamie. Les anthropologues, les hématologues portent un vif intérêt aux dernières populations endogames, aux derniers isolats. La liste en est effectivement très brève. On y trouve, outre les Touareg, les habitants de l'île de Pitcairn dans le Pacifique, qui sont les descendants des mutins du *Bounty*, les Indiens Jicaques du Honduras, descendants des huit Indiens qui, au XIXe siècle, s'enfuirent dans la forêt pour échapper à leur condition d'esclaves, les Esquimaux de Thulé, les habitants de l'île de Tristan da Cunha dans l'Atlantique, qui descendent d'un seul couple établi dans l'île en 1810.

Troisième voyage plus lointain encore. Jean Dausset, en 1971, décide d'aller étudier les groupes sanguins, et plus particulièrement les groupes HLA de l'île de Pâques. L'île, découverte le dimanche de Pâques 1722 par l'amiral hollandais Jacob Roggeveen, est peut-être, dans notre monde, la terre la plus éloignée de toute autre terre. Entre l'île

L'île de Pitcairn en Polynésie a été colonisée en 1790 par des marins révoltés du navire anglais Bounty. Les habitants de l'île sont les descendants des mutins du Bounty. Ils ont longtemps vécu à l'écart du monde. Ils cultivaient la banane et la canne à sucre, mettaient tout en commun, ignoraient le rôle de l'argent et interdisaient les boissons spiritueuses. Ce personnage, habitant de l'île de Pitcairn au début du XIXe siècle, figure dans le *Récit de voyage* de Beechey (1825-1828).

de Pâques et la côte américaine à l'est, 3 700 kilomètres. Entre l'île de Pâques et l'île de Pitcairn à l'ouest, 2 000 kilomètres. L'île de Pâques est petite (22 kilomètres de long sur 11 kilomètres de large), nue, sans arbre. Le sol est fait soit de laves rocheuses, soit de lopins d'herbe et de cendres. La gloire de l'île tient aux six cents statues géantes, chacune pesant plus de quatre-vingts tonnes, érigées à l'âge de pierre. La majorité des mille cinq cents habitants actuels vit dans un petit village, Hanga Roa. La plupart d'entre eux sont des métis de Chiliens, de Polynésiens, d'Européens. Quelques-uns – une centaine au plus –, appartenant aux mêmes familles, presque à la même famille, ne sont pas métissés et semblent représenter la population pure de l'île. C'est cette population non métissée que Jean Dausset a étudiée. Avec deux espoirs, l'un, assez vague, d'apporter quelques éléments diminuant le mystère qui entoure les statues géantes, l'autre, plus précis, de mieux comprendre les relations passées entre Océanie et Amérique du Sud.

L'héroïsme des savants revêt des formes variées. Pour mieux examiner le sang des habitants de l'île de Pâques, il faut supporter certains inconvénients. Point d'hôtel au temps de la mission des hématologues. On loge chez les villageois. On est, tout au long de nuits sans sommeil, tourmenté par les piqûres, les morsures de parasites divers, très acharnés. Point d'agrément de la population. La médecine, pense-t-elle, ne saurait avoir que la lèpre pour objet. Toute enquête, tout prélèvement peuvent donc entraîner des mesures d'isolement redoutées.

Avec patience et persévérance, Jean Dausset accomplit sa mission. Il compare le sang des Pascuans à celui des Polynésiens, à celui des habitants de l'Amérique du Sud, Chiliens, Péruviens. Ces examens reconnaissent le sens des migrations qui, dans le passé, se sont faites d'ouest en est, de Polynésie vers l'Amérique du Sud. On se rappelle l'extraordinaire aventure du *Kon Tiki* de Thor Heyerdahl et de ses compagnons, qui ont fait construire un radeau voilier pareil aux radeaux péruviens de la préhistoire. Sur les traces de leurs courageux aïeux vikings, les navigateurs norvégiens ont affronté les ouragans et les immobilités, les ressacs et les courants. Partis le 28 avril 1947 de Callao, port de Lima, passant au nord de l'île de Pâques, ils arrivent le 7 août 1947 aux îles Marquises. Ils ont ainsi démontré que, dans un passé lointain, la traversée du Pacifique Sud, avec les moyens de l'époque, était possible. Ils pensaient aussi avoir démontré que les migrations dans ce passé lointain s'étaient faites d'est en ouest, d'Amérique vers la Polynésie.

Mais les études de Jean Dausset, et d'une façon générale l'étude du sang de ces populations, ne confirment pas ces affirmations. Les résultats des examens de sang soulignent l'importance et la priorité des migrations d'ouest en est, de Polynésie vers l'Amérique. L'aventure du *Kon Tiki* est un admirable exploit. La vérité scientifique, différente, est apportée par les études hématologiques.

L'ÉLOGE DE LA DIFFÉRENCE

Pourquoi le sang ? Pourquoi pas le foie, le cœur, la glande thyroïde ou les poumons ? Pourquoi cette relation de la géographie, de l'histoire avec la biologie est-elle fondée sur l'étude du sang ?

Le sang est un tissu privilégié, quatre fois privilégié. La facilité du prélèvement d'abord. A tout moment le médecin peut recueillir quelques gouttes de ce sang dont il doit vérifier la permanence ou mesurer les variations. En deuxième lieu, la présence dans le sang des éléments qui ont permis de former puis de vérifier le concept de pathologie moléculaire. L'étude des hémoglobines, puis celle des ferments des enzymes du sang, des facteurs de groupe sanguin ont fourni les exemples les plus assurés de cette pathologie moléculaire qui va gouverner toute la médecine du prochain siècle. La permanence de certains caractères sanguins en troisième lieu. Permanence individuelle (l'histoire de la momie du tisserand Nakht en témoigne assez). Permanence héréditaire qui permet de reconnaître et de définir au long des siècles les populations. Et, enfin, la sensibilité du sang aux influences de l'environnement. Le sang est un miroir de l'écologie. De précieuses corrélations peuvent être établies entre la nature de l'altération sanguine, la nature de l'altération extérieure.

Cette analyse des relations entre le sang d'une part, la géographie et l'histoire d'autre part, va employer quatre méthodes principales : l'étude des caractères normaux rares, par exemple de certains groupes sanguins peu répandus, indicateurs lumières qui peuvent éclairer les migrations du passé ; l'examen de caractères anormaux du sang, les hémoglobines anormales, certains ferments, anomalies à la fois très anciennes et très fréquentes, atteignant actuellement plusieurs centaines de millions d'êtres humains ; le dessin du profil sanguin d'une population (la plupart des groupes sanguins sont présents

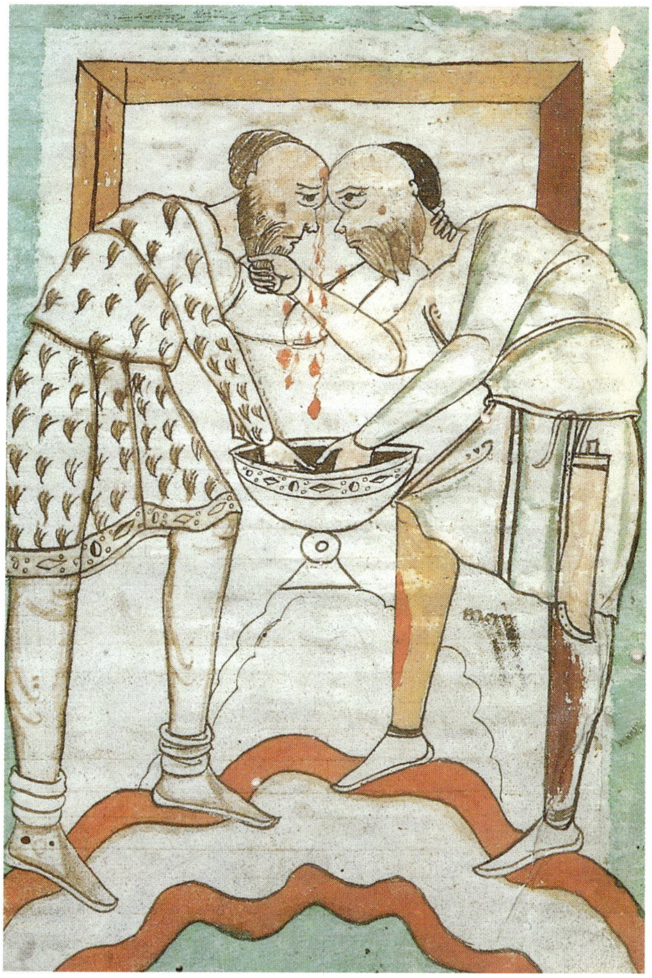

*D*ans les sociétés primitives et dans les sociétés du Moyen Age, la fraternité, l'amitié, l'affection mutuelle trouvent leur expression dans le mélange des sangs. L'image que nous voyons ici date de la fin du XIe siècle, elle appartient au recueil des Pères de l'Église (saint Isidore, Hormisdas, etc.) de l'abbaye de Saint-Martin située dans le diocèse d'Agen. Les deux personnages barbus qui sont représentés prononcent vraisemblablement un serment de fidélité réciproque. Leurs mains baignent dans une coupe de vin auquel se mêle le sang d'une blessure qu'ils se sont chacun infligée à la tête.

dans toutes les populations. Mais leur répartition varie. Pour le système de groupe le plus important, le système HLA, on connaît actuellement plus de cinq cents millions de combinaisons. En associant, en comparant tous ces caractères, on parvient à dessiner le profil d'une population, profil qui permet de l'iden-tifier dans le présent et dans le passé) ; enfin, l'analyse mathématique des déséquilibres engendrés par une invasion, qui apportait un profil sanguin nouveau, rompt le profil antérieur, détruit l'équilibre.

*A*vant d'aller plus loin, une question préalable doit être réglée. Il est un mythe du sang. Ce mythe appartient depuis plusieurs millénaires aux religions, aux magies. Il persiste vigoureusement à l'époque contemporaine. L'analyse de ce mythe reconnaît trois thèmes différents. Le premier est simple et vrai. La vie dépend du sang. Le deuxième est moins simple, mais également vrai, le sang est un témoin fidèle de l'hérédité. Le troisième est celui de l'inégalité des sangs, de la valeur inégale des sangs d'hommes différents.

Ce thème est très ancien. Il a connu une grande faveur aux XIXe et XXe siècles, de Galton à Hitler en passant par Gobineau. Il inspire encore aujourd'hui certains tenants des nouvelles sociobiologies. Ce thème fallacieux et dangereux ne repose sur rien. La science du sang, l'hématologie, l'a définitivement ruiné. Entre les hommes, entre leurs caractères sanguins, il existe non pas des inégalités mais des différences. Telle anomalie de l'hémoglobine défavorable ici sera favorable là parce qu'elle protège contre le paludisme. Et toutes les études des hématologues montrent que le métissage est avantageux.

Les historiens se penchent depuis longtemps sur les migrations : origine des populations migrantes, chemins suivis, fin des voyages. La linguistique et la sémantique ont les premières apporté de précieuses informations. L'étude des groupes sanguins a confirmé, complété, étendu ces renseignements. Tout au long des siècles qui ont suivi leur arrivée sur le continent américain, les populations, comme le montre cette illustration, sont allées d'est en ouest, affrontant de rudes dangers avant de trouver les côtes occidentales de l'Amérique.

Les migrations étaient tantôt pacifiques, tantôt guerrières. Les populations migrantes venues de pays pauvres cherchaient à exterminer ou à soumettre les populations des pays riches envahis. La peinture du guerrier de Tabrìz témoigne de ces combats.

L'HOMME MIGRANT, L'HOMME SÉDENTAIRE

L'hématologie géographique se divise tout naturellement en deux branches, l'hématologie géographique génétique et l'hématologie géographique péristatique. La première étudie les facteurs héréditaires, innés (hémoglobines, enzymes, groupes), la seconde les facteurs extérieurs. Longtemps l'étude des hommes, l'étude des races se sont fondées essentiellement sur les formes et les couleurs. L'hématologie géographique débute, elle, par un coup d'éclat. Elle propose aux anthropologues une nouvelle définition des races humaines où les caractères du sang, des groupes sanguins, les hémoglobines sont primordiaux. Ils définissent l'homme qui les porte comme la pente du nez ou la teinte ou la peau. Mieux en vérité que le nez et la peau. Formes et couleurs dépendent en fait de caractères biochimiques qui les déterminent.

LES CHEMINS DE L'HÉRÉDITÉ

L'anthropologie a longtemps été morphologique avant tout, elle devient biochimique. Ces caractères biochimiques se transmettent selon les lois de l'hérédité. Ainsi s'explique la présence des anomalies de l'hémoglobine dans certaines familles, dans certains groupes humains. Les connaissances actuelles résultent de la convergence de deux sortes de données, les unes issues des recherches savantes de la biologie moléculaire, les autres des descriptions des médecins et des confrontations des géographes.
Pour l'analyse des relations entre le sang et l'homme, qui est l'objet principal de cet ouvrage, l'étude des maladies de l'hémoglobine, l'étude des hémoglobines anormales ont deux conséquences fort importantes. Elles ont suscité le concept de pathologie moléculaire qui gouverne désormais toute la médecine. Elles ont renouvelé, enrichi notre connaissance des populations humaines.

L'anémie à globules en forme de faucille, l'hémoglobinose S, est expliquée par une anomalie de l'hémoglobine appelée hémoglobine S. Des questions majeures sont posées concernant l'origine de l'hémoglobine S, sa permanence. Quelle est l'origine de l'hémoglobine S ? Comment lier entre eux les divers foyers connus ? Comment expliquer la permanence à travers les millénaires d'une anomalie aussi grave ?
Il est aisé d'expliquer l'origine historique de l'hémoglobine par la traite des Noirs, les déportations, les relations entre les foyers américains et africains. Il est permis aussi d'expliquer les foyers grecs et italiens d'hémoglobines par les invasions et la présence de troupes noires dans les armées des envahisseurs. Une mosaïque de la Villa del Cazale, en Sicile, figure le conducteur noir d'un char de zébus.
Il est beaucoup moins aisé de préciser les liens unissant le foyer indien et le foyer africain et, en consé-

Les Européens ont capturé, déporté de nombreux Africains qu'ils ont transformés en esclaves. La densité de la population noire d'Amérique témoigne de l'importance de ces déportations. C'est l'étude du sang des descendants de ces esclaves qui a permis de reconnaître telle maladie héréditaire africaine retrouvée ensuite au lieu de son origine. Aquarelle contemporaine sur les négriers, *Les Esclaves à fond de cale*, auteur anonyme.

quence, de reconnaître l'origine de l'hémoglobine S. Deux théories ont été proposées. La première, défendue par H. Lehmann, place le foyer originel dans la péninsule arabique et, plus particulièrement, dans le territoire correspondant au Yémen actuel. C'est dans le groupe des populations veddoïdes qui vivaient au mésolithique dans cette région que l'hémoglobine S serait apparue. Ultérieurement, ces populations ont migré, les unes vers l'est, les autres vers l'ouest. Les

migrations orientales se sont faites vers le sud de l'Inde. Les migrations occidentales ont les unes suivi la côte méditerranéenne jusqu'à l'Atlantique, les autres pénétré directement au cœur de l'Afrique à travers l'Éthiopie. De là ces populations se seraient dispersées vers l'ouest jusqu'au golfe de Guinée, et vers le sud jusqu'au Zambèze.

Fait remarquable, les mêmes routes ont été empruntées par ces migrations humaines préhistoriques et celles de certains animaux domestiques, en particulier de plusieurs variétés de zébus du Proche-Orient. Le fleuve Zambèze est, en Afrique, la limite méridionale de l'hémoglobine S et tout à la fois de l'extension des zébus. Il est possible que ces derniers aient été introduits en Afrique par les hommes porteurs de l'hémoglobine S.

*L'*hémoglobinose S atteint de nombreux membres des populations noires d'Afrique. La même grave anomalie semble avoir été retrouvée dans les populations du sud de l'Inde et du Sri Lanka (Ceylan). Le foyer initial de l'hémoglobinose S serait situé au sud de l'Arabie, au Yémen d'où les populations auraient émigré, les unes vers l'ouest en Afrique, les autres vers l'Inde et Ceylan. Ici des Veddas du centre de l'île de Ceylan.

La seconde théorie admet l'existence de deux foyers distincts de l'hémoglobine S. Un foyer indien. L'hémoglobine S, dans cette hypothèse, n'est pas un facteur veddoïde. De fait, son maximum de fréquence est observé dans une population non veddoïde : les indigènes Nilgris ou Irula, qui seraient les vrais porteurs primitifs responsables de la présence de l'hémoglobine S en Inde. L'absence d'hémoglobine S chez les Veddas de Sri Lanka, notée par Lehmann lui-même, s'accorde avec cette hypothèse. L'autre foyer est africain. La présence de l'hémoglobine S en Afrique serait la conséquence d'une mutation ayant intéressé, à une époque encore indéterminée, certaines populations noires vivant aujourd'hui dans le bassin du Congo. C'est à partir de ces deux foyers distincts que se serait faite la diffusion de l'hémoglobine S, expliquant sa géographie actuelle.

Il n'est guère possible de faire la synthèse de deux théories aussi manifestement contradictoires.

Les données historiques et préhistoriques, les migrations parallèles des porteurs de l'hémoglobine S et des bovins sont en faveur de la première théorie. Comme aussi la répartition des groupes sanguins et des déficits en enzymes dans les populations africaines et non africaines portant l'hémoglobine S. Mais certaines données biochimiques sont en faveur de la seconde théorie. Chez les Africains, le gène de l'hémoglobine S est associé à un marqueur génétique spécial. Cette association a été retrouvée en Afrique et aussi en Grèce, témoignant de l'unicité des hémoglobinoses africaines et européennes. Elle n'a pas été retrouvée ni dans la péninsule arabique ni en Inde, ce qui témoigne en faveur de l'indépendance respective des hémoglobines S africaine et asiatique.

L'hémoglobine S est dans une population un caractère très défavorable. La mort de milliers d'enfants, d'adolescents africains en porte un cruel témoignage. Elle aurait dû disparaître depuis longtemps. Comment sa persistance peut-elle être constante en si grand nombre ? Il ne semble pas s'agir d'un taux élevé de mutations spontanées, comme c'est probablement le cas pour l'hémophilie. Les mutations spontanées sont possibles, mais leur taux est bas. Rappelons que deux sortes de personnes sont concernées, celles dites homozygotes, gravement malades, qui ont hérité l'anomalie de leurs deux parents, celles dites hétérozygotes, pas ou très peu malades, qui ont hérité l'anomalie d'un seul des deux parents.

On sait qu'il ne s'agit pas non plus, comme certains l'avaient supposé, de fertilité accrue des hétérozygotes. L'explication est venue d'un tout autre côté, de l'application du concept de polymorphisme équilibré. Ce terme savant désigne un fait simple, un équilibre. Les conséquences mortelles des formes graves, des formes homozygotes, sont balancées par l'avantage sélectif des hétérozygotes. Non seulement ces hétérozygotes ne sont pas malades, mais ils sont avantagés. La fréquence des gènes de l'hémoglobine S dans une population donnée reste stable, et même augmente en dépit de la mortalité des homozygotes, parce que les hétérozygotes sont avantagés par rapport à la population normale. Avantage dû à leur relation avec le paludisme, particulièrement avec les formes graves de paludisme. Les hommes dont le sang contient l'hémoglobine S résistent mieux au paludisme que les hommes normaux. Ils restent souvent indemnes.

Les faits établis par les travaux d'Allison en Angleterre puis par ceux de Jacques Ruffié en France sont les suivants : la géographie du paludisme, la géographie de l'hémoglobine S sont les mêmes. Certaines concordances sont frappantes. Ainsi les oasis d'Arabie Saoudite, où le paludisme est fréquent, sont aussi celles où le taux d'hémoglobine S est le plus élevé. Dans une population fortement impaludée, le paludisme est beaucoup plus grave chez les personnes portant l'hémoglobine normale dite A que chez les porteurs d'hémoglobine S. Ainsi la mortalité par paludisme cérébral est beaucoup plus faible pour les enfants avec hémoglobine S que pour les enfants normaux. Plus précisément, dans ces mêmes populations impaludées, le taux de parasites dans le sang est beaucoup moins élevé que chez les personnes normales.

Les conséquences de cette résistance au paludisme des porteurs d'hémoglobine S sont remarquables. Ainsi, en zone fortement impaludée, les personnes qui ont hérité de leurs deux parents l'hémoglobine normale A (personnes dites AA) tendent à disparaître, victimes du paludisme ; celles qui ont hérité de leurs deux parents l'hémoglobine anormale (personnes dites SS) meurent dans l'enfance d'anémies graves, de thromboses ; celles qui ont hérité d'un parent l'hémoglobine A, de l'autre l'hémoglobine S (personnes dites AS) ne souffrent pas d'anémie, résistent au paludisme, survivent.

Ces corrélations ne sont pas limitées à l'hémoglobine S. Elles ont été retrouvées pour d'autres hémoglobines, par exemple pour l'hémoglobine E. Elles ont suscité d'utiles réflexions dont les thèmes inspirés par l'hémoglobine S sont les suivants : entre les

*L*es Indiens de Guyane qui habitent la forêt chassent encore à l'aide d'un arc et de flèches, comme nous pouvons le constater sur cette photographie. Ils ont eu peu de contacts avec les populations blanches et avec les populations noires déportées. Ils sont très souvent victimes du paludisme. Les autres Indiens de Guyane, ceux qui habitent le long des côtes, se sont mêlés aux noirs, ils ont reçu l'hémoglobine africaine, l'hémoglobine S, qui permet de mieux résister au paludisme.

hommes il n'y a pas inégalité mais différence. Tel caractère, l'hémoglobine S, nuisible en dehors des zones d'endémie palustre, est favorable dans les zones en question. Le métissage est avantageux. Les métis (AS) sont favorisés. Ainsi les Galibi, Amérindiens de la côte guyanaise, métissés de Noirs et porteurs de l'hémoglobine S apportée d'Afrique par les esclaves noirs déportés, résistent bien au paludisme. Le paludisme fait des ravages parmi les Amérindiens non métissés qui vivent dans la forêt, loin de la côte.

*O*n reconnaît trois grands foyers de l'anémie méditerranéenne (thalassanémie, thalassémie) : méditerranéen, américain, asiatique.

Une des migrations de la thalassémie est bien connue. C'est celle qui, à une période toute récente, a conduit de nombreux Méditerranéens en Amérique, et fut à l'origine de la découverte de l'anomalie. Mais on ignore les relations qui peuvent exister entre les deux foyers principaux, celui de la Méditerranée orientale et centrale, celui d'Asie orientale.

La répartition géographique des thalassémies pose un problème anthropologique non résolu. Plusieurs explications en ont été proposées, qui ne sont pas toutes fondées sur des faits certains. On a ainsi supposé que la thalassémie avait été portée des régions méditerranéennes en Inde par l'armée d'Alexandre le Grand, et que de l'Inde elle avait ultérieurement atteint l'Asie du Sud-Est et la Chine. La relative rareté de la thalassémie en Inde et en Birmanie rend, entre autres raisons, cette hypothèse peu vraisemblable.

Une autre hypothèse, plus solidement fondée, admet que la thalassémie est une maladie eurasiatique véhi-

*U*ne grave maladie héréditaire de l'hémoglobine, l'anémie méditerranéenne ou thalassanémie, sévit sur tous les rivages méditerranéens. On la trouve aussi en Afrique et surtout en Asie, particulièrement en Indochine et en Chine.

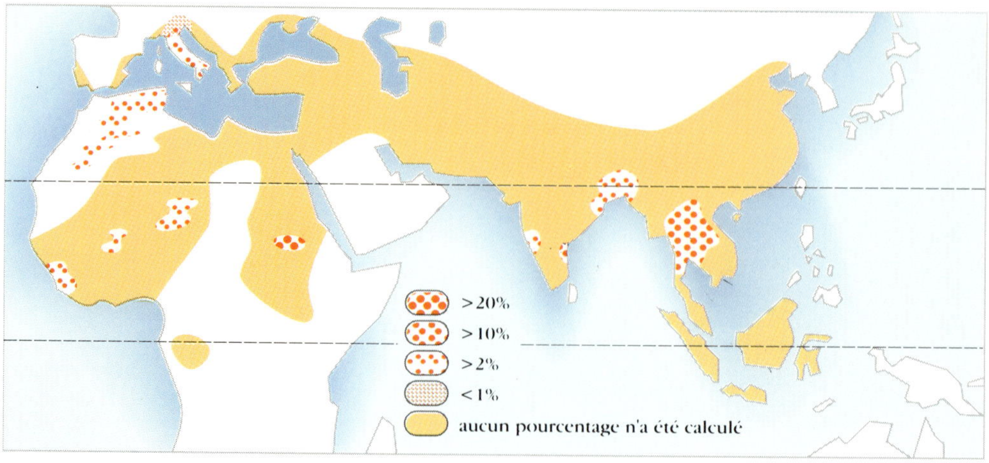

Ces Rois Mages, représentés sur cette mosaïque du VIe siècle dans la basilique Saint-Apollinaire le Neuf à Ravenne, apportaient des présents précieux.
Leur présence a peut-être aussi valeur de symbole. Elle témoigne de l'importance des échanges dans le passé lointain ; échanges de présents, échanges commerciaux et culturels mais surtout échanges de population produisant des métissages avantageux comme l'ont montré les recherches biologiques modernes.

culée par les Mongols responsables de son introduction en Chine du Sud deux siècles avant notre ère, et ensuite disséminée dans tout le Sud-Est asiatique. En Europe, après Attila, les Huns, entrés au service des Byzantins comme mercenaires, ont été dispersés dans les différentes garnisons de la Méditerranée. La distribution géographique de la thalassémie correspondait à la carte de l'Empire byzantin à son apogée. La thalassémie serait ainsi une sinémie, ou mieux encore une mongolémie. Cette théorie est séduisante, mais elle est l'objet de deux sérieuses critiques : elle ne tient pas compte des différentes variétés de thalassémie qui ont peut-être chacune une répartition géographique propre ; elle explique mal le taux élevé de thalassémies rencontré dans certains foyers méditerranéens. Il paraît bien difficile d'admettre que pendant une période historique relativement brève une réaction sélective aussi forte en faveur de l'anomalie ait pu se manifester. Peut-être faut-il ici encore accepter l'apparition de plusieurs mutations en des zones géographiques différentes, et dont l'aire d'expansion fut fixée par des mouvements de groupes préhistoriques ou historiques et par l'action sélective de certains éléments du milieu.

SUR LA TRACE DES ENZYMES

L'enzyme, dit le dictionnaire, est une substance protéinique qui facilite ou accroît les réactions biochimiques. Le mot enzyme tend à remplacer dans la langue scientifique les mots ferment, diastase, qui avaient à peu près le même sens. Le genre du mot est discuté. Le féminin est généralement accepté, le masculin a ses défenseurs. Certains ont proposé de rapprocher enzyme de la série amour, délice et orgue. Masculin au singulier, féminin au pluriel. L'Académie française, conciliante, a admis les deux genres, féminin ou masculin.

Dans les montagnes du Pinde, en Grèce, on rencontre dans les villages et les hameaux des enfants, des hommes, des femmes dont, depuis la naissance, le visage et le corps sont bleus. D'un bleu parfois violacé. Souvent cette étrange couleur de la peau est observée chez plusieurs membres d'une même famille. Elle est certainement connue depuis très longtemps puisqu'elle est devenue patronyme ; et les familles atteintes s'appellent lèvres d'aubergine ou joues de pivoine.

Les médecins nomment cyanose cette couleur bleue des téguments. Ces cyanoses sont très souvent dues à des troubles cardiaques. Mais ici le cœur est normal. C'est le sang qui est altéré. L'hémoglobine normale est remplacée par une méthémoglobine inutilisable. Ce trouble est la conséquence de l'absence congénitale héréditaire d'une enzyme appelée diaphorase I, enzyme qui, à l'état normal, fait partie de l'équipement du globule rouge et retransforme constamment la méthémoglobine inutilisable en hémoglobine active.

Très loin des montagnes du Pinde, la même déficience enzymatique, la même absence congénitale de diaphorase I a été observée avec une relative fréquence chez les Esquimaux d'Alaska, puis chez les Amérindiens d'Amérique du Nord et d'Amérique du Sud. Avec la même teinte bleue de la peau. D'une façon générale, l'anomalie est plus fréquente chez l'enfant que chez l'adulte, une maturation de certains systèmes enzymatiques de renfort se faisant sans doute pendant l'adolescence. L'intensité des troubles semble varier avec la saison. Cette variation saisonnière est probablement liée à l'alimentation, et en particulier à la richesse d'apport en vitamine C. Le maximum des troubles apparaît en hiver, le minimum à la fin de l'été et en automne, saison où les indigènes consomment fruits et baies crus. Ces variations illustrent l'influence des facteurs climatiques sur l'apparition ou l'aggravation saisonnière d'une maladie innée.

Cette relation entre les éléments de l'environnement et le trouble enzymatique constitutionnel, le rôle que jouent les facteurs d'environnement dans l'expression de la déficience enzymatique étaient beaucoup plus nets pour un autre désordre des enzymes sanguines, le déficit en glucose-6-phosphate déshydrogénase. Ce déficit a inspiré les premières études objectives de la médecine de prédiction.

De très nombreuses enzymes sanguines sont connues. L'étude de leur géographie se poursuit. Les enzymes assurent la pérennité des caractères spécifiques de chaque groupe vivant. L'enzyme est le relais essentiel entre les éléments génétiques fondamentaux qui nous définissent et leur expression dans le sang, dans les tissus. Par le nombre des hommes concernés (dès maintenant plus de cent millions), plus encore par la haute portée des études ainsi suscitées, le chapitre des enzymes sanguines et de leurs désordres tient en hématologie géographique une place considérable. C'est la description, dans certaines populations, des anémies dues à l'absence d'une enzyme, c'est la découverte du rôle que joue, à l'origine d'une destruction globulaire, un déficit héréditaire d'une enzyme des globules rouges qui ont montré aux biologistes, et surtout aux hématologues, l'importance des enzymes sanguines et de leur étude. Et, par un heureux retour, cette étude permet d'appliquer à l'hématologie tout entière les méthodes de la biologie fondamentale, et d'allier biologie fondamentale et enquête géographique.

ENQUÊTES GÉOGRAPHIQUES

Sur les globules rouges des Corgang et des Carajás, Indiens du Brésil, des Caribs et des Goajiros, Indiens du Venezuela, on reconnaît la fréquence d'un groupe sanguin original, Diego. Le facteur Diego a été découvert pour la première fois par Layrisse à l'hôpital de Caracas lors de l'examen d'une jeune femme qui venait d'accoucher.

Ce même facteur Diego a été retrouvé au Japon, en Chine à Macao et à Canton, et dans diverses régions d'Asie septentrionale et orientale. Il est inconnu chez les Blancs et chez les Noirs. Les patientes études des anthropologues, des hématologues ont, en prenant le facteur Diego comme repère, à peu près reconstitué le trajet suivi, dans le lointain des âges, par quelques tribus asiatiques, remontant vers l'isthme de Behring, descendant le long de la côte occidentale de l'Amérique du Nord, s'établissant enfin dans les bassins de l'Orénoque et de l'Amazone. Cet exemple illustre assez bien l'importance des groupes sanguins et de leur répartition.

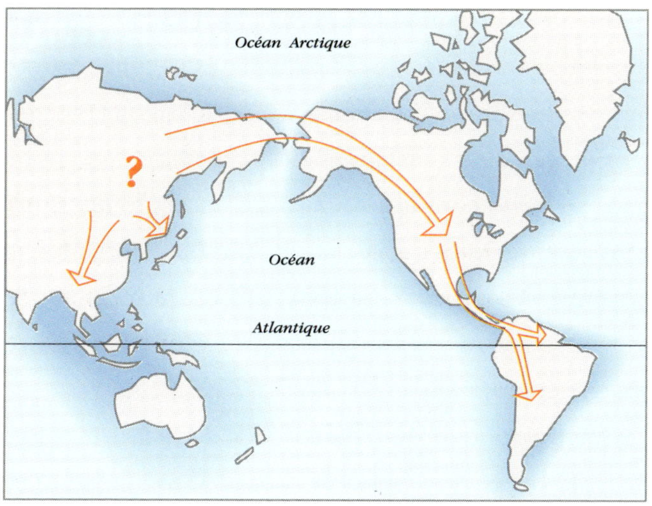

Le facteur Diego définit un groupe sanguin très ancien des populations d'Asie orientale. On sait par l'hématologie que certains membres de cette population ont émigré ; ils suivirent les côtes orientales de l'Asie, empruntèrent l'isthme de Behring et s'installèrent au Venezuela, où le facteur Diego fut découvert pour la première fois.

Pour la répartition géographique des facteurs de groupes de globules rouges, trois classes doivent être distinguées.

Pour la première classe, à laquelle appartient essentiellement le système de groupe ABO, les inégalités de la répartition géographique sont dans l'ensemble d'assez faible amplitude. Quelques faits doivent cependant être mentionnés. Deux faits pour le groupe O : les fréquences de O les plus élevées sont notées dans les populations dites périphériques, nord-ouest de l'Europe (Écosse, Irlande, Islande, Pays basque), sud-ouest de l'Afrique ; sur le nouveau continent, le groupe O paraît être le seul présent dans les tribus amérindiennes non métissées d'Amérique du Sud, d'Amérique centrale et de la partie méridionale de l'Amérique du Nord. Le groupe A est surtout fréquent en Europe dans les pays scandinaves. On retrouve de hautes fréquentes de A dans les tribus du sud de l'Australie. La distribution du groupe B est plus régulière que celle du groupe A. Elle présente deux maximums, l'un en Asie centrale et dans le nord des Indes, l'autre, moins élevé, en Afrique centrale et en Égypte. En Europe, la fréquence de B diminue régulièrement d'est en ouest pour tomber à son chiffre le plus bas dans le Pays basque. Le groupe B est totalement absent des populations amérindiennes pures et des Australiens aborigènes.

Une deuxième classe est définie au contraire par de grands changements dans la répartition des groupes sanguins, c'est le cas du facteur Rhésus. Dans les populations blanches d'Europe ou d'Amérique du Nord, on compte 83 % de personnes Rhésus positif et 17 % de personnes Rhésus négatif. Chez les populations mongoles d'Asie, le pourcentage est de 99 % de Rhésus positif et 1 % de Rhésus négatif. Chez les Basques de France et d'Espagne, le pourcentage est de 65 % de Rhésus positif, 35 % de Rhésus négatif. Ces inégalités ont une très grande importance lorsque le hasard de l'immigration fait voisiner deux populations dans lesquelles la répartition des facteurs Rhésus est différente. Ainsi, au Mexique, voisinent des Amérindiens d'origine mongole qui sont presque tous Rhésus positif et des descendants de Basques immigrés qui comptent une forte proportion d'individus Rhésus négatif. Il en résulte un risque très grand de conflit immunologique entre un père Rhésus positif et une mère Rhésus négatif et, en conséquence, un taux élevé de maladies du nouveau-né.

Une troisième classe restreinte et importante a été illustrée par l'exemple du facteur Diego. Il s'agit de facteurs de groupes sanguins spécifiques d'une population, et qui servent véritablement de marqueurs permettant de reconnaître, à travers les migrations, les divers déplacements de cette population.

La géographie des groupes HLA fait l'objet d'importantes recherches depuis quelques années. Ces recherches sont à la fois très complexes, compte tenu de la complexité même du système HLA, et très fécondes, cette complexité permettant une analyse minutieuse des faits.

Nous nous limiterons ici au rappel des données établies. Certains groupes HLA ne sont observés que dans certaines populations dont ils paraissent spécifiques. Par exemple HLA AW 36, AW 43, BW 42 chez les négroïdes, AW 34 en Indonésie et B 21 parmi les populations méditerranéennes. D'une façon très générale, une analyse multifactorielle sépare le monde en deux groupes, caucasoïdes-négroïdes d'un côté, mongoloïdes-australoïdes de l'autre. Même à se limiter à l'Europe, la diversité est importante et révèle une distribution qui ressemble fort à la répartition géographique.

Le principal axe de diversité HLA en Europe est orienté du sud-est au nord-ouest. L'image en arcs concentriques des différences génétiques est semblable à celle de l'agriculture qui s'est faite, du sud-est au nord-ouest, de un kilomètre par an depuis huit mille ans avant Jésus-Christ. Une telle variation d'un caractère génétique (HLA) et d'un fait culturel (l'agriculture) mérite assurément d'être soulignée.

Des travaux plus récents ont tout à la fois confirmé et précisé ces données. Les différences géographiques

Les aborigènes d'Australie – l'un d'entre eux, un Bushman, est représenté ici – ont été victimes de la colonisation de cette terre, soit massacrés au cours des combats, soit décimés par des maladies infectieuses importées. L'étude du sang des survivants se poursuit. Elle n'a pas permis jusqu'à présent de préciser de façon assurée l'origine de ces aborigènes, nés sur place ou venus d'Asie, ou d'Afrique dans un passé lointain.

des sous-groupes HLA peuvent être considérées en fonction des longitudes ou des latitudes. La grande majorité des différences (88 %) suivent les longitudes et correspondent aux migrations. D'où le lien avec l'agriculture. Une minorité (12 %) suit les latitudes, va donc du sud au nord, et semble bien liée à la sélection naturelle.

DES VOISINS DANGEREUX

Le sang est très sensible à l'action de divers facteurs physiques, chimiques, biologiques, comme aussi à l'absence d'éléments nécessaires à sa formation. Facteurs nocifs, éléments utiles sont inégalement répartis à la surface du globe. Les altérations que provoquent l'absence des uns, l'agression des autres sont souvent très particulières.

L'étude du sang les reconnaît, identifie l'absent ou l'agresseur, en d'autres termes permet le diagnostic d'une maladie. L'inégale répartition géographique des facteurs responsables a pour corollaire l'inégale répartition des désordres sanguins qu'ils suscitent. Le diagnostic peut se trouver ainsi orienté par la géographie, par la connaissance de la région où a vécu, où vit le malade examiné.

L'environnement, c'est d'abord le sol qui nous porte, l'air que nous respirons. Peu de documents témoignent d'une relation entre la nature du sol, la pré-

*L*a photographie nous montre une lagune de l'État de Kerala en Inde.La région de Kerala est, sur notre globe, une des régions où les radiations minérales, venues de la terre et nommées radiations telluriques, sont les plus importantes. L'étude des populations de l'État de Kerala est malaisée, compte tenu des conditions géographiques. Il serait très important de connaître la fréquence des leucémies, des cancers dans de telles populations. Ceci dans la mesure où la triste brièveté de leur vie (due aux infections, carences alimentaires) permet une appréciation correcte.

sence de tel minéral et l'état du sang. Pourtant, l'augmentation des globules rouges, la polyglobulie des bovins qui, en Australie, paissent sur des terres riches en cobalt, doit être retenue.

Une autre polyglobulie, la polyglobulie chronique de l'altitude ou maladie de Monge, a fourni un des premiers exemples, peut-être le premier exemple, d'une maladie sanguine liée à la géographie, liée au lieu où l'homme vit. L'étude des populations andines qui au Pérou, en Bolivie, vivent à quatre mille mètres d'altitude, l'observation comparée du sang de ces populations et de celui d'Européens récemment transportés en altitude ont apporté de précieuses informations. C'est ainsi que l'on constate chez l'Européen arrivant en altitude une polyglobulie assez forte qui permet d'assurer l'oxygénation suffisante des organes, mais avec tous les inconvénients et risques des polyglobulies, et surtout les thromboses. L'Amérindien, né dans les, hautes Andes, obtient les mêmes résultats, la même oxygénation par des phénomènes adaptatifs limitant les risques. Ainsi l'aptitude à agglutiner les plaquettes sanguines est toujours très réduite chez les Amérindiens d'altitude, ce qui diminue fortement le risque de thrombose.

En dehors même de drames historiques tels les bombardements atomiques d'Hiroshima et de Nagasaki en 1945, il est une géographie des radiations. Des radiations de la terre ou radiations telluriques d'abord, avec la richesse en radiations de certaines régions : l'État de Kerala en Inde, quelques provinces brésiliennes. Des radiations atmosphériques aussi, dont le taux est pour une part fonction de l'emploi militaire, industriel, médical des radiations. Un éminent biologiste dirigeait le laboratoire d'une petite ville de Bretagne située à la frontière des sols granitiques au nord, riches en radiations, des sols calcaires au sud, pauvres en radiations. Il vient me voir vers 1950. Pendant les dix années précédentes, il a observé vingt leucémies frappant des habitants de la zone granitique, deux cas de leucémies frappant des habitants de la zone calcaire. Il va, sur mon conseil, consulter un des plus illustres géologues français. Cette remarquable différence de fréquence, qui paraît bien témoigner en faveur du rôle des radiations, fait l'objet d'une communication présentée à l'Académie des sciences. Huit ans se passent. Je reçois à nouveau la visite du biologiste breton. Il paraît tout penaud. « Depuis huit ans, dit-il, j'ai observé huit leucémies au sud en terre calcaire, une leucémie au nord en terre granitique. »

Le benzène provoque des anémies et des leucémies. Le plomb provoque des anémies. La géographie de l'emploi industriel des poisons chimiques doit être connue. Et aussi son histoire. Dans certains pays un effort a été fait pour diminuer cet emploi. Mais les effets nocifs sur le sang des poisons chimiques de l'industrie peuvent être très tardifs, survenir longtemps après l'arrêt du travail.

Des carences aux abus

Dans toute la zone intertropicale, des millions d'hommes, de femmes, d'enfants (de femmes et d'enfants surtout) souffrent d'anémies graves dues à des carences alimentaires. Les statistiques officielles les plus récentes établissent que l'insuffisance alimentaire partielle ou totale atteint les deux tiers de l'humanité. La formation normale du globule rouge requiert la présence dans l'alimentation de fer et de vitamines du groupe B. Faute de fer, faute de vitamine B, les globules rouges ne sont pas formés ou sont débiles. D'où l'anémie. D'où tous ces malades pâles, essoufflés, épuisés qui encombrent les hôpitaux de Delhi ou de Bahia, de Manille ou de Kinshasa. L'insuffisance de l'apport en protéines (point ou peu de viande dans l'alimentation des pays pauvres) aggrave encore la situation. La carence en vitamine C peut être aussi responsable d'anémies par les hémorragies du scorbut.

On trouve le fer dans la viande et les légumes verts, les vitamines B dans la viande et dans certains végétaux. Ces aliments font presque toujours partie de la

Cette mère somalienne et son enfant appartiennent aux populations les plus malheureuses de notre époque. Leur maigreur excessive est le signe évident de carences alimentaires.
C'est en Afrique orientale que l'on constate le plus de cas de malnutrition. Les famines y sont fréquentes, plus particulièrement en Éthiopie et en Somalie où les populations sont accablées par des famines périodiques aggravées par des pénuries alimentaires constantes. Leur sang, sujet à de graves anémies, est le témoin de ces manques en protéines et en vitamines B.

ration des habitants des pays tempérés. Ils sont absents ou très insuffisants dans les régions intertropicales. Dans les deux hémisphères, les zones carencées s'étendent généralement au-delà des tropiques. Ces insuffisances alimentaires sont le plus souvent dues à la misère d'une part, au système agricole, aux monocultures exclusives d'autre part. Elles peuvent être, comme en Inde, aggravées par des interdits religieux.

Lors d'une mission en Inde, en 1960, le conseiller culturel de l'ambassade de France, entre deux réunions scientifiques, nous emmène visiter les ruines d'un temple dans la forêt. Nous déjeunons sur l'herbe et sommes aussitôt entourés par une troupe d'enfants affamés, anémiques. Je tends mon sandwich à l'enfant qui est près de moi. L'enfant ouvre le sandwich, constate la présence de viande, me rend le sandwich.

La fréquence et le degré de l'anémie varient selon les régions. Ces anémies sont souvent mortelles, soit directement soit indirectement, les anémiques étant victimes des infections, des parasitoses surtout fréquentes en milieu tropical. Les coutumes alimentaires, la présence habituelle de tels aliments dans le régime de certaines populations doivent aussi être prises en considération. Tel est le cas de l'anémie provoquée par les fèves, dont la géographie peut être aisément dessinée si l'on connaît d'une part la topographie des populations avec fréquent déficit en enzyme, d'autre part les régions où les fèves sont cultivées.

D'une façon générale, la répartition géographique des anémies par carence alimentaire, des anémies nutritionnelles, reste assez imprécise. Elle est moins bien connue que celle des anémies parasitaires. Plusieurs facteurs expliquent ces difficultés, cette différence. Les anémies nutritionnelles peuvent varier dans le temps et évoluer selon un cycle saisonnier (le cycle des récoltes). Elles peuvent aussi varier d'une année à l'autre selon l'importance des récoltes. L'étude des anémies nutritionnelles exige (comme toute enquête portant sur la nutrition) une enquête prolongée sur le terrain qui doit durer un an ou plus. Cela n'est pas toujours facile. L'enquête épidémiologique parasitaire est en général beaucoup plus simple, et les données recueillies beaucoup plus constantes. Dans une même région, l'anémie liée à la malnutrition n'atteindra pas avec la même fréquence

Cette carte de la malnutrition montre l'une des différences les plus cruelles de notre époque, la discordance établie entre la bonne alimentation des populations du Nord et l'insuffisance alimentaire des populations du Sud. Au premier rang de ce classement tragique sont l'Afrique et le sud-est de l'Asie. Un peu moins touchée, mais dans une situation inquiétante, vient l'Amérique du Sud.

toutes les couches sociales, voire toutes les ethnies. Les mieux pourvues sont en général épargnées. C'est dans les couches économiques les plus déshéritées que cette anémie sera le plus souvent rencontrée.

Dans les pays au corps social encore mal intégré et où persistent des barrières efficaces, la pénétration de ces maladies dans la pyramide socio-économique dépend aussi du moment. Limitée aux couches inférieures dans les périodes d'abondance, elle s'étend aux couches moyennes et même supérieures dans les années de disette. L'anémie nutritionnelle est en grande partie conditionnée par l'équilibre physiologique du patient. Chez des individus en équilibre instable (ce qui est le cas pour de larges fractions de la population dans les pays du tiers monde), une

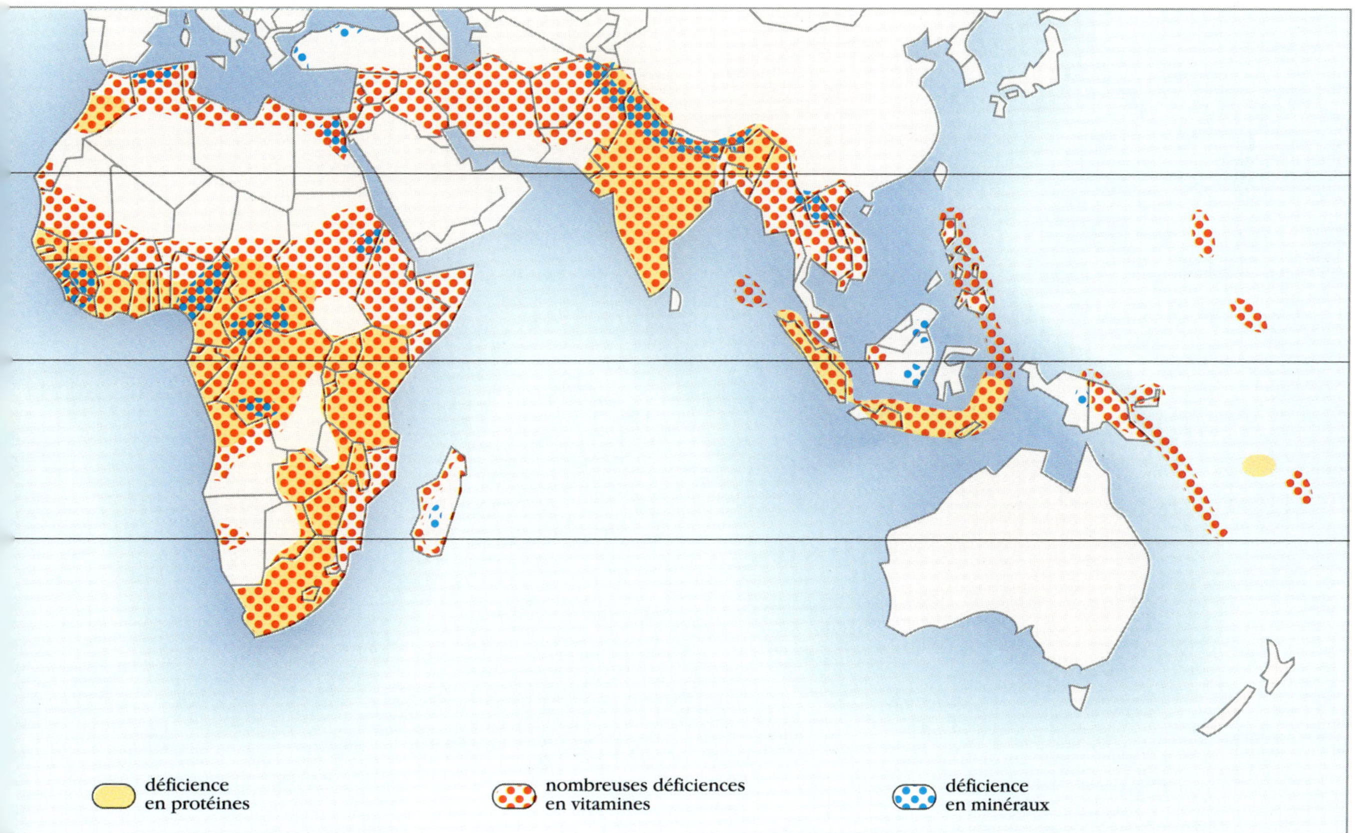

maladie intercurrente, une fatigue exceptionnelle, une grossesse, certains moments biologiques (sevrage, croissance, puberté) peuvent déclencher brutalement une anémie par épuisement de réserves toujours précaires. Enfin, ce type d'anémie est lié au problème de la faim dans le monde. Il est souvent difficile d'établir une prophylaxie de la sous-nutrition. Toute enquête portant sur ce sujet déclenche souvent de la part des pouvoirs publics des pays intéressés une sorte de pudeur qui rend difficile une étude d'ensemble. On avoue facilement ses maladies, plus malaisément sa faim. Certains gouvernements craignent que les conclusions des experts ne soulignent les imperfections d'un système économique et social, et l'urgence de changements. Devant cette menace, mieux vaut ne rien dire.

Les renseignements recueillis à ce jour montrent que les anémies nutritionnelles sont certainement beaucoup plus répandues dans le monde qu'on ne le pensait naguère. Leur tendance n'est pas à la disparition. Bien au contraire. La plupart des pays peu développés présentent des courbes démographiques en croissance constante, que la production agricole est bien loin de suivre. Les études conduites d'abord sur le rat ont reconnu une corrélation très remarquable. La déficience en protéines dans le régime entraîne presque toujours l'augmentation de la natalité. Cette corrélation a été observée ensuite chez d'autres espèces animales. Il semble bien s'agir d'un phénomène très général.

C'est depuis un demi-siècle, dans les pays où l'accroissement de population a été le plus rapide, que les conditions alimentaires sont devenues les plus défavorables. L'apparition de carences pro-

*L*es organisations humanitaires tentent vigoureusement de limiter la gravité des anémies provoquées par les carences alimentaires. La photographie nous montre l'aide alimentaire apportée à des populations affamées par la guerre dans un camp de réfugiés près de la frontière éthiopienne en Somalie.

téiques, même marginales, semble s'accompagner chez l'animal comme chez l'homme d'une augmentation constante du coefficient de natalité. Déjà Diderot rappelait qu'on ne fait jamais tant d'enfants que dans les temps de misère. Et la sagesse populaire l'a noté aussi. Un dicton brésilien l'affirme : « La table du pauvre est maigre, mais le lit de la misère est fécond. »

On pourrait interpréter ce fait comme un des phénomènes de régulation si nombreux en biologie, et sans doute en fut-il ainsi pendant une certaine période. Mais l'introduction, même discrète, de la médecine moderne dans les pays sous-alimentés a réduit notablement le taux de mortalité infantile, entraînant une poussée brusque de la courbe démographique.

Très vite le jeune, puis l'adolescent, éprouve cruellement l'effet des carences. Il est incapable de travailler avec un rendement satisfaisant. Cette faiblesse est une des raisons (mais non la seule) de la soi-disant nonchalance tropicale et de la sous-production alimentaire. L'espérance de vie est faible et l'âge moyen de ces populations généralement assez bas. Ainsi, pendant toute une partie de leur vie, seront nourris (assez mal) des bouches inutiles, des organismes incapables de travailler, ayant une existence brève mais une prolifération élevée. Ainsi s'amorce le cycle infernal de la famine.

Des coutumes alimentaires il est permis de rapprocher les coutumes médicamenteuses. Les vogues, les modes thérapeutiques font que, pendant plusieurs années, les habitants d'un pays consomment de grandes quantités d'un médicament parfois nocif. C'est ainsi qu'au Danemark, le recours fréquent et abusif au pyramidon provoqua de très graves insuffisances des globules blancs. La limitation autoritaire de la vente du médicament fit presque disparaître les accidents.

En Asie orientale sont observées avec une fréquence particulière de graves insuffisances sanguines qui paraissent bien être provoquées par certains médicaments. Médicaments de deux sortes : les habitants de ces régions absorbent d'une part les préparations végétales de la médecine traditionnelle, qui contiennent parfois des alcaloïdes très nocifs pour le sang, d'autre part les produits les plus raffinés de la pharmacologie moderne qu'en Asie les officines délivrent souvent sans ordonnance. Empirisme vaguement magique et chimie de synthèse s'unissent ainsi pour altérer le sang.

OÙ SONT LES PARASITES ?

De nombreuses parasitoses altèrent le sang, soit en attaquant directement le globule rouge, comme le fait l'agent du paludisme, soit en troublant le fonctionnement des organes qui forment le sang, comme le fait l'agent du kala-azar, affection largement répandue en Asie et sur le pourtour du bassin méditerranéen, soit en provoquant des hémorragies intestinales, comme le font de nombreux parasites de l'intestin. Ainsi de multiples désordres sanguins sont dus à des parasites. Le diagnostic est ici important puisque le traitement de la cause, le traitement qui va détruire le parasite responsable, guérit la maladie sanguine. Le diagnostic permet également souvent une prévention efficace par des mesures

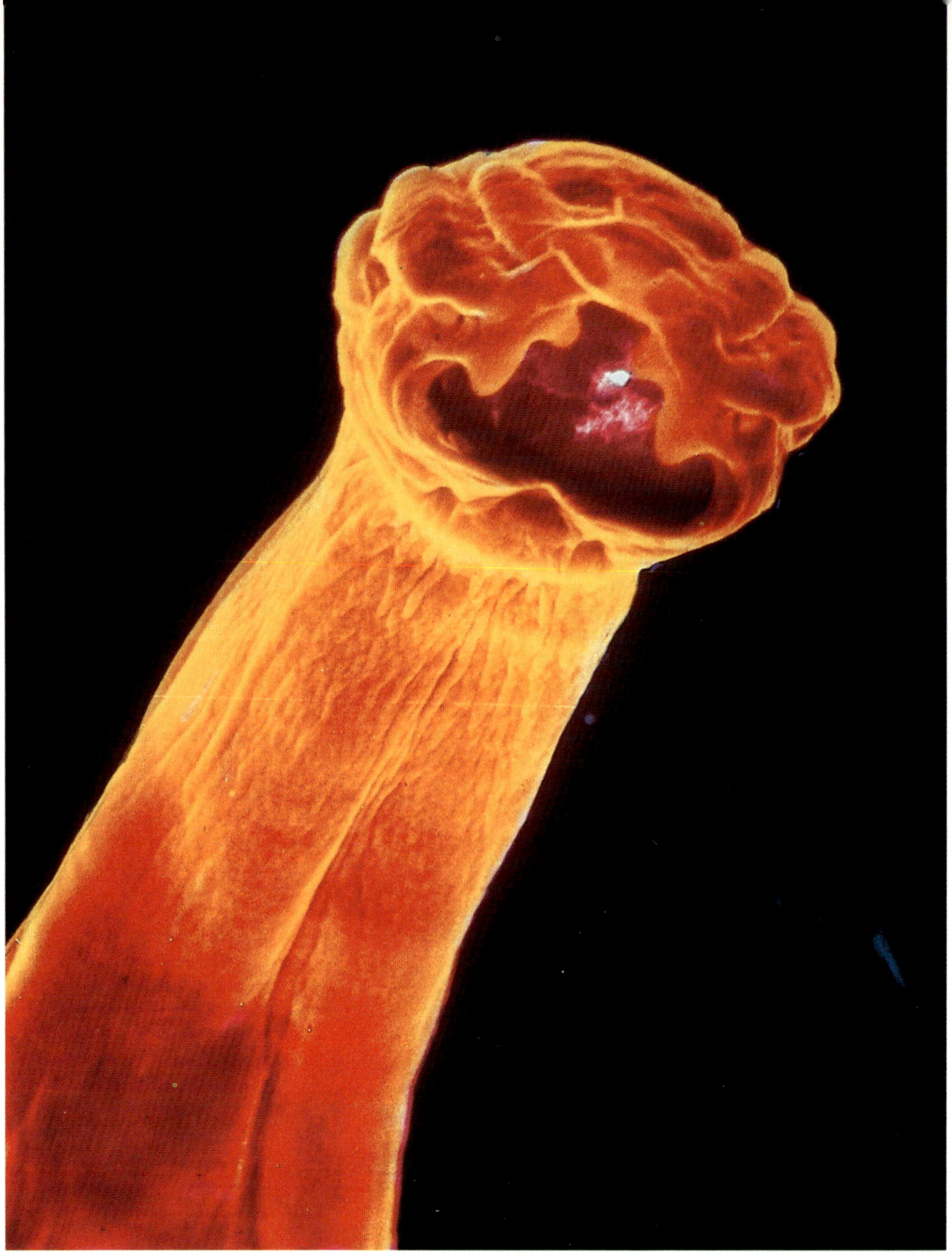

*L'*ankylostome (dont le nom scientifique est *Ancylostoma duodenale*) représenté ici est un parasite intestinal très largement répandu dans le monde, particulièrement en Afrique et (sous une forme voisine nommée *Necator americanus*) en Amérique du Sud. L'ankylostome altère la paroi de l'intestin et provoque des hémorragies responsables de l'anémie souvent observée chez les malades atteints d'ankylostomiase. En zone d'endémie toute anémie conduit à rechercher les hémorragies intestinales et la présence d'ankylostomes.

d'hygiène collective. En dépit de ces efforts de prévention, l'importance des parasitoses demeure très grande. C'est ainsi qu'on compte encore chaque année plusieurs millions de personnes qui sont victimes ou qui ont été victimes du paludisme sur cette terre.

La répartition géographique de ces parasitoses obéit à certaines lois. Elle est fonction, par exemple, de la présence d'un insecte vecteur, tel le moustique souvent en cause. Il a été possible de fixer cette géographie des parasitoses qui altèrent le sang. Ces données sont essentielles aux médecins. Il est important de connaître les détails de la répartition des parasitoses et ses mouvements, d'être informé des avances et des reculs du paludisme, de savoir qu'en France un séjour dans la région de Nice ou de Montpellier justifie le soupçon de kala-azar, de suivre l'extension géographique des parasitoses nouvelles ou apparemment nouvelles, telles la toxoplasmose, responsable d'états ganglionnaires bénins, fréquente

GÉOGRAPHIE DES ANÉMIES PROVOQUÉES PAR LES PARASITES

Maladie	Parasite	Agent vecteur	Réservoir du parasite	Forme de l'anémie Autres troubles	Région géographique
Paludisme (malaria)	Hématozoaire	Moustique (anophèle)	Homme	1 - Anémie aiguë 2 - Anémie chronique (dans les deux cas avec grosse rate, destruction des globules rouges par le parasite)	• Asie (toute l'Asie tropicale et subtropicale) • Afrique : 1- toute l'Afrique noire 2 - foyers persistant en Afrique du Nord • Océanie, Indonésie, dans toutes les îles du Pacifique • Amérique centrale et du Sud (zones équatoriale et subtropicale) • Europe , persistance de quelques foyers méditerranéens
Kala-azar (leishmaniose)	Leishmanie	Phlébotome	1 - Chien 2 - Homme	Anémie grave avec grosse rate	• Deux foyers essentiels : 1- Asie (Inde, Sud-Est asiatique, Chine du Sud) 2- Méditerranée orientale et méridionale • Foyers secondaires : Amérique du Sud, Afrique noire, France
Toxoplasmose acquise	Toxoplasme	Directe	1 - Chiens, chats 2 - Bovins	Augmentation de volume des ganglions	• Universelle (ou presque, mais surtout Amérique du Nord, Europe)
Histoplasmose	Histoplasme	Directe		Ulcérations digestives, fièvre, anémie	• Amérique (surtout États-Unis), Insulinde, Philippines, Australie, très rare en Europe
Ankylostomiase	Ankylostome	Directe	Terres chaudes (mines, etc.)	Anémie par spoliation sanguine	• Très répandue en Afrique subsaharienne, Asie tropicale, toute l'Amérique, Océanie • Sporadique autour du bassin méditerranéen
Bilharziose	Schisostome	Directe	Homme (accessoirement singes)	1 - Vésiculaires 2 - Intestinaux 3 - Hépato-spléniques	• Égypte, Afrique noire, Proche-Orient • Afrique, Proche-Orient, Amérique • Extrême-Orient (Chine, Japon)

en France, au Danemark, au Chili, rare en Argentine, ou l'histoplasmose, responsable d'états ganglionnaires graves, répandue surtout sur le continent américain, presque ignorée en France. Un interrogatoire géographique attentif fait aujourd'hui partie de tout examen clinique. Les séjours lointains, les voyages anciens ou récents doivent être précisés, décrits. Le diagnostic exact permettant un traitement efficace, sauvant la vie d'un malade en danger, dépend de cet interrogatoire et de sa rigueur.

Il n'est pas question de donner ici une description détaillée des anémies provoquées par les parasites. Le tableau ci-dessus résume les données acquises et peut être utilement consulté lorsqu'on conduit un « interrogatoire géographique » à la recherche de la cause d'une anémie.

Trois événements caractérisent l'évolution de cette géographie des anémies parasitaires. Pour la maladie la plus répandue, le paludisme, une double « résistance » est survenue. Résistance des agents vecteurs,

Ce tableau d'Antoine Auguste Ernest Hébert, *La Malaria*, appartient au musée Condé à Chantilly. Malaria et paludisme sont synonymes. Le paludisme est tout à la fois une des plus anciennes maladies de l'homme et, en cette fin du xxe siècle, une des causes les plus fréquentes de morbidité et de mortalité. La situation actuelle est doublement grave. Le moustique vecteur, l'anophèle, est devenu résistant au DDT et le parasite du paludisme résiste à la plupart des médicaments. La solution viendra avec une vaccination mais il faudra probablement attendre le xxie siècle.

les moustiques anophèles, aux insecticides communs, tel le DDT. Résistance du parasite du paludisme, l'hématozoaire, aux médicaments habituellement efficaces. Les recherches en cours, qui donnent de sérieux espoirs, s'efforcent de triompher de ces nouvelles résistances. La facilité, la rapidité, la multiplication des transports (« On ne voyage plus, on est transporté », disait déjà Paul Morand) ont favorisé la diffusion du paludisme que l'on peut aujourd'hui observer partout dans le monde. Ainsi, des cas de paludisme sont signalés autour des aéroports parisiens, les vêtements des passagers venus des tropiques pouvant héberger les moustiques porteurs du parasite. Les remarquables travaux poursuivis par André Capron à l'Institut Pasteur de Lille permettent d'espérer, au moins pour certaines parasitoses importantes, telles les bilharzioses (schistosomiases), la préparation prochaine de vaccins efficaces.

Les animaux, l'homme rejettent les cellules, les tissus étrangers. Cette loi du rejet connaît deux exceptions, la grossesse (l'enfant que la mère porte est pour une part formé par des tissus d'origine paternelle), les parasitoses. L'organisme héberge, sans les rejeter, les parasites. André Capron a montré que le parasite se camoufle, se revêt d'antigènes, d'éléments pareils à ceux de l'hôte. Il n'est plus dès lors tenu pour étranger. Il est toléré. « Messieurs, ami de tout le monde »,

*P*endant très longtemps, le paludisme (jadis nommé malaria qui signifie « mauvais air » en italien) fut observé partout dans le monde. Au XIXe siècle, il existait encore en France de nombreux foyers de malaria. Grâce aux mesures d'hygiène entreprises, le paludisme est très rare en Europe. Il a parfois disparu sans mesure prophylactique. Mais, comme le montre cette carte du paludisme, son aire géographique demeure très importante, couvrant l'Afrique et de très vastes territoires en Asie et en Amérique.

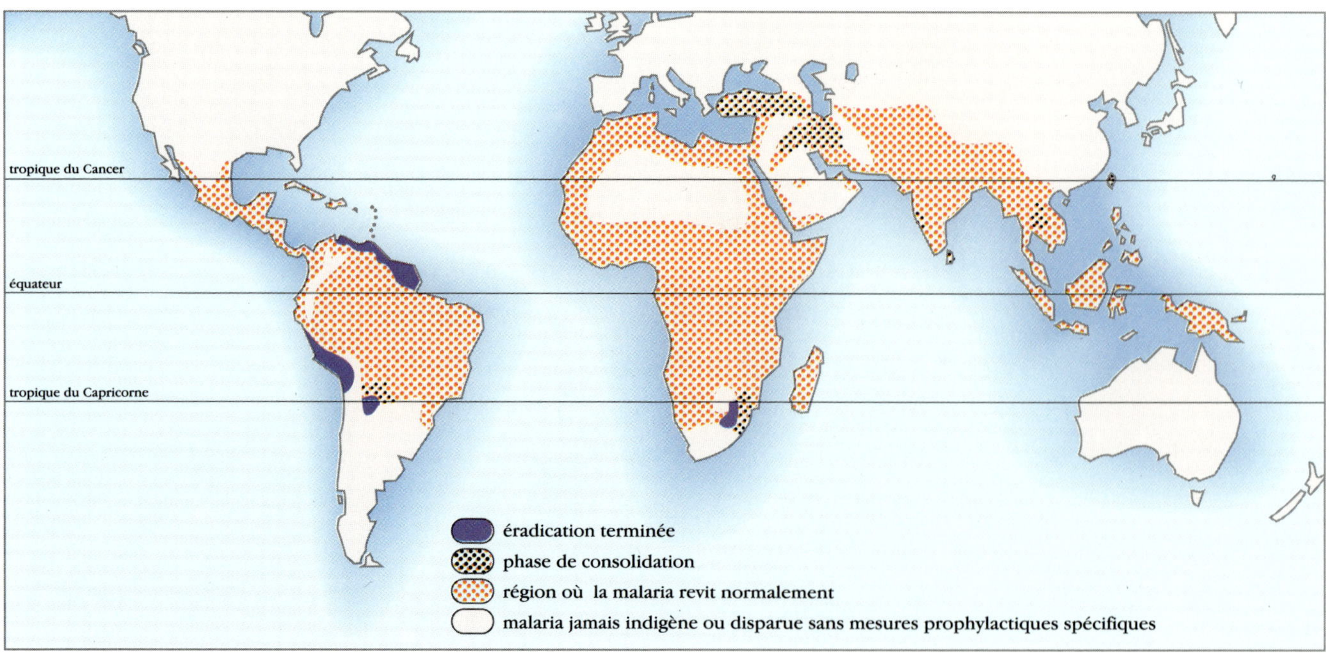

La bilharziose, due à un parasite nommé bilharzie ou schisostome, est la seconde parasitose après le paludisme. Elle est fréquente en Afrique, en Chine et dans la partie orientale de l'Amérique du Sud. Les recherches sur la vaccination contre la bilharziose laissent espérer un vaccin efficace.

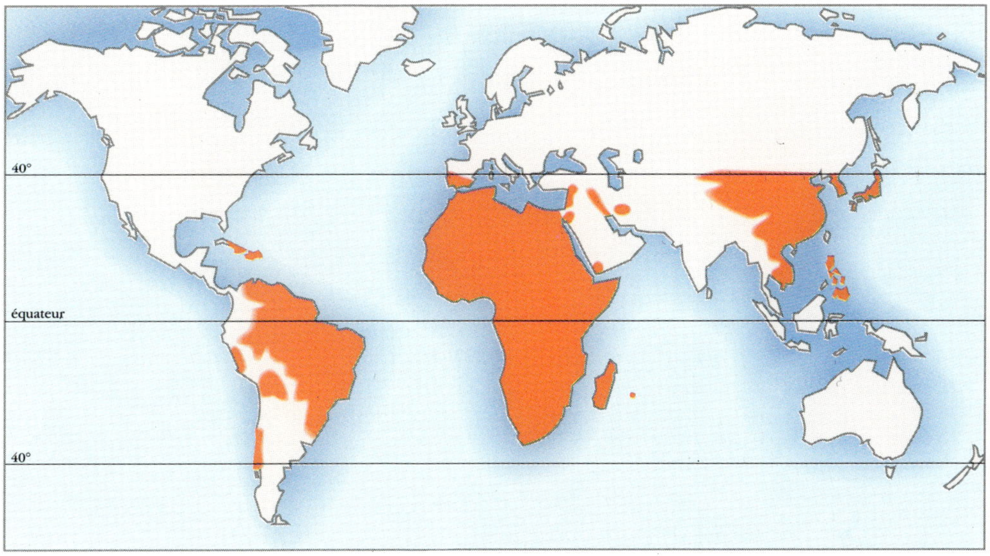

disait déjà le Sosie de Molière. Cette grande découverte de Capron va conduire prochainement à la mise au point d'un vaccin contre la bilharziose, et pourrait inspirer ultérieurement la préparation de vaccins contre d'autres parasitoses.

DE L'ÉQUATEUR AUX PÔLES

L'hématologie géographique dépend de deux paramètres : un stock génique ancestral venu souvent de très loin dans l'évolution des espèces, et une action du milieu sur le stock génique, milieu pris dans son sens le plus large et qui comprend le milieu physique, le climat, l'ensemble des facteurs physiques qui entourent l'homme et peuvent présenter des rythmes propres, milieu biologique fait de l'environnement vivant où vient s'inclure l'homme en tant qu'espèce, ces deux milieux (le second surtout) pouvant être profondément transformés par l'action de l'homme, milieu psychosocial étroitement lié au phénomène humain.

Il m'est arrivé au retour de missions scientifiques de consacrer des chroniques à l'hématologie chinoise avec ses anémies par insuffisance de production de globules rouges, avec les parasitoses, la redoutable schistosomiase, à l'hématologie indienne avec le nombre, la diversité, la gravité des anémies carentielles, à l'hématologie de Thaïlande avec la fièvre hémorragique thaïe, affection épidémique accablant les nourrissons. Cependant, il n'est pas possible de dresser pour chaque pays un type hématologique prédominant. Il n'y a pas, il n'y aura jamais une « hématologie des patries ». Pour le géographe, la nation est un concept politique, « zones de territoires arbitrairement découpées et fixées, suivant une définition fameuse, par les cicatrices de l'histoire ». C'est donc plutôt en partant surtout des critères bioclimatiques que l'on pourra décrire assez schématiquement les différents types d'hématologie géographique.

L'hématologie tropicale se situe dans la zone comprise entre les deux tropiques et peut les déborder de

part et d'autre. Elle est définie par les faits suivants : haute fréquence des maladies parasitaires, paludisme, ankylostomiases ; fréquence et gravité des anémies nutritionnelles ; fréquence des désordres sanguins génétiques. Ce sont les régions où l'on trouve les hémoglobines anormales, les déficits enzymatiques qui ne sont pas tous connus, d'où la prudence nécessaire lorsqu'on introduit un nouveau médicament ; relative rareté des leucémies ; fréquence plus grande des tumeurs ganglionnaires appelées lymphomes.

L'hématologie désertique est toute différente. L'aridité du désert ne tolère, en dehors des oasis, aucun des hôtes vecteurs des grandes parasitoses. Le désert est pour l'hématologue une région remarquablement saine. Le nomade, étroitement lié à son troupeau, tire de celui-ci une ration alimentaire suffisante et équilibrée.

L'hématologie d'altitude est caractérisée par la polyglobulie, par la remarquable adaptation des habitants permanents, par la grande rareté des agressions microbiennes et parasitaires.

*V*oici les Boudoumas, éleveurs transhumants des bœufs kouris. L'étude de tels éleveurs de bétail est importante et présente un double intérêt. D'une part, elle nous permet de connaître des populations normalement alimentées, puisque le bétail fournit à son éleveur une nourriture suffisante. D'autre part, elle donne ainsi la possibilité de définir certains groupes humains élevant telle variété de bétail. Ainsi en Afrique, le fleuve Zambèze est à la fois la limite méridionale des populations portant l'hémoglobine S et celle de l'extension du bœuf zébu.

L'hématologie tempérée est celle qui est décrite dans tous les traités de médecine, avec la fréquence des désordres sanguins dus à des agressions toxiques, la rareté des anémies graves dues à des parasites, l'existence discrète et non avouée d'états carentiels dans les couches les plus pauvres de la population, la fréquence des leucémies.

Une place doit être faite aujourd'hui à l'hématologie d'importation, celle des anciens colons ayant dû regagner la métropole, celle des jeunes coopérateurs, celle qui concerne la main-d'œuvre venant d'outre-mer, d'Afrique surtout, parfois d'Asie, transportés dans une écologie qui n'est pas la leur, celle, toute différente, des touristes candidats aux maladies exotiques. Les maladies sanguines ainsi importées sont très diverses. Un bref séjour peut suffire à les contracter.

DES SOCIÉTÉS HUMAINES

L'étude des globules rouges, des globules blancs, de certains constituants chimiques tel le fer, vitaminiques, tels l'acide folique, la vitamine B 12, apporte de précieuses informations sur l'histoire et l'évolution des sociétés humaines.

A chaque société, à chaque mode de vie correspond un désordre sanguin, ou plutôt un ensemble de désordres sanguins spécifiques. Les troubles sanguins des pasteurs conduisant leurs troupeaux sont différents de ceux des agriculteurs immobiles, différents encore de ceux dont souffrent les ouvriers de l'industrie moderne. En conséquence, tel ensemble de troubles sanguins observé dans une société humaine permet de soupçonner, parfois de reconnaître exactement l'activité, les coutumes de cette société. La coexistence sur cette terre, en cette fin du XXe siècle, de groupes humains représentant les diverses activités, les diverses sociétés, permet une vérification géographique de ces données historiques.

Le sang, qui exprime l'hérédité, qui est le miroir de l'écologie, est aussi un témoin des activités humaines. Ainsi s'est développée la troisième branche de l'hématologie géographique, l'hématologie ethnique ou ethnico-sociale.

Les premiers hommes de l'espèce *Homo sapiens* apparaissent au paléolithique supérieur, il y a environ quarante mille ans. Ils vivent uniquement de la cueillette de fruits, racines et tubercules que leur offre la forêt, et de la chasse. Leur outillage de pierre éclatée est simple. Leur mode de vie ne diffère pas fondamentalement de celui de nombreux groupes de mammifères supérieurs. Seuls les choix de la cueillette et les techniques de chasse se sont perfectionnés avec le développement de l'intelligence. Quelques peuplades vivent encore de nos jours sur le mode archaïque. On en rencontre sur presque tous les continents. Citons les Aëtas des Philippines, les Semangs et les Sakas de Malaisie, les Australiens aborigènes de la terre d'Arnhem et de la presqu'île d'York, les Cherhus de l'Inde méridionale, les Veddas de la région de Ceylan, les indigènes des îles Andaman, les Bochimans et les Pygmées d'Afrique centrale et méridionale, les Guayakis et les Fuégiens d'Amérique du Sud. Dans ce type de civilisation primitive, l'homme ne modifie pas son milieu, mais vit intégré dans la stricte dépendance d'une biocénose.

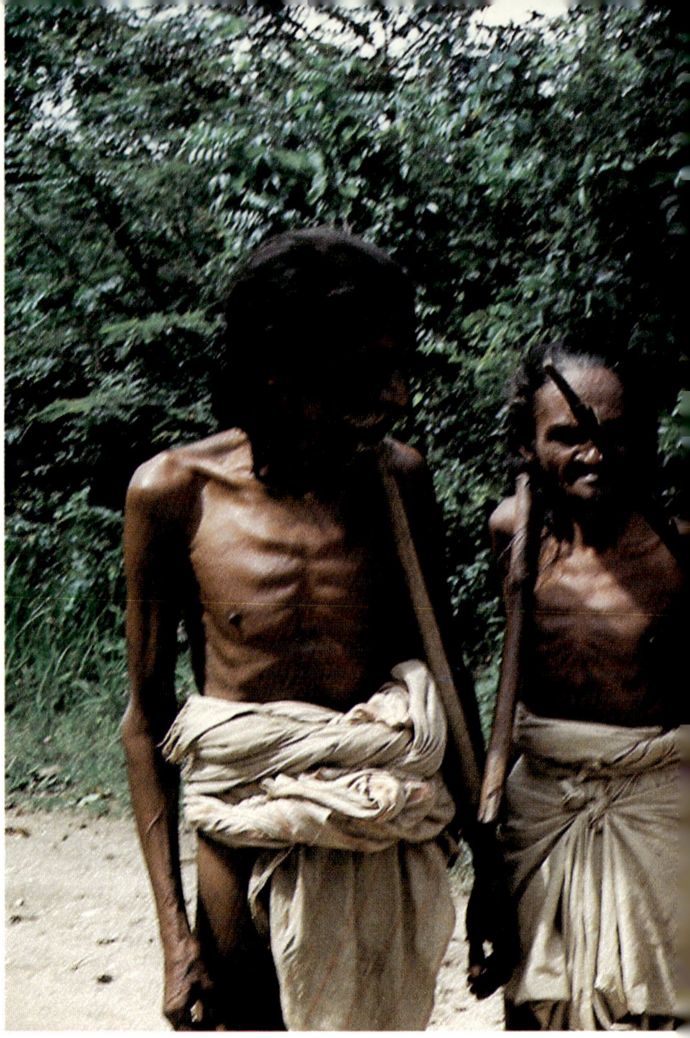

Le sang de ces hommes est souvent le reflet des agressions parasitaires qu'ils subissent. Vivant sans protection dans un environnement auquel ils sont intimement liés, ces hommes viennent s'inclure dans une série de cycles biologiques (parasitaires surtout) où ils jouent le rôle inévitable, obligatoire d'hôtes naturels.

Les hommes appartenant à ce type de civilisation n'ont aucune chance d'échapper aux agressions biologiques du milieu naturel. Pour une zone donnée, l'ensemble du groupe est atteint. Pour tous les individus appartenant à ce groupe, les mêmes désordres sanguins seront constatés. Désordres généralement en rapport avec les parasitoses. Au premier rang de ces désordres figure la nette augmentation de certains globules blancs, appelés éosinophiles en raison

*O*n trouve encore dans quelques régions d'Afrique, d'Asie, d'Océanie et d'Amérique du Sud des populations qui vivent en contact étroit avec la nature. Ces populations sont à peu près nourries grâce aux végétaux et aux animaux qui les entourent, mais souffrent souvent de parasitoses transmises par la faune. Ces maladies parasitaires sont révélées par une anomalie très particulière des globules blancs, l'éosinophilie. Ici, les Corgang du Brésil.

de leur affinité pour les colorants comme l'éosine. La présence d'un grand nombre de globules blancs éosinophiles, d'une éosinophilie, est très souvent le témoin d'une parasitose.

Cependant, dans ce type de civilisation, les carences alimentaires sont rares. La nature offre une grande variété de produits, tant animaux que végétaux, qui assurent sans trop de mal la subsistance de groupes peu nombreux et en errance constante. L'étude des os fossiles du paléolithique supérieur n'a pas révélé de troubles liés aux carences. Dans le sang des populations contemporaines vivant comme au paléolithique, point d'anémie carentielle. Le sang de ces sociétés primitives est donc très caractéristique. Forte éosinophilie en rapport avec les parasitoses. Pas d'anémie. Cette image sanguine est très différente de celle qu'on trouvera dans les sociétés ultérieures, après la révolution néolithique.

Très tôt les hommes apprennent à sélectionner certaines espèces de plantes et d'animaux apportant habillement et nourriture. Cette double domestication – botanique permettant l'agriculture, zoologique permettant l'élevage – semble avoir commencé vers le VIIe millénaire, d'abord au Proche-Orient, puis en Asie méridionale.

L'agriculture et l'élevage augmentent notablement la quantité des ressources alimentaires mises à la disposition du groupe, ce qui permet à l'espèce de se multiplier. La domestication libère peu à peu l'homme du milieu naturel. Mais lorsque les techniques de culture se sont améliorées, l'homme n'a eu recours qu'à un petit nombre de plantes et d'animaux soigneusement choisis. L'alimentation humaine est dès

lors tributaire de la récolte de quelques espèces sélectionnées. Toute baisse imprévue du rendement liée par exemple à des conditions météorologiques défavorables va entraîner des carences alimentaires totales ou partielles. Les premiers signes osseux de carences ont été trouvés sur des squelettes du néolithique. Le danger est d'autant plus grand que la société est plus évoluée, et donc incapable de « remonter » vers la subsistance ancestrale faite de chasse et de cueillette.

Une autre conséquence de l'apparition des techniques de culture est la sédentarisation du groupe. Cette vie sédentaire entraîne une hiérarchisation plus marquée du groupe humain, une spécialisation sans cesse plus grande des individus. Ainsi naissent des classes administratives, culturelles, sociales, qui auront chacune leur environnement biologique propre. Ainsi apparaît une grande diversité des groupes humains. Mais plus tard d'autres tendances sont reconnues. Une espèce botanique privilégiée

*A*ctuellement comme dans un passé lointain, de nombreux pays se consacrent à une culture unique dans l'espoir d'augmenter ainsi leurs revenus et de diminuer les pertes. La rizière du Sri Lanka ici présentée illustre cette situation. Le riz est le principal produit de cette monoculture. Les populations concernées ne connaissent pas d'autres aliments. De sérieuses altérations sanguines dues à l'absence de vitamines dans l'alimentation sont souvent observées dans ces populations.

l'emporte sur toutes les autres. Tel le riz dans l'Asie des moussons. Telle la canne à sucre à Cuba et au Brésil. La polyculture fait place à la monoculture. La production se spécialise. A la traditionnelle polyculture de subsistance se substitue la monoculture d'exportation ou de commercialisation dont les produits se placent facilement sur les marchés internationaux. Les hommes ne consomment plus leur propre production, tout entière destinée à la vente. Si pour une raison quelconque (guerre, cataclysme) le cycle d'échanges est bloqué, le système peut s'arrêter de fonctionner. D'où une pénurie parfois dramatique. Les troubles sanguins observés dans ces sociétés agricoles sont très précis. L'éosinophilie, les anomalies liées à la présence de parasites sont devenues très rares. A la monotonie, à l'uniformité observées dans des sociétés primitives fait place une grande diversité. Ainsi l'étude des globulines du sérum, des gammaglobulines, dans la population de la région de Madras a reconnu une relation entre le taux de gammaglobulines et la situation économique du groupe ; le taux de gammaglobulines est d'autant plus élevé que l'état économique est plus bas. Mais ce sont les anémies de carences qui sont au premier rang. Elles caractérisent l'économie des sociétés agricoles. Elles permettent de les reconnaître. Elles sont dues, comme nous l'avons vu, tantôt à une carence unique – en fer par exemple –, tantôt à des carences multiples – fer, protéines, vitamines du groupe B. Elles sont directement liées à la monoculture de commercialisation. Ainsi à Cuba, au Brésil, la mise en culture généralisée de la canne à sucre coïncide exactement avec l'apparition des carences. Ces anémies par carences ne s'observent pas seulement en milieu rural et dans les zones tropicales ou équatoriales. Quelques exemples, en nombre beaucoup plus limité, sont connus en Europe. Des liens très précis existent alors entre la fréquence de l'anémie carentielle et le revenu de la population concernée. Ainsi à Londres, avant la dernière guerre mondiale, l'anémie par carence en fer était assez fréquente dans la population peu fortunée de l'est de la ville, ses bas revenus ne lui permettant pas l'achat d'aliments riches en fer, salades, légumes verts trop dispendieux. Les populations des beaux quartiers de l'ouest ne connaissaient pas l'anémie par manque de fer. Surviennent les restrictions du temps de guerre, les tickets d'alimentation attribuent des quantités égales de légumes verts à l'ouest et à l'est. L'anémie par manque de fer disparaît à l'est de Londres. L'équilibre est rétabli entre l'est et l'ouest.

La transformation industrielle qui, dans certains pays, a commencé dès la fin du XVIIIe siècle s'est accompagnée d'une très forte augmentation du peuplement urbain. Dans les villes modernes, l'air est vicié par les fumées industrielles et domestiques et les gaz d'échappement des voitures, au point qu'oxyde de carbone et benzopyrène atteignent parfois (dans certains quartiers, en l'absence de vent) des chiffres inquiétants. L'air est riche en poussières limitant l'insolation du sol. L'industrie chimique, et surtout celle de la synthèse des grosses molécules, connaît un rapide développement (caoutchouc, plastiques, textiles, médicaments). Les dangers chimiques sont en temps de paix beaucoup plus grands que les dangers des radiations, les dangers liés au développement de l'énergie nucléaire. Les dangers dus aux radiations sont bien connus, la protection efficace. Les dangers chimiques sont assez bien connus, mais les mesures de protection restent tout à fait insuffisantes.

Ainsi est apparue une hématologie des sociétés industrielles. Ainsi sont reconnus les désordres sanguins qui définissent ces sociétés. Les poisons industriels comme les radiations ionisantes altèrent la moelle des os, et en conséquence troublent la formation, la maturation de tous les globules du sang.

D'une façon générale, le nombre des globules du sang des populations ainsi exposées est modérément diminué. La diminution porte surtout sur les globules blancs, et particulièrement sur certains appelés polynucléaires.

Depuis cinquante ans, on assiste, pour ces populations, à la diminution de ces globules blancs polynucléaires. Cette diminution est si nette que les textes légaux consacrés aux maladies professionnelles ont dû, dans leur appréciation des limites de la normale, en tenir compte. Le nombre moyen de ces globules blancs polynucléaires par millimètre cube de sang est passé en cinquante ans de quatre mille à deux mille cinq cents. La présence dans l'environnement humain de substances toxiques est, à côté d'autres facteurs, très probablement responsable de cette diminution.

Les grandes insuffisances de la moelle osseuse, heureusement plus rares, appartiennent pour une bonne part à ces sociétés industrielles. Leurs causes sont variées, disposition constitutionnelle, virus. Mais au premier rang de ces causes figurent les poisons chimiques, tel le benzène, ou benzol, longtemps employé dans l'industrie, tels divers médicaments pris hors de propos, telles certaines substances utilisées comme insecticides en milieu rural. Ce qui peut expliquer que ces désordres sanguins sont, à l'époque contemporaine, observés à la ville comme à la campagne.

Ainsi le sang des sociétés primitives est un sang éosinophilique, reflet des parasitoses qui infestent l'homme des temps paléolithiques. Le sang des sociétés agricoles, particulièrement des sociétés vouées à la monoculture de commercialisation, est un sang anémique, un sang victime des carences alimentaires, de la faim dont peuvent mourir les cultivateurs. Le sang des sociétés industrielles est un sang insuffisant, témoin des altérations de la moelle osseuse que provoquent les poisons de l'industrie.

Chacune de ces images sanguines est assez caractéristique d'une société définie. L'hématologue peut utilement informer l'historien, le sociologue. Les désordres sont le plus souvent à la fois très particuliers, très purs. Ainsi les sociétés industrielles ne connaissent guère les parasitoses, sauf exceptions.

Le sang des ouvriers de Calcutta, le sang des ouvriers des grandes villes industrielles de l'Inde fait partie de ces exceptions. J'ai gardé un souvenir très précis des examens du sang de ces hommes, faits vers 1960, pendant une mission scientifique en Inde. Ces ouvriers manient les poisons chimiques de l'industrie. Leur nourriture est insuffisante, monotone. Les carences alimentaires sont fréquentes. Les conditions de vie, l'hygiène insuffisante, la présence de nombreux animaux en milieu urbain et suburbain expliquent la persistance de parasitoses.

Ainsi trouve-t-on dans le sang des habitants de Calcutta l'éosinophilie des parasitoses, l'anémie, l'insuffisance en fer des carences alimentaires, la diminution des globules blancs, l'insuffisance de la moelle osseuse que provoquent les substances toxiques employées dans l'industrie. Les désordres du sang expriment donc les malheurs associés des hommes, menacés en même temps par les dangers qui habituellement se succèdent au long des millénaires, dangers des parasites, dangers des insuffisances alimentaires, dangers de l'industrie.

*C*ette mosaïque du IVe siècle se trouve au musée du Bardo près de Tunis. Elle figure Virgile qui écrit l'*Énéide* sous la protection de Clio, la muse de l'Histoire. L'histoire a longtemps appartenu aux écrivains, aux poètes et aux chroniqueurs. Les historiens modernes fondent leurs études sur des données objectives, assurées, celles que fournissent la sémantique, l'étude du langage, l'archéologie, l'épigraphie, l'étude des inscriptions et, dernièrement l'hématologie, l'étude des caractères sanguins.

*V*oici la barque des morts tirée par trois Anubis au musée égyptien du Caire. Il est à peine besoin de rappeler l'importance des études archéologiques conduites en Égypte, telles celle du papyrus du livre des morts qui figure ici.

TÉMOIN ET PILOTE DE L'HISTOIRE

En 1952, j'ai eu le bonheur, pendant quelques jours, de visiter Rio de Janeiro avec Paul Rivet. Paul Rivet est alors âgé de soixante-seize ans. Il a créé le musée de l'Homme. Il a aussi créé l'anthropologie de l'Amérique indienne. Nous marchons au bord de la plus belle rade du monde. Le vieil océan, sans obstacle, porte sa vague au pôle. Nous allons par les allées du jardin zoologique. Sur une pelouse, un jaguar assez terrible court, saute en toute liberté. En liberté apparente ; une très longue chaîne, probablement solide, le tient attaché comme une chèvre à un piquet central, probablement solide aussi. Nous nous promenons surtout longtemps dans le jardin botanique. Les admirables arbres américains, inconnus de moi, très hauts, très divers, alternent avec les peupliers, les pins, identifiés, comme des amis, au détour d'un sentier. Point d'autres visiteurs. Une paix profonde. Paul Rivet évoque son premier voyage en Amérique du Sud. C'est en 1900. Il est médecin sous-lieutenant, ou plutôt, comme on disait alors, médecin aide-major de deuxième classe, terminant ses études à l'école de santé militaire de Lyon. Il est désigné comme médecin de l'expédition française qui va mesurer le mètre à l'équateur. Tout au long du XIXe siècle, un groupe de membres de l'Académie des sciences, jeunes alors, s'en va vérifier à l'équateur la constance, l'exactitude de la longueur du mètre. La mission est fatigante. Parfois périlleuse. Elle sera ensuite, avec le vieillissement des membres de l'Académie, assumée par le service géodésique de l'armée. Paul Rivet est jeune. Il se prend d'amour pour l'Amérique indienne. Il se prend aussi d'amour pour la nièce du président de la République de l'Équateur qu'il enlèvera et épousera. Il retournera souvent en Amérique du Sud, en Amérique centrale, au Mexique. Il étudiera les monuments, les mœurs, les coutumes, la physiologie et la sociologie des diverses populations indiennes. On croit alors, et on le croira longtemps, que les Indiens d'Amérique, les Peaux-Rouges, sont la quatrième race et sont nés sur place. Paul Rivet, le premier, pressent la vérité : ils sont venus d'ailleurs, les uns, les plus nombreux, d'Asie, les autres d'Océanie. Paul Rivet est devenu grand anthropologue, s'est éloigné de la médecine mais est resté médecin. Il m'interroge. Il souhaite connaître les progrès de l'hématologie. C'est le temps où, après une assez longue stagnation, l'étude des groupes sanguins vient de prendre un nouvel essor avec les découvertes du facteur Rhésus, de ses sous-groupes, des grandes inégalités de leur distribution géographique. Cependant, à l'ombre des arbres centenaires, j'apprends l'histoire lointaine de l'Amérique du Sud, les données assurées, les données incertaines, les ignorances, l'importance de l'étude comparée des caractères physiques, des langues et des coutumes. Anthropologie, ethnologie, hématologie ne cessent de s'entrelacer au long des entretiens. Quelques années plus tard, les travaux des hématologues confirment avec éclat la haute valeur de la plupart des hypothèses de Paul Rivet.

Trente ans après, j'ai le privilège d'avoir un long entretien avec Fernand Braudel. Fernand Braudel s'était un jour demandé : « Peut-on écrire l'histoire de la mer en s'arrêtant d'un bout aux portes d'Afrique, de l'autre à l'étroit couloir dont Ilion surveillait déjà les abords ? » Je pensais, en l'attendant, à la préface de son histoire de la Méditerranée :

> *« Je me suis dit un beau jour : il y a l'histoire qui ne bouge pas, puis l'histoire lentement rythmée (la conjoncture, les mouvements de la population, les États et surtout les guerres), enfin il y a l'histoire des individus et des événements, très rapide, et qui n'est qu'agitation de surface. Je suis arrivé à décomposer le temps et à comprendre que nous sommes confrontés à des histoires parallèles à vitesse différente. »*

L'entretien commence dans la noble cour de l'Institut de France, près des beaux magnolias qui gardent l'une de ses portes, sous la coupole du palais Maza-

*L'*Européen qui monte sur les hauts plateaux du Pérou respire très difficilement, il tolère mal l'insuffisance d'oxygène. Les paysans qui vivent sur ces hauts plateaux supportent bien l'altitude : le nombre de leurs globules rouges augmente et permet cette adaptation. Cette augmentation est dite polyglobulie d'altitude ou maladie de Monge, du nom du médecin péruvien (descendant lointain du grand physicien français) qui le premier l'a décrite.

rin. Il se poursuit dans l'escalier sous la protection de Minerve, puis dans le salon qui précède la salle des séances. Fernand Braudel loue généreusement les recherches que Jacques Ruffié et moi-même avons consacrées aux relations existant entre le sang d'une part, l'histoire, la géographie d'autre part. Il voudrait, dans une collection qu'il dirige, nous confier la rédaction d'un volume d'un millier de pages dont le titre pourrait être : *Le Sang et l''Histoire*. Je le remercie, et lui dit combien nous sommes sensibles à l'honneur que nous fait le premier historien de notre temps, mais que nos travaux vont demander encore de nombreuses années, des études variées, des vérifications. « J'attendrai », répond-il, avec une charmante courtoisie. Puis il parle des méthodes de l'histoire. D'un côté les chroniques, les archives, d'un autre côté les données plus objectives. « Et puis j'ai le goût des archives. J'ai toujours été surpris, enchanté par ce qu'on y découvre. Vous vous attendez à des renseignements sur les bateaux, vous trouvez des renseignements sur les propriétés foncières. Vous abordez une série concernant les rapports des paysans et des seigneurs et vous tombez bec à bec sur un marchand, et ainsi de suite. »

Il poursuit en insistant sur la rigueur critique nécessaire. L'analyse minutieuse des documents égyptiens apporte une relation apparemment précise des guerres de Ramsès II en Asie. Un peu plus tard, les

Cette gravure de Hogenberg (fin du XVIe, début du XVIIe siècle) illustre la campagne de Charles Quint contre Tunis en Méditerranée avec la prise de La Goulette et de Tunis. Les guerres sont meurtrières mais permettent ensuite des échanges de culture, voire en cas de métissage, des échanges de caractères sanguins. Le grand historien de la Méditerranée, Fernand Braudel, a souligné l'importance de ces échanges. Un peu plus tard, la Méditerranée cesse d'être le centre du monde comme elle cesse d'être le centre de la médecine. Les grandes découvertes du XVIIe siècle concernant le sang seront faites en Grande-Bretagne pour la circulation, avec Harvey, et aux Pays-Bas pour les globules rouges, avec Van Leeuwenhoek.

documents hittites sont découverts, interprétés. Une relation toute différente des mêmes événements apparaît. L'historien est certes le plus souvent capable de discerner la vérité, d'apprécier la qualité des documents étudiés. Mais il est heureux de pouvoir disposer de faits assurés, ceux que lui apportent les inscriptions, l'archéologie, avec là aussi les critiques nécessaires, ceux que lui apportent la sémantique, l'étude des langues telle que Georges Dumézil l'a conduite. Fernand Braudel inscrit les faits apportés par l'étude du sang sur cette liste glorieuse des données indispensables à l'historien.

Je rencontre souvent Georges Dumézil. Dans la salle des séances de l'Académie française. Une lettre du ministre des Droits de la femme demande à l'Académie d'affirmer ces droits par des réformes philologiques : professeuse, recteuse. « Alors, me glisse Georges Dumézil, assis derrière moi, pour les épouses de nos maîtres, on dira Mme Mitterrande, Mme Fabia. » Ou dans son bureau, rue Notre-Dame-des-Champs, bureau si encombré de livres qu'il était périlleux d'y pénétrer. Georges Dumézil, comme l'a rappelé Claude Lévi-Strauss, maniait trente ou quarante langues, les unes mortes comme le sanscrit, l'arestique, le grec ancien, le latin, le vieil islandais, d'autres vivantes et qui, en plus de celles de la famille indo-européenne – iraniennes, romanes, germaniques, scandinaves, celtiques, slaves –, comprennent aussi le turc, en Amérique, le quechua ; sans oublier ces redoutables langues du Caucase qui comptent une multitude de consonnes mais presque pas de voyelles. J'apprends l'œuvre des linguistes, ceux qui ont précédé Georges

Les linguistes contemporains, et avec eux Georges Dumézil, étudient de façon très rigoureuse les inscriptions des monuments exhumés par les archéologues. Des confrontations sont établies entre des épigraphes formulées en des langues différentes, parlées par des populations géographiquement éloignées les unes des autres. Des correspondances apparaissent, qui éclairent les historiens sur certains problèmes restés longtemps obscurs. Tel est le cas de ces inscriptions en langue arménienne sur ce bas-relief du monastère d'Etchmiadzine, en Arménie.

Dumézil et, malgré sa discrétion, l'œuvre de Georges Dumézil lui-même. Les linguistes ont très vite mesuré l'importance des correspondances qu'ils découvraient entre les diverses langues indo-européennes, entre les langues parlées par des peuples géographiquement très éloignés, les habitants de l'Inde, de l'Iran, les Scythes, les Romains, les Scandinaves, les Irlandais. Ils ont pu identifier les migrations successives, comprendre que les mouvements dont ils constataient les conséquences, les fins, avaient été séparés par de très longs intervalles.

L'étude des langages a ouvert la voie. D'autres disciplines ont suivi, histoire des religions, des mythologies, anthropologie, ethnologie, sociologie, comme l'écrit Georges Dumézil qui a consacré d'admirables travaux aux épopées des peuples européens et surtout à l'idéologie des trois fonctions :

> « *Des vestiges plus ou moins considérables d'une même conception du monde, visible comme de l'invisible, devaient donc se laisser reconnaître d'un bout à l'autre de l'immense territoire conquis dans les deux derniers millénaires avant notre ère par des hommes qui donnaient le même nom au cheval, les mêmes noms au roi, à la nuée, aux dieux.* »

Et comme j'évoquais la permanence des caractères sanguins au long des migrations (le sang traverse les générations), Georges Dumézil rappelait un personnage de mythologie indienne, Bhusma, le grand oncle de Pandava. Ce héros a reçu dès sa jeunesse un grand privilège. Il ne mourra que lorsqu'il consentira à mourir. En attendant, sans perdre sa force, lui aussi traverse les générations.

HISTOIRE ET RÉALITÉ

Les femmes, les hommes qui se consacrent à la géographie du sang sont devenus des exploratrices, des explorateurs originaux. Ils sont certes amoureux de portulans, de cartes et d'estampes, mais ils allient à la géographie la biologie la plus moderne et, glissant le long des latitudes, des longitudes, et aussi des siècles, des millénaires, ils ont rencontré l'histoire.

La rigueur des méthodes employées justifie le succès de l'entreprise géographique. La même rigueur doit accompagner l'essai historique. Rigueur triple. Rigueur des méthodes hématologiques d'abord. Rigueur des confrontations avec les autres données biologiques et médicales (examens des autres organes et tissus), résultats des recherches génétiques (chromosomes, enquêtes familiales), résultats des études de l'environnement conduisant à cette anthropologie médicale qui apprécie, compare, intègre les notions ci-dessus indiquées. Rigueur enfin des confrontations entre les données apportées par l'étude du sang ainsi complétées et les données de l'histoire.

L'étude du sang est désormais pour l'historien une méthode, un instrument de travail. Méthode et instrument qui ont trois vertus principales : la précision, la profondeur, l'aptitude à apprécier le temps et l'espace. Les hématologues ne décrivent pas d'incertaines têtes coupées, mais les globules, les plasmas, les molécules.

L'histoire a longtemps été une arithmétique chronologique. 1214, 1453, 1492, 1515, 1789. Une arithmétique chronologique émouvante, chaque date portant tantôt le bonheur, tantôt le malheur, tantôt l'espérance.

Fatigués par le fracas des armes, les poignards et les piques, les historiens modernes se sont éloignés des événements et rapprochés des hommes. Ils ont très justement voulu décrire les longs cheminements, les mouvements, les immobilités, la vie quotidienne. Ils ont consulté les archives, les chroniques et les dossiers poussiéreux des notaires. Ils ont beaucoup progressé. Mais, s'écartant de l'arithmétique, ils ont parfois perdu l'exactitude, au moins apparente, des chronologies.

D'où une nostalgie, une quête de précision exprimée également par les contempteurs et par les amis de l'histoire. Ainsi Paul Valéry, souvent très sévère, mais qui comparait l'histoire à la géologie, ébauche une solution :

> *« La géologie est une sorte d'histoire, que si elle se bornait à noter et à conter telle éruption prodigieuse, telle inondation célèbre, elle ferait ce que fait l'histoire avec ses événements. Mais elle recherche les modifications lentes et que personne n'a pu observer tel jour, ce que devrait faire l'histoire. »*

Mais ici cette remarque :

> *« L'histoire ordinaire reçoit les faits tout donnés, les événements enregistrés, tandis que celle dont je parle rechercherait plutôt ce qui, mis en lumière, deviendrait événement après coup. »*

Mais Queneau n'est-il pas plus proche encore de la solution quand il écrit :

> *« L'histoire ne peut commencer que dans un rapport étroit avec la biologie. »*

L'étude du sang apporte ici quelques éléments de réponse. Les caractères du sang d'un homme vivent après sa mort dans le sang de ses descendants, alors que ses vertus restent enterrées avec ses os. Les chroniques, on l'a vu, sont souvent impures, modifient délibérément ou involontairement les faits. Les textes sont incomplets, parfois difficiles à interpréter. Mais la chimie moléculaire donne les précisions sou-

Longtemps les membres des familles royales, princières, aristocratiques ont continué d'exister grâce aux portraits exécutés par de grands artistes. Dans certaines familles notoires, la transmission de caractères sanguins problématiques assure une autre survivance. De génération en génération se transmettent des affections tragiques. Ainsi la famille royale d'Angleterre fut victime durant plusieurs siècles de la porphyrie, tandis que l'hémophilie rendit d'autres princes tristement célèbres.
Éléonore de Tolède et son fils Jean de Médicis, Agnolo Tori, plus connu sous le nom de il Bronzino (1503-1572).

haitées. L'hémoglobine de ce paysan congolais est celle de ses aïeux qui, en des temps fort lointains, vinrent peupler l'Afrique.

Paul Valéry (encore lui, mais il a bien souvent médité sur l'histoire) écrit :

> « *Quelques excès de synchronisme n'ont donné aucun résultat sinon la démonstration de leur inutilité. Ce qui se passait à Pékin au temps de César, ce qui se passait au Zambèze du temps de Napoléon se passait dans une autre planète* ».

Pas tout à fait. L'étude des hémoglobines permet de répondre à la dernière question et de nous informer sur le Zambèze. La profondeur. Les historiens cherchent la profondeur, cherchent à retrouver la marche silencieuse et constante de la vie, à décrire non pas les brisants « qui sont si visibles sur la mer. Mais c'est la mer qui importe et les fonds sur lesquels elle exerce ses efforts ».

> « *L'histoire,* écrit Michelet, *est une résurrection de la vie intégrale, non pas dans sa surface, mais dans ses organismes intérieurs et profonds.* »

Rien de plus profond que le sang, toujours recommencé, objet des études, des recherches raffinées des biologistes, témoin et miroir de la permanence et de la diversité des hommes. Permanence et diversité. Jacqueline de Romilly, en présentant Hérodote et Thucydide, écrit :

> « *L'entreprise d'Hérodote se justifie par l'idée de la diversité humaine qu'il est passionnant de connaître. Celle de Thucydide repose sur l'idée de la permanence de l'homme qui donne sa portée à l'analyse du présent [...]. On peut voir au musée de Naples un double Hermès, un double buste où Hérodote et Thucydide sont sculptés dans le même bloc. Une seule et même image les relie et les oppose, chacun tournant le dos à l'autre.* »

La permanence, la diversité des caractères sanguins inspirent les recherches des hématologues. Les données recueillies peuvent, longtemps après Hérodote et Thucydide, nourrir les réflexions et les travaux des historiens.

Permanence de certains caractères sanguins dans l'espace et dans le temps d'abord (dans le monde de l'espace et du temps concret, comme dit Queneau). Diversité qui est triple. Diversité individuelle, chaque homme étant défini, non par un seul, mais par de nombreux caractères sanguins. Diversité des populations, polymorphisme, comme dit le jargon des spécialistes, avec des fréquences variables des divers caractères sanguins. Diversité dans l'espace et dans le temps. Certains caractères sanguins sont sensibles aux influences extérieures et se modifient soit lentement soit rapidement.

Ainsi il est difficile d'accepter le classement de Jouffroy : « Il n'y a dans le monde que deux choses, l'immuable et le changement. L'immuable est l'objet de la science, le changement, celui de l'histoire. » L'histoire et la science ont les mêmes objets : l'immuable et le changement, le permanent et le divers. La science du sang, et pour l'immuable et pour le changement, peut aider l'histoire. « L'histoire, dit encore Valéry, ayant pour matière la quantité des événements et les États qui dans le passé ont

Ce tableau appartient au musée du Vatican. Raphaël a figuré la rencontre d'Attila avec saint Léon le Grand. Les invasions d'Attila et des Huns ont, surtout en Hongrie, laissé d'importantes traces linguistiques. Elles n'ont pas eu de conséquences sanguines, probablement en raison des très nombreux mélanges de populations, survenus dans une région constamment déchirée par les guerres.

pu tomber sous le sens de quelque témoin. » Nous proposons avec le sang un témoin. Pas seulement un témoin. Les informations apportées vont concerner d'une part le sang témoin de l'histoire, d'autre part le sang pilote de l'histoire.

Témoin d'abord. Tantôt le sang immobile dans le temps est le témoin des migrations humaines. Tantôt c'est le sang changeant qui est le témoin de l'évolution de l'humanité. Tantôt permanence et changement s'allient en fonction des relations entre inné et acquis, en fonction aussi des influences culturelles.

Le sang pilote ensuite. L'histoire peut être transformée, orientée par les changements du sang d'une population, les changements du sang d'un seul homme.

Le sang immobile

L'homme est mouvement. L'histoire de l'homme est, pour une large part, l'histoire des migrations humaines. Depuis les temps préhistoriques jusqu'à l'époque contemporaine. Sur terre ou par-delà les mers. Un pied sur la rive, un pied sur la plage. Nos lointains aïeux, « omnivores opportunistes », selon l'heureuse expression de Jacques Ruffié, se déplaçaient à la recherche de leur subsistance. Ils sont parvenus à peupler la terre entière, des zones arctiques à l'équateur. Ils se distinguent ainsi des autres animaux, limités pour la plupart à des territoires définis. Seuls les rats, les souris, probablement parce qu'ils sont les commensaux de l'homme, sont presque aussi universels. Pendant les tout derniers siècles, les populations d'une Europe très peuplée se sont répandues dans le monde, occupant partiellement ou totalement certaines terres, l'Australie, l'Amérique du Nord. Déjà sont commencées d'autres migrations, des migrations presque inverses. Les populations d'Asie, les populations des rivages méridionaux de la Méditerranée se dirigent vers une Europe qui se dépeuple. Tantôt la migration est presque individuelle, limitée à quelques héros, quelques pionniers, une ou deux tribus. Tantôt elle est collective, des peuples entiers marchant par les plaines. Les terres nouvelles sont tantôt inhabitées et tantôt habitées. La Nouvelle-Zélande était vide lorsque arrivent au XVe siècle les Maoris. Trois siècles plus tard, viennent les Écossais. Les membres d'une tribu d'Asie orientale migrent les uns vers l'ouest, qui se perdent dans la masse des populations de l'Inde, les autres vers l'est, qui commencent le peu-

Les études hématologiques ont permis de confirmer, en ce qui concerne les migrations et les invasions des Scandinaves, les données apportées par la linguistique. Les Varègues ont poussé leur migration jusqu'à la Russie du Sud. Sur cette gravure issue des chroniques de Radziwill au XVe siècle, nous pouvons voir l'armée byzantine utilisant le feu grégeois pour repousser une attaque maritime varègue au IXe siècle.

plement du Nouveau Monde. Tantôt les mouvements sont pacifiques, ou presque pacifiques, tantôt ils sont guerriers. La population qui migre peut s'accorder avec la population autochtone (souvent après de courtes guerres) ou tenter de la détruire. Après quoi, restée seule, la nouvelle population oublie l'ancienne population qu'elle a détruite et n'a pas mauvaise conscience. Attila est en Europe occidentale le fléau de Dieu, en Hongrie un charmant prénom d'enfant (j'ai entendu dans un jardin de Budapest une mère sermonner son petit garçon : « Attila, veux-tu laisser ta sœur tranquille »). Et les habitants blancs des États-Unis, du Canada, pensent rarement aux Indiens qu'ils ont éliminés.
L'homme est mouvement, mais le sang qui coule dans ses artères, dans ses veines, ce sang reste immobile. L'homme qui parcourt continents et océans grossit, maigrit, brunit. Son sang reste le même. Cet homme s'arrête sur une terre lointaine. Il s'établit. Des enfants naissent dont la mère est tantôt une femme venue avec le voyageur, tantôt une femme des terres lointaines. Dans le sang de ces enfants, de leurs petits-enfants, de toute la descendance vont se transmettre certains caractères du sang du père, de l'aïeul qui migra.

L'histoire des migrations humaines du passé est tantôt très claire, tantôt imprécise, incertaine, tantôt obscure, ignorée. Les méthodes nouvelles et complémentaires de l'hématologie ont ainsi pu, en ces dernières années, faire la preuve de leur exactitude en confirmant les données acquises, puis de leur originalité en proposant la solution des questions non résolues. Plus précisément, appliquées à l'étude des migrations, les méthodes de l'hématologie ont tantôt confirmé, tantôt complètement éclairé, tantôt corrigé des interprétations erronées, tantôt laissé persister des incertitudes, tantôt ouvert des voies nouvelles, proposé des problèmes neufs. Nous examinerons tour à tour ces confirmations, ces clartés, ces corrections, ces incertitudes, ces ouvertures.

De précieuses confirmations...

L'histoire des migrations indo-européennes, l'histoire des expéditions des Normands, l'histoire des conquêtes des souverains khmers sont toutes très bien connues. Dans les trois cas, d'utiles confirmations ont été apportées par l'étude du sang, par l'étude du système HLA pour les Indo-Aryens et pour les Normands, par l'étude des hémoglobines pour les Khmers.

L'étude du système HLA dans les diverses populations d'Asie et d'Europe avait deux objets : confirmer les données apportées par les linguistes ; éprouver, tester en quelque sorte la valeur des méthodes hématologiques. Ces méthodes reconnaissent des analogies dans la distribution des sous-groupes HLA parmi diverses populations, elles reconnaissent et répertorient des centres de déséquilibre, de coexistence de facteurs HLA apparemment très éloignés. Dans un troisième temps, on établit la carte des déséquilibres. Ainsi le déséquilibre HLA A1/HLA B8 est très important dans toute l'Europe de l'Ouest et au Moyen-Orient. Il est probable que les mélanges des populations, les fusions aboutissant à la coexistence de facteurs très différents se sont faits dans ces régions.

Cette pierre gravée en provenance du Gotland illustre l'art viking. Elle représente des guerriers et des bateaux vikings au IXe siècle. Les Vikings ont envahi la Russie, mais aussi l'Europe occidentale et méridionale jusqu'en Sicile. Ils ont probablement découvert l'Amérique.

La méthode permet de reconnaître le point de départ de la migration, l'Inde, de suivre du Moyen-Orient en Europe la traînée du déséquilibre, témoin des grandes migrations indo-européennes. Le déséquilibre est faible au Pays basque et absent en Sardaigne. La grande migration a épargné ces deux populations.

Les Érules, au IIIe siècle, vont de la Scandinavie à la mer Égée. Au Ve siècle, ils surgissent sur les côtes d'Andalousie. Les Varègues, pendant trois siècles, du VIIIe au XIe siècle, traversent en tout sens l'Europe orientale, contribuent à Kiev à la naissance de la Russie, atteignent la mer Noire, découvrent le monde byzantin, vont chercher la soie chinoise en Perse et jusqu'à Bagdad. Les Vikings suivent deux routes : la route septentrionale les conduit aux VIIIe et IXe siècles, en Écosse, en Irlande, en Islande, au Groenland, au Vinland, qui est très probablement une région de la côte canadienne ; la route méridionale, avec diverses variantes, porte les Vikings en Normandie, dans les eaux poitevines et, par-delà le détroit de Gibraltar, en Espagne et en Italie du Sud. Du Canada en Mésopotamie, de Dalécarlie en Espagne, les Varègues et les Vikings ont parcouru une grande partie du monde connu, une petite partie du monde inconnu. Leurs expéditions s'inscrivent en lignes entrelacées sur les cartes et sur les mappemondes. Elles ont fait et défait les rois, transporté les structures sociales et les langues scandinaves.

La méthode employée pour l'étude des migrations indo-européennes, l'étude des déséquilibres des divers groupes HLA, a aussi été appliquée aux Vikings. Elle a reconnu les migrations des Vikings, au moins certaines d'entre elles. L'axe de migration venue du nord est lié au déséquilibre HLA A3/HLA B7. On peut le suivre de Scandinavie en Écosse, en Islande, en Normandie. Plusieurs déséquilibres peuvent exister simultanément dans certaines régions. Ainsi au Danemark coexistent HLA A1/HLA B8, qui doit correspondre à la migration indo-européenne, HLA A3/HLA B7, qui traduit l'expansion nordique.

En 1965, enseignant au Cambodge, je quittais Phnom Penh le samedi pour passer la fin de la semaine à Angkor. J'admirais les temples, les statues, tous les monuments de l'art khmer. Le lundi je retournais à Phnom Penh. Je retrouvais les étudiants, les équipes de recherches. Le sang des Cambodgiens était l'objet de ces recherches. Un sang original puisqu'il contient très souvent une hémoglobine anormale, l'hémoglobine E.

Ainsi s'ébauchaient les confrontations, se préparaient les travaux communs qui allaient réunir les tenants de deux disciplines très éloignées, l'archéologie et l'hématologie.

Les Cambodgiens sont les héritiers des Khmers du passé. Aux XIIe et XIIIe siècles, les souverains khmers se veulent monarques universels. Leur royaume, leur empire, est très étendu. L'Empire khmer englobe une grande partie de l'Asie du Sud-Est, la basse plaine et le delta du Mékong, le Laos jusqu'à Vientiane, les provinces orientales de la Thaïlande, une partie de la Malaisie et du Viêt-nam actuel.

Le règne de ces souverains est illustré par la construction de nombreux monuments, dont certains comptent parmi les chefs-d'œuvre de l'art khmer. Leurs conquêtes étendent l'influence de cet art en Asie du Sud-Est. Les monuments, les constructions du temps d'Angkor sont retrouvés en Asie du Sud-Est dans une aire très étendue, bien au-delà des limites du petit État cambodgien actuel. Telle la tour sanctuaire centrale du Phimai, tels les temples de la plaine du Ménam, situés bien loin du Cambodge actuel, au cœur du royaume de Thaïlande. Sur les murs d'un de ces temples, le Wat Prang Sam Yot de Lopburi, les archéologues ont reconnu quelques vestiges des motifs décoratifs, caractéristiques de l'art du Bayon d'Angkor, mais traités dans le stuc et non plus dans la pierre. Le temple de Phimai a été construit au début du XIIe siècle. Le sanctuaire central appartient au style d'Angkor Vat. Une des statues gisant sur le sol semble être le portrait de Jayavarman VII, illustre souverain khmer.

Depuis les travaux de Lucien Brumpt, en 1957, plusieurs enquêtes ont précisé la fréquence d'une hémoglobine anormale, l'hémoglobine E, dans les populations du Sud-Est asiatique. Les paysans que les enquêteurs rencontrent dans les champs, dans les maisons, sur les marchés des bourgs sont bien les descendants des villageois vaquant à leurs occupations que l'on voit sur les bas-reliefs des temples. Les habitations sont les mêmes, construites en bois, élevées sur pilotis, couvertes d'un toit de tuiles précédées d'une véranda largement ouverte.

Les enquêtes sur la fréquence de l'hémoglobine E ont reconnu trois zones concentriques. L'aire centrale, où la fréquence de l'hémoglobine E est très élevée (30 à 40 %), correspond à l'État cambodgien actuel. L'aire moyenne, où elle est encore forte (15 à 30 %), comprend une grande partie orientale et centrale de l'actuelle Thaïlande, les deux tiers méridionaux du Laos, les provinces occidentales du Viêt-nam, les ter-

On a découvert dans le Sud-Est asiatique, une hémoglobine anormale, l'hémoglobine E. L'hématologie, qui se penche sur l'hémoglobine E propre au peuple khmer, et l'archéologie qui étudie les temples d'Angkor et les admirables monuments de cette même époque sont deux disciplines apparemment très éloignées. Leurs conclusions, pourtant, ne sont pas sans points communs. Elles ont l'une et l'autre par des méthodes fort différentes, précisé les limites du glorieux Empire khmer du XIe siècle, et constaté que la carte de l'hémoglobine E est superposable à celle des monuments de l'art khmer. Cette sculpture représente Parvati refusant d'écouter Shiva son époux déguisé en ascète.

ritoires septentrionaux de la Malaisie. L'aire périphérique, où elle est petite (1 à 5 %), englobe les autres provinces de la Thaïlande, du Laos, du Viêt-nam, de Malaisie, certaines îles d'Indonésie, quelques territoires birmans.

Si l'on ne retient que les hautes fréquences (supérieures à 15 %), l'aire de l'hémoglobine E couvre le Cambodge actuel, une grande partie de la Thaïlande, du Laos, du Viêt-nam, de Malaisie. La géographie de l'hémoglobine E, la géographie des monuments de l'art khmer sont à peu près superposables. Cette homologie est remarquable. Les limites de l'ancien Empire khmer étaient jusqu'à présent définies par l'archéologie. Elles peuvent aujourd'hui l'être par l'hématologie. Ces limites sont à peu près les mêmes. Cette concordance souligne la valeur de chacune des deux méthodes.

Vers 1975, j'ai reçu la visite de M. Groslier, éminent archéologue qui fut le dernier conservateur d'Angkor. Nous avons comparé deux cartes, celle établie par les archéologues fixant la géographie de l'art khmer, celle de l'hémoglobine E dessinée par les hématologues. M. Groslier était un homme rigoureux, exigeant. Il notait entre les deux cartes ici une différence d'un kilomètre, là une différence de deux kilomètres. Il a convenu, de bonne grâce, qu'après huit siècles ces différences étaient vraiment minimes. La présence dans la jungle des ruines, des tours, des temples, des grandes structures conçues par les architectes khmers, la présence dans le sang des Khmers actuels d'une structure moléculaire anormale de l'hémoglobine héréditairement transmise sont, après neuf siècles, les témoins fidèles d'une civilisation et d'un peuple qui tente de survivre.

... DES PREUVES À L'APPUI...

Encouragés par ces confirmations, les hématologues ont abordé les problèmes non résolus et, avant tout, celui du peuplement de l'Amérique.

Leurs études ont permis de définir avec précision le sang des Amérindiens. Un sang défini par les caractères suivants. D'abord la très haute fréquence du groupe O. Dans toutes les populations d'Europe, d'Afrique, d'Asie, on trouve des personnes appartenant au groupe A, au groupe B, au groupe AB, au groupe O. La fréquence respective de chacun de ces groupes varie avec les populations concernées, mais tous les groupes sont représentés. Pour les Amérindiens, la situation est toute différente. Seul est présent le groupe O. Toutes les enquêtes sont concordantes. Les tribus amérindiennes non métissées vivant encore en Amérique du Sud, en Amérique centrale, dans la partie méridionale de l'Amérique du Nord appartiennent toutes au groupe O. Seule fait exception une tribu du nord-ouest de l'Amérique du Nord, avec une forte proportion de groupe A. Puis, la très haute fréquence du groupe Rhésus positif. Les Amérindiens sont presque tous (99 à 100 %) Rhésus positif. La fréquence notable du groupe Diego. Ce groupe, découvert en 1955 dans le sang des membres d'une tribu indienne du Venezuela, a ensuite été trouvé, avec une fréquence variable mais souvent forte, dans le sang de nombreuses tribus indiennes d'Amérique du Sud et d'Amérique du Nord. Le sang des habitants d'Europe et d'Afrique ne contient jamais le groupe Diego. Enfin, du côté des groupes HLA, l'histoire de nos connaissances a été rendue malaisée par l'évolution discordante de

Nous voyons ici un noble guerrier indien. Cette gravure du XVIIe siècle se trouve au musée d'Ottawa. On s'est très longtemps interrogé sur l'origine des Amérindiens. L'étude des groupes sanguins a écarté toutes les hypothèses antérieures (naissance sur place, origines africaines, européennes). Les Indiens d'Amérique sont des Mongols venus d'Asie voici plusieurs dizaines de milliers d'années par l'isthme de Behring, alors que le détroit n'existait pas encore. Les preuves formelles ont été apportées par l'étude de groupes rares comme le facteur Diego et par l'étude de la répartition des groupes communs Rhésus et HLA.

deux chronologies, chronologie des découvertes concernant le système HLA d'une part (la découverte du système HLA est récente, la mise au point des techniques rigoureuses d'étude des sous-groupes plus récente encore), d'autre part chronologie de l'isolement, ou plutôt de la diminution de l'isolement de la pureté des tribus indiennes, avec de plus fréquents métissages avec des populations européennes et africaines. Les spécialistes du HLA ont dû se hâter pour pouvoir examiner les derniers Indiens au sang non mêlé. Ces études ont donné les résultats suivants : avant tout pauvreté et homogénéité (on est loin de la diversité et de la richesse des combinaisons observées en Europe) ; en second lieu, fréquence particulière des groupes HLA_2, HLA_9.

Pendant longtemps l'origine des Américains, des vrais Américains, des Indiens d'Amérique, a été discutée. De vifs débats ont opposé les partisans d'une origine extra-américaine, eux-mêmes divisés (on a attribué aux Américains une origine égyptienne, troyenne, phénicienne, grecque, australienne, malaise, juive, espagnole, scandinave), aux partisans de l'homme américain, refusant toute migration et assignant parfois à cet homme une place éminente dans l'histoire de l'humanité. Les faits établis sont rares. Les documents écrits ou gravés sont très peu nombreux et relativement récents. Les informations apportées par l'archéologie et la paléontologie sont également très rares.
C'est l'étude du sang qui apporte la solution. Elle a permis d'affirmer l'origine asiatique de la plupart des Amérindiens. Les Peaux-Rouges sont des Mongols, des Jaunes. La très haute fréquence des groupes Rhésus positifs, la présence du groupe Diego et, du côté HLA, la même haute fréquence en Asie et en Amérique de certains sous-groupes HLA, HLA_2, HLA_9, sont des caractères communs aux Amérindiens et aux Asiatiques. La permanence au long des millénaires des caractères sanguins est ici précieuse. Les premières migrations sont très anciennes. Elles ont dû commencer voici cinquante mille ans, par l'isthme de Behring qui se trouvait à la place occupée actuellement par le détroit de Behring.
Peu après la publication de ces premiers travaux d'hématologues, eut lieu une de mes rencontres avec Georges Dumézil évoquées plus haut. Georges Dumézil avait remarqué que les mots qui désignent les cinq premiers nombres – un, deux, trois, quatre, cinq –, sont les mêmes dans la langue mongole, et dans la langue des Indiens quechua du Pérou. Ainsi une remarquable concordance existe entre les résultats de deux méthodes très éloignées, l'hématologie et la linguistique.

... DES ERREURS CORRIGÉES...

Ces études du sang ne permettent pas seulement de résoudre des problèmes restés longtemps incertains. Elles viennent aussi parfois corriger des erreurs. Les grands négociateurs de Tyr, les explorateurs du passé comme ceux du présent ont décrit les coutumes, les mœurs des peuples qu'ils découvraient. Ils ont souvent tenté de reconstituer l'histoire de ces peuples. Ils se sont parfois trompés. Ainsi, les travaux de Jean Dausset à l'île de Pâques, l'aventure du *Kon Tiki* que nous évoquions à propos de l'importance de l'étude des groupes sanguins.

Les Aïnous sont des pêcheurs qui habitent l'île Hokkaido située au nord du Japon, comme nous l'indique cette carte. Ils ont la peau blanche, et comme on le voit sur ce dessin paru dans le journal de La Pérouse, des barbes abondantes dues à un système pileux très développé ce qui est exceptionnel en Asie. Les caractères sanguins sont plus importants et plus significatifs que la couleur de la peau. Les Aïnous sont très vraisemblablement des proto-mongols.

Une autre révision concerne, au nord-est de l'Asie, les Aïnous. Ainsi trouve-t-on sous la plume de La Pérouse :

« Point n'est besoin
De connaître le Talmud
Pour découvrir l'antipode jalouse
Mon gouvernail ce fut la Croix du Sud »

La Pérouse n'a pas seulement découvert les mers chaudes. Il a aussi, loin de la Croix du Sud, exploré les îles septentrionales. Au printemps de 1787, il touche la côte sud de la grande île de Hokkaido au nord du Japon. Il rencontre les pêcheurs, les chasseurs qui, encore nombreux alors, peuplent l'île. Il est frappé par leur apparence. Ces hommes sont blancs. Leur peau a la couleur claire de la peau des Européens. Ils ne sont pas seulement blancs mais barbus. Barbus, velus, par leur pilosité ils sont très différents des autres hommes d'Extrême-Orient. La barbe est un témoin glorieux de leur identité, et La Pérouse note que les femmes, pour affirmer leur appartenance au groupe Aïnou, portent une moustache tatouée autour de la bouche. La Pérouse est persuadé qu'il a découvert une population blanche d'origine européenne perdue dans le fond de l'Asie. Pendant près de deux siècles, les écoles anthropologiques japonaises acceptent cette interprétation et s'efforcent d'expliquer les voies de la migration, les raisons de la persistance des Blancs.

En 1978, Jacques Ruffié va étudier le sang des Aïnous. Il note lui aussi la teinte claire de la peau, la pilosité. Mais le sang des Aïnous est très différent de celui des Européens. Il est aussi différent (mais beaucoup moins éloigné) de celui des Japonais actuels. L'hématologie est formelle. Les Aïnous ne sont pas des Blancs. Ils sont très vraisemblablement des Asiatiques différents des Asiatiques actuels, de vieux Asiatiques. Ils sont sans doute les derniers survivants des populations qui peuplèrent l'Asie orientale avant l'arrivée des mongoloïdes actuels. Paul Valéry a loué l'homme qui, commettant une erreur, inspire de fortes recherches et une féconde réfutation. La relation très précise de La Pérouse, en dépit ou à cause de l'erreur d'interprétation, a suscité les progrès actuels et a permis de mieux comprendre l'histoire lointaine des premiers peuples d'Asie orientale.

... ET DES INCERTITUDES PERSISTANTES

Parfois, enfin, l'étude du sang n'apporte pas la solution. Plusieurs explications restent possibles. Des incertitudes persistent. Ainsi, au XIe siècle de notre ère, des navigateurs venus de Malaisie, du sud du Cambodge, ont traversé l'océan Indien et sont venus peupler Madagascar. L'hémoglobine E n'a pas été trouvée dans le sang des Malgaches. Elle existe en Union sud-africaine, où les premiers colons asiatiques arrivèrent au XVIIIe siècle. Les données indiquées ci-dessus, les corrélations entre archéologie et hématologie permettent de postuler son existence au Cambodge, en Malaisie, au XIe ou XIIe siècle, au temps de la gloire de l'Empire khmer.

La confrontation de ces trois faits – peuplement de Madagascar, absence d'hémoglobine E à Madagascar, présence d'hémoglobine E dans le Sud-Est asiatique – conduit à proposer deux hypothèses. La première hypothèse est l'absence fortuite d'hémoglobine E dans le sang des navigateurs malais. Même actuellement, dans son aire géographique, l'hémoglobine E n'existe que dans le sang d'une partie de la population. La seconde est la mutation de l'hémoglobine. Le caractère hémoglobine E serait apparu entre le IXe et le XIe siècle. L'histoire des populations éclairerait l'histoire des hémoglobines. La première hypothèse est la plus probable, la seconde ne peut être écartée.

CORRÉLATIONS

Le sang des hommes dépend des latitudes et des longitudes, de l'altitude et du climat, des radiations telluriques et de la pression d'oxygène. Le sang des hommes dépend aussi du milieu où ils vivent, des animaux voisins et de leurs parasites, des aliments et de leurs insuffisances, des chimies variées de l'industrie. Ces dépendances sont anciennement connues. Elles sont aisément comprises. Moins attendues, les relations entre le sang et la culture – entre le sang d'une part, les religions, le droit et le langage d'autre part – ont fait en ces dernières années l'objet d'analyses très rigoureuses.

Deux enquêtes ont été conduites, la première au Liban, la seconde au Pays basque et dans le sud-ouest de la France.

Le Liban, glorieux héritier de l'antique Phénicie, terre de culture de Tyr, de Byblos, de Baalbek, le Liban, si cruellement éprouvé en ces dernières années, est de très petite dimension. Les Libanais ont une origine géographique commune. Ils descendent presque tous des Bédouins du désert. Exiguïté du territoire, origine commune de la population, on

Les Chiites sont une des familles religieuses présentes au Liban. Ces groupes religieux pratiquent depuis plus de mille ans l'endogamie, c'est-à-dire que leurs fidèles ne se marient qu'entre eux. En conséquence chaque famille religieuse du Liban est définie par un tableau sanguin qui lui est propre et qui diffère de celui des autres familles.

s'attend à une répartition régulière, homogène des caractères sanguins (groupes, hémoglobines, enzymes). Une étude générale du sang des Libanais confirme cette proposition et montre l'homogénéité attendue. Mais tout change si, à côté de cette étude globale, sont conduites des études particulières portant sur chacune des communautés qui, assemblées, forment le Liban.

Ces études, dues à Jacques Ruffié et Negib Taleb, ont eu pour objet huit populations définies par leur religion, cinq populations chrétiennes (maronites, Grecs orthodoxes, Grecs catholiques, Arméniens orthodoxes, Arméniens catholiques) et trois populations musulmanes (sunnites, chiites, Druzes). Les résultats de ces études sont remarquables. Chacune des populations définies par sa religion est aussi définie par son sang. Ainsi, pour ne citer que quelques exemples, pour les groupes sanguins et pour les Grecs orthodoxes, on note la prédominance du groupe O. Pour les Arméniens orthodoxes, la prédominance du groupe A, pour les sunnites une fréquence élevée de B.

Diversité aussi du côté des hémoglobines. L'hémoglobine S est fréquente chez les chiites, très rare dans les autres groupes. Le taux de thalassémie est élevé pour les sunnites, les Grecs orthodoxes, les Grecs catholiques. Il est très élevé chez les Druzes. Il est très faible chez les maronites. Même diversité pour les enzymes du sang, particulièrement pour le déficit en G.-6-P.D., inconnu chez les Druzes, rare dans les groupes chrétiens, fréquent dans les groupes musulmans, sunnites et chiites.

Ainsi, par des méthodes simples et fortes, sont définis le profil sanguin des maronites, celui des Grecs orthodoxes, celui des sunnites, des chiites, etc. A chaque religion son sang. Comment expliquer cette corrélation ? Ce n'est pas le sang qui est responsable de la religion, c'est plus probablement la religion qui est responsable du profil sanguin. Cela par l'endogamie qu'elle commande. Depuis plus d'un millénaire, les impératifs religieux interdisent le mariage hors d'une communauté définie. Jamais une fille chiite ne va épouser un garçon maronite, et réciproquement. Les barrières religieuses ont enfermé chaque population et ont empêché l'échange de caractères sanguins d'une population à une autre. Ainsi est affirmé le rôle que jouent dans l'évolution des hommes les facteurs culturels.

Le sang des Basques est spécial. Il est défini par trois caractères, par trois fréquences particulières, des groupes sanguins : celle, très élevée, du groupe O, avec une très faible du groupe A et presque nulle du groupe B ; la fréquence élevée du groupe Rhésus négatif (la plus forte connue dans le monde) ; celle très faible des sous-groupes du système Duffy dit Fy (a).

Fait très remarquable, ce profil sanguin particulier, ce sang des Basques, n'est pas le fait des seuls habitants du Pays basque. On le retrouve dans le sud-ouest de la France, dans une zone comprenant les départements des Pyrénées-Atlantiques, des Hautes-Pyrénées et des Landes, le sud des départements du Tarn et de la Dordogne. Les caractères du sang basque, la haute fréquence du groupe O, la haute fréquence du groupe Rhésus négatif surtout sont observés dans les populations vivant à l'intérieur de ce périmètre aquitain. Ils vont en se diluant selon des zones concentriques au fur et à mesure qu'on s'éloigne du Pays basque. Comparables aux courbes indiquant pressions atmosphériques ou températures, souvent dessinées sur les cartes météorologiques, des courbes isogéniques de la fréquence de O dans le sud-ouest de la France ont pu être dressées. Elles vont du sud-ouest au nord-est. Par exemple, la courbe de fréquence 0,73 correspond à peu près au Pays basque, la courbe de fréquence 0,70 suit, du nord de Bordeaux à Toulouse, à peu près le cours de la Garonne. La courbe de fréquence 0,68 traverse la Dordogne, le Lot et le Tarn. Ces courbes sont de précieux outils de travail. Elles permettent d'utiles corrélations entre les caractères sanguins d'une part, des données juridiques et linguistiques d'autre part.

Le sud-ouest de la France fait partie des pays de droit écrit, qui ont appliqué très tôt le droit romain. Il est toutefois possible de déceler jusqu'au Moyen Age quelques traits de droit coutumier bien antérieurs au droit romain, et qui ont longtemps résisté aux vicissitudes de l'histoire. Tel est le cas du retrait lignagier et du droit d'aînesse intégral (sans distinction de sexe). Des relations très précises peuvent être établies entre la géographie du droit coutumier et la géographie des groupes sanguins.

Ainsi le retrait lignagier et le droit d'aînesse intégral ne sont observés que dans les populations avec fréquence du groupe O supérieure à 0,73. Le retrait lignagier seul est encore observé au nord et à l'ouest jusqu'à la courbe de fréquence 0,68. Il ne semble jamais avoir été observé au-delà de cette courbe.

Certaines corrélations linguistiques confirment cette extension de l'aire culturelle basque. Les linguistes estiment que le basque fut parlé jusqu'à la fin du Moyen Age sur un vaste territoire s'étendant jusqu'à l'Andorre. La langue basque aurait ensuite peu à peu reflué vers l'ouest sous l'influence de la romanisation progressive. Le reflux a laissé quelques traces, en particulier sous forme de toponymes, de suffixes toponymiques. Si l'on considère les noms de lieux à désinence pré-indo-européenne *(-os, -osse, -ous, -ost, -oz)* avec pour *-os* et *-ost* leurs correspondants *-ues* et *-ueste* du côté espagnol, tous sont trouvés au sud-ouest de la courbe de fréquence 0,70 du groupe O. Leur fréquence augmente avec la fréquence du groupe O.

Ainsi les cartes linguistiques et hématologiques montrent une remarquable corrélation entre fréquence des groupes sanguins et persistance des traits linguistiques archaïques, tant du côté de la phonétique que du lexique, des morphologies.

Cette méthode, cette confrontation entre sang et culture est très précise, très féconde. Elle a ensuite été appliquée à diverses populations de l'ouest de l'Europe, celles de l'extrême Occident, Bretagne, pays de Galles, Irlande, Écosse. Le sang de ces populations ressemble à celui des Basques, avec quelques différences probablement liées au métissage. Il existe en fait un profil sanguin des populations de l'extrême Occident.

L'étude de ces sociétés de l'extrême Occident montre le rôle fondamental des femmes, des mères. Les structures des sociétés sont matriarcales. Plus tard, l'apparition de l'amour courtois remet la femme à la première place. Profil sanguin spécial avec prédominance du groupe O, structure matriarcale des sociétés, amour courtois sont des caractères communs définissant les sociétés de l'extrême Occident.

La faiblesse du fort

L'histoire, on l'a vu, peut changer le sang. Le sang peut aussi changer l'histoire. Le premier changement concerne surtout l'histoire des mœurs, des coutumes, de l'environnement, l'histoire qui retient l'attention des écoles contemporaines. Le second changement concerne au premier chef les guerres, les batailles, les événements de l'histoire classique. Dans l'un et l'autre cas, les altérations du patrimoine génétique jouent un rôle important, maladies de l'hémoglobine, désordres des enzymes d'un côté, porphyrie, hémophilie de l'autre côté.

*I*l arrive aux stratèges de se tromper dans leurs prédictions. Tel fut le cas pour le conflit armé sanglant du Chaco qui opposa la Bolivie et le Paraguay entre les deux guerres mondiales. Le Chaco est une région désertique assez peu peuplée, partagée actuellement entre l'Argentine et le Paraguay. L'armée bolivienne que nous voyons sur cette photographie d'époque, était censée triompher rapidement. Or, au contraire, elle fut assez vite vaincue. L'étude du sang apportera l'explication de cette défaite inattendue.

Ainsi les caractères du sang, et plus encore l'évolution, les modifications de ces caractères peuvent infléchir, altérer le cours de l'histoire. Tantôt c'est le sang de toute une population, tantôt c'est le sang d'un seul homme qui vient ainsi gouverner l'histoire. Voici un demi-siècle, les Paraguayens, les Boliviens se disputent le Chaco. Les combats ont lieu dans la plaine. L'armée bolivienne est très forte avec des instructeurs allemands, avec des soldats recrutés parmi les paysans robustes et rudes habitant l'Altiplano. L'armée paraguayenne paraît faible. Tous les stratèges prévoient la victoire aisée de la Bolivie. Pourtant c'est le Paraguay qui l'emporte. A peine arrivés dans la plaine, les robustes montagnards boliviens sont exposés aux infections intestinales, respiratoires. Fiévreux, douloureux, amaigris, ils sont très vite incapables de combattre. Souvent ils meurent. Les soldats paraguayens résistent aux infections et triomphent aisément d'une armée de malades.

L'étude du sang des habitants de l'Altiplano a apporté l'explication. Le sang normal contient des substances d'une très grande importance, les immunoglobulines. Ces immunoglobulines sont au premier rang des éléments qui nous défendent contre les agressions extérieures, les bactéries, les virus, les parasites. Le sang des habitants de l'Altiplano ne contient pas d'immunoglobulines ou n'en contient qu'en très faible quantité. Pendant des milliers et des milliers d'années, ces habitants de l'Altiplano vivent à une altitude où les microbes dangereux sont presque tous absents. Les immunoglobulines sont devenues inutiles. Au long des millénaires, elles ont diminué, et aujourd'hui sont absentes ou présentes en très petite quantité. Comme un organe qui s'atrophie lorsqu'il est inutile. Quand survient la guerre, les soldats recrutés dans la montagne, habitués à vivre dans un environnement sans microbes et dont le sang ne contient plus d'immunoglobulines, ne peuvent résister aux microbes de la plaine et sont emportés par les infections avant de rencontrer le feu ou le fer de l'ennemi.

LE SANG D'UN HOMME, PILOTE DE L'HISTOIRE

Cet homme unique dont le sang change l'histoire peut être un explorateur, un poète, un savant. Une leucémie, une anémie pernicieuse frappant Christophe Colomb, Dante ou Newton aurait assurément modifié le cours de l'histoire. Le plus souvent cependant, l'homme unique dont le sang peut gouverner l'histoire est un prince, un roi, un président. Plusieurs exemples récents ou anciens peuvent être proposés. Mais ici une difficulté survient.

Quand il s'agit d'événements tout récents, l'analyse des conséquences de la mort du prince sur le cours de l'histoire est à la fois peu convenable (que l'on songe à la famille du prince) et prématurée (toutes les données n'étant pas encore entre les mains des historiens). Quand il s'agit d'événements anciens, la maladie qui a frappé le prince peut rester incertaine, le diagnostic imprécis. La mort de Napoléon, ses causes font encore l'objet de discussions parmi les historiens. Une solution peut être trouvée du côté des maladies héréditaires frappant une famille royale au long des siècles, et dont le diagnostic peut être assuré par l'examen des descendants atteints vivant actuellement.

Deux maladies sanguines héréditaires, la porphyrie et l'hémophilie, ont, l'une dans un passé lointain, l'autre plus récemment, assurément changé le cours de l'histoire.

Le porphyre est une roche volcanique, rouge foncé, une pierre pourpre ; l'enfant porphyrogénète né dans la pourpre est le fils d'un empereur d'Orient né pendant le règne de son père.

Mais en médecine, en biologie, les porphyrines sont des substances colorées, précurseurs de l'hémoglobine. Les porphyries sont les maladies de la chimie, du métabolisme des porphyrines. Elles sont à la fois rares et diverses. La porphyrie la moins rare, souvent appelée porphyrie intermittente, est définie par les caractères suivants : c'est une maladie héréditaire et familiale, transmise comme un caractère mendélien dominant. Elle atteint également les garçons et les filles et, dans une famille donnée, frappe un enfant sur deux. Ses principaux symptômes sont des douleurs abdominales d'une extrême violence, accompagnées ou non de vomissements, violentes au point de faire évoquer les grands syndromes relevant de la chirurgie, la perforation d'un ulcère de l'estomac, une appendicite aiguë, et, de fait, des interventions sont souvent proposées à tort ; des désordres nerveux, agitation, abattement, parfois paralysie et surtout alternance de manie et de dépression donnant à la maladie toute l'apparence d'une psychose ; l'émission d'urines qui rougissent ou noircissent à la lumière et prennent une couleur porto. La maladie procède par paroxysmes, par crises qui peuvent être mortelles ou s'apaiser jusqu'à la crise suivante, crise elle-même très dangereuse aussi.

*N*ous connaissons Henriette d'Angleterre (1609-1669) par ce beau portrait qui se trouve au château de Versailles, par la fameuse oraison funèbre de Bossuet et par la description de son empoisonnement faite par Saint-Simon. Henriette d'Angleterre n'est pas morte empoisonnée, elle a été victime de la porphyrie, grave maladie héréditaire de la famille royale d'Angleterre, qui semble avoir commencé avec Marie Stuart.

Dans les familles victimes de porphyrie se succèdent, voisinent les personnes souffrant avant tout de douleurs abdominales atroces, les personnes dont l'esprit est dérangé par la manie et la dépression, les personnes qui sont à la fois douloureuses et psychopathes, les personnes dont la maladie ne sera décelée que par une étude chimique, attentive, reconnaissant le désordre du métabolisme des porphyries et, plus particulièrement, les anomalies des enzymes qui devraient gouverner ce métabolisme.

Cette porphyrie a frappé pendant quatre siècles la famille royale d'Angleterre. Dix rois, reines, princesses appartenant aux dynasties de Stuart et de Hanovre paraissent bien avoir, tour à tour, été victimes de cette porphyrie héréditaire. Les crises douloureuses abdominales, les vomissements se répètent souvent pendant la vie de Marie Stuart que l'on croit tantôt empoisonnée, tantôt grosse, et tourmentent aussi son fils Jacques Ier. Plus violentes encore, elles tuent Henriette d'Angleterre, Madame et sa fille, reine d'Espagne. Nous avons tous en mémoire la célèbre oraison funèbre de Bossuet :

> *« Ô nuit désastreuse, ô nuit effroyable où retentit tout à coup comme un éclair de tonnerre cette étonnante nouvelle : Madame se meurt, Madame est morte. »*

Madame est morte de porphyrie. Les crises douloureuses seront prises par les médecins de George III pour des coliques hépatiques, pour une goutte atypique. Les troubles nerveux et psychiques varient avec les malades et les générations, comportement singulier, dépression de Marie Stuart, bizarrerie de la reine Anne, tantôt infatigable et tantôt si abattue qu'on la croit morte, désordres de l'esprit beaucoup plus graves de George III, intolérance au bruit et à la lumière, insomnies rebelles, agitation véhémente, bientôt suivie d'hallucinations, de confusion, d'accès délirants accompagnés de grossières erreurs de jugement. Ces troubles mentaux graves, ces attaques de folie se répétaient à intervalles variables, à vingt-six ans, à cinquante ans, à soixante-deux ans. Troubles moins graves mais importants aussi de George IV, roi étrange, capricieux, extravagant.

La teinte foncée des urines est notée à maintes reprises, et en particulier pour celles de Jacques Ier (le roi les comparait au vin d'Alicante, au vin de Porto) et pour celles de George III, dont la couleur pourpre est expressément mentionnée lors des trois dernières attaques.

La porphyrie existe encore chez certains descendants des familles de Stuart et de Hanovre. Les anomalies chimiques des urines, la présence de certains dérivés des porphyrines sur lesquels on fonde aujourd'hui le diagnostic de porphyrie ont été retrouvées pour deux d'entre eux.

Ces vésanies, ces vomissements, ces douleurs de ventre, ces hystéries, tous ces comportements bizarres ou dramatiques s'accordent mal avec la conduite raisonnable des États. Marie Stuart, saine, nerveusement équilibrée, aurait probablement triomphé d'Élisabeth, aurait, souveraine légitime, régné sur l'Angleterre.

Henriette d'Angleterre, Madame, vivante, aurait accompli d'autres missions à Londres, avec un succès égal à celui de sa première mission, aurait peut-être rapproché ses deux patries, aurait peut-être au moins empêché certaines guerres.

George III, né en 1738, mort en 1820, règne de 1760 à 1820. Il est lui aussi atteint de porphyrie. Dans son histoire, les troubles mentaux graves alternent avec les douleurs abdominales. Aux périodes de bonne santé apparente succèdent des périodes de maladie très préoccupantes. Les historiens, lorsqu'ils interprètent la politique de l'Angleterre au temps de la guerre d'Indépendance américaine et des guerres avec Napoléon, doivent tenir compte des conséquences de la grave maladie du souverain. *Portrait de George III roi d'Angleterre*, peint par Healy, d'après Gainsborough.

« Lorsque George III commença de prendre les arbres de son jardin pour les grenadiers du roi de Prusse, il fallut nommer un régent », écrit André Maurois dans son *Histoire d'Angleterre,* et il ajoute : « La folie du roi était une maladie cyclique et déjà le souverain se remettait lorsque survint un événement dont on a dit qu'il fut le plus important de l'histoire d'Angleterre au XVIIIe siècle, la prise de la Bastille. »
1780-1820, la maladie de George III évolue pendant une période fort importante de l'histoire du monde, le temps de la guerre d'Indépendance américaine, des guerres avec la France révolutionnaire et impériale.

L'alternance de crises et de rémissions trouble la régularité, la continuité de la politique extérieure et intérieure. Le choix des ministres, des alliances, des ruptures sont pour une part fonction de la maladie, de ses conséquences. Le nez de Cléopâtre, le sable de Cromwell certes, mais combien plus remarquable l'histoire de la molécule de porphyrine, de l'influence de cette porphyrine sur l'histoire.

Au temps de la Renaissance, ou peut-être vers la fin du Moyen Age, survient dans le sang d'une princesse une mutation. La mutation d'une des enzymes qui règle dans le sang le métabolisme des porphyrines. Quelques atomes de la molécule de porphyrine sont modifiés. Le changement de quelques atomes, c'est peu de chose en apparence. Les conséquences de ce changement apparemment mineur vont être lourdes avec la naissance d'une maladie héréditaire qui va se transmettre de génération en génération pendant plusieurs siècles, avec les folies, les drames abdominaux, les paroxysmes et les répits, les souffrances et les morts, le poison soupçonné, les rois

*D*eux graves maladies sanguines héréditaires ont frappé la famille royale d'Angleterre, la porphyrie qui semble avoir commencé avec Marie Stuart et l'hémophilie héritée de Victoria, dont nous voyons ici le portrait. Victoria transmet l'hémophilie à la moitié de ses fils. Ses filles peuvent être, comme elle, conductrices d'hémophilie, c'est-à-dire transmettre la maladie à la moitié de leurs fils. A l'époque où la plupart des États européens étaient des monarchies, les unions entre enfants de monarques étaient fréquentes. Ainsi les mariages des filles et petites-filles de Victoria eurent pour conséquence l'hémophilie de deux infants d'Espagne et du tsarévitch Alexis.

supplées, le désordre de l'esprit des princes entraînant le désordre des États, le mouvement d'une molécule sanguine gouvernant les mouvements des empires.

L'HÉMOPHILIE ET LA CHUTE DES EMPIRES

D'un côté, la reine Victoria, le respect de la morale et de la science, Gladstone et Disraëli, l'Angleterre gouvernant le monde, l'empire des Indes. D'un autre côté, une anomalie de l'un des chromosomes de la reine Victoria conductrice d'hémophilie. C'est le temps où les princesses anglaises, filles de la reine impératrice, sont très recherchées. Elles épousent les souverains. Elles peuvent être conductrices. Elles transmettent alors l'hémophilie à la moitié de leurs fils. L'hémophilie et ses malheurs vont accabler plusieurs familles régnantes d'Europe à la fin du XIXe siècle et au début du XXe.

Ainsi, différentes des porphyrines, d'autres molécules, ou plutôt l'absence de ces molécules, sont responsables au moins pour une part de la chute des Empires. L'hémophilie, longtemps la plus grave des maladies hémorragiques, est définie par l'absence ou la grande insuffisance d'une molécule du sang appelée facteur VIII.

L'étude des grandes familles hémophiles a établi les faits suivants. L'hémophilie est une maladie héréditaire qui se transmet de génération en génération. Elle frappe presque exclusivement les garçons. Elle se transmet exclusivement par les femmes. L'hérédité est matriarcale. Cette transmission se fait selon les lois de la génétique mendélienne. Le mariage qui donne naissance à un hémophile est celui d'une femme de famille hémophile avec un homme normal. Un hémophile ne peut naître d'un hémophile, mais les filles d'un hémophile sont toutes conductrices de l'anomalie. Une fille de conductrice sur deux est conductrice. Dans les deux cas, l'hémophilie frappera la moitié de leurs fils. Ainsi un hémophile est le neveu ou le petit-fils d'un hémophile (fils de la sœur ou fils de la fille d'un hémophile).

Les hémorragies apparaissent tôt dans la vie. Les plus fréquentes sont les hémorragies externes, provoquées par un traumatisme léger, et vite très abondantes au point d'inspirer de grandes inquiétudes. Les hémorragies profondes, musculaires ou articulaires, surviennent un peu plus tard. Les hémorragies articulaires, appelées hémarthroses, sont d'une cruelle fréquence. Elles troublent gravement la vie de l'hémophile et, en l'absence de traitement orthopédique correct, entraînent de graves infirmités.

La connaissance très précise du trouble de la chimie du sang responsable de l'hémophilie, la correction de ce trouble par l'apport du facteur manquant ont, depuis trente ans, beaucoup amélioré le sort des hémophiles qui souvent aujourd'hui mènent une vie professionnelle et familiale normale, tout en subissant avec intelligence et courage les lourdes contraintes de la surveillance hématologique et des traitements.

Toute une génération d'hémophiles, celle qui était soignée entre 1980 et 1985, a été victime du sida. Les précautions ont à peu près supprimé ce danger, mais n'ont pas totalement écarté le risque de

transmission d'autres maladies virales, les hépatites.
En dépit de ces graves événements, du drame que fut pendant cinq ans la transmission du sida, des craintes limitées mais non nulles de transmission d'hépatites, la situation des hémophiles du présent est très différente de celle des hémophiles du passé.
Jusqu'au milieu de ce siècle, les hémophiles étaient, enfants, accablés par les hémorragies externes, adolescents, rendus infirmes par les hémorragies articulaires. Cette vie misérable et douloureuse, dure pour l'enfant comme pour ses proches, n'était pas très longue, une hémorragie non contenue emportait l'enfant dans les premières années de son existence ou dans l'adolescence.
La reine Victoria a eu neuf enfants, trois garçons et six filles. Des trois garçons, deux sont indemnes, dont le prince de Galles, le futur Édouard VII. Le troisième, Léopold, duc d'Albany, saigne dès l'âge d'un an et, après de nombreux accidents hémorragiques, est emporté par une hémorragie cérébrale. Deux des six filles, Alice et Béatrice, transmettent par leur descendance l'hémophilie aux familles régnant en Espagne et en Russie. Alice épouse le grand-duc Louis de Hesse-Darmstadt et aura sept enfants. L'une de ses filles, Alice-Alexandra, épouse en 1894 le tsar Nicolas II et aura cinq enfants, quatre filles et un fils, le tsarévitch Alexis, hémophile.
Béatrice épouse le prince Henri de Battenberg. Elle aura quatre enfants, trois fils, dont deux hémophiles, et une fille, Emma-Victoria, qui épouse en 1906 Alphonse XIII, roi d'Espagne, et aura sept enfants dont deux, Alfonso et Alonso, sont hémophiles. Alfonso et Alonso sont l'un et l'autre tourmentés dès leur petite enfance par des hémorragies fréquentes.

Comme nous l'avons déjà vu, l'hémophilie, transmise par les femmes, frappe presque exclusivement les enfants de sexe masculin. Cette gravure d'Achille Beltrame représente le mariage en 1906 d'Alphonse XIII, roi d'Espagne, avec la princesse de Battenberg. Emma-Victoria de Battenberg, petite-fille de la reine Victoria, est conductrice d'hémophilie. Alphonse XIII et Emma-Victoria eurent sept enfants. Deux de leurs fils, Alonso et Alfonso mourront d'hémorragies dues à l'hémophilie. Ainsi le destin de la famille royale d'Espagne a pour beaucoup dépendu d'une souveraine conductrice d'hémophilie.

*N*icolas II, son épouse Alice-Alexandra et leurs cinq enfants, quatre filles et un seul fils, le tsarévitch Alexis. La famille impériale de Russie est ici représentée dans toute sa gloire. Mais Alice-Alexandra, petite-fille de la reine Victoria, est elle aussi conductrice d'hémophilie. Le seul fils du couple impérial, Alexis, est hémophile. L'hémophilie du tsarévitch survient pendant une période extrêmement importante de l'histoire de la Russie avec les guerres balkaniques, les frondes intérieures, la Première Guerre mondiale, la chute de l'Empire. Plus encore qu'en Espagne, le sort de la monarchie russe a pour une bonne part été lié à la maladie de l'héritier du trône, à ses conséquences et au rôle qu'elle a permis à Raspoutine de jouer.

Leur corps est couvert d'hématomes. Comme tous les parents d'enfants hémophiles, le roi et la reine d'Espagne sont très inquiets. Des précautions rigoureuses sont prises. Les chambres où vivent les enfants sont capitonnées, tous les angles des meubles protégés. Les arbres du jardin où ils jouent sont émondés, entourés d'étoffes, de matelas. Un éminent hématologue suisse, le docteur Feissly, spécialiste de l'hémophilie, est attaché à la personne des jeunes princes et vit avec eux. J'ai bien connu le docteur Feissly. Lors d'une de nos rencontres à Mar del Plata en Argentine, où se tenait en 1952 un congrès international d'hématologie, il a bien voulu évoquer ses souvenirs. Comme la plupart des enfants hémophiles, Alfonso et Alonso n'acceptaient pas ces protections, cette sollicitude, cette surveillance anxieuse. Ils se rebellaient, ne songeaient qu'aux occupations défendues, aux sports, à la conduite de véhicules rapides, profitant souvent du sommeil du docteur Feissly pour sortir la nuit. Cette rébellion leur sera fatale. L'un et l'autre mourront à quelques années de distance, l'un en 1934, l'autre en 1938, emportés par les hémorragies provoquées par un accident d'automobile. Leur père, Alphonse XIII, abdique en 1931. Les causes de l'abdication sont multiples, mais la coïncidence chronologique est frappante. La grave hémophilie qui atteignait les deux frères, les inquiétudes des partisans de la dynastie, les espérances de ses adversaires, les soucis du roi affecté par la maladie de ses enfants, tous ces facteurs ont pu jouer un rôle. Quelle est l'étendue de ce rôle ? Il est difficile de le discerner. Les historiens contemporains tiennent ce rôle pour important. Sans l'hémophilie, l'évolution de la monarchie espagnole aurait probablement été très différente.

Beaucoup plus forte, beaucoup plus assurée a été l'influence de l'hémophilie sur l'histoire de la Russie. L'hémophilie du tsarévitch Alexis est plus grave que celle de ses cousins espagnols. Une hémorragie ombilicale à l'âge de six mois met déjà la vie de l'enfant en danger. Plus tard se succèdent les hématomes du front et de l'abdomen, les hémorragies de l'articulation du genou, atrocement douloureuses et empêchant tout mouvement, les hémorragies externes provoquées par des chutes insignifiantes. Lui aussi est protégé. Ses activités sont limitées, les sports sont interdits. Deux matelots, Dererenka et Nagorny, le surveillent. Lui aussi cherche à échapper aux contraintes, se réjouit d'avoir trouvé une bicyclette, saute dans un canot ; chaque fois des hémorragies, des hématomes le rejettent dans la souffrance et l'immobilité. Ces hémorragies, ces hématomes surviennent irrégulièrement. Leur évolution est imprévisible, tantôt longue, tantôt brusquement favorable. Ainsi il est difficile d'interpréter les améliorations survenues après les interventions de Raspoutine. On s'est longtemps demandé s'il fallait les attribuer à l'hypnose ou les tenir pour fortuites, indépendantes de Raspoutine. Une autre explication est aujourd'hui proposée. Les hématomes musculaires, les hémorragies articulaires sont souvent très douloureux. Le principal médicament de la douleur, au temps du tsarévitch, est l'aspirine. Nous savons aujourd'hui que l'aspirine fait saigner les hémophiles, aggrave les hémorragies. Les historiens nous ont décrit Raspoutine écartant les médecins, jetant leurs médicaments. Peut-être Raspoutine a-t-il limité les dangers menaçant le tsarévitch en l'empêchant de prendre l'aspirine. Le tsarévitch Alexis, on le sait, ne mourra pas d'hémophilie, mais sera, avec son père, fusillé à Iekaterinbourg en 1918.

Ainsi, le sang malade du tsarévitch Alexis a pendant plusieurs années orienté l'histoire. Doublement. Avant l'intervention de Raspoutine d'abord. Les mémorialistes nous ont laissé des relations poignantes de l'inquiétude de la tsarine et du tsar, de la sollicitude des quatre sœurs du malade, de la vie de la famille impériale, qui dépend entièrement des périodes critiques et des périodes paisibles. Un hématome, une hémorragie articulaire du jeune prince arrêtent soudain tout projet. Les réunions politiques, militaires, diplomatiques que l'empereur doit présider sont retardées. Nicolas II est naturellement indécis. Les décisions lui coûtent. L'hémophilie de son fils le contraint et l'autorise à différer ses décisions, les arbitrages. Les hémorragies du jeune prince ralentissent et donc modifient en l'affaiblissant la politique d'un grand empire.

Après l'intervention de Raspoutine surtout. Raspoutine tire tout son pouvoir de l'hémophilie du tsarévitch, de l'efficacité prétendue (peut-être, pour une part, réelle) de ses interventions, de la promesse très inconstamment tenue d'une amélioration, des espérances restées constantes, ses craintes fort justifiées, constantes elles aussi.

Les médecins qui traitent les enfants condamnés connaissent bien cette situation. Tout est perdu. Les thérapeutiques restent vaines. Survient un charlatan qui refuse la condamnation, administre une poudre mystérieuse, fait quelques passes magnétiques, consulte les astres, agite une baguette. La famille éplorée reprend espoir, et si l'évolution est irrégulière avec alternance d'amélioration et d'aggravation, tombe entièrement sous la coupe du charlatan auquel sont attribuées les améliorations spontanées.

Un tsar faible, presque aboulique, une tsarine malheureuse, vivant le calvaire des mères d'hémophiles, peut-être elle-même névrosée, obéissent aveuglément à Raspoutine. Les autres pouvoirs, les hommes politiques, les militaires n'acceptent pas cette puissance du moine. Des intrigues se nouent. Raspoutine parfois est écarté, plus souvent il revient en faveur.

L'hémophilie et Raspoutine ne sont pas responsables de la révolution russe. Mais peut-être pour une part de son succès. L'état de la cour de Russie, l'alliance en Raspoutine du mysticisme et de la débauche, les hémorragies du tsarévitch, l'angoisse, tous ces éléments, pendant une période historique confuse et dangereuse, étaient facteurs de faiblesse. Kerenski s'est demandé si, sans Raspoutine, Lénine aurait triomphé. La question mérite d'être posée.

Troisième partie

Éthique, symboles et poésie

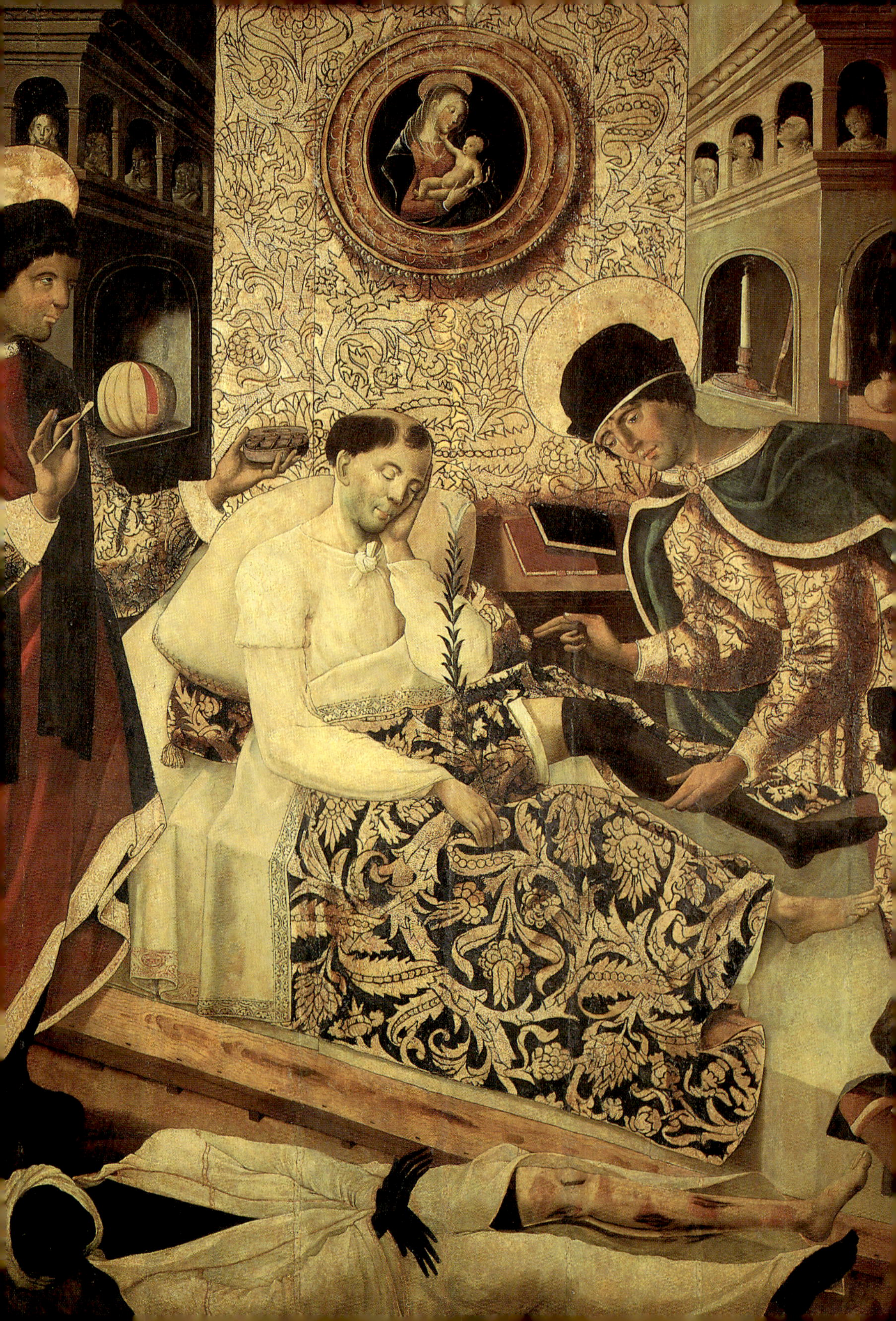

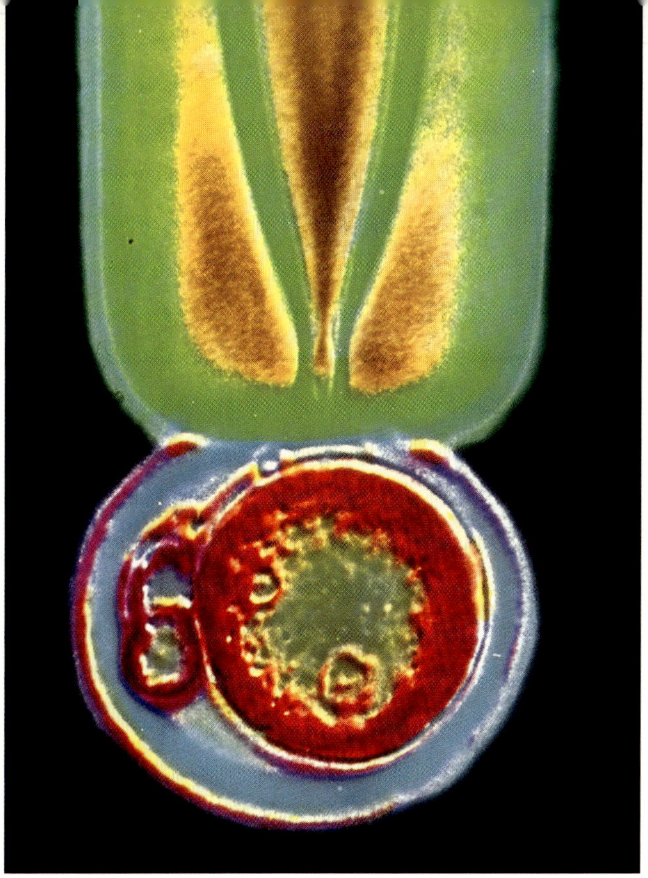

*C*e tableau de Fernando del Rincón au musée du Prado, à Madrid, figure le miracle de saint Côme et saint Damien. Les deux saints médecins sont considérés comme les pionniers des transplantations de membres ou d'organes. Ils ont prélevé la jambe d'un esclave africain et l'ont greffée à un de leurs amis religieux atteint d'une grave gangrène du membre inférieur.

*L*a photographie représente l'injection d'ADN dans un œuf de souris. L'acide désoxyribonucléique, en abrégé ADN, est le vecteur de nos vertus et de nos défauts héréditaires. Le génie génétique, parfois appelé manipulation génétique, modifie les propriétés génétiques d'un animal en introduisant un ADN étranger dans l'œuf ; première ébauche de l'animal qui sera ainsi modifié.

LE SANG DES MORALISTES

Nous voici au troisième étage. En nous élevant dans l'Institut du sang, nous passons du particulier au général. On trouve dans cet étage deux départements, celui de l'éthique et celui de l'hématologie symbolique. Le visiteur note que les chercheurs de ces deux départements partent de faits, de données précis, mais très vite discutent, évoquent des concepts généraux.

C'est pendant les campagnes d'Orient de la Première Guerre mondiale, aux Dardanelles, à Salonique, que furent pratiquées pour la première fois à une grande échelle les transfusions sanguines. C'était le temps des préjugés racistes très forts. On pensait alors, depuis la découverte de Landsteiner faite en 1900, qu'à chaque type humain correspondait un groupe sanguin particulier. Aux Dardanelles, à Salonique, se trouvaient rassemblées non seulement des armées françaises, anglaises, allemandes, turques, bulgares, mais aussi des cipayes venus des Indes, des tirailleurs algériens ou sénégalais. A de petites différences près, la répartition des groupes sanguins était la même dans ces diverses populations. Ce fut le premier argument objectif très fort opposé par l'hématologie aux théories racistes.

MOHAMED ET MARTIN

Plus fortes encore sont les données apportées, près d'un demi-siècle plus tard, par l'histoire des hémoglobines. Là encore les premières descriptions opposaient les populations septentrionales d'Europe, d'Amérique, vigoureuses, indemnes, aux populations méditerranéennes, africaines, misérables, accablées par les maladies de l'hémoglobine. Les travaux d'Allison, analysant les relations entre l'hémoglobine S et le paludisme, ont montré que le métissage est avantageux, qu'entre les hommes il n'y a pas inégalités mais différences. Tel caractère sanguin désavantageux ici est avantageux là.

« *J'ai deux amis,* écrit le démographe Albert Jacquart, *Martin et Mohamed. Martin, blanc, est mon voisin de palier. Mohamed, noir, habite Dakar. Martin paraît tout proche de moi, Mohamed très lointain. Mais je suis malade. Une greffe de moelle est nécessaire. L'étude des groupes HLA montre que Martin est très différent de moi et Mohamed quasi identique. C'est la moelle de Mohamed qui me sauve la vie.* »

L'étude des groupes HLA, avec les six cents millions de combinaisons connues, a écarté les concepts grégaires de la médecine, a montré le caractère unique, irremplaçable de chaque être humain. Depuis qu'il y a des hommes, et tant qu'il y en aura, il ne s'en est jamais trouvé, il ne s'en trouvera jamais deux pareils (réserve faite des jumeaux vrais).

Ainsi, dans ces premiers domaines, l'hématologie a pour la bioéthique, et même pour l'éthique en général, valeur de modèle. Cette valeur de modèle va se retrouver dans de nombreuses circonstances.

LES HÉROS NÉCESSAIRES

Et d'abord du côté des essais thérapeutiques. De très graves problèmes moraux sont posés par l'essai d'une nouvelle thérapeutique. Certes cet essai est fondé sur des hypothèses théoriques tenues pour solides, sur des résultats expérimentaux, sur des observations cliniques. Mais la première tentative est très émouvante.

Tel fut le cas, en 1947, lors des premiers essais de traitement de la leucémie aiguë. La leucémie aiguë, en 1947, était une maladie fatale ; elle entraînait la mort le plus souvent en deux mois. Elle était tenue par tous les médecins comme une maladie à tout jamais irrémédiable. Des hypothèses de travail, des résultats d'études expérimentales et cliniques nous ont conduits, Marcel Bessis et moi-même, à envisager le traitement de ces malades par le grand échange de sang, l'exsanguino-transfusion. D'où de redoutables questions de responsabilité. L'exsanguino-transfusion n'avait été antérieurement pratiquée que sur des nouveau-nés, jamais sur des enfants plus âgés ou des adultes. On ignorait les risques encourus. L'hypothèse de travail paraissait raisonnable, mais nous ne savions pas quels allaient être les résultats en thérapeutique humaine. Telles étaient les données qui s'inscrivaient contre la tentative. En faveur de la tentative, on devait tenir compte de la constante fatalité de la maladie, de sa cruauté, c'est-à-dire des douleurs qui accompagnent son évolution. Certes, en commençant ce traitement, nous pensions à la fois à l'enfant que nous avions devant nous et qu'il fallait tenter de sauver, ou au moins d'aider, et à tous les enfants qui, dans l'avenir, pourraient bénéficier des progrès inspirés par cette première tentative. L'exsanguino-transfusion a été bien tolérée. Une remarquable amélioration est survenue, une complète rémission sanguine et médullaire a été obtenue. Malheureusement de courte durée. Mais ce premier succès, tout imparfait qu'il fût, a inspiré de nombreuses recherches et tentatives ultérieures, avec les conséquences heureuses que l'on sait.

D'autres questions sont posées par l'éthique des essais sur volontaires sains. Vers 1960, je donnais, dans une illustre université des États-Unis, une conférence consacrée aux causes des leucémies. La conférence terminée, le professeur américain qui me recevait s'adresse aux étudiants : « Vous avez entendu, messieurs, notre collègue français. Qui, parmi vous, est volontaire pour une recherche expérimentale, pour recevoir dans ses veines une injection de sang leucémique ? Je lui remettrai 200 dollars et il n'aura pas de difficulté aux examens de médecine de fin d'année. » Quelques mains se sont levées. J'ignore la suite.

Plus récemment, plusieurs firmes européennes de pharmacie ont littéralement « fonctionnarisé » les volontaires sains. Ces « volontaires » reçoivent un traitement mensuel et se prêtent aux essais de médicaments nouveaux quand on les appelle.

De telles méthodes sont peu acceptables. En fait, l'éthique des essais sur volontaires sains a été, pour une bonne part, orientée par les données recueillies lors des études de Jean Dausset. Jean Dausset, après la découverte du système HLA, postule l'existence d'une relation entre ce système HLA d'une part, et la greffe de tissus ou d'organes d'autre part. La greffe la plus simple est la greffe de peau. Jean Dausset et les travailleurs de son laboratoire se prennent eux-mêmes comme sujets d'expérience et se greffent mutuellement leurs peaux de bras en bras. Les premiers résultats de ces expériences sont encourageants et paraissent confirmer l'hypothèse initiale. Mais bientôt les bras des uns et des autres sont couturés de cicatrices. Il semble raisonnable d'arrêter. D'arrêter avant d'avoir apporté les preuves formelles demandées.

A ce moment se présentent des donneurs de sang prêts à donner leur peau. Courageux mais ignorants. Jean Dausset va, en les réunissant le soir, leur apporter les informations nécessaires. L'expérience va ensuite se poursuivre dans des conditions très favorables. L'hypothèse est confirmée avec des conséquences importantes pour les greffes de moelle osseuse de divers organes. Et la méthode employée est exemplaire. Les volontaires sains doivent être de vrais volontaires, des volontaires instruits, ne courant que des risques minimes, couverts par une assurance solide, désintéressés, indemnisés certes s'il y a eu déplacement, perte de temps, mais non rétribués.

L'Enfant mort du musée de Besançon (École française). Jusqu'à une période toute récente, de nombreux enfants mouraient dans les premiers mois, dans les premières années de leur vie, victimes le plus souvent de maladies infectieuses, rougeole, infections digestives et respiratoires, méningites. Les progrès de la médecine ont tout changé. L'enfant de cette fin du XXe siècle échappe à ces maladies du passé, il vit normalement. Les quelques maladies graves qui persistent sont vigoureusement combattues, c'est le cas des leucémies. Aujourd'hui, la mort d'un enfant est un scandale. Fréquente autrefois, on ne pouvait que l'accepter et s'y résigner.

C'est aussi en hématologie et surtout pour le traitement des hémopathies malignes qu'a été largement développée la méthode des essais comparés. Méthode à la fois moralement nécessaire car on ne peut lancer un médicament sans être assuré de sa valeur, et nécessairement immorale puisqu'un malade est traité non seulement en fonction de sa maladie, mais aussi en fonction des malades du futur. On doit certes espérer pour l'avenir la mise au point d'autres méthodes. Mais, en l'état actuel, ce sont les essais comparés qui ont permis les remarquables progrès du traitement de la maladie de Hodgkin, des leucémies. C'est le recours insuffisant à cette méthode qui explique en partie les incertitudes persistant dans le traitement des tumeurs solides comme les cancers du sein.

De l'enfant prothèse à la jeune chimère

On sait l'importance, la gravité des questions éthiques posées par les greffes, par les transplantations d'organes. Ici encore, la greffe qui concerne les hématologues, la greffe de moelle osseuse, a valeur de modèle.
D'abord parce qu'elle concerne souvent un enfant. L'enfant est par définition un être en développement, son corps change, et la biologie, la médecine tiennent compte de ces changements. Son esprit mûrit plus vite que ne le croient les adultes, et l'éthique doit tenir compte de cette maturation.
Le donneur HLA compatible est, en l'état actuel, un frère, une sœur du malade, donc lui aussi, elle aussi, un enfant. Est-il permis, sans qu'il puisse vraiment

donner son accord, de soumettre cet enfant au risque, petit mais non nul, de l'anesthésie générale ? Oui en droit, si les parents, qui en ont le pouvoir, donnent leur accord. Moins sûrement du côté de la morale. Les spécialistes français de greffe de moelle osseuse, après les hésitations initiales, se sont contentés de l'autorisation des parents. Dans divers États des États-Unis, un *child advocate*, juriste ou philosophe, est nommé, indépendant de l'équipe médicale. Il étudie les données du problème et accorde ou non son autorisation.

Des questions plus préoccupantes encore sont posées lorsqu'il n'existe de donneur compatible ni parmi les frères et sœurs ni sur les listes de volontaires. Certains parents, dans leur détresse, ont envisagé de concevoir un nouvel enfant en espérant qu'il sera compatible. D'un côté le bonheur peut être rendu à cette famille si l'enfant leucémique guérit grâce à la moelle osseuse ou au sang du cordon de son frère. D'un autre côté les déviations, les abus, les grossesses suivies d'avortement si l'enfant n'est pas compatible et répétées jusqu'à compatibilité, les locations d'utérus mercenaires.

Mais même dans les cas favorables, quel sera le destin réel de cet enfant prothèse, de cet enfant médicament comme il a été nommé ? De sérieuses études éthiques, psychologiques sont ici indispensables : « Trouve un bon docteur, dit un enfant cité par Nicole Alby. C'est un bon docteur qui n'a pas besoin de moi pour sauver mon frère. » L'ordre cannibale doit être un ordre temporaire.

D'autres difficultés peuvent venir des receveurs. « Mon cœur fait donc couler dans mes vaisseaux le sang de mon frère », me disait l'an dernier une jeune

La chimère de la mythologie était faite d'organes venant d'animaux différents. Les greffes d'organes modernes sauvent des vies, mais font du malade une chimère. Pour les pionniers de ces méthodes la greffe de la moelle osseuse était doublement chimérique. Chimère tirée d'un manuscrit grec du XVIe siècle, *De animalium proprietate libellus*.

fille souffrant d'une grave insuffisance de la moelle osseuse, sauvée par la greffe de la moelle de son frère. Et c'est vrai. La fonction majeure de la moelle osseuse est la formation des globules du sang. Le sang qui coule dans les artères, les veines de cette jeune fille est bien le sang de son frère. Cette jeune fille est devenue une chimère. Elle n'a certes pas un corps de lion ni une tête de licorne. Mais voisinent dans son corps ses propres organes, son propre cœur d'une part, d'autre part la moelle et le sang de son frère.

Il n'y a pas que le problème de la greffe de la moelle osseuse. La greffe de foie hématopoïétique prélevé à un fœtus mort a été proposée comme traitement de graves déficits immunitaires du nouveau-né. Ces tentatives ont suscité de vives controverses et des demandes de poursuite, d'interdiction déposées devant un tribunal par des personnes craignant de voir augmenter, par ces perspectives nouvelles, la fréquence des interruptions volontaires de grossesse. Le Comité consultatif national d'éthique, après avoir rappelé que le fœtus doit être considéré comme une personne humaine potentielle, a distingué trois cas : autorisation lorsque la greffe de foie fœtal est la seule méthode pouvant sauver la vie d'un enfant condamné ; refus lorsqu'il s'agit, à partir de tissus fœtaux, de la préparation de divers produits de beauté (cosmétiques, etc.) ; renvoi à un comité d'éthique si de nouveaux cas se présentent (pancréas et diabète par exemple).

Récemment, les indications de la greffe de foie fœtal ont été réduites au profit de la greffe de moelle. Une évolution scientifique a limité l'importance du problème moral.

ÉTHIQUE ET PRÉDICTIONS

Sur les rivages de la Méditerranée, dans les grandes îles, Sardaigne, Chypre, la thalassémie et les dépenses liées au traitement des enfants thalassémiques majeurs grèvent lourdement le budget de ces îles, empêchent de soigner correctement les enfants atteints de maladies curables. Pour limiter ces dépenses, il a été envisagé de recommander la pratique systématique, au début de la grossesse, du diagnostic de thalassémie majeure. Avec pour conséquence l'interruption de grossesse si la maladie est reconnue. Décision remarquable dans ces îles très religieuses, l'une catholique, l'autre grecque orthodoxe. Décision doublement dramatique si l'on songe aux vies interrompues et si l'on rappelle que la greffe de moelle osseuse, faite peu après la naissance, peut guérir une forte proportion de ces enfants. Mais elle coûte cinq cent mille à six cent mille francs. Ainsi s'entrelacent, en un écheveau assez infernal, données médicales, biologiques, éthiques, religieuses, financières.

Puisque le mariage de deux conjoints, chacun porteur de l'anomalie, entraîne des catastrophes pour la descendance, est-on en droit de l'interdire ? L'interdiction est une forte atteinte à la liberté individuelle. La tolérance entraînera la naissance d'enfants malheureux et condamnés. La méthode du conseil est actuellement recommandée. On étudie le sang des jeunes en âge de se marier. On leur signale les risques. On conseille au Congolais d'épouser une Suédoise.

A côté des maladies héréditaires, obéissant rigoureusement aux lois de la génétique mendélienne (hémo-

Ce tableau de William Hogarth, *Le Mariage à la mode* , est l'exemple même du mariage bourgeois arrangé, préparé par la famille et les notaires. Il n'est pas question d'amour, il s'agit d'une alliance raisonnable qui répond à des lois sociales bien précises. On peut se demander quelles seraient, dans ce domaine, les conséquences des prédictions que permet la biologie. Dots, fortunes, relations familiales auront été soigneusement équilibrées. Tiendra-t-on compte de la prédisposition au diabète, au rhumatisme reconnue par les tests biologiques chez l'un des futurs conjoints ?

globinose, hémophilie), l'étude du système HLA permet, dans certains cas au moins (diabète, polyarthrite), de reconnaître les prédispositions morbides. Nous avons déjà souligné l'importance des progrès liés à la naissance puis au développement de la médecine de prédiction. Pour la personne concernée, pour sa famille, la diminution du malheur. Pour les sociétés humaines, la diminution des dépenses de santé.

Mais ces progrès posent aussi des problèmes éthiques. De deux sortes. Les uns concernent la personne elle-même, parfois profondément troublée par la révélation de sa fragilité. Les autres concernent les sociétés humaines. Plusieurs firmes étrangères ont demandé, au moment de l'embauche d'un nouveau membre de leur personnel, à connaître son groupe HLA. Cela afin de refuser l'embauche s'il s'agit d'un groupe HLA comportant des risques. En France, il est admis qu'en aucun cas un employeur public ou privé n'est autorisé à posséder des informations sur le groupe HLA de la personne qui souhaite être engagée. Avec pourtant une réserve. L'intoxication professionnelle par le benzène (ou benzol) n'atteint pas également tous les ouvriers exposés. Si un jour les raisons de ces différences, de la fragilité de certains étaient connues, il vaudrait mieux que, sous une forme ou sous une autre, l'employeur soit informé pour que la personne concernée soit placée dans un atelier où le benzène n'est pas utilisé.

En dehors même des maladies, les progrès de la génétique, permettant d'identifier chaque être humain, retiennent l'attention des moralistes, des juristes. Doublement. L'étude des groupes sanguins, et surtout du système HLA, permet d'affirmer une paternité avec une certitude quasi absolue. Les généticiens, les démographes estiment qu'en Europe occidentale 5 à 15 % des enfants sont adultérins. Il s'agit donc de nombres très élevés, même si l'on se limite au taux le plus bas. Et aux données biologiques modernes ne cessent de s'allier des questions d'intérêts, sordides ou non, les vanités blessées, les amours paternelles, maternelles, filiales tragiquement contrariées.

Il est possible, par des méthodes utilisant des sondes moléculaires, des techniques d'amplification, d'obtenir, à partir de quantités très minimes d'acide désoxyribonucléique, d'ADN, quelques cellules, voire une cellule, une proportion très importante de la région d'ADN utile pour l'étude des polymorphismes. L'ADN peut être ainsi extrait du sang, même de sang séché, de sperme, de racines de che-

L'acide désoxyribonucléique ou ADN est l'élément fondamental de la vie : il est présent dans les cellules des êtres vivants et les gouverne en donnant ses ordres aux protéines qui forment les cellules. Deux savants, Watson et Crick, l'un américain et l'autre britannique, ont reconnu la structure de l'ADN. Il s'agit d'une structure en double hélice, bien visible sur cette image.

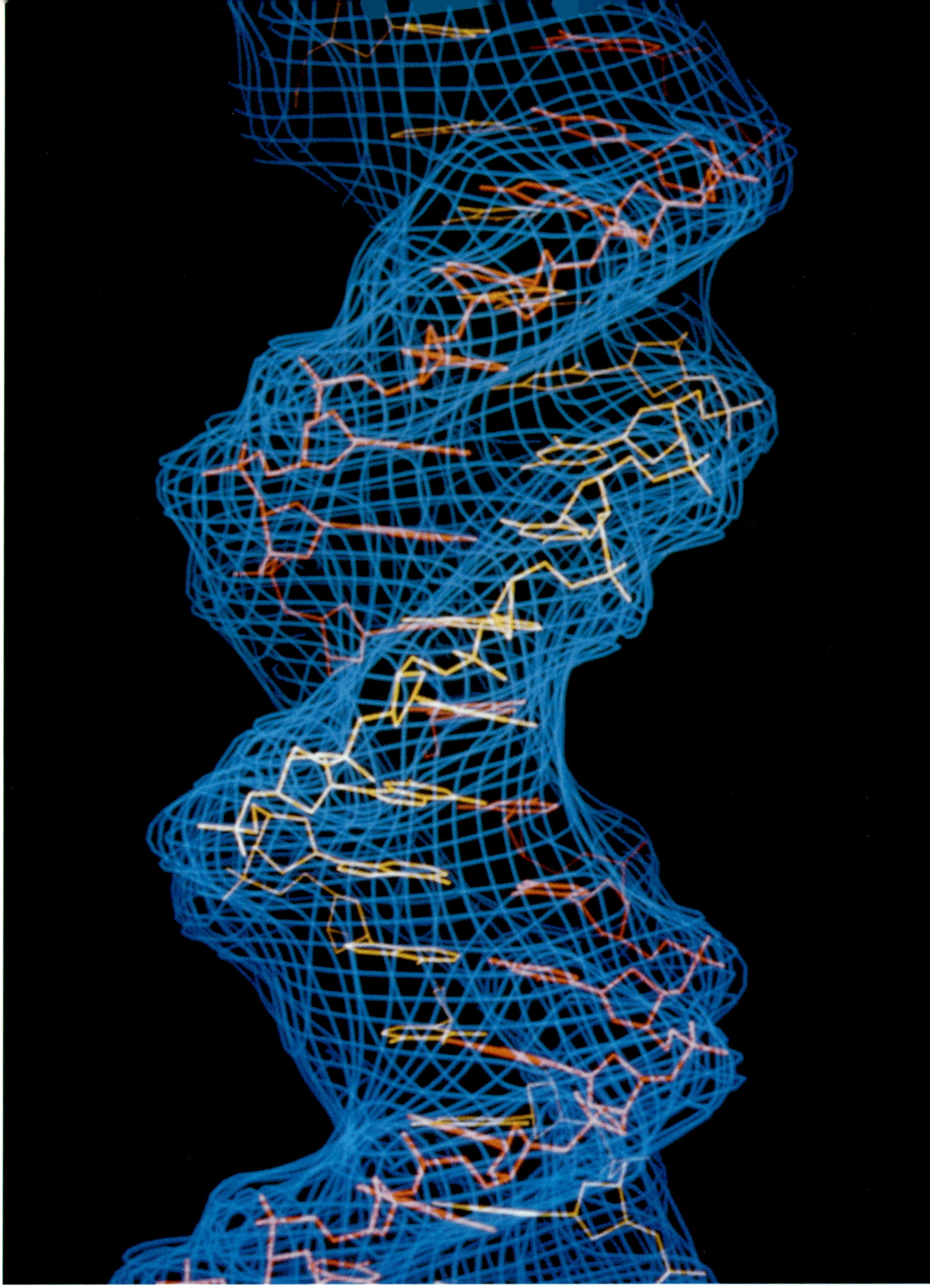

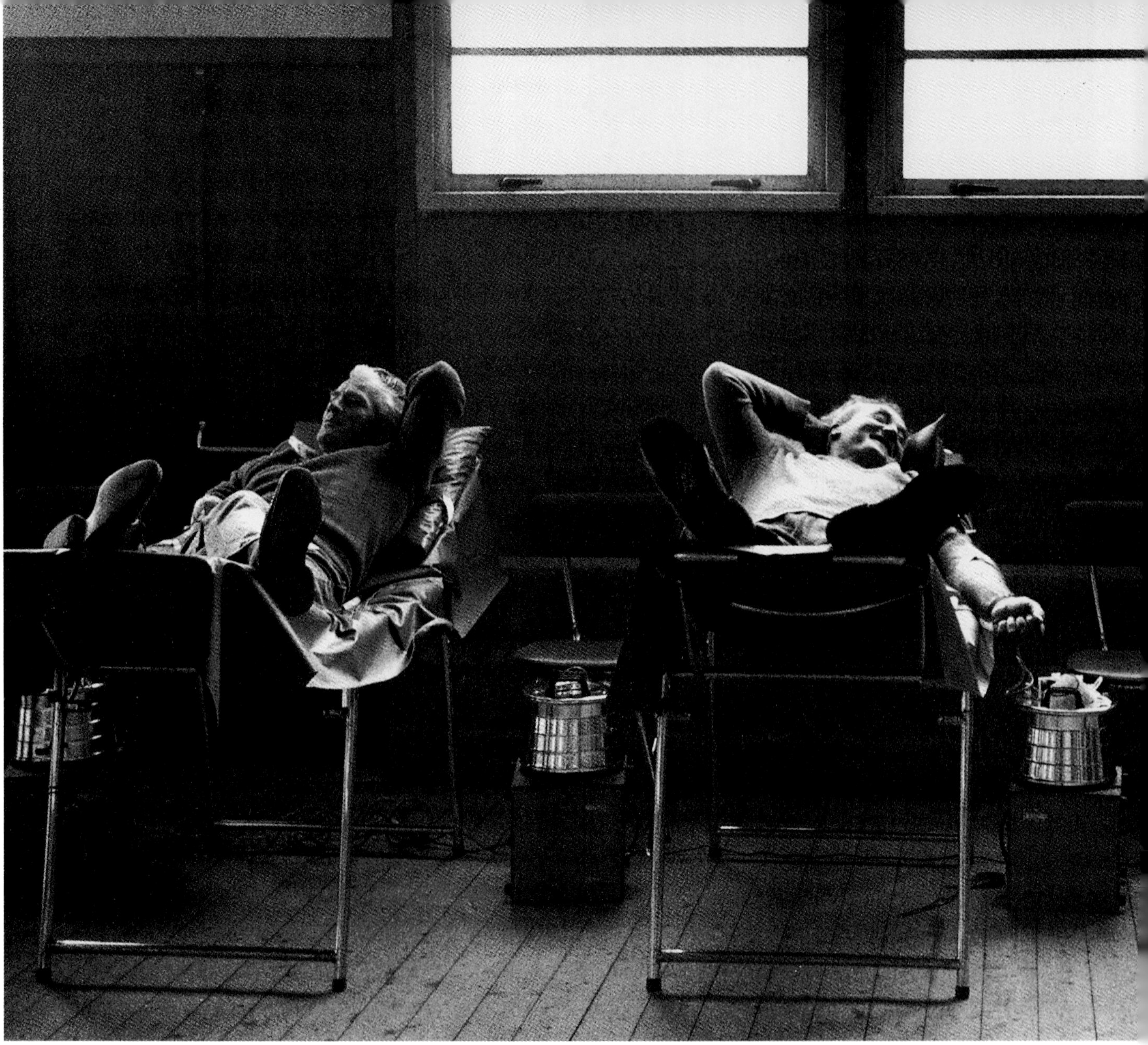

veux. Cette méthode a une grande importance pour l'identification d'une victime, d'un criminel. Sa valeur n'est pas encore totalement assurée. D'où ces conséquences.

Seul un magistrat doit avoir le pouvoir d'ordonner une enquête génétique relative à une question de filiation. Demandée par le magistrat, la prescription des examens nécessaires sera rédigée par un médecin. Seuls seront autorisés à pratiquer ces examens des laboratoires hautement compétents ayant reçu un agrément. Devra être rigoureusement contrôlée l'intervention éventuelle de sociétés commerciales ayant pris des brevets concernant ces méthodes de diagnostic. Il paraît souhaitable d'orienter l'activité de ces sociétés dans d'autres directions (zootechnie, biologie animale).

Les hématologues songent aux graves maladies héréditaires du sang, suivent avec un grand intérêt les progrès du génie génétique, et parfois contribuent eux-mêmes à ces progrès. Les recherches tendant à transformer l'individu tout entier, la possi-

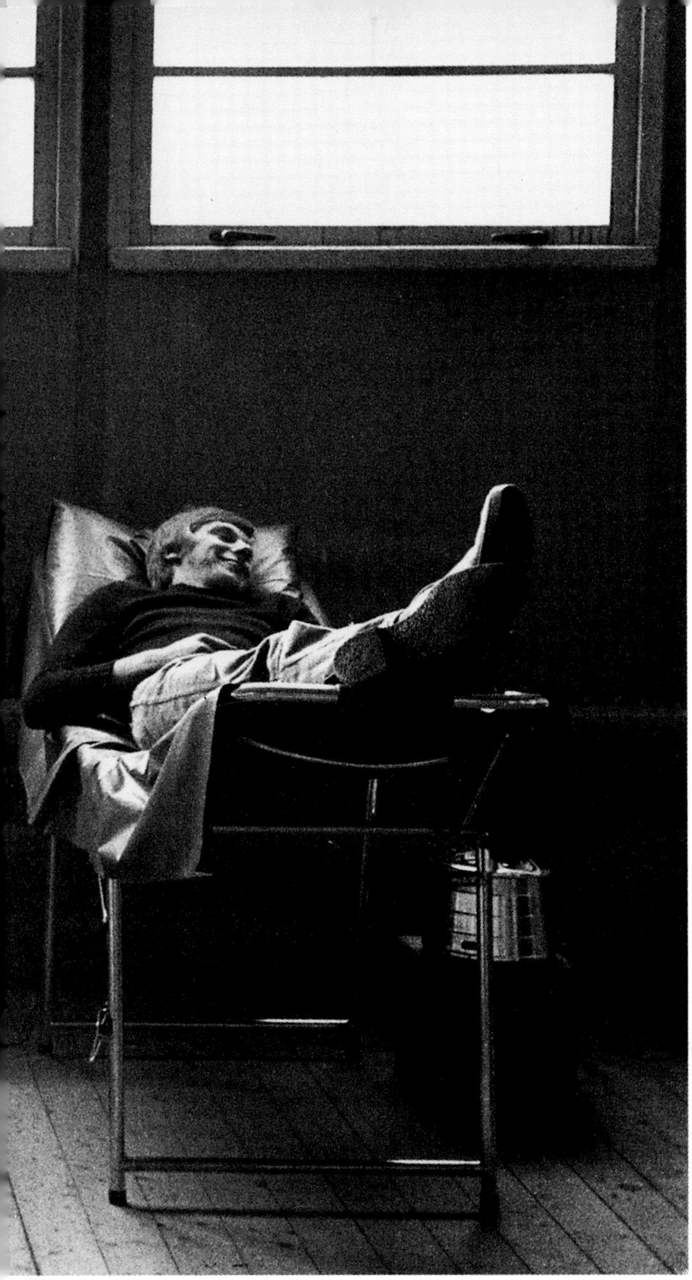

*P*eu après la deuxième guerre mondiale, la France a été le premier pays à refuser la vente du sang et à en organiser le don. Il a fallu mettre en place une structure complexe sur l'ensemble du territoire. L'efficacité de cette organisation est directement liée aux donneurs de sang. Il convient de rendre hommage à ces nombreux volontaires dont l'action a sauvé et sauve des milliers et des milliers de femmes, d'hommes et d'enfants. La photographie montre les prélèvements de sang effectués sur ces donneurs volontaires dans un centre de Haute-Savoie.

bilité de changer le patrimoine génétique d'un être humain doivent être formellement condamnées. Doivent au contraire être encouragées les recherches qui ont pour objet le transfert d'un gène dans les cellules d'un organe, dans les cellules dites somatiques. On peut raisonnablement espérer corriger, par ce gène introduit, les graves désordres du fonctionnement de cet organe. Tels dès maintenant certains déficits immunitaires, bientôt très probablement les maladies de l'hémoglobine, à plus long terme l'hémophilie, des erreurs du métabolisme. Il ne semble pas pour cette classe exister de problème éthique important.

LE CORPS HUMAIN NE PEUT ÊTRE VENDU

Le corps humain ne peut être vendu, ne peut être objet de commerce, ni en totalité ni en partie. En France, les hématologues ont le mérite d'avoir, peu après la fin de la Seconde Guerre mondiale, organisé le don du sang. Cette éthique du sang donné et non vendu a ensuite été étendue aux organes. Avec de remarquables succès quand il s'agit du prélèvement, pendant la vie, d'un organe renouvelable. Ainsi plusieurs dizaines de milliers de Français sont inscrits sur les listes des volontaires prêts à donner leur moelle osseuse pour sauver, par la greffe de moelle osseuse, les femmes, les hommes, les enfants atteints d'une très grave maladie sanguine. Avec des difficultés quand il s'agit de prélever les organes d'une personne qui vient de mourir accidentellement.
L'importance de ce prélèvement qui permettra de sauver un être jeune menacé de mort doit être rappe-

lée. Chacun devrait pouvoir, à l'avance, indiquer son refus éventuel. Ce qui conduirait à respecter une volonté exprimée dans certains cas et, dans les autres cas, à organiser le prélèvement salvateur.

Le danger d'une commercialisation du corps humain ne doit pas être méconnu. Les grands philosophes grecs que nous admirons, Platon, Aristote, admettaient la vente des esclaves. D'autres philosophes, que nous n'admirons pas moins, ceux du siècle des Lumières, Montesquieu, Voltaire, admettaient la traite des Noirs. Et voici que, pour la troisième fois dans l'histoire des hommes, est envisagée la vente du corps humain. En totalité ou en détail.

Le développement des relations internationales, les évolutions prévues en Europe après 1993 vont très bientôt poser des questions importantes. Par exemple, quand voisinent sans frontière des pays interdisant la vente du sang et des organes, des pays la tolérant et la recommandant. Une grande vigilance est ici nécessaire.

Les cellules du sang et des organes hématopoïétiques ne doivent pas non plus être vendues. Une aventure américaine récente montre la nouveauté, la diversité des questions posées. John, atteint d'une variété très particulière de leucémie, est traité par l'ablation de la rate, la splénectomie. Les cellules de la rate mises en culture produisent l'interféron et les facteurs de croissance. Lors d'échanges entre laboratoires universitaires, les tubes de cultures de John, quittant la filière universitaire, arrivent en possession d'une firme privée de biotechnologie qui s'apprête à commercialiser les produits des cellules, les facteurs de croissance. John, entre-temps rétabli, assigne devant les tribunaux la firme privée de biotechnologie et demande sa part de bénéfices. Trois réponses ont été faites.

Le Comité consultatif français d'éthique, officieusement saisi, a rappelé que les cellules qui forment les organes ne peuvent être objet de commerce. John ne doit recevoir aucune rétribution. Aux États-Unis, le premier tribunal saisi a accordé à John le partage des bénéfices dus à la vente des substances produites par ses cellules. Mais la Cour suprême en appel a cassé ce premier jugement et a considéré qu'il n'y avait pas lieu de rétribuer John.

Les questions éthiques posées par la transfusion sanguine sont à la fois très importantes et temporaires. Déjà certaines fractions du plasma, tel le facteur antihémophilique, peuvent être produites en laboratoire par génie génétique. Les mêmes méthodes permettront, selon toute vraisemblance, de produire les autres fractions du plasma. Pendant la première moitié du XXIe siècle, les transporteurs d'oxygène, qui font l'objet d'importantes études, remplaceront très probablement les globules rouges transfusés. Vers 2050, seules resteront les transfusions de globules blancs et de plaquettes dont les indications sont limitées. Les transfusions sanguines auront, pendant cent cinquante ans, rendu de très grands services, auront sauvé des millions de vies humaines avant de disparaître presque complètement.

Cet examen des questions bioéthiques liées aux progrès de l'hématologie a permis de définir les principes sur lesquels se fonde cette bioéthique : le respect de la personne d'abord, illustré par le caractère unique, irremplaçable, de chaque être humain, tel

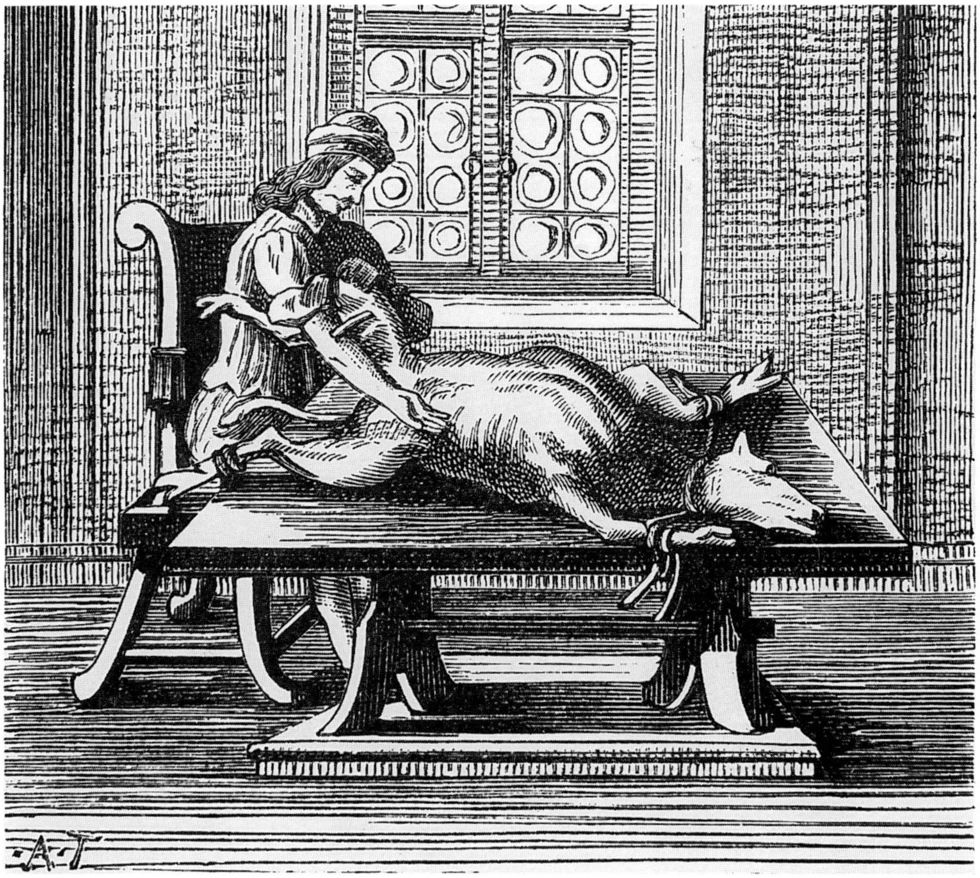

*L'*homme a longtemps pensé pouvoir utiliser en transfusion le sang des animaux. Une telle tentative de transfusion d'animal à homme est représentée sur cette gravure extraite du *Tractatis transfusionis sanguinis* de Mercklin (Nuremberg 1679). Devant la régularité des échecs, Louis XIV dut interdire les transfusions. Il a fallu attendre jusqu'en 1900 la découverte des groupes sanguins par Karl Landsteiner pour comprendre les raisons de ces échecs et pour permettre l'essor de la transfusion sanguine.

que le reconnaît l'étude du système ; le respect de la connaissance ensuite, avec deux limitations toutefois, le moratoire indispensable dans certains cas, l'autorisation de recherches neuves accordée seulement à un petit nombre de laboratoires hautement qualifiés techniquement et moralement ; en troisième lieu le refus du lucre qu'on vient d'évoquer ; enfin la responsabilité du chercheur. C'est bien souvent un progrès de la connaissance qui vient régler le problème éthique posé par le progrès précédent. C'est ainsi, pour ne citer que cet exemple, que la découverte du déficit en G.-6-P.D. a réglé les très difficiles problèmes moraux que posait en Californie la prévention du paludisme.

Tout cela avec modestie. Au printemps de 1987 se tient au Japon un important Congrès international de bioéthique. Je prononce la première conférence. L'orateur qui me succède est un éminent prêtre bouddhiste : « J'ai écouté avec intérêt notre collègue français, dit-il, mais je dois vous avouer que je ne connais pas les dates de ma première naissance, de ma deuxième naissance, de ma troisième naissance, ni les formes animales que j'ai revêtues au cours des métempsycoses successives. Les diverses questions posées par les procréations artificielles, le génie génétique, me paraissent assez éloignées de mes préoccupations, préocupations qui sont très différentes de celles des médecins et biologistes d'Occident. »

*L*a pinacothèque
du palais Brera à Milan conserve
le tableau de Carla Dolci
(1616-1686), représentant David
tenant la tête de Goliath.
Les sociétés anciennes,
les religions, les légendes ont
surtout connu les hémorragies
provoquées, le sang qui s'écoule
des blessures. Tantôt
ces hémorragies surviennent
pendant des combats collectifs,
des batailles, des guerres.
Tantôt elles apparaissent
pendant la lutte qui oppose
deux personnages
comme David et Goliath.

*L*es hémorragies dues
aux combats étaient observées
dans les villes comme
dans les campagnes, sur tous
les continents. Les habitants
de la forêt vierge (tel ce détail
du *Paysage de forêt vierge*
avec soleil couchant
dû au Douanier Rousseau)
n'en étaient pas épargnés.

LES LÉGENDES DU SANG

Ainsi nous avons visité les divers laboratoires de recherche où se construit, où se développe la science du sang. Nous avons rencontré les géographes, les historiens. Avec les membres du club Le Rouge et le Blanc, nous avons médité, nous avons analysé les conséquences pour l'homme de ces progrès de la connaissance.

Nous voici maintenant au dernier étage de l'Institut du sang, dans la bibliothèque. Par les fenêtres, nous apercevons les tours, les dômes du quadrilatère de la civilisation, les limites du quadrilatère, au nord la Seine et ses îles, au sud la ligne des boulevards, Port-Royal, Montparnasse, Invalides, à l'est la rue Mouffetard, à l'ouest l'Esplanade. Au centre du quadrilatère, le jardin du Luxembourg avec ses fleurs, ses reines, son bassin, ses allées. Sur les rayons de la bibliothèque s'alignent les livres de la civilisation. Les livres religieux d'abord, qui décrivent les relations des dieux, de Dieu avec le sang. Les livres qui content la légende du sang. Ceux, très divers, ensuite, qui analysent les mythes, les rites, les symboles, aussi bien les textes écrits que les éléments fournis par les enquêtes des historiens, des ethnographes. Enfin, les livres des poètes qui ont chanté la légende du sang.

UN SI ÉTRANGE LIQUIDE

« Qu'est-ce qui a pu déterminer les sociétés primitives à prêter au liquide sanglant de si étranges propriétés ? » se demande, en 1897, Émile Durkheim. C'est vrai, le sang est tantôt lié à la mort, tantôt à la vie. Tantôt il est dangereux, tantôt il est bienfaisant. Tantôt il est pur, tantôt il est impur.

Les mythes, les symboles, les réalités qu'évoque le sang ont fait l'objet de remarquables études de la part des philosophes, des historiens des religions, des sociologues, des anthropologues. Une excellente et vigoureuse synthèse a été faite récemment par Jean-Paul Roux. Il serait présomptueux de tenter de compléter ces analyses et ces synthèses. Notre propos est différent. La lecture de ces textes importants suscite une réflexion pénétrante, profonde. Mais le sang réel est souvent oublié, comme est souvent négligée cette évolution des connaissances rappelée tout au long de ce livre qui a élargi, renouvelé nos concepts, placé le sang, le vrai sang avec ses globules et ses molécules, au milieu même de l'univers des

Le sang du Christ inspire depuis près de deux milliers d'années les méditations des théologiens, des philosophes et des croyants. Il fait rêver les poètes. Il est souvent représenté par les peintres. Il est à la fois vérité et symbole. L'hématologie moderne et la biologie moléculaire ont montré que le sang est important, qu'il définit l'homme. Bien avant la science, la religion avait compris cette valeur fondamentale du sang. Les chemins de la passion et les chemins de la raison se rejoignent. Le sang qui coule des plaies du Christ en croix et que l'artiste figure demeure pour l'éternité témoin du sacrifice. Des très nombreuses représentations de Christ en croix, celle-ci est assurément l'une des plus émouvantes. Le *Christ en croix* de Philippe de Champaigne, Nelson Gallery, Kansas city.

hommes, de leur histoire, de leur géographie. Ainsi nous connaissons une hématologie clinique, une hématologie biologique, moléculaire, une hématologie géographique, une hématologie poétique. Récemment est apparue une hématologie symbolique. Michèle Cros, chercheur, est pionnière dans ce domaine avec son *Anthropologie du sang en Afrique*. Jacques-Louis Binet, qui est tout à la fois professeur d'hématologie et professeur à l'École du Louvre, a fait une très bonne étude de l'histoire de ce symbolisme du sang dans cinq grandes civilisations.

Et d'abord la préhistoire. C'est surtout par les dessins et signes de blessures d'animaux que sont figurées les premières images du sang. La signification de ces images a fait l'objet de nombreux commentaires, plus complémentaires qu'opposés. Pour Élie Faure, ces images sont la première trace visible de la religion, ou plutôt le premier lien entre l'art et la religion. L'art inspire la religion en donnant une réalité concrète aux bonheurs, aux terreurs que l'univers inspire à l'homme. Elles sont, pour René Huyghe, la naissance de l'art par le dessin, par la science du

Comme nous l'avons déjà indiqué, sur les parois de nombreuses grottes de la préhistoire, se trouvent dessinés des animaux blessés, perdant leur sang et souvent la vie à cause de ces hémorragies De telles images couvrent les murs de la grotte des Trois Frères dans l'Ariège, comme ce cervidé blessé. C'est, semble-t-il, en observant la mort d'animaux succombant après des blessures que l'homme a compris le rôle du sang. Le sang est nécessaire à la vie. En perdre de grandes quantités entraîne la mort.

contour, elle-même en relation avec une des premières activités des premiers hommes, la chasse.

Selon Georges Bataille, cette représentation de l'animal blessé permet à l'homme de la préhistoire de résoudre la question lancinante de la mort. L'animal blessé est pareil à l'homme blessé. Le regarder, le figurer, c'est lui faire face et dépasser les terreurs de la mort.

André Leroy-Gourhan, à Niaux dans l'Ariège, a reconnu ces images de blessures, de sang, sur vingt-cinq pour cent des animaux représentés. « Il y a en fait, écrit-il, dans les bisons blessés, deux sortes de symboles, celui de la mort (sagaie, blessure), celui de la vie suggéré par les signes des sexes. Le sang devient comme le tout-puissant symbole de la naissance et de la mort. » Plus modestement, nous l'avons dit, pour les médecins du sang, ces images définissent la naissance de l'hématologie, la première perception par l'homme de la relation fondamentale entre le sang et la vie.

En 1956, j'appartiens, pendant six semaines, au Mexique, à un « cirque » hématologique. La troupe comprend deux Allemands, deux Brésiliens, deux Italiens, deux Japonais et deux Français – Jean Dausset et moi. Chaque semaine, nous nous arrêtons dans une ville différente. Nous donnons chacun une conférence. Pendant les six jours suivants, nous visitons la province. Puis nous repartons pour la capitale de la province voisine. Le chef de la troupe est Ignacio González Guzmán. Il a cinquante ans, il descend d'une illustre famille de Michoacán de la région de Chinchunza et appartient à ce peuple glorieux des Tarascos que, au temps de l'arrivée de Hernán Cortés, les Aztèques eux-mêmes n'avaient pu soumettre. Son arbre généalogique, m'a-t-il dit un jour, commence par le mariage d'un ancien évêque défroqué, compagnon de Cortés, et d'une princesse indienne. L'évêque excepté, tous les ascendants sont, depuis quatre siècles, indiens.

J'avais déjà, pendant de précédents voyages, parcouru le musée de Mexico, rêvé dans les cours presque grecques d'Uxmal. J'avais, accablé par le vertige et la terreur, descendu en tremblant les redoutables marches de la pyramide de Chichén Itzá,

Au musée de l'Amérique à Madrid se trouve ce fac-similé du *Codex Tudela* daté de 1553 ; on y voit une représentation des sacrifices humains pratiqués par les Aztèques.
La religion mexicaine exigeait le sacrifice de très nombreuses victimes. Le sang versé devait apaiser leurs dieux dont l'humeur, bonne ou mauvaise, était responsable de la prospérité des cultures ou des périodes de famine.

cependant que mon jeune guide insouciant sautait devant moi. Avec Ignacio González Guzmán, je découvrais d'autres Mexique. Me voici chez les Aztèques à Teotihuacán. Je songe aux horribles sacrifices du passé. Des milliers et des milliers de victimes sont tuées. Leur cœur est arraché. Le dieu Soleil exige le sang et ne peut renaître que s'il lui est offert. L'Aztèque lui-même n'est rien. Il n'existe que par son intégration à un ensemble dont son cœur, son sang restent totalement dépendants. Le soleil domine cet ensemble. Mais pour commencer sa course, il lui a fallu du sang, et les dieux, tous les dieux, se sont sacrifiés. C'est de leur mort qu'il a tiré sa vie. C'est en se nourrissant d'« eau précieuse », c'est-à-dire de sang humain, qu'il trouve la force de continuer son parcours. « Il ne s'agit pas d'holocauste ou d'expiation, écrit Jacques-Louis Binet, mais d'un phénomène aussi naturel que la succession des jours et des saisons, la naissance et la mort. Soleil au Mexique signifie sang et, au centre du bas-relief du grand calendrier aztèque, il apparaît altéré, tirant la langue, réclamant son dû. »

Le visiteur s'est peut-être endormi dans la bibliothèque. Il ouvre d'autres livres, rêve de nouveau. Partout le sang. Mais cette fois le sang des animaux. Le voici dans la Grèce antique. Les autels sont rouges du sang des animaux égorgés. Les lieux saints ruissellent de sang. Mais le sang grec est celui des héros. Sur le fond de sang anonyme, le sang qui coule de tout héros au cours de la bataille est très précisément décrit, le sang noir qui coule de la ceinture de Ménélas pour souiller ses jambes, le sang de l'épaule de Diomède, le sang chaud de la blessure du

D'autres religions se contentent de sacrifier des animaux. Tel ce sacrifice d'un porc qui figure sur cette coupe datant du Ve siècle avant J.-C. et que l'on peut voir au musée du Louvre.

coude d'Agamemnon. « L'homme grec est viril, à la mesure du sang qu'il répand et qui coule des blessures ouvertes dans la chair chaude, celle de l'ennemi ou la sienne propre. »
A la période classique, le sang est interdit dans la cité. Le verser serait menacer l'ordre social. On empoisonne, mais on ne fait pas saigner ; on se bat, mais hors les murs. On ne tolère plus la vue du sang, mais on enferme dans les récits la tragédie où il reste lié à la souillure, à la vengeance, à l'enchaînement du destin. « C'est là que les sanglantes gouttes, une fois répandues à terre, réclament un sang nouveau. Le meurtre appelle l'Érinye pour qu'au nom des premières victimes elle fasse au malheur succéder le malheur », dit Eschyle dans *Les Choéphores*.

A Rome, le sang des étrangers apaise l'âme des morts. L'âme qui a quitté le corps ne peut rester dans les lieux qu'elle a connus. Pour qu'elle ne rôde plus dans le monde des vivants et rejoigne celui des morts, elle doit se nourrir du sang des étrangers à la cité. Les combats des gladiateurs, qui ne sont jamais des citoyens, mais des esclaves ou des ennemis, feront d'abord figure de rite funéraire qui s'est accompli dès la première goutte de sang versé. L'amphithéâtre romain ne cherche pas seulement à offrir au peuple un spectacle sauvage. Il assure au citoyen la paix de ses morts.

Lisant la Bible, le visiteur trouve souvent le sang. Abraham immole un bélier à la place de son fils. Moïse a le sang autour de lui. « Alors Moïse prit la moitié du sang et le mit dans des bassins, puis il aspergea l'autel avec l'autre moitié du sang. Puis il

Mort d'adolescents et d'adolescentes innocents au Mexique, mort d'animaux en Grèce, mort d'esclaves transformés en gladiateurs à Rome. Ce combat de gladiateurs représenté sur cette mosaïque, que l'on peut voir à la galerie Borghèse à Rome, a été trouvée dans la province de Terranova. En fait les gladiateurs ne sont pas seulement des esclaves ; il s'agit parfois de prisonniers de guerre, de captifs. Ils ne sont jamais citoyens romains. Le sang des esclaves, le sang des prisonniers apaise les dieux et par là-même protège ceux qui les vénèrent.

CVPIDO

prit le livre de l'Alliance et le lut aux oreilles du peuple... Alors Moïse prit le sang et en aspergea le peuple. Il dit : Voici le sang de l'Alliance que l'Éternel a conclue avec vous d'après toutes ces paroles. »
Toujours seul dans la bibliothèque, notre visiteur ouvre les Évangiles. Saint Matthieu dit : « Jésus prit du pain et, après avoir rendu grâce, il le rompit et le donna aux disciples en disant : Prenez et mangez car ceci est mon corps. Il prit ensuite une coupe et, après avoir rendu grâce, il la leur donna en disant : Buvez-en tous car ceci est mon sang, le sang de l'Alliance qui est répandu pour plusieurs pour la rémission des péchés. » Et saint Jean proclame : « En vérité, en vérité je vous le dis : si vous ne mangez pas la chair du Fils de l'Homme et si vous ne buvez pas son sang, vous n'aurez point la vie en vous-même. Celui qui mange ma chair et qui boit mon sang a la vie éternelle et je le ressusciterai au dernier jour. »

La morale occidentale est ainsi dominée par le sang de la Bible. De l'Ancien au Nouveau Testament, Pierre Golliet suit, comme fil d'Ariane, la longue évolution des idées sur le sang pour montrer, en théologien et en croyant, comment l'humanité est passée de la barbarie à une religion spirituelle, des sacrifices humains à l'offrande d'animaux, du Dieu des Hébreux à la passion du Christ, du rituel sauvage à la métamorphose du vin. Cette suite d'images est depuis longtemps sortie des églises pour couvrir les murs des musées. Mais le sang des martyres, des crucifixions et des suaires ne traduit pas seulement le développement de la peinture européenne : tout autant qu'à notre esthétique, il appartient, hors de toute foi et de toute exégèse érudite, à notre éthique, au stade zéro de notre éthique où nous ne pouvons que de nous-mêmes sacrifier et verser le sang. Le sang de la Bible est devenu le symbole culturel et moral de l'Occident.

Les Lobis

Avec les maîtres éminents, tels Durkheim, Frazer, nous étions très loin du sang des hommes, celui qu'étudient les médecins du sang. Avec Michèle Cros, nous retrouvons l'unité qui inspire nos réflexions tout au long de ce livre. L'hématologie symbolique que nous propose Michèle Cros tout à la fois est inspirée par les hématologies précédentes et vient les éclairer.
L'hématologie, dans son premier sens, c'est le discours sur le sang. Michèle Cros a étudié les Lobis du Burkina-Faso et de Côte-d'Ivoire. Elle a interprété les discours des Lobis sur le sang, en fait sur les sangs rouge, noir, blanc. Elle a pris en compte la totalité du traitement symbolique de ce discours. Le sang apparaît à la fois comme un révélateur biosocial et comme un révélateur ethnosocial.
L'étude n'est pas limitée au sang des menstruations, objet constant, souvent unique, de la réflexion des anthropologues. Le sang des Lobis est examiné dans sa totalité. Sa poïèse d'abord, sa formation, sa circulation, sa physiologie, puis sa pathologie, et surtout du côté des hémorragies, des déperditions sanguines. Sa relation, ensuite, avec la procréation et le pouvoir. La méthode employée est très proche de celle qui inspire l'hématologie biologique. A savoir une alliance entre le travail sur le terrain et la rigueur scientifique indispensable.

*O*n trouve les Lobis, peuple africain, en Côte d'Ivoire et au Burkina Faso (naguère Haute-Volta). La jeune femme du pays lobi que l'on voit ici allaite son enfant. Elle connaît l'importance du sang des menstruations. Elle sait distinguer le lait du sang blanc (le pus par exemple). Elle ne sait pas que le sang circule mais connaît les relations existant entre la perte de sang et les procréations, entre les pertes de sang et les maladies. Les Lobis ont fait l'objet de remarquables études de la part de l'ethnologue Michèle Cros qui a su interpréter les discours sur le sang de ces populations et en démêler la signification.

Alors que tant d'éminents anthropologues travaillent paisiblement dans leurs bureaux, Michèle Cros poursuit son enquête, ses réflexions au contact des femmes, des hommes qu'elle étudie. Elle court assurément des dangers, ceux du climat, des maladies parasitaires et quelques autres. Mais elle devient l'amie de ceux dont elle analyse les concepts, les mœurs. Ils participent en quelque sorte à son œuvre scientifique. Une œuvre conduite avec une méthode rigoureuse, celle de Descartes et celle de Claude Bernard.

L'hématologie clinique et biologique, elle aussi, est fondée d'une part sur les liens étroits établis avec les patients dont nous avons la charge (« Toute la médecine est amour », disait déjà Paracelse), d'autre part sur une méthodologie scientifique rigoureuse. L'hématologie géographique, on l'a vu, associe la biologie moléculaire la plus fondamentale (telle celle des hémoglobines, des groupes sanguins) aux recherches sur le terrain, de la cordillère des Andes au Népal. L'hématologie symbolique va assurément, en s'alliant aux autres formes de l'hématologie, connaître de nouveaux et féconds développements.

L'hématologie clinique et biologique commence par les définitions, les classements, les informations sur la production des éléments du sang, leur circulation, leur vie, leur mort. L'hématologie symbolique connaît les mêmes démarches. Ainsi, pour les Lobis, deux classements sont proposés : un premier classement, très général, distingue le sang des êtres (femmes, hommes, enfants, animaux) ; le sang des arbres (« Quand on les coupe, il sort du

*L'*ethnologue Michèle Cros, par ses études sur la population africaine, a contribué à la naissance d'une discipline nouvelle : l'hématologie symbolique. Cette discipline allie à la réflexion scientifique de patientes études sur le terrain, de constantes comparaisons entre les relations, les descriptions faites par les Lobis d'une part et d'autre part les données acquises par la science moderne. Jeune fille du pays dogon au Mali.

sang rouge ») ; le sang des êtres surnaturels, tels les fétiches de la brousse ; un second classement reconnaît le sang rouge, le sang des veines, léger et tiède ; le sang blanc qui correspond au sperme, à la graisse, à la moelle, au pus ; le sang noir, malade, coagulé à l'intérieur du corps ou à la surface d'une blessure.

Pour le sang rouge, liquide fondamental, plusieurs données sont acquises. Deux avant tout : le sang circule ; ce mouvement vient du cœur. Le rôle du foie est affirmé, et la triade foie, cœur, sang définit la force vitale. Mais les relations entre le foie et le cœur, leur éventuelle priorité sont objet de discussion. Avec plus de sagesse, semble-t-il, que chez Galien. Pendant quinze siècles, la théorie de Galien sur le cours du sang est un dogme immuable. Le sang est produit dans le foie, y reçoit l'esprit naturel ou pneuma, puis acquiert l'esprit vital dans le cœur. Il vaut mieux parler de mouvement, d'animation du sang que de circulation. Le concept de circulation sous-entendant celui de mouvements circulaires, ou encore de double mouvement du sang qui part du cœur et y revient. Ce concept, découvert par Harvey, n'appartient pas aux Lobis.

« C'était en 1976, au mois d'août, un anthropologue, un biologiste et une jeune étudiante en psychologie au Mali, dans un petit village dogon, bien caché derrière les falaises de Bandiagara. Une sortie en brousse avec le chef de Terre est prévue. Pourtant, avant de prendre la route, une question est posée de manière détournée à l'anthropologue : "La femme blanche est-elle en train de perdre son sang ?"

Il acquiesce et je reste au village. » Les menstruations ont, pour l'hématologie symbolique, une très grande importance. De nombreuses études leur sont consacrées. Là encore des classements sont proposés : premières règles d'une jeune fille ; retour de couches ; toutes les autres menstrues émanant d'une femme-mère. Ce sont les menstrues de cette troisième classe qui suscitent de nombreux interdits. Peut-être parce qu'elles dépendent des rapports sexuels.
Les Lobis utilisent, pour nommer les règles, plusieurs termes symboliques : elle a mis ses feuilles ; elle a tué un singe rouge ; elle a vu la lune ; elle ne touche à rien. De fait, la liste est longue des interdictions et des anathèmes. On pourrait presque reprendre la liste des impuretés sexuelles de la femme consignée dans le *Lévitique* et constater la malédiction générale qui frappe la femme en période de menstruation. « L'horreur du sang, et particulièrement du sang menstruel, n'est cependant pas un phénomène universel », écrit Claude Lévi-Strauss, qui rappelle que les jeunes Indiens Winnebagos rendent visite aux femmes retirées dans leurs huttes menstruelles et ont avec elles des rapports sexuels.

Cette affiche anti-sida vue à Dakar témoigne des efforts faits par diverses organisations non gouvernementales pour lutter contre le sida. Le sida, beaucoup plus fréquent en Afrique qu'en Europe, apparaît surtout dans la zone intertropicale. Les liens établis par les cultures anciennes entre sang, sexe et mort sont tragiquement retrouvés et fortifiés. La solution viendra assurément du progrès de la recherche. En l'état actuel des connaissances, seule une propagande intelligente, des explications simples, accessibles à tous peuvent inspirer les précautions indispensables et limiter l'extension de l'épidémie.

L'hématologie symbolique est aussi concernée par la pathologie sanguine. Et avant tout par les hémorragies. Il est parfois possible, grâce aux descriptions symboliques, d'identifier une maladie précise. Telle la dysenterie amibienne pour les hémorragies intestinales avec le ventre qui coule. Telle la bilharziose pour les hématuries et la maladie du Sinsil prakontin. Selon les Lobis, l'étiologie de la maladie est multiple : boissons préparées avec l'eau des premières pluies ; bière de mil du deuxième jour ; fruits à moitié mûrs ; termites ; transgression d'interdit sexuel. La thérapeutique des hémorragies, des blessures guerrières est précise. Elle associe diverses méthodes : « arrêter le sang », « ramasser le sang », « soigner le sang ». A ces traitements symboliques sont souvent associées des préparations végétales assurant l'hémostase locale.
L'hématologie biologique nous a apporté une définition rigoureuse de la personne, de chaque personne. De même l'hématologie symbolique s'efforce de défi-

nir l'homme, ses relations avec ses ancêtres, avec la société.

Le sang, pour les Lobis, constitue la matière première de l'embryon et assure une parenté de sang antérieure à la parenté de peau. L'hématologie moderne avait elle aussi souligné l'importance des caractères sanguins, beaucoup plus proches des données génétiques fondamentales que la couleur de la peau – blanche, noire, jaune –, longtemps tenue pour essentielle par les anthropologues. Comme l'écrit Michèle Cros : « Si l'hématologie biologique et clinique s'enrichit au contact des hématologies géographique et ethnologique, l'hématologie symbolique participe à cette dynamique de la recherche en ce qu'elle éclaire notamment tout un pan de l'appréhension des maladies du sang, à commencer par celle qui sévit avec force aujourd'hui, du fin fond de l'Afrique aux grandes villes américaines. » Le sida, nouvel avatar du tabou du sang, du sexe, de la mort, pourrait être le prochain motif de ces études alliées.

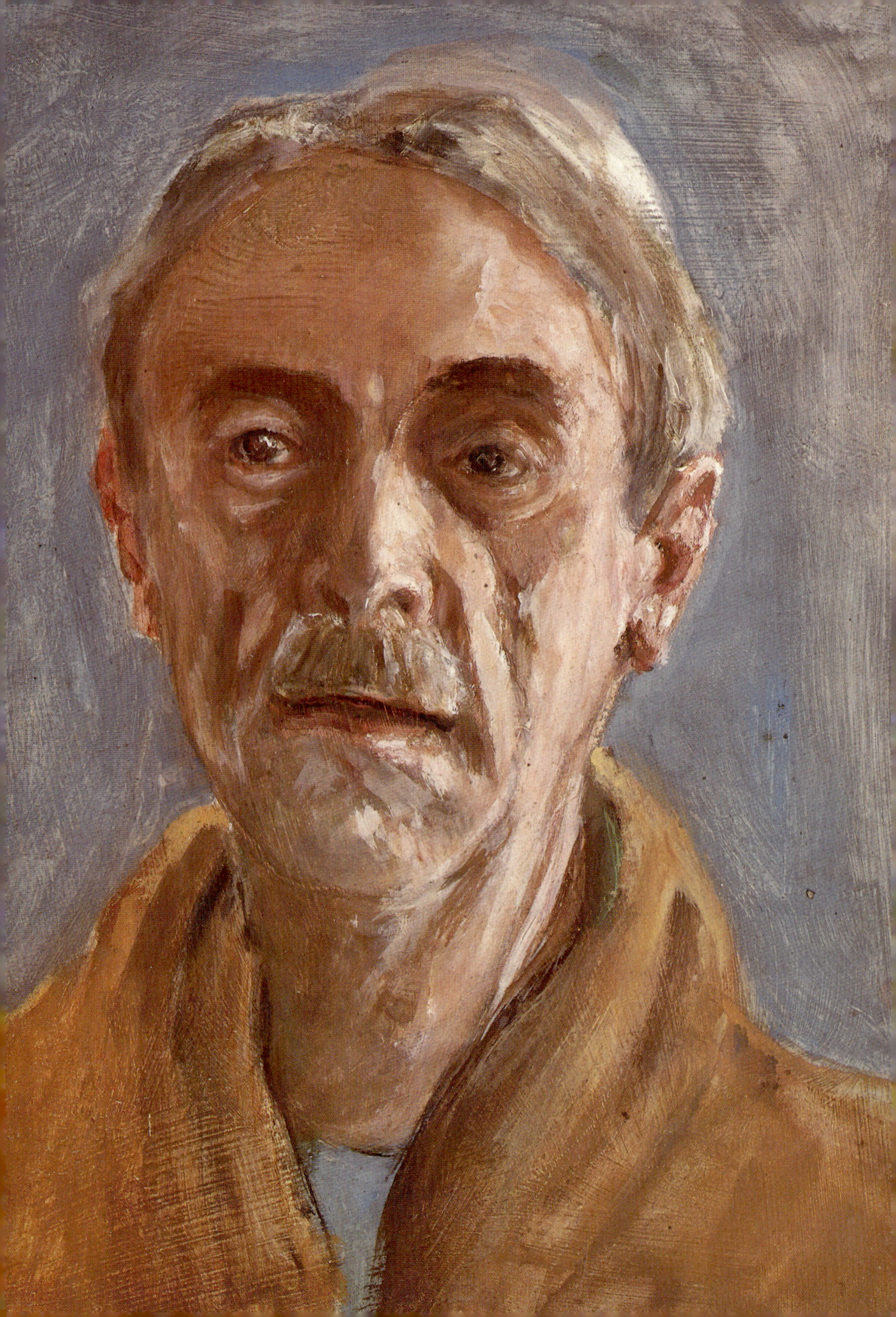

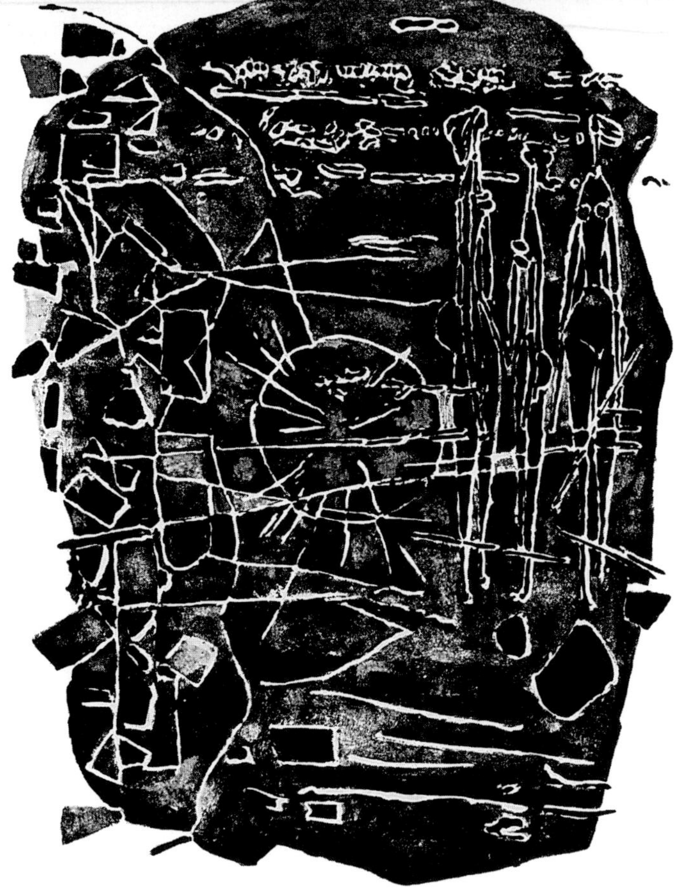

Le grand poète et philosophe Paul Valéry aimait aussi dessiner. Chaque matin il écrivait quelques lignes ou quelques pages dans ses fameux *Cahiers* qui ont été photographiés intégralement par le Centre national de la recherche scientifique. Au détour d'une page, entre deux réflexions, on trouve un schéma, un dessin, un portrait. Paul Valéry, *Autoportrait*, Sète, musée municipal.

*F*aut-il mettre en musique les poèmes comme l'ont fait certains compagnons de Guillaume Apollinaire? Faut-il les accompagner d'images, de dessins les éclairant? A ces deux questions des réponses variées ont été faites. Particulièrement intelligente est celle d'André Marchand qui, de ses lignes épurées, accompagne ce poème de Saint-John Perse. Lithographie d'André Marchand pour *Amers* de Saint-John Perse.

LE SANG DES POÈTES

Les poètes, depuis plusieurs millénaires, ont aimé le sang, ont redouté le sang, ont chanté le sang. Les médecins, les biologistes ont dû attendre le XVIIe siècle pour ébaucher l'étude du sang, le XXe siècle pour comprendre le sang, son importance, sa valeur de modèle.

J'ai eu le privilège, tôt dans ma vie scientifique, de consacrer mes recherches au sang, à son ordre, à ses désordres.

J'ai connu de grands poètes contemporains. Le sang souvent les inspirait. Ainsi, entre le sang des biologistes et le sang des poètes, toute une circulation s'est établie, avec des correspondances et des analogies fort émouvantes.

UNE HÉSITATION, UN HASARD, UNE NÉCESSITÉ

La question m'est parfois posée. Pourquoi le sang ? Comment êtes-vous devenu hématologue ? S'agit-il d'une vocation ancienne, profonde ? Est-il d'autres explications ? La réponse tient en trois mots : une hésitation, un hasard, une nécessité.

L'hésitation se place à la fin de mon adolescence. Elle marque la première étape, le choix d'une profession. Toute ma famille me conseillait d'être ingénieur. Mon père était centralien. Mon grand-père et deux oncles étaient polytechniciens. Je résistais de mon mieux, mais ma résistance devint malaisée lorsque, par hasard, je fus premier à la première composition de mathématiques en classe de mathématiques élémentaires. J'avais antérieurement été bon élève en français, en latin, en histoire, à peine moyen en mathématiques, mais ce jour-là le problème est si difficile qu'aucun de mes condisciples ne trouve la solu-

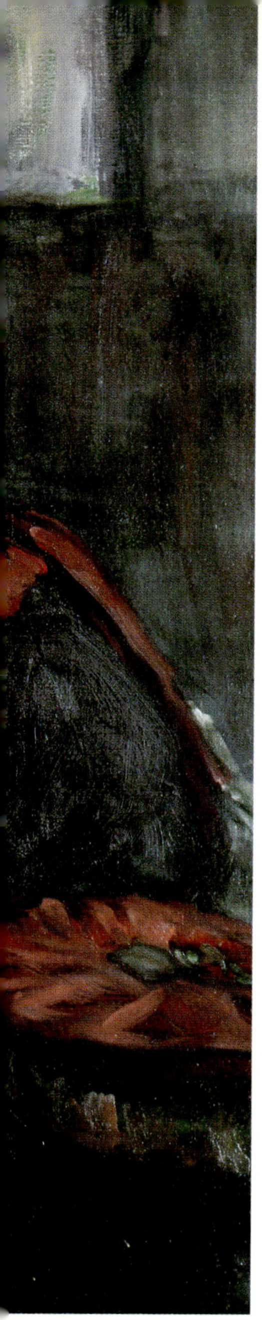

Ce tableau de Toulouse-Lautrec que l'on peut voir au musée Toulouse-Lautrec à Albi représente un examen à la faculté de médecine de Paris à la fin du XIXe siècle. En l'admirant sur les murs du musée d'Albi, j'ai retrouvé mes souvenirs d'étudiant. Vers 1930, au temps de mes propres études, les examens de médecine étaient bien tels que Toulouse-Lautrec les a peints. La révolution étudiante de 1968 a changé au moins l'aspect extérieur, l'apparence. C'est ainsi que les robes professorales portées lors des examens dans de nombreuses facultés de médecine ont disparu.

tion. Le classement se fait sur la question de cours.En dépit de cette place de premier, je parviens à éviter les grandes écoles et la carrière d'ingénieur. Je reste indécis. J'aimais les lettres et les sciences physiques, chimiques, naturelles. La vie d'écrivain me tentait, mais je redoutais d'être un écrivain moyen. La médecine me parut allier mon humanisme et mon goût pour les sciences. Un médecin moyen pourrait rendre des services. C'est ainsi qu'à seize ans je fis mon premier choix.

Un hasard. Ma deuxième orientation, l'orientation vers l'hématologie, la médecine du sang, ne fut pas délibérée mais fortuite, conséquence d'un hasard. Hasard numérique. A mon premier concours d'internat, j'échoue de justesse de trois quarts de point. Je suis interne provisoire. Je dois assumer les fonctions d'interne et concourir à nouveau pour être interne titulaire, et chacun me souligne les dangers de la situation. Double danger, le travail, les responsabilités d'un service hospitalier, peu compatibles avec la préparation du concours, la vie en salle de garde, les soirées amicales peu compatibles avec l'acharnement laborieux nécessaire. Et l'on me conseille de demander non pas un service mais une consultation, dont l'activité se termine à midi. C'est ainsi que, pour trois quarts de point, je suis devenu l'interne provisoire de Paul Chevallier, chef de la consultation de médecine du vieil hôpital Beaujon, faubourg Saint-Antoine. Paul Chevallier était un de ces médecins, très rares alors, qui se consacraient au sang et à ses maladies. C'est ainsi que je suis devenu hématologue. Une longue hésitation me conduit à la médecine. Le hasard, seul le hasard m'oriente vers l'hématologie. Quand, en 1929, je commence à travailler auprès de Paul Chevallier, l'hématologie est une discipline ésotérique. Quand un peu plus tard se confirme mon orientation, mes amis sont surpris et sévères. La discipline, disent-ils, n'a pas d'avenir. Soixante-trois ans plus tard, l'hématologie a démenti ces pronostics pessimistes. L'hématologie (on l'a vu tout au long de cet ouvrage) gouverne plusieurs des grandes voies de la médecine contemporaine et, au-delà même de la médecine, a permis de mieux connaître l'homme.

*N*icolas Beaujon, financier français vivant au XVIIIe siècle a donné son nom à deux hôpitaux. Le premier, rue du Faubourg-Saint-Honoré à Paris, est devenu un bâtiment de la police. Le second, à Clichy, est toujours en pleine activité. C'est dans le premier hôpital Beaujon que naquit ma vocation d'hématologue aux côtés de Paul Chevallier qui dirigeait la consultation de médecine de l'hôpital et qui, avec une remarquable prévision, avait compris dès les années 1925-1930 l'importance de l'étude du sang et la place qu'elle tiendrait en médecine pendant la seconde moitié du XXe siècle.

*U*ne nécessité. Ma troisième orientation, vers le traitement des leucémies de l'enfant, fut, elle, tout à fait volontaire. Certes je m'étais, dès les années trente, intéressé aux leucémies. Entre 1933 et 1936, j'avais poursuivi des recherches expérimentales établissant la nature cancéreuse des leucémies. La leucémie est bien un cancer du sang, ou plus exactement un cancer de la moelle osseuse. Vient la guerre, le temps du mépris, des épreuves, du malheur. Toute recherche est abandonnée. En 1945, je suis nommé médecin des hôpitaux de Paris et affecté à l'hôpital Hérold. L'hôpital Hérold, tout au nord de Paris, tout en haut de Paris, borde la place du Danube, place qui, patriotiquement, deviendra un peu plus tard place de Rhin-et-Danube. Les sulfamides, les premiers antibiotiques transforment la médecine. De nombreux enfants atteints de méningites aiguës, de septicémies, naguère condamnés, guérissent. Cependant les leucémies aiguës des enfants évoluent constamment vers la mort. Ce contraste, qui ne fera que s'accentuer pendant les années suivantes avec des succès de plus en plus nombreux des traitements

des maladies infectieuses, ce contraste est poignant. Côte à côte dans les lits voisins, à l'hôpital Hérold, je vois l'enfant atteint de méningite à pneumocoques qui guérit, l'enfant leucémique qui meurt. Une sorte de résignation, de fatalisme inspire alors les médecins. La leucémie est une maladie à tout jamais fatale. Nous sommes navrés, pensent-ils, mais nous n'y pouvons rien.

Il me paraît alors impossible d'accepter cette résignation. La mort d'un vieillard est un événement triste mais normal. La mort d'un enfant est un scandale. Le refus de ce scandale inspire depuis près d'un demi-siècle notre combat.

DEUX PRIVILÈGES

« Privilège : droit, avantage particulier, accordé à un seul individu ou à une catégorie d'individus avec faculté d'en jouir en dehors de la loi commune », dit le dictionnaire. J'ai été deux fois privilégié. Plus exactement j'ai été le témoin heureux de deux évolutions privilégiées.

La première évolution privilégiée est celle de la médecine. La médecine, on l'a souvent dit, a plus changé pendant les cinquante dernières années que pendant les cinquante siècles précédents. J'ai connu pendant mes études, pendant mon internat, une médecine inefficace, impuissante. Puis sont survenus d'admirables progrès. Particulièrement dans le domaine du sang et de ses maladies. L'anémie pernicieuse n'est plus pernicieuse. La maladie hémolytique du nouveau-né a tour à tour été reconnue, comprise, traitée, prévenue. Elle va disparaître. Vers 1945, elle tuait en France trois mille enfants chaque année. La maladie de Hodgkin, constamment fatale jusqu'en 1960, évolue le plus souvent aujourd'hui vers la guérison, comme aussi, dans les deux tiers des cas, la leucémie aiguë des petits enfants. Et je suis passé de la seule observation clinique à une médecine rationnelle, efficace, préventive, individuelle, à une hématologie dominée par l'étude des molécules du sang.

La seconde évolution est celle des lettres françaises. Ce vice impuni, la lecture. Je le connais depuis mon plus jeune âge. J'ai eu le bonheur, un peu plus tard, au moment de mon adolescence, d'être le témoin d'une des plus grandes époques des lettres françaises, avec les écrivains nés autour de 1870, Proust, Gide, Valéry, Claudel, un peu plus tard Roger Martin du Gard, puis Montherlant, François Mauriac, André Maurois, Jean Giraudoux, Paul Morand, les surréalistes Aragon, André Breton, Paul Éluard, René Char, Supervielle. En 1932, j'ai été pendant quelques mois critique littéraire d'un journal du soir : *Le Soir*. Une de mes amies, plus âgée que moi, qui écrivait sous le nom de Claude Denny, était dans ce journal responsable de la critique littéraire. Elle est malade. Elle doit se reposer en sanatorium. Elle désire ne pas perdre sa place, la retrouver à son retour. Elle me demande d'assurer sous son nom son remplacement. Ainsi chaque semaine et pendant près d'un an, je recevais de nombreux ouvrages. J'analysais deux ou trois d'entre eux dans le feuilleton hebdomadaire qui traditionnellement paraissait en bas de page. Je crois ainsi avoir été le premier en France à signaler la qualité, l'importance de *La Montagne magique* de Thomas Mann. « Si l'on cite l'astronomie, le phonographe, la biochimie, la psychanalyse, la franc-maçonnerie, l'amour, l'art d'écrire, le problème de l'existence de Dieu, l'anatomie pathologique, le droit des peuples à disposer d'eux-mêmes, on n'aura énuméré qu'une faible partie des sujets abordés par Thomas Mann dans *La Montagne magique*. » Ainsi commençait le premier feuilleton. J'avais alors vingt-cinq ans. J'étais interne de première année à l'hôpital Cochin, donc médecin toute la journée et critique littéraire le soir, heureux de pouvoir mieux comprendre la pensée, les méthodes des grands écrivains. En octobre 1939, je suis de nouveau journaliste, et cette fois rédacteur en chef. J'appartiens alors comme médecin-lieutenant à l'ambulance chirurgicale lourde 428 cantonnée à Notre-Dame de Liesse. En 1939, c'est le temps de la « drôle de guerre ». Nous sommes désœuvrés. Nous créons un journal qui s'intitulera ambitieusement *Le Sang retrouvé* (toujours le sang). Nous avons quelques difficultés avec la censure qui parfois coupe un texte anodin. Le journal paraîtra presque mensuellement pendant l'hiver, puis s'éteindra au printemps.

*G*uerre de 1939-1945. Bibliothèque roulante pour les soldats du front, offerte par la Croix-Rouge. Souvent on nomme « drôle de guerre » la période qui va de la déclaration de guerre, le 3 septembre 1939, au début de l'offensive allemande, en mai 1940. Presque tous les corps d'armées étaient désœuvrés, immobiles. Ce fut pour certains d'entre nous l'occasion d'abondantes lectures souvent grâce aux bibliothèques roulantes organisées par la Croix-Rouge. Certains ont découvert la lecture pendant la « drôle de guerre », d'autres ont continué à ne jamais lire.

ÉMOUVANTE AMBIGUÏTÉ

J'avais emporté dans ma cantine l'*Introduction à la poésie française* de Thierry Maulnier. Pendant les premières semaines de cette guerre immobile, j'allais à travers les champs de la Thiérache méridionale. J'allais souvent m'asseoir contre une meule avec l'*Introduction*. Tantôt je découvrais ou retrouvais Maurice Scève ou Antoine de Baïf. Tantôt j'essayais, comme Thierry Maulnier, de définir la poésie.

> « *Elle se joue et fuit comme une eau vive aux doigts malhabiles à l'analyseur. Présente au plus solide des grandes œuvres de l'esprit, il semble qu'elle en soit tantôt le principe, la source, tantôt le nimbe ou la rosée... Elle se refuse au langage dans la proportion même où elle le dépasse, de telle sorte que le langage, essayant de la saisir, l'éteint ou l'étouffe en lui-même comme un astre qui tenterait de circonscrire en lui sa puissance d'être lumière. Et elle semble n'être pourtant qu'une ressource du langage et un pouvoir particulier. Mais le langage paraît condamné à n'agir poétiquement que s'il échappe à sa nature et s'accroît d'une vie étrangère.* »

Cette émouvante ambiguïté, les poètes l'ont retrouvée dans le sang. Ce sang tantôt symbole et tantôt abstraction définissant la personne, tantôt liquide qui circule, qui s'épanche, liquide des guerres et des meurtres, liquide qui bouillonne, qui gicle ou qui se fige, tantôt couleur de l'amour et de la colère.

J'arrive à Hyères par le train de nuit au petit matin. Je gagne aussitôt la presqu'île de Giens. Je trouve Saint-John Perse encore allongé sur son lit.

Il repose sur cinq oreillers blancs. Bientôt il se lève, marche dans la maison ; il fait même quelques pas le long de la mer. Il évoque ses souvenirs de Chine.
Il a alors trente ans. Il est troisième secrétaire à la Légation de France à Pékin. Il dispose, à un jour de cheval de Pékin, sur une éminence dominant les premières pistes caravanières vers le nord-ouest, d'un petit temple taoïste désaffecté où il écrira *Anabase*. Il va souvent en randonnée à cheval vers l'Asie centrale. Un jour il est dans le désert de Gobi. Les quatre cavaliers mongols qui l'escortent ont deviné plus loin la présence d'un chameau mort et se précipitent vers le cadavre pour y découper leur nourriture. Il reste seul. Fatigué, il s'allonge sur le sable et machinalement pose sur sa poitrine un crâne de cheval qui se trouvait là. Entre ses yeux est un petit kyste latéral tout près d'un trait peint jadis par une prêtresse antillaise. Les cavaliers mongols reviennent, le trouvent endormi avec le crâne de cheval. C'est la situation même que les textes religieux décrivent quand ils parlent du Bouddha et des futurs Bouddhas. Le petit kyste marque le Bouddha s'il est médian, les futurs Bouddhas s'il est latéral. Les cavaliers mongols désormais le vénèrent, et pendant tout le voyage le respecteront sans l'approcher.
Puis Saint-John Perse m'interroge : « Que faut-il penser des progrès de la connaissance des groupes sanguins ? Proposez-vous une définition biologique de l'homme ?
– Deux définitions sont actuellement proposées, le sang nous offre l'une, le système nerveux l'autre, le sang avec l'extrême complexité des systèmes de groupes sanguins, le caractère unique de chaque homme, le système nerveux qui définit l'homme

vivant. Les caractères sanguins persistent après la mort. La mort est la mort du cerveau.
– La philosophie chinoise avait fait cette distinction bien avant vous. » Et Saint-John Perse revient à ses souvenirs de Chine. Il cite l'illustre sinologue Granet. La culture chinoise admettant l'existence, la co-existence de deux âmes, l'âme-souffle, l'âme-sang, le souffle et le sang. L'âme-sang, le *p'ho*, est le principe de la vie embryonnaire. L'âme-souffle, le *houen*, n'apparaît qu'après la naissance. Après la mort, l'âme-souffle, le *houen*, quitte cette terre et monte au ciel. L'âme-sang, le *p'ho*, reste avec le cadavre.
Quittant la Chine, mais restant avec le sang, je lui dis mon admiration pour l'émouvante invocation qui ouvre *Amers*.

« Et qui donc m'eut surpris dans mon propos secret ? gardé par le sourire et par la courtoisie ? parlant, parlant langue d'aubain parmi les hommes de mon sang, à l'angle peut-être d'un jardin public ou bien aux grilles effilées de quelque chancellerie, la face peut-être de profil et le regard au loin entre mes phrases à tel oiseau chantant son lai sur la capitainerie du port. »

Je n'ai fait qu'entrevoir Paul Valéry. Deux fois. D'abord chez Adrienne Monnier. Je feuilletais les livres nouveaux offerts sur la table qui leur était réservée. Toute proche de cette table, Adrienne Monnier siégeait, face à la rue, au centre d'une sorte de chaire, d'enceinte fortifiée à l'intérieur de laquelle était ménagée une ruelle pour les amis intimes. Et souvent parmi eux Paul Valéry. J'avais quinze ans, seize ans, dix-huit ans. J'étais à la fois fier et ému. Involontairement ou parfois volontairement indis-

Alexis Léger devint en littérature Saint-Léger Léger puis Saint-John Perse. Il fut à la fois un haut fonctionnaire, un des principaux collaborateurs d'Aristide Briand, secrétaire général du ministère des Affaires étrangères, et un des grands poètes de ce siècle. Son travail de poète se poursuivait au long de deux périodes. Une période de rêve, d'évocations surtout nocturnes durant laquelle Saint-John-Perse jetait des ébauches sur le papier, puis une période de rigueur, de correction, de sévérité aboutissant au texte définitif. Il reçut le prix Nobel de littérature en 1960.

cret, je recueillais des fragments de leur entretien. Paul Valéry a joué rue de l'Odéon un rôle important et, en retour, Adrienne Monnier est, à plusieurs reprises, intervenue pour le faire connaître à quelques *happy few*. Elle édite *Album de vers anciens*, elle organise la première lecture de *La Jeune Parque*, et beaucoup plus tard la première lecture de *Mon Faust* et de *Lust*. Il lui écrit en prose et en vers :

« D'autres préfèrent la prairie
Mais les plus sages vont nier
La rose dans ta librairie
Ô Mademoiselle Monnier. »

La seconde rencontre est plus récente, vers 1933. Paul Valéry venait parfois passer quelques jours dans la propriété tourangelle de Robert Debré. Lors d'une de ces visites, je m'y trouve aussi. Une nouvelle édition de *Charmes* vient de paraître. Paul Valéry s'apprête à la dédicacer à Robert Debré. Nous sommes là, trois ou quatre, silencieux, admiratifs. Valéry prend son stylo, médite longuement, finalement se décide. Nous nous précipitons et lisons : « A Robert Debré, très amicalement, Paul Valéry. » Rien de plus malaisé, même pour les plus grands, d'être constamment génial dans la rédaction des dédicaces.

J'ai donc à peine entrevu Paul Valéry. Mais les grands écrivains ne meurent pas. Adolescent, je connaissais déjà par cœur les poèmes de *Charmes*. Ils chantent encore dans ma mémoire. Et depuis près de vingt ans, depuis que le C.N.R.S. a édité les *Cahiers*, j'ouvre souvent au hasard un des volumes, heureux de retrouver une formule connue, plus heureux encore de découvrir tel rapprochement, telle remarque que j'ignorais. Je suis heureux de rencontrer parfois aussi des serpents. Tel celui qui avale sa queue, l'avant-dernier anneau, et ainsi de suite, avant de s'engloutir. Et Valéry de conclure : « C'est ce qu'on appelle l'acquisition de la connaissance. »

Les hématologues ont de la chance. Valéry ne s'est guère intéressé au foie, aux reins, aux poumons. Le sang, en revanche, l'a beaucoup retenu. Un important colloque, organisé par Judith Robinson Valéry, tenu à Montpellier en 1982, avait pour thème « La science et l'homme – L'actualité de la pensée scientifique de Paul Valéry ». Ma contribution avait pour titre « Valéry et le sang ». Le sang qui brille aux lèvres qui se rendent, colore les joues, éclaire les réflexions dont le corps fournit le motif. La pensée de Valéry inspirée et inspirant est au confluent de deux

courants, l'un qui descend du sang des poètes, l'autre qui remonte du sang du troisième corps, le corps connu des médecins. Laissons-nous tour à tour entraîner par ces deux courants. Tout naturellement, le premier naît dans *La Jeune Parque*, souvent tenu, certes, pour un poème philosophique. Mais *La Jeune Parque* est aussi un poème tout ensanglanté, plus exactement tout nourri du sang qui circule par les strophes. Le sang est probablement un langage.

« J'ai essayé là de faire de la poésie avec l'être vivant », écrit vers 1936 Valéry, qui poursuit : « J'ai essayé de faire venir au monologue [dans *La Jeune Parque*] ce qui me semblait la substance de l'être vivant et la vie physiologique dans la mesure où cette vie peut être perçue par soi et exprimée poétiquement. » Il a ainsi admirablement allié physiologie et poésie.

J'ai eu le privilège
entre 1921 et 1950 de bien
connaître Adrienne Monnier.
Sur ce cliché photographique
pris en 1935, nous la voyons,
telle qu'elle était au quotidien,
dans la librairie à laquelle
elle a, pendant des années,
consacré toute son énergie.
Adrienne Monnier
était entrée en littérature
comme on entre en religion.
Elle dirigeait, rue de l'Odéon,
à Paris, une librairie où
l'on prêtait les livres beaucoup
plus qu'on ne les vendait.
Au cours de cette période
glorieuse des lettres françaises
elle était entourée par
les plus grands écrivains :
Paul Valéry, Saint-John Perse,
Léon-Paul Fargue,
Jules Romains, Joyce,
Valéry Larbaud, Paul Claudel,
André Breton,
André Chamson. Elle
a littéralement appris à lire
à ceux qui fréquentaient
les *Amis des Livres*,
la librairie de la rue de l'Odéon.

Terre trouble et mêlée à l'algue, porte moi
Porte doucement moi...
Paul Valéry

XCI

A MON SANG SUSPENDUE...

A l'insuffisance étriquée et peu poétique du langage de la psychologie, se substitue dès les premiers vers de *La Jeune Parque* l'éclat, la richesse du langage du corps. Le sein nu, le cœur, le bras, les tempes. Et surtout le sang :

« Toute ? Mais toute à moi, maîtresse de mes chairs,
Durcissant d'un frisson leur étrange étendue,
Et dans mes doux liens, à mon sang suspendue,
Je me voyais me voir, sinueuse, et dorais
De regards en regards, mes profondes forêts. »

Ce sang qui court dans les vaisseaux sinueux (déjà Shakespeare appelait sinuosités les vaisseaux du sang), le sang qui, pendant les émotions les plus vives, colore toute la surface du corps, les périphéries, les bords.

La Jeune Parque est l'un des plus beaux poèmes de Paul Valéry. Sous la rigueur de la forme, sous l'émotion contenue court un sang qui circule. *La Jeune Parque* est suspendue à son sang. Il coule avec le lait et la semence. Sans cesse alternent l'espoir et le désespoir, les départs et les retours. Page extraite du manuscrit de *La Jeune Parque*, Paul Valéry.

« L'arc de mon brusque corps s'accuse et me prononce,
Nu sous le voile enflé de vivantes couleurs
Que dispute ma race aux longs liens de fleurs. »

Couleurs qu'on retrouve souvent dans d'autres poèmes, dans « Fragments du Narcisse » :

« Alors les yeux fermés à l'éternel éther
Ne voient plus que le sang qui dore leurs paupières. »

Et dans « La Pythie », où les hématologues retrouvent les taches de peau qu'ils appellent purpura :

« Ils m'ont connue aux bleus stigmates
Apparus sur ma pauvre peau. »

Et bientôt le rôle fondamental du sang :

« Osera-t-il le Temps de mes diverses tombes
Ressusciter un soir favori des colombes
Un soir qui traîne au fil d'un lambeau voyageur
De ma docile enfance un reflet de rougeur
Et trempe à l'émeraude un long vase de honte. »

Écho de *Sémiramis :*

« La Colombe se hâte
Couverte du sang de l'amour.
[...]
Ma Puissance
Du sang des races arrosées... »

Ce rôle essentiel du sang s'affirme dans certains brouillons inédits des « Fragments du Narcisse » :

« Je t'aime unique objet qui me défends des morts
[...] Porteur de l'urne du sang. »

Il inspire ces vers de *La Jeune Parque :*

« Viens, mon sang, viens rougir la pâle circonstance
Qu'ennoblissait l'azur de la sainte distance,
Et l'insensible iris du temps que j'adorai !
Viens consumer sur moi ce don décoloré ;
Viens ! que je reconnaisse et que je les haïsse,
Cette ombrageuse enfant, ce silence complice. »

C'est presque l'appel à une thérapeutique, à une transfusion traitant une chlorose. Ceci d'autant plus qu'un peu plus loin :

« Criaient de tout mon corps la pierre et la pâleur...
La terre ne m'est plus qu'un bandeau de couleur
Qui coule et se refuse au front blanc de vertige... »

Ou après l'anémie (la pâleur, les vertiges), l'espoir de la guérison, du trouble corrigé :

« [...] La renaissante année
A tout mon sang prédit de secrets mouvements. »

Et le retour des circulations normales :

« Et ces bords sinueux, ces plis et ces calices,
Pour que la vie embrasse un autel de délices,
Où mêlant l'âme étrange aux éternels retours,
La semence, le lait, le sang coulent toujours. »

Et après le désespoir, l'espoir, le réveil rude et doux et le sang qui circule :

Narcisse a inspiré tour à tour les poètes de l'Antiquité, de grands poètes français du XVIIIe siècle et Paul Valéry. Ses fragments du Narcisse chantent encore dans nos mémoires. Ainsi une fontaine offre à l'homme, à un homme, sa première image de lui-même. Peut-être comme les jeunes enfants ne sait-il pas que c'est de lui d'abord qu'il s'agit. Puis il comprend. Il s'admire. Il est ému quand le vent trouble son image. Il s'aime. Il ferme les yeux. Il voit, comme l'écrit Paul Valéry, « son propre sang qui colore ses paupières ». *Narcisse à la fontaine*, Pompéi, maison de Marcus Lucretius.

« L'ombre qui m'abandonne, impérissable hostie,
Me découvre vermeille à de nouveaux désirs. »

Puis le regret de n'avoir pas eu le lucide dédain des nuances du sort et le rappel de l'anémie du sang perdu :

« Trouveras-tu jamais plus transparente mort
Ni de pente plus pure où je rampe à ma perte
Que sur ce long regard de victime entr'ouverte,
Pâle, qui se résigne et saigne sans regret ?
Que lui fait tout le sang qui n'est plus son secret ?
Dans quelle blanche paix cette pourpre la laisse,
A l'extrême de l'être, et belle de faiblesse !
Elle calme le temps qui la vient abolir,
Le moment souverain ne la peut plus pâlir,
Tant la chair vide baise une sombre fontaine ! »

Enfin vient l'apaisement :

« Couche où je me répands, m'interroge et me cède,
Où j'allai de mon cœur noyer les battements. »

Nous avons déjà proposé un classement des peintres en deux catégories, ceux qui refusent de représenter le sang, ceux qui se plaisent à le représenter. Masson appartient au second groupe. Il est permit de comparer dans leurs relations avec le sang, les peintres et les poètes. De même que le sang circule tout au long des vers de *La Jeune Parque* , de même le sang colore souvent les œuvres de Masson, tel ce *Jet de sang* que nous admirons sur ce tableau. André Masson, *Jet de sang*, Centre Pompidou.

Et la gloire, l'éblouissement :

> *« Feu vers qui se soulève une vierge de sang*
> *Sous les espèces d'or d'un sein reconnaissant.* »

Tel est le premier courant, telle est cette première étape avec ces échanges si constants, si profonds que nous n'avons fait qu'esquisser entre l'esprit, l'émoi, le sang qui exprime, amplifie. Suivons maintenant l'autre courant. « Tout pour le sang et le sang pour tout », écrit-il. Il avait été dans *La Jeune Parque*, dans « Fragments du Narcisse », poète et physiologiste. Il fut dans *Variétés*, dans les *Cahiers*, dans quelques autres textes, philosophe et physiologiste.

Tout part de l'absurde. Il reconnaît en physiologiste l'absurdité de notre condition : « Le corps fait du sang qui fait du corps qui fait du sang » ; et dans les *Cahiers* : « Toutes nos fonctions sont transformatrices. Le sang est à la fois le produit de transformations fonctionnelles qui se transforme lui-même en conditions des fonctions qui le produisent. »

Certes on peut tout aussi bien trouver absurde « cette organisation de conservation réciproque monotone » qu'admirer et l'organisation (les régulations) et le résultat, cet homme unique, sa mémoire, sa pensée, l'invention, tous les produits de la vie auxquels, malgré Valéry et en pensant à lui, nous pouvons attribuer valeur de prodige. Ces grands rythmes, ces relations avec le corps vont bien souvent inspirer sa réflexion. Réflexion qui parfois rappelle Claude Bernard : « Le maintien de la composition type du sang est la loi de tout l'organisme. » Parfois s'en écarte : « Toute notre activité et l'économie ne fait qu'altérer et reconstituer le sang. Ce serait un travail de Danaïde si l'usure fondamentale inexpiable et les incidents n'y mettaient ordre. » « Le même sang qui nourrit et lave le cerveau nourrit et lave le reste du corps. »

Et tantôt il apprécie avec une sévérité peut-être excessive notre ignorance : « Embryologie, quand et comment paraît le sang, ils n'ont pas l'air de le savoir. » Tantôt il note une donnée précise et ses conséquences, annonçant cette chrono-biologie aujourd'hui en plein essor : « Pendant le sommeil, les orgues travaillent autrement. Le sang est autre.

Les filaires s'aventurent dans les vaisseaux pendant le sommeil. »

Lorsqu'on transfuse à l'animal d'expérience, à l'homme malade, des quantités importantes de sang, on met au repos l'organe qui fabrique le sang, la moelle osseuse qui cesse de former ses globules. Ainsi se trouve confirmée une des prévisions de Valéry, prévision qui va loin. Valéry prévoit le sang artificiel, préparé au laboratoire, qui fait actuellement l'objet de tant de recherches, et en annonce les conséquences. En parlant de l'animal il écrit : « Si son sang recevait toutes préparées les substances dont l'élaboration demande tant d'industries coordonnées et un tel appareil directeur, on conçoit que ce matériel et son fonctionnement rendus inutiles étant retranchés, la vie soit maintenue, et même plus exactement et sûrement maintenue qu'elle ne l'est par les mécanismes naturels. Ce mode de conservation artificiel ferait l'économie d'abord de tous les organes de relation : les sens, les moteurs, les instincts, la psyché et puis tout ce qui exige de filtres, broyeurs, malaxeurs, transporteurs, tubes, brûleurs et radiateurs, le travail à la chaîne qui s'amorce dès que les signaux des sens ont annoncé sa mise en train. »

Ainsi, bien avant l'inventeur de l'ordre cannibale, Paul Valéry a envisagé les conséquences de la physiologie, de la médecine de substitution. Il annonce avec le sang artificiel, les tissus artificiels, l'atrophie progressive de nos organes, de nos fonctions, l'homme réduit à une de ces cellules qui vivent en culture.

Pessimisme raisonnable à condition de penser en chronologie d'évolution, c'est-à-dire en centaines de milliers d'années. Pessimisme qui devrait orienter utilement nos recherches. La physiologie qui corrige les troubles est beaucoup plus importante que la physiologie qui remplace. Cette physiologie qui corrige peut agir sur les mécanismes locaux de tel ou tel organe. Elle s'efforce plus souvent actuellement de retrouver l'unité de l'homme, de reconnaître les grandes régulations communes pour les corriger quand elles sont altérées. Il n'est pas excessif de penser que Valéry a prévu ces développements. Dans l'étude des trois corps, nous trouvons successivement évoqués le présent et le futur.

Le présent du temps de Valéry, un présent de dissection, d'analyses, d'ignorances. « Ce troisième corps, on ne le connaît que pour l'avoir divisé et mis en pièces. Le connaître c'est l'avoir réduit en quartiers et en lambeaux. »

Le futur, c'est l'hypothèse du quatrième corps « que je puis indifféremment appeler le corps réel ou le corps imaginaire ». Ce quatrième corps n'est-il pas l'ensemble des données inconnues, des régulations, des relations entre les trois corps « dont la connaissance résoudrait d'un seul coup tous ces problèmes car ils l'impliquent » ? Ainsi Valéry prévoit les grandes régulations du futur.

« Un jour un médecin me traita intérieurement de fou parce que je lui demandais s'il ne croyait pas que la structure même de la pensée dépendît d'une certaine façon de la marée sanguine dans le cerveau. » Et « la pensée agit sur les choses par les muscles. Les choses sur la pensée par les sens, par la chimie du sang, par les modifications des tissus cérébraux. » « La conscience est soutenue par le corps et vacille et se tient sur la pression tremblante du sang comme la coquille d'œuf sur un jet d'eau. »

*L*e grand poète Paul Valéry n'a pas seulement illustré ses *Cahiers* de croquis, d'images et de dessins qui, en regard, complétaient parfois les pensées exprimées par l'écriture sur la page voisine. Il a aussi fait de véritables tableaux et a fréquemment réalisé des portraits de ses amis. Il s'est plu assez souvent à se représenter lui-même. C'est le cas de cette aquarelle intitulée *Moi-1894*, cet autoportrait un peu triste qui le représente dans une rue lugubre.
Paul Valéry, *Autoportrait*, coll. part. Madame Agathe Rouart-Valéry.

NOTES DE RECHERCHE

Ainsi je connaissais deux circulations, deux courants, le sang des poètes et le sang des hématologistes. Je m'efforçais parfois de les unir. Triplement. Soit en observateur, comparant dans un domaine précis, le sang et la race, les affirmations des poètes, les réserves des hématologues. Soit en clinicien, constatant pour les hémorragies délibérément provoquées la priorité de l'écrivain sur le médecin. Soit en poète mineur, ému par telle méthode nouvelle, par telle évolution, écrivant des notes de recherche. Ainsi les vers qui suivent tirés de mon recueil *Survivance* :

Mort cellulaire

Où fuis-tu mort des poètes
Regarde cette mort ici
Cette mort élémentaire
Mort par fragments, mort par vacuole,
Mort par l'eau.
Où sont les grands fracas, les vieillards et les faux
Et l'appareil bourgeois des funérailles
La mort est cette image ronde
Qui s'enfle, se déforme et soudain s'affaisse
Définitivement immobile et plissée,
Liquide nudité où dorment les destins.

Accélération

La vitesse de la vie dépend de toi
Si lente, spontanée, qu'on dirait immobile
La trame patiente et précieuse s'anime quand tu le veux.

Andersen dans ses contes, dans ses histoires écrites dit-on pour les enfants, a souvent prédit, annoncé les événements, les relations que les hommes de science découvriront bien plus tard, souvent dans des conditions très variées. Dans ce tableau de E. Jerichau Baumann, *Hans Christian Andersen lisant l'histoire Engelen à des enfants*, nous admirons tout autant le sérieux du conteur, les différentes attentions que les enfants lui prêtent, que le talent du peintre lui-même.

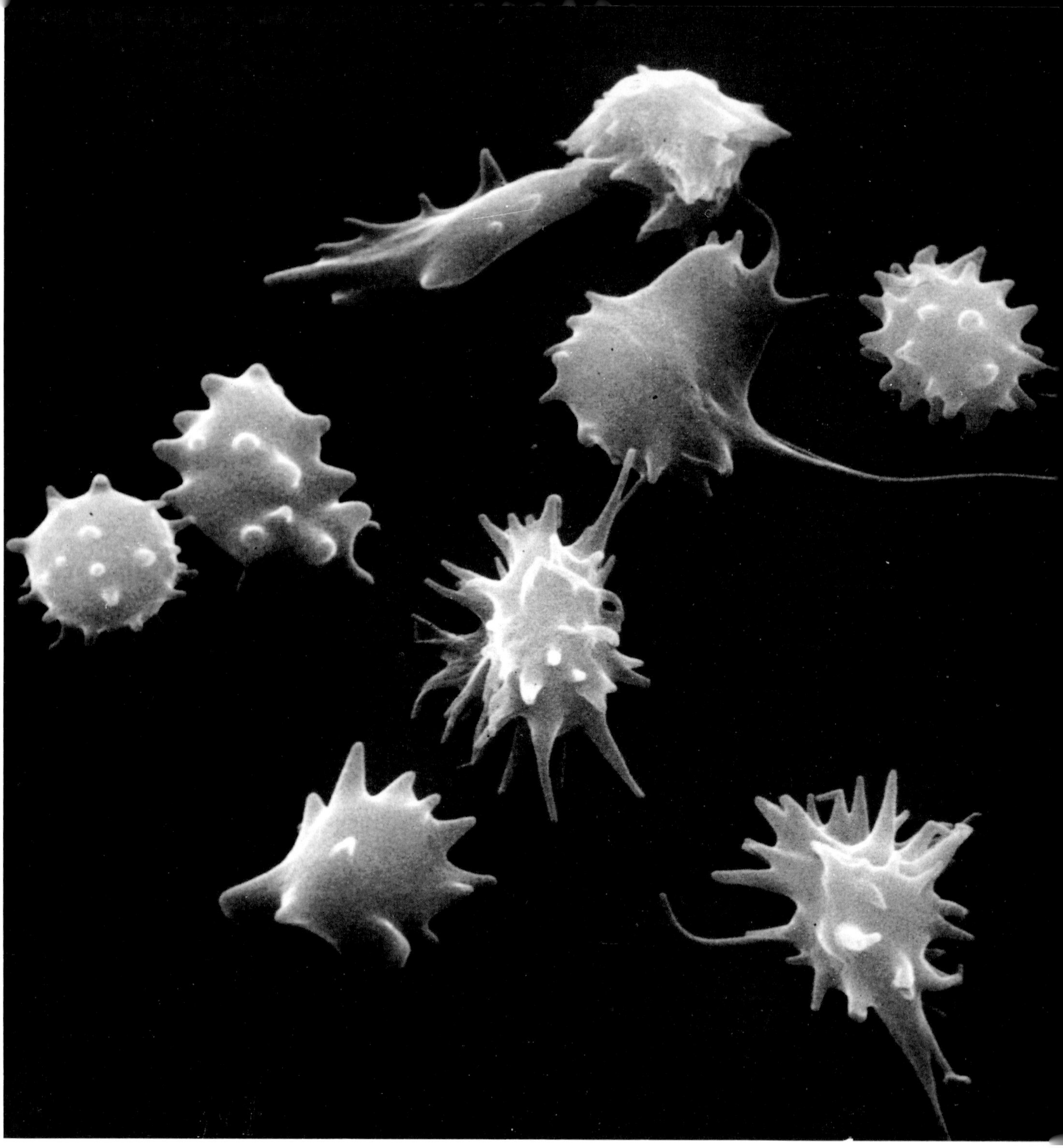

On doit à Marcel Bessis cette belle photographie de drépanocytes. Nous avons déjà rencontré ces globules rouges à forme de faucille, les globules rouges dits falciformes de la maladie appelée hémoglobinose S. On voit ici que les drépanocytes peuvent prendre des formes très variées.

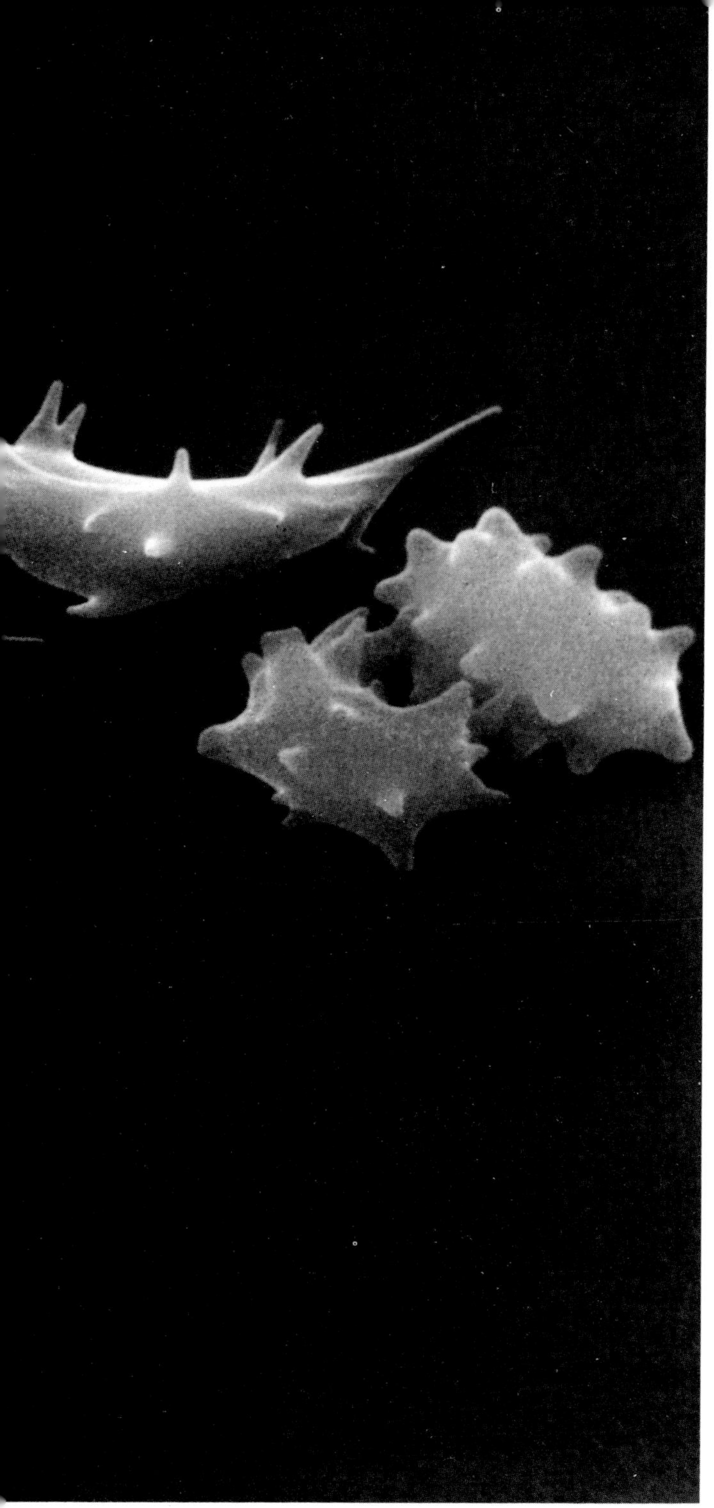

Le temps changé anime la gelée

Prudente d'abord comme une civilisation juste éveillée
Ô saisons, ô moments, siècles qui sont secondes
Reflets menteurs des connaissances
Le rythme naît. Lianes de Brésil.
Étangs moirés, frémissements de la troupe qui s'émeut
La rapidité est aisée et douce.
Elle devient douloureuse. Brusques pistons, saccades, cruautés,
Puis tu es là. La vie redevient lente et vraie.
Et les grains s'assoupissent dans la paix qu'ils n'ont jamais vraiment quittée
Diamants d'un tissu qui dort.

Signes de vie, signes de mort

Signes de vie, signes de mort
Mais aucun décisif
L'espoir de la course au long des années,
Les jeux, les travaux, la musique,
Le petit que l'on mène en classe
L'adolescent rugueux
Et sur ce verre la vérité
Rien que la mort tout autour de nous.

Puis ce poème « Pour les globules rouges de Marcel Bessis » de mon recueil *Circonstances :*

(Imité de Corneille)

Ainsi n'espérez pas qu'après vous je soupire
En vain vous étalez la micelle et le fer
En vain vous me montrez par tout l'illustre empire Khmer
L'hémoglobine E dans sa pompe et sa sphère.

(Imité de Max Jacob)

On fut reçu par l'organelle et le rouleau
L'acanthe frissonnante à l'ombre du fuseau
L'artiste enlumineur quitta son aquarelle
Et son laser n'avait pas replié son aile
Que cent mitochondries fleurissaient le stroma
Et que mille porphyres éclairaient leurs amas.

SANG PUR ? SANG IMPUR ?

Depuis le début de ce siècle, les hommes de science savent que les caractères sanguins essentiels, les groupes sanguins, se transmettent de génération en génération selon les lois de l'hérédité mendélienne. Cette hérédité, reconnue peu après 1900 pour le premier système de groupes sanguins ABO, a ultérieurement été confirmée pour les autres systèmes de groupes importants, les groupes Rhésus, les groupes HLA.

Mais depuis plusieurs milliers d'années, les poètes savaient que le sang est à la fois le symbole, le vecteur, le témoin de l'hérédité. La rigueur de leur affirmation est remarquable. Les biologistes, les médecins ont longtemps travaillé avant de découvrir, de préciser, de vérifier la génétique des groupes sanguins. Les poètes, eux, ne doutent pas. Ils ont d'emblée accepté un postulat, le sang c'est l'hérédité. Et le thème cent fois repris va inspirer leurs poèmes.

L'affirmation peut être générale :

« Cette ardeur que dans les yeux je porte
Sais-tu que c'est mon sang, le sais-tu ? »
(Corneille)

Plus souvent sont honorées les vertus transmises par le sang :

« Votre sang est trop bon, n'en craignez rien de lâche. »
(Corneille)

« Élevé dans le sein d'une chaste héroïne
Je n'ai point de son sang démenti l'origine. »
(Racine)

« Et d'ailleurs Polyeucte est d'un sang qu'on révère. »
(Corneille)

« Ce champ si glorieux où vous aspirez tous
Si mon sang ne l'arrose est stérile pour vous. »
(Racine)

Et une relation qu'on ne discute pas est établie entre ces vertus et la noblesse héréditaire, ce que traduit l'expression « prince du sang » entrée dans la langue, mentionnée par Bossuet dans l'oraison funèbre du prince de Condé : « C'est, Messieurs, ce que vous verrez dans la vie éternellement mémorable de très haut et très puissant prince Louis de Bourbon, prince de Condé, premier prince du sang. » Ce qu'exprime aussi Chateaubriand : « Il n'a dans les veines qu'une goutte du sang de Saint-Louis, mais il l'a. »

Cette vertu du sang noble héréditairement transmise est parfois objet de critiques ou de remarques ironiques. Critique – les biologistes modernes ont reconnu par l'étude des groupes sanguins qu'en Europe occidentale 5 à 15 % des enfants sont adultérins. Saint-Simon l'avait vu avant eux : « L'unique concession du nom, titre, etc. de prince du sang et de l'habilité après eux à la couronne [...] récompense d'une

*D*epuis longtemps les vertus, la noblesse ont été, dans le langage commun comme dans celui des poètes, ou celui de la Cour, liées au sang, à la transmission héréditaire des caractères sanguins.
Le prince de Condé est prince de sang. Ce terme même exprime la liaison effectuée entre le sang et son appartenance à la royale lignée des Bourbons.
On connaît l'extrême diversité des vertus des princes de sang, certains illustrant la famille qui est la leur, d'autres se faisant remarquer par des qualités moins assurées.
Ce qui s'accorde assez bien avec les données de la génétique moderne soulignant justement cette diversité des caractères transmis.
Portrait de Louis II de Bourbon, prince de Condé (1621-1686), château de Versailles.

naissance tellement impure que jusqu'à ces bâtards de Louis XIV, les hommes en pas un pays n'ont voulu la connaître. » Ironique – le cardinal de Retz écrit : « J'oubliais presque M. le prince de Conti. Je ne crois pas le pouvoir mieux dépeindre qu'en vous disant que ce chef de parti était un zéro qui ne se multipliait que parce qu'il était prince du sang. » Et trois siècles plus tard Georges Duhamel : « L'ancienne noblesse répugnait si bien à cette conformation absolue des organes qu'elle déclarait bleu le sang qui coulait dans ses veines. » Enfin, sous la plume de Roland Barthes : « Les rois sont définis par la pureté de leur race (le sang bleu) comme les chiots. »

Le sang donc, en dépit de ces critiques et de ces remarques ironiques, peut porter les vertus de génération en génération. Plus souvent, semble-t-il, il transmet le malheur, il est l'irrévocable témoin d'un terrible destin. Ainsi Phèdre :

> « *Puisque Vénus le veut, de ce sang déplorable*
> *Je finis la dernière et la plus misérable.* »

> « *Je me tais. Cependant Phèdre sort d'une mère,*
> *Phèdre est d'un sang, Seigneur, vous le savez trop bien*
> *De toutes ces horreurs plus rempli que le mien.* »

Et Clytemnestre :

> « *Vous ne démentez point une race funeste*
> *Oui, vous êtes le sang d'Atrée et de Thyeste.* »

Ce ne sont pas seulement les hautes vertus, les horreurs potentielles qu'exprime le sang, ce sont aussi les caractères, les défauts très ordinaires. Ainsi Flaubert l'évoque-t-il dans *Madame Bovary :* « Elle marchandait avec rapacité. Son sang de paysanne la poussait au gain. »

Tout naturellement, les poètes, certains poètes au moins, reconnaissant, admettant dans telle famille royale la transmission des vertus, dans telle autre la transmission des vices, ont évoqué la puissance des liens du sang, puis l'inégalité des sangs, des races.

Clytemnestre, fille de Tyndare et de Léda, sœur d'Hélène, de Castor et de Pollux, épouse d'Agamemnon, mère d'Iphigénie, d'Oreste et d'Électre. Avec la complicité de son amant, Égisthe, elle tua son mari à son retour de la guerre de Troie et fut tuée par son fils Oreste.
L'*Électre* de Sophocle et celui d'Euripide, l'*Agamemnon* d'Eschyle, retracent cette tragique histoire.
Les poètes, de Sophocle et Euripide à Racine, bien avant que les hématologues découvrent que certaines maladies sont héréditaires, ont tenu pour vérité absolue la transmission par le sang de la fatalité du destin.
Clytemnestre par John Collier.

La fraternité définie par le sang les a émus : « Mais ils étaient frères, frères de la même chaumière et du même sang, et c'est là quelque chose de mystérieux, un lien qui résiste à tout », écrit Loti dans *Mon frère Yves*. La même fraternité les a inquiétés :

«Le frère rarement laisse jouir son frère
De l'honneur dangereux d'être sorti d'un sang
Qui les a de trop près approchés de son rang.»
(Racine)

Ils en ont noté les limites :

« Mais enfin l'amitié n'est pas de même rang
Et n'a pas les effets de l'amour ou du sang. »
(Corneille)

« Frère du choix, plus fort que le sang. »
(Montherlant)

Ils en ont reconnu la force.

Ainsi Léopold Senghor :

« Qui pourra vous chanter, si ce n'est votre frère de race, votre frère de sang, vous tirailleurs sénégalais. »

La diversité des origines, le mélange des sangs ont parfois été acceptés. Ainsi Victor Hugo dans cette strophe célèbre :

« Alors dans Besançon
Naquit d'un sang breton et lorrain à la fois
Un enfant sans couleur, sans regard et sans voix. »

Plus souvent ils inspirent des images, des propos qu'on appellerait aujourd'hui racistes. Ainsi Racine :

« [...] Et les fils de ce roi
Quoique nés de mon sang, sont étrangers pour moi. »

« N'admet avec son sang aucun sang étranger. »

« Le sang de César ne se doit allier
Qu'à ceux à qui César veut bien le confier. »

Cette confrontation entre le sang des poètes et le sang des biologistes a souvent été l'objet de mes réflexions. J'admire le génie des poètes, leur prévision. C'est à juste titre que le sang revient si souvent dans *Les Tragiques*, que sont annoncées, acceptées ses relations avec le destin. La définition de l'homme par son sang, la prédiction des maladies par l'étude du sang sont, nous l'avons vu, de remarquables conséquences des progrès de la recherche biologique moderne. Les poètes avaient depuis longtemps reconnu cette définition, annoncé cette prédiction.
Mais je note que leur génie les a entraînés trop loin sur le chemin dangereux d'un racisme. Les poètes acceptaient l'inégalité des sangs, le sang bon et le sang mauvais, le sang pur et le sang impur. La recherche hématologique m'a depuis longtemps appris qu'entre les hommes il n'y a pas inégalité, mais différence. Tel caractère avantageux ici est désavantageux là. Et le métissage est avantageux, ce qui est en désaccord complet avec les affirmations des héros et des héroïnes de Racine.
Renan écrivant « Qu'est-ce qu'une Nation ? » n'avait pu prévoir l'évolution des recherches physiolo-

giques, mais avait affirmé fermement : « Pour les anthropologistes, la race a le même sens qu'en zoologie ; elle indique une descendance réelle, une parenté par le sang. Or l'étude des langues et de l'histoire ne conduit pas aux mêmes divisions que la physiologie [...]. Ce qu'on appelle physiologiquement et historiquement la race germanique est sûrement une famille bien distincte dans l'espèce humaine. Mais est-ce là une famille au sens anthropologique ? Assurément non. »

Les mystères du sang répandu

Les hémorragies délibérément provoquées, les blessures que l'homme s'inflige volontairement peuvent être classées, au moins schématiquement, sous deux chefs.

Tantôt ces hémorragies sont rituelles, elles appartiennent à l'histoire des mythes, elles sont liées à des traditions, à des coutumes. Tantôt elles appartiennent à la médecine. Elles sont liées à des états pathologiques, à des désordres nerveux. La différence entre les deux classes n'est probablement pas absolue.

« Se mutiler pour faire couler son sang est un fait universel », écrit Jean-Paul Roux qui, dans son ouvrage *Le Sang, mythes, symboles et réalités*, consacre tout un chapitre à ces blessures volontaires. Et il ajoute : « L'idée que le sang doit être extrait du corps importe plus ici que la méthode employée. C'est tantôt utiliser la force du sang pour fortifier, fertiliser, faire croître, guérir, transmettre la vie, ressusciter, tantôt s'engager à des actions, à des vœux, tantôt s'associer aux défunts, aux saints, aux héros fondamentaux, participer à la souffrance, contribuer à la vie du dieu ou s'immiscer dans un drame sanglant qui a eu lieu dans un temps mythique ou historique, en quelque sorte le faire revivre. »

Les hémorragies les plus fréquentes sont celles du visage et concernent le plus souvent les oreilles et le nez. Ainsi Hérodote écrit que les Scythes « se coupent un bout de l'oreille [...], se déchirent le front et le nez ». En Nouvelle-Calédonie, les parents d'un chef qui vient de mourir ont les oreilles littéralement déchiquetées par les incisions multiples qu'ils se font. Les hémorragies provoquées par incision des membres sont assez fréquentes. « Les Mèdes se font aux bras de légères incisions et chacun lèche le sang de l'autre », écrit encore Hérodote. Les blessures du corps sont beaucoup plus rares.

Souvent l'hémorragie est un rite funéraire. Ainsi le chœur des *Suppliantes* d'Euripide : « Labourez vos joues, ensanglantez vos ongles blancs, empourprez votre chair, tel est aux trépassés l'hommage des vivants. » Dans le chant IV de l'*Énéide*, Anne, la sœur de Didon, accourt « d'un pas hâtif, se déchirant le visage de ses ongles ». Et Jean-Paul Roux nous apprend que lors des enterrements chez les autochtones australiens du fleuve Darling, « plusieurs hommes se tenaient près de la tombe ouverte et se faisaient des entailles dans la tête à coup de boomerang, puis penchaient leur tête ensanglantée sur la tombe de manière que le sang tombât sur le cadavre ».

La ferveur religieuse exaspérée peut susciter des crises d'entraînement grégaire, de frénésies enthousiastes. Telles celles qui, dans l'Iran chiite, accompagnent la commémoration de la mort de Husain, le premier imam. « Partout dans les villes, d'immenses processions regroupent les pénitents qui chantent

*L*a photographie de gauche représente une cérémonie musulmane au Pakistan, dominée par la flagellation. Les participants chantent, dansent, se flagellent et voyant couler le sang, se flagellent davantage encore.
Les instruments qui provoquent les saignements sont des fouets, des chaînes, parfois même des sabres. Les historiens des religions,
les anthropologues ont décrit des scènes surprenantes, comme cette excitation qui croît avec la vue du sang répandu et qui se termine parfois par la mort de certains flagellants.

*L*a religion chrétienne connaît elle aussi ses flagellants. En témoigne ce détail de flagellants du tableau *Vierge de Miséricorde* de Pietro di Domenico Montepulciana.
Les saints chrétiens
pour se punir, pour se mortifier, se font saigner
par des méthodes variées.
Les hémorragies
ainsi provoquées sont tenues pour purificatrices.

leur lamentation, qui dansent, qui se frappent la poitrine, se flagellent avec des chaînes, se déchirent le front, les épaules, les bras à coups de sabre ou d'instrument tranchant. Le sang coule, l'excitation augmente, la violence croît. Certains ne la maîtrisent plus, se jettent sous des chars qui les piétinent. On se fouaille de plus en plus profondément, le sang coule plus encore. On hurle, on tombe, on se fait fouler aux pieds, on meurt. Des luttes rituelles entre groupes processionnels dégénèrent en vrais combats. Parfois on se tue. Le sang coule toujours plus. Qu'importe. C'est le sang du martyre. C'est la mort heureuse, celle qui conduit au paradis. »

Une ferveur différente, inspirée par le désir de mépriser la chair, de la mortifier, est responsable des hémorragies des saints chrétiens. Tel saint François de Paule déchirant sa chair par de sanglantes disciplines avec des fouets armés de pointes de fer. Tel saint Jean de la Croix portant un cilice si rude que le moindre mouvement met son corps tout en sang.

Ainsi ces hémorragies rituelles, individuelles ou collectives, diverses dans leur siège, souvent suscitées par la mort, la mort d'un proche, ou l'espoir de limiter les conséquences de sa propre mort, ces hémorragies rituelles sont fréquentes, observées chez les peuples les plus divers tout au long des millénaires.

Les hémorragies provoquées, « médicales », sont rares et n'ont été décrites que récemment. Par exemple celle plus connue sous le nom de syndrome de Lasthénie de Ferjol.

Lasthénie de Ferjol est l'héroïne d'un roman de Barbey d'Aurevilly, *Une histoire sans nom*. Elle vit à la fin du XVIIIe siècle avec sa mère, la baronne de Ferjol, avec une vieille servante, Agathe, dans un château assez sinistre du Forez, au pied des Cévennes. Elle sort à peine de l'enfance. Elle est belle, secrète, ingénue. Elle est aussi somnambule. Une nuit, un mauvais prêtre, qui finira bandit, abuse d'elle. Elle ne comprend ni sa grossesse, ni l'accouchement, ni l'enfant mort-né. Mais sa mère ne croit pas à son innocence, la méprise, l'accable. Lasthénie cependant s'affaiblit, languit, pâlit. Ses forces la quittent. Elle devient blême. Sa figure est d'une pâleur désespérée. Ses yeux égarés sont de la couleur des feuilles de saule. Son corps inerte s'affaisse et se voûte. Elle n'est pas surveillée. Elle reste immobile, la tête contre le mur de sa chambre, que sa tranquille démence avait adoptée. C'est là que Mme de Ferjol et Agathe « la retrouvèrent comme elles l'avaient laissée, à la même place, la tête contre son mur, les yeux tout grands ouverts quoiqu'elle fût morte et l'âme partie ». Mme de Ferjol glisse sa main sous le sein de celle qu'elle avait si longtemps appelée de ce nom qui lui convenait tant, « ma fillette », pour savoir si le faible cœur qui battait là ne bat plus et elle sent quelque chose : « Du sang, Agathe », fait-elle d'une voix horriblement creuse. Elle en rapporte sur ses doigts quelques gouttes. Agathe s'arrache des genoux qu'elle embrassait et à elles deux elles ouvrent le corsage. L'horreur les prend. Lasthénie s'est tuée, lentement tuée, en détail et en combien de temps ? tous les jours un peu plus, avec des épingles. Elles en enlèvent dix-huit fichées dans la région du cœur.

L'anémie qui emporte Lasthénie de Ferjol est pareille à une anémie longtemps difficilement comprise que nous avons observée à l'hôpital Saint-Louis. Dans les deux cas, l'anémie est conséquence d'hémorragies clandestines, secrètement provoquées par les malades. Ces malades sont toutes des femmes, presque toutes des jeunes, le plus souvent célibataires, presque toujours des femmes exerçant des professions proches de la médecine, infirmières laïques ou religieuses, laborantines.

La fatigue, l'essoufflement à l'effort sont les premiers troubles signalés qui vont s'accentuer. La peau est blanche ou blanc verdâtre. L'anémie est profonde ; elle est remarquablement bien tolérée. L'activité professionnelle est maintenue dans la majorité des cas. L'hémoglobine, le fer du sérum sont très diminués. L'anémie a ainsi tous les caractères des anémies qui succèdent aux hémorragies. Mais longtemps les hémorragies ne sont pas retrouvées. Les séjours hospitaliers se répètent. De nombreuses explorations sont faites. En vain. C'est seulement après de longs séjours hospitaliers que le diagnostic est établi. Rien de plus remarquable que la variété des hémorragies, l'ingéniosité dans la dissimulation, l'extrême difficulté de la preuve, et l'on balance souvent entre la crainte de se tromper, de méconnaître une affection organique, et la crainte d'être abusé. Il s'agit tantôt de saignements répétés, provoqués sur une partie découverte du corps, par exemple au pli du coude, tantôt de saignées internes faites avec des instruments divers en des lieux divers (vessie, nez, gorge, tube digestif). Parfois les méthodes employées sont plus savantes. Une malade infirmière, après saignée au bras, recueille son sang dans un flacon d'eau distillée (l'eau distillée détruit les globules rouges) et réinjecte dans ses veines le sang altéré. Cette imagination pathologique est notée dans de multiples observations. La capacité de dissimulation est remarquable. Ces malades sont intelligentes. Elles savent trouver des médecins qui entrent dans leur jeu. Elles savent fuir les médecins qui les devinent.

Tout à la fois, elles se veulent malades, prennent plaisir au vertige induit par l'épuisement, et se veulent héroïques, actives, continuant malgré l'anémie leur profession d'infirmière, refusant les repas réguliers, cherchant les tâches les plus rudes. Ainsi tout à la fois elles créent et nient la maladie. Tantôt elles entretiennent avec le médecin un jeu subtil de provocation et de séduction, heureuses de maintenir sur lui une puissance magique aussi longtemps que possible. Très longtemps elles se font aider par le médecin pour rester à l'hôpital, parfois pour mourir. Tantôt elles sont découvertes et elles s'en vont.

L'analyse des psychologues reconnaît deux groupes. Un premier groupe de malades perverses. Les spoliations sanguines s'accompagnent souvent de troubles psychopathologiques, de toxicomanies variées. Le plaisir pris est celui d'une véritable cérémonie secrète. Un second groupe de malades dissimulant une angoisse importante, un état dépressif parfois sévère qu'elles croient atténuer en s'affaiblissant. Ainsi sont ces femmes pâles, énigmatiques, apparemment dociles, ayant choisi une profession de dévouement.

L'évolution est longue, chronique, souvent grave. La mort peut être la conséquence d'une thérapeutique déraisonnable, d'un suicide, exceptionnellement d'hémorragies. D'autres désordres sont connus (fièvre simulée, anorexie). Parfois la vie, la santé redeviennent normales. Dans la moitié des cas les

*L*ouis XI dont on trouve ce portrait au château de Miramar près de Trieste fut probablement très surpris quand il appris le destin de sa fille Marie, épouse du comte de Saint-Vallier. Pour affaiblir l'ardeur de sa très jeune femme et pour s'assurer ainsi de sa fidélité, ce vieil homme la faisait régulièrement saigner par son médecin à l'un ou l'autre bras. Rendue progressivement anémique, Marie de Saint-Vallier devenue très pâle, en danger de mort, fut sauvée par un jeune amant qui révéla la vérité au roi.

enquêtes faites en s'aidant des mairies demeurent vaines. Ces malades ont commencé mystérieuses. Elles finissent mystérieuses. Le mystère, le silence dominent toute leur histoire. Déjà Lasthénie de Ferjol « se mourait comme elle avait vécu, sans parler ». Les maladies souvent inspirent les écrivains. Maladies épidémiques comme la peste pour Daniel Defoe, Albert Camus, le choléra pour Jean Giono, maladies individuelles comme le coma urémique qui emporte M. Thibault.

Dans d'autres cas, l'écrivain (à la suite d'une observation sans défaut ? d'une intuition infaillible ?) compose le tableau d'un désordre rare que seuls quelques médecins connaissent. Ainsi à la lecture d'un des derniers romans d'Henry de Montherlant, *Un assassin est mon maître*, Jean Delay y trouva tous les signes d'une psychose connue de lui et traduisit en concept de psychiatrie le syndrome si bien décrit par Montherlant.

Plus rarement encore le romancier est le premier, et ce, avec une remarquable prescience, à isoler une maladie que les médecins ne reconnaîtront qu'après lui, parfois longtemps après lui. Nous avons décrit, sous le nom de syndrome de Lasthénie de Ferjol, les anémies secondaires à des hémorragies à la fois provoquées et dissimulées. Ainsi hommage est rendu à Barbey d'Aurevilly, qui reconnut cette affection singulière un siècle avant les médecins. Ainsi est rappelé le souvenir de son héroïne au destin funeste.

Les cas masculins rapportés sont différents. Ils concernent des hémorragies provoquées avec intelligence et lucidité par des prisonniers désirant passer de la prison à l'hôpital, puis de l'hôpital à l'air libre. Ces hémorragies sont contemporaines de la captivité et cessent quand la liberté est retrouvée.

Tout autre est le cas de Marie de Saint-Vallier. Marie de Saint-Vallier, fille de Louis XI, est la très jeune et très charmante épouse du vieux comte de Saint-Vallier. Pour limiter les dangers de cette importante différence d'âge et de vigueur, pour rendre sa jeune femme moins fringante, moins alerte, moins apte à le tromper, le comte de Saint-Vallier la fait régulièrement et fréquemment saigner aux deux bras. Marie s'affaiblit, blanchit, maigrit. Elle est de plus en plus lasse. Elle est pâle, épuisée et, de plus, bréhaigne. Un jeune amant néanmoins est séduit, la séduit. « Son teint pâle accusant de secrètes souffrances qui la rendaient intéressante. » Louis XI apprend la vérité. Le comte de Saint-Vallier qui a versé le sang de la fille du roi a commis un crime de lèse-majesté. Il est nommé ambassadeur au loin. Il aura le bon goût de mourir. Marie ne sera plus saignée. Elle retrouve ses couleurs et sa fécondité. Son fils sera le père de Diane de Poitiers.

Ainsi, dans ce syndrome de Marie de Saint-Vallier, l'anémie est secondaire à des saignées secrètes, imposées à sa femme à titre préventif, en quelque sorte, par ce mari jaloux.

Dans le syndrome d'Émilie de Tourville, héroïne d'une nouvelle de Sade, l'anémie est secondaire à des saignées imposées comme sanctions. Émilie de Tourville déshonore sa famille, c'est du moins le jugement que portent ses frères. Pour laver le déshonneur et punir la coupable, ils l'enferment dans une chambre sombre, humide, obscure, fermée de barreaux de toute part. « Deux femmes, disent-ils, seront chargées de vous saigner les deux bras autant de fois par semaine que vous alliez retrouver Monsieur de ... » Pendant deux mois, Émilie est ainsi saignée tous les quatre jours, tantôt au bras, tantôt aux deux bras. Toute pâle, toute affaiblie qu'elle est, elle parvient à s'évader. Mal fermées, les plaies des bras saignent. Émilie, noyée dans son sang, est secourue et sera sauvée. Son aventure aura une fin heureuse.

ÉTERNELS RETOURS

En 1958 je revenais en avion de Chine en France. Départ de Pékin à huit heures. Escale à Irkoutsk à huit heures. Escale à Moscou à huit heures. Arrivée à Paris à huit heures. Admirable immobilité du temps de nos montres. Mais pendant tout le voyage, le sang des passagers avait, soixante fois par minute (un peu plus rapidement pour les voyageurs anxieux), fait tout son tour, cœur, artères, capillaires, veines, poumons, artère pulmonaire, retour au cœur. Tel insecte éphémère aurait pu accomplir toute son existence, naître, vivre, mourir pendant ce voyage. Ce temps biologique et le temps des montres n'étaient pas les mêmes.
« Ô temps, suspend ton vol », a dit le poète. J'ai parfois songé écrire un livre qui s'appellerait *L'Achronie*. Le temps s'arrête. Que se passe-t-il ? Mais il est de si nombreuses définitions du temps que la tâche m'a paru malaisée. Il est prudent de se limiter ici aux éléments de réflexion que nous propose le sang.

Le sang merveilleusement immobile. Nous avons, en ouvrant ce livre, évoqué le tisserand égyptien Nakht, contemporain de Ramsès II, sa

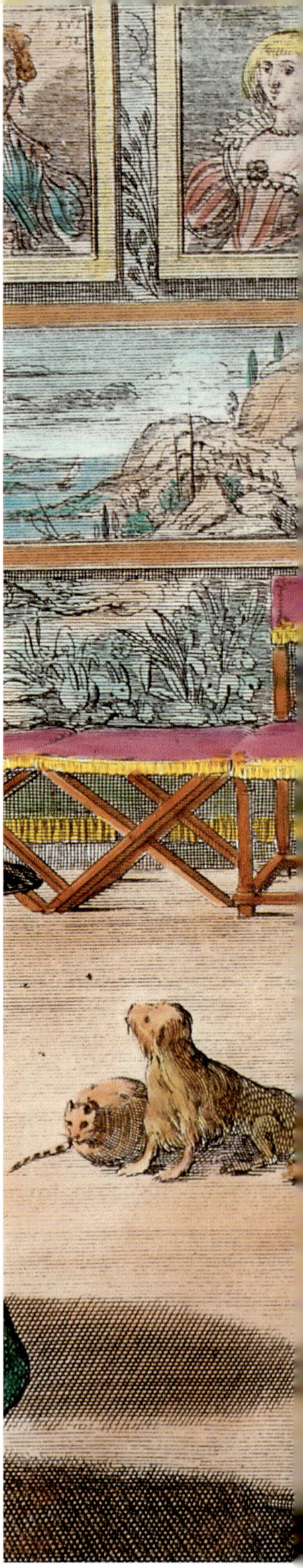

Il est difficile, dans un ouvrage consacré à la légende du sang, de ne pas évoquer plusieurs fois la saignée qui durant des siècles et même des millénaires a représenté la principale thérapeutique recommandée par les médecins. La technique, celle que représente ce tableau du XVIIIe, siècle ne variait pas beaucoup. Le malade (la victime) était souvent en grande tenue. Le médecin ou le chirurgien-barbier, selon les cas, pratiquait la saignée au bras, assisté d'un aide qui tenait la cuvette. Presque toutes les saignées étaient absolument inefficaces. Elles étaient certainement capables dans certains cas d'aggraver l'état du malade. *La Saignée* d'après A. Bosse (1602-1676).

A Bossé in

*T*ôt levé tous les matins, Paul Valéry écrivait sur ses *Cahiers* ses pensées, ses réflexions, ses jugements. Le dessin du haut, extrait des *Cahiers,* représente la circulation des globules du sang dans un être transparent et illustre ces cycles que Paul Valéry a bien souvent analysés et célébrés.

momie, ses globules rouges, son groupe sanguin B retrouvés immobiles, toujours pareils après plus de trente-trois siècles. Que d'événements ont couru dans le temps, dans le monde depuis Ramsès II. Les globules rouges de Nakht sont restés immobiles, les mêmes.

L'immobilité du sang n'est pas seulement limitée à l'individu. Les caractères du sang, les groupes sanguins, les enzymes, les hémoglobines sont transmis, immuables, de génération en génération. Ici il ne s'agit pas de siècles, mais de milliers d'années. Quelques membres de tribus mongoles traversent l'isthme de Behring, descendent tout au long des trois Amériques et viennent vivre au Pérou. Après cinquante mille ans, les groupes sanguins indéfiniment immobiles de ces Amérindiens sont ceux de leurs aïeux mongols.

Le sang merveilleusement mouvant. Des mouvements irréguliers parfois. Une maladie assez rare s'appelle hémoglobinurie paroxystique nocturne. Le désordre sanguin, le passage d'hémoglobine dans l'urine, ne survient que la nuit, et fort heureusement pas toutes les nuits, pas toujours à la même heure. Les périodes évolutives des grandes maladies sanguines surviennent dans le désordre. Nous en connaissons mal les mécanismes, leur chronologie est peu prévisible.

Ces mouvements irréguliers sont ceux du sang des maladies. Le sang normal n'est que cycle, n'est que rythme. Pour nous, médecins du sang, hématologues, tout est cycle, le cycle du sang artériel, puis capillaire, puis veineux, répété soixante fois par minute, le cycle de la formation, de la poïèse, du séjour dans les vaisseaux, de la lyse, étendu sur cent jours pour les globules rouges, sur une semaine pour les plaquettes sanguines, sur quelques jours pour la plupart des globules blancs.

Ici se rejoignent, autour du sang et de ses cycles, les médecins du sang et les poètes. Surtout l'un des plus grands d'entre eux, Paul Valéry. Comme l'écrit l'un de ses commentateurs, Serge Bourjea : « Toute l'histoire de la Parque, toute son existence depuis la plus intime définition est donc circulation incessante, conduisant du même au même et autorisant d'abord par le sang, une permanence par-delà toutes les vicissitudes. Par bien des aspects *La Jeune Parque*, comme bien d'autres textes de Valéry, est la découverte toute physique "que la vie est le cycle du sang en tant qu'il se conserve". »

Tout est cycle pour Valéry. Le cycle du sang, inspirant, nourrissant un grand courant de sa pensée. Témoin ce dessin de cercle dans les *Cahiers* représentant le cycle du sang entre la naissance, la mort, la reproduction. Ou encore cet autre dessin illustrant cette remarque : « Film où se voient les globules du sang circulant dans un être transparent. Les êtres sont sur Solide tournant sans nulle conscience de leur entraînement. » Après Pythagore et avant Borges, il a souvent médité sur ces retours cycliques et sur l'éternel retour de Narcisse, les éternels retours de la Jeune Parque. Non pas seulement ceux de l'Univers, mais ceux de l'Homme, ceux du sang, du sang toujours recommencé.

Les images des globules du sang, des cellules qui forment le sang, telles que nous les révèle le microscope électronique, ressemblent beaucoup aux images, aux formes, aux figures des beaux tableaux de Miró. Cette ressemblance avait été remarquée par Miró lui-même lorsque, vers 1960, il fut invité à visiter le laboratoire de Marcel Bessis, qui le premier appliqua le microscope électronique à l'étude des cellules du sang.
Eunuque impérial, Joan Miró, 1975.

La médecine du XXIe siècle sera pour une large part une médecine de prédiction et donc souvent de prévention. Ceci pour une large part grâce aux informations apportées par l'étude du sang. Informations précises, vérifiées, beaucoup plus assurées que celles des astrologues. Les astrologues sont aimés des peintres, des poètes et des amateurs de mythes.
F. Eisen, *Un Astrologue.*

CONCLUSION

Pierre a consacré sa vie scientifique à l'étude du sang et de ses maladies ; il approche de la fin de sa vie. Il n'a pas peur de la mort. Il regrette cependant de disparaître sans connaître la suite de l'aventure. Il va quitter une discipline en plein essor. Que va-t-elle devenir ? Quelle va être l'évolution de la science du sang au XXIe siècle ? Pierre meurt en 1993.

Mais bientôt il apprend que les autorités supérieures qui gouvernent les Champs Élysées accordent aux ombres le retour sur terre pour un séjour d'un an, tous les cent ans. C'est ainsi qu'en l'an 2100 il revient à Paris.

Pierre souhaite visiter un hôpital accueillant les femmes, les enfants et les hommes qui souffrent de maladies du sang. Il apprend qu'il n'y a plus de malades hospitalisés. Les personnes malades restent chez elles. A l'hôpital sont les salles de machines où les ordinateurs, les téléviseurs reçoivent les informations concernant l'état des malades, l'état de leur sang, l'état des organes qui forment le sang. A l'hôpital sont aussi les bureaux d'étude où médecins et biologistes examinent, interprètent ces informations et donnent à d'autres machines les ordres thérapeutiques aussitôt transmis pour exécution dans la chambre du malade. Pierre se rappelle le service d'hématologie qu'il a longtemps dirigé pendant la seconde moitié du XXe siècle. Les malades atteints d'anémie grave, de leucémie aiguë étaient traités dans des centres de réanimation efficaces mais inhumains, avec comme seuls compagnons l'isolement, les sondes, les aiguilles, les appareils.

La création des hôpitaux de jour, des systèmes d'hospitalisation à domicile avait ébauché une solution. Les progrès des méthodes, des techniques ont permis une transformation radicale. Pierre va saluer une très vieille dame, petite-fille d'un de ses amis. Elle est soignée dans son lit, dans sa chambre, dans la vieille maison du Marais où elle habite. Autour d'elle sont les livres qu'elle aime, les tableaux qu'elle a choisis. Par la fenêtre, elle aperçoit de nobles pierres, les feuilles vertes, le tronc blanc d'un platane. En l'an 2100, cette médecine du sang – et en vérité presque toute la médecine – est profondément humaine. Doublement. C'est le médecin qui commande les machines, fixe leur programme et, par là-même, gouverne le diagnostic et le traitement. C'est lui qui, par sa présence quotidienne et prolongée, apporte au malade le secours affectif indispensable. Libéré par les machines des tâches matérielles qui pesaient sur ses aînés, le médecin a désormais le temps d'écouter, le temps de réfléchir, le temps des longs entretiens, le temps de l'amitié et de l'efficacité.

Pierre constate en effet qu'en l'an 2100 il n'est plus question de maladies du sang mortelles. De son vivant, il avait déjà observé des progrès. L'anémie pernicieuse n'était plus pernicieuse. La leucémie aiguë des enfants, si longtemps fatale, évoluait assez souvent vers la guérison. Mais de nombreuses maladies du sang restaient très graves. Deux progrès importants sont survenus pendant la première moitié du XXIe siècle. Tout d'abord, les traitements destructeurs (amputations chirurgicales, radiations, chimiothérapies lourdes) ont disparu, comme aussi les traitements de remplacement telle la greffe de moelle osseuse. Les hématologues que Pierre rencontre sourient en évoquant les erreurs de leurs prédécesseurs. Ils utilisent uniquement des traitements correcteurs qui transforment la cellule malade en cellule saine et obtiennent rapidement la guérison. Le second progrès concerne la prévention. Les combinaisons de causes additionnées, responsables des nombreuses maladies sanguines, ont été analysées par les ordinateurs et démembrées. Le génie génétique a triomphé des maladies héréditaires qui, de l'anémie à globules rouges en faucille à l'hémophilie, avaient fait, au long des siècles, tant de victimes.

Avec la généralisation de la méthode des voyages par désintégration-réintégration, les hémorragies provoquées par les accidents ont à peu près disparu. Les atomes du voyageur sont désintégrés quand il quitte sa maison et réintégrés quand il arrive à sa destination.

Jusqu'à la fin de sa vie, Pierre était resté troublé par un désordre profond. Au Nord, la prospérité, une longue vie ; les seules maladies sanguines mortelles étaient les leucémies, l'obstruction des artères. Au Sud, la misère, une vie courte, la mort de nombreux enfants, les parasitoses, les infections détruisant le sang, les grandes maladies héréditaires de l'hémoglobine, la famine, les anémies par absence de vitamines, par carences alimentaires. Quand il revient en l'an 2100, ce désordre est corrigé. Les mêmes conditions de vie existent au Nord et au Sud, à l'Ouest et à l'Est. Au début du XXIe siècle, les risques de guerre ayant diminué, on a observé une réduction importante des budgets militaires des grands États. Les sommes ainsi libérées ont été partagées en deux. Une partie a permis de diminuer les impôts des pays concernés. Une autre a été versée à un fonds international chargé de corriger l'inégalité, le désordre.

Ce fonds international, disposant de sommes considérables, a d'une part encouragé la production agricole des pays du Nord longtemps ralentie à tort, d'autre part loyalement distribué les aliments nécessaires aux populations du Sud. Mieux nourries, correctement éduquées, ces populations du Sud ont pu à leur tour développer leur propre agriculture, assurer leur subsistance. Progressivement, un bon équilibre a été obtenu. Les anémies par carences ont disparu.

Les personnes âgées que rencontre Pierre se souviennent avec émotion, avec une frayeur rétrospective, de la terrible épidémie qui accabla le monde entre 2050 et 2060. Épidémie d'une maladie appelée tantôt encéphalite sanguine, tantôt hémopathie neuronale et qui, en fait, associait deux ordres de symptômes, de graves troubles nerveux (paralysies, convulsions, démences), de graves troubles sanguins (anémie profonde, hémorragies profuses). Partie d'Afrique centrale, favorisée par la rapidité des transports, l'épidémie atteignit bientôt l'Europe, l'Asie, les deux Amériques, l'Océanie, une véritable panique survient alors. Certains pays ferment leurs frontières. En vain. Des mesures d'isolement comparables à celles qui, au Moyen Age, limitaient les déplacements des lépreux sont proposées. En vain. Des magiciens imaginent des légendes absurdes fondées sur l'existence de relations entre les astres et le sang. Légendes absurdes mais pas absolument gratuites, les magiciens s'enrichissent aux dépens des personnes abusées.

Longtemps, les chercheurs s'efforcent de comprendre le mécanisme, les causes de la maladie épidémique. En vain. L'opinion publique ne perçoit pas les difficultés rencontrées, tient les chercheurs pour incapables. C'est après neuf ans de recherches que sont découverts et le virus responsable et le mécanisme de son action. Le virus altère les relations essentielles qui existent entre le cerveau et le sang. Relations longtemps méconnues, ou tout au moins mal comprises. Le traitement d'abord, la prévention ensuite entraveront l'action du virus, rétabliront les relations entre système nerveux et sang.

Les historiens des sciences ont fait à ce propos deux remarques : dès la fin du XXe siècle, avait été identifié un virus responsable au Japon de leucémies, aux Antilles de paralysies, donc exerçant une action et sur le sang et sur le système nerveux. L'illustre pasteurien Charles Nicolle, dans son beau livre *Destin des maladies infectieuses,* avait fait remarquer que tous les cinquante ans, tous les cent ans, une catastrophe épidémique ravage l'humanité. Après la grippe dite espagnole de 1919, le sida de 1980, ce fut, en 2050, l'encéphalite sanguine ou hémopathie neuronale. Les grands périls menaçant les hommes pendant cette épidémie, les recherches inspirées par ces périls n'ont pas seulement eu des conséquences thérapeutiques heureuses. Longtemps imparfaite, notre connaissance des relations existant entre sang et système nerveux a été renouvelée, transformée.

Pierre évoque le temps où neurologues et hématologues avançaient sur des voies séparées sans se rencontrer. Cette situation, cette séparation, cet éloignement étaient, au moment de la mort de Pierre, les conséquences de deux ignorances. La chimie, la physique des cellules du cerveau étaient mal connues. De très grands progrès avaient été faits du côté des nerfs, de la transmission des informations, de la chimie des transmetteurs, mais la cellule du cerveau restait mystérieuse. La science du sang, l'hématologie, avait longtemps été considérée comme une discipline mineure, ésotérique, purement descriptive. Vers 1980, les hématologues étaient devenus capables de mesurer les phénomènes qu'ils avaient charge d'étudier, mais souvent ne les comprenaient pas. Pierre se rappelle la boutade d'un de ses amis lors d'un colloque : « Pierre sait tout des leucémies mais il ne les comprend pas. » La dramatique épidémie de 2050 tout à la fois bouscule le confort intellectuel et rompt l'isolement. Elle inspire de nouvelles études et suscite les coopérations.

Après 2050, neurologues et hématologues, désormais unis, travaillent de concert et progressent dans deux directions surtout. D'une part, les progrès des sciences fondamentales, la naissance – que certains précurseurs avaient pressentie – d'une pathologie atomique plus subtile que la pathologie moléculaire permettent vers 2050 de connaître très exactement la physique et la chimie des cellules du cerveau. D'autre part, et ce second ordre de connaissance était moins attendu, on comprend mieux, on analyse mieux l'extrême diversité des cellules du cerveau et des cellules de la moelle osseuse. Ainsi, parmi les cellules mères, les cellules souches de la moelle osseuse, de l'usine qui fabrique les globules du sang, longtemps tenues pour identiques, les recherches des hématologues ont reconnu vers 2060 l'existence de populations cellulaires très différentes, chacune exerçant une fonction spécifique qu'elle est seule à détenir.

La même analyse est faite, à peu près à la même époque, pour les cellules du système nerveux central. Un peu comme si les auditeurs d'une symphonie découvraient derrière la musique d'ensemble le rôle des violoncelles, des harpes, des cors, peut-être le rôle de chaque violoncelle, de chaque harpe, de chaque cor. Et de même qu'en musique il existe d'un instrument à l'autre des correspondances, des réponses, de même les biologistes de l'an 2060 découvrent des relations entre telle cellule du système nerveux, telle cellule de la moelle osseuse. Telle cellule spécialisée du cerveau sécrète une information, un message chimique qui parvient à la cellule homologue spécialisée de la moelle osseuse. Celle-ci ainsi incitée fournit une autre information, un autre message qui parvient à la cellule du cerveau et modifie son activité. Ainsi se développent des régulations très précises, harmonieuses à l'état normal, troublées pendant les maladies. Ainsi deviennent claires, entre 2050 et 2080, des physiologies longtemps restées obscures, la formation des cellules du sang, les fonctions propres des diverses variétés de cellules du cerveau. Ainsi commencent à être espérés, pour le XXIIe siècle, des progrès plus importants encore, la physiologie de la formation des idées, des concepts, de la mémoire. Ainsi prend tout son sens la légende du sang.

La légende du sang, les légendes du sang ont longtemps évolué sur des chemins différents. Le premier chemin est celui des mythes, des symboles. Les hommes du passé ont été émus par l'importance du sang, liquide merveilleux dont dépend la vie. Ils ont placé le sang au premier rang de leurs rêves, de leurs méditations, de leur spiritualité. Le second chemin est celui des hommes de science. Ébauchée au XVIIe siècle, la connaissance du sang s'est largement développée à partir de la seconde moitié du XIXe siècle. Elle est devenue une science rigoureuse qui domine de grands secteurs de la médecine et diminue le malheur des hommes. Entre les deux chemins, longtemps aucune communication.

Seuls les poètes avaient rapproché les deux voies lorsqu'ils soupçonnaient puis affirmaient le rôle du sang porteur des vertus, des vices transmis d'une génération aux générations suivantes. Et Pierre de constater, au terme de son année d'évasion, qu'en l'an 2100 les deux chemins se sont réunis. Les mythes, les symboles étaient construits par le cerveau des hommes. Les liens étroits découverts entre le cerveau et le sang, entre les neurones et les globules, sont désormais connus. La légende du sang a trouvé son unité. Ce qu'avait déjà entrevu le poète Guillaume Apollinaire blessé à la fin de la Première Guerre mondiale, en 1918 :

« Une belle Minerve est l'enfant de ma tête
Une étoile de sang me couronne à jamais. »

BIBLIOGRAPHIE

ALLISON, A.C., « Protection afforded by sickle-cell trait against subtertian malarial infection », in *British Medical Journal*, 1954, vol. I, pp. 290-294.

APOLLINAIRE, Guillaume, *Calligrammes*, Œuvres poétiques, La Pléiade, Gallimard, p. 308.

BALZAC, Honoré de, *Maître Cornelius*, La Pléiade, Gallimard, tome 11.

BARBEY D'AUREVILLY, Jules Amédée, Œuvres romanesques complètes, La Pléiade, Gallimard.

BERNARD, Jean, *Le Sang et l'Histoire*, Buchet Chastel, 1983.

ID., *De la biologie à l'éthique*, Buchet Chastel, 1989.

BERNARD, Jean et BESSIS, Marcel, *Hématologie clinique*, Masson, 1958.

BERNARD, Jean, BESSIS, Marcel et BINET, Jacques-Louis, *Histoire illustrée de l'hématologie*, Da Costa, 1991, p. 208.

BERNARD, Jean, LÉVY, Jean-Paul et VARET, Bruno, *Hématologie*, Flammarion, 1976.

BERNARD, Jean et RUFFIÉ, Jacques, *Hématologie géographique*, Masson, 1966-1972.

BERNARD, Jean et SOULIER, J.-P., « Dystrophie thrombocytaire hémorragipare » in *Semaine des hôpitaux de Paris*, 1948, pp. 3217-3223.

BESSIS, Marcel, *Cellules du sang normales et pathologiques*, Masson, 1972.

BESSIS, Marcel et BERNARD, Jean, « La première rémission des leucémies aiguës », in *Bulletins et Mémoires de la société médicale des hôpitaux de Paris*, 1947, pp. 871-876.

BINET, Jacques-Louis, *Le Sang et les Hommes*, Gallimard, 1988.

CAEN, Jacques, *Le Sang et les vaisseaux*, Hermann, 1987.

CHANGEUX, Jean-Pierre, *L'Homme neuronal*, Fayard, 1983.

CORNEILLE, Pierre, Œuvres complètes, La Pléiade, Gallimard.

CROS, Michèle, *Anthropologie du sang en Afrique*, Connaissance des hommes, L'Harmattan, 1990.

DAUSSET, Jean et PLA, Marike, *HLA, complexe majeur d'histo-compatibilité de l'homme*, Flammarion, Médecine-Sciences, 1985.

DEGOS, Laurent *et al.*, « All transretinoic acid in acute promyelocytic leukemia », in *Nouvelle Revue française d'hématologie*, 1991, vol. 33, pp. 182-186.

DONNÉ, Alfred, « De l'origine des globules du sang, de leur mode de formation et de leur fin », in *Comptes rendus de l'Académie des sciences*, 1842, vol. 14, pp. 366-365.

DUMÉZIL, Georges, « Le sang dans les langues classiques », in *Nouvelle Revue française d'hématologie*, 1983, vol. 25, pp. 401-404.

FARBER, S., DIAMOND, L.K., MERCER, R.D., SYLVESTER, R.F. et WOLFF, J.B., « Temporary remissions in acute leukemia in children produced by folic acid antagonist», *New England Journal of Medicine*, 1948, vol. 238, pp. 787-793.

FLAUBERT, Gustave, *Madame Bovary*, Flammarion, 1991.

GLANZMANN, E., « Hereditare haemorrhagische Thrombasthenie. Ein Beitrag zur Pathologie der Blutplättchen », in *Jahr Kinder Heilk*, 1918, vol. 88, pp. 113-141.

GROS, François, *Les Secrets du gène*, Odile Jacob, 1987.

HAMBURGER, Jean, *La Puissance et la fragilité*, Flammarion, 1972.

HAYEM, Georges, *Du sang et de ses altérations anatomiques*, Paris, 1889.

JACQUART, Albert, *Éloge de la différence*, Le Seuil, 1978.

LA FONTAINE, Jean de, *Fables*, La Pléiade, Gallimard.

LUCRÈCE, *De natura rerum*, Garnier Flammarion,

MAULNIER, Thierry, *Introduction à la poésie française*, Gallimard, 1939.

PAULING, C., ITANO, H.A., SINGER, S.S. et WELLS, I.C., « Sickle cell anemia : a molecular disease », in *Science*, 1949, vol. 110, pp. 543-548.

QUÉRÉ, France, *L'Éthique et la vie*, Odile Jacob, 1991.

RACINE, Jean, Œuvres complètes, vol. 1, Théâtre, Poésie, La Pléiade, Gallimard.

RENAN, Ernest, Œuvres complètes, vol. 1, Qu'est-ce qu'une Nation ?, La Pléiade, Gallimard.

RETZ, Cardinal de, *Mémoires*, La Pléiade, Gallimard.

ROUX, Jean-Paul, *Le Sang, mythes, symboles et réalités*, Fayard, 1988.

RUFFIÉ, Jacques, *Hémotypologie et évolution du groupe humain*, Hermann, 1966.

ID., *De la biologie à la culture*, Flammarion, 1976.

SADE, Donatien Alphonse François de, Œuvres, La Pléiade, Gallimard.

SAINT-JOHN PERSE, Œuvres complètes, La Pléiade, Gallimard.

SALMON, Ch, CARTRON, J.-P. et ROUGER, Ph., *Les Groupes sanguins de l'homme*, Masson, 1991.

SHAKESPEARE, *Coriolan*, acte I, scène VI.

VALÉRY, Paul, Œuvres, La Pléiade, 4 volumes, Gallimard.

ID., *Cahiers*, La Pléiade, 2 volumes, Gallimard.

Fonctions de l'esprit, *13 savants redécouvrent Paul Valéry*, Hermann, 1983.

VAN LEEWENHOEK, Antonic, « Microscopical observations about blood, milk, bones, the brain, spitle, cuticula, sweat, fatt, teares », in *Philosophical Transactions*, 21 septembre 1674.

VERCORS, *Les Animaux dénaturés*, Albin Michel, 1952.

WALDENSTROM, J., « Zwei interessante Syndrome mit Hyperglobulinämie (Purpura Hyperglobulinaemica und Makrioglobulinämie) », in *Schweiz Medicin Wochenschrift*, 1948, p. 927.

WERLHOFF, P.G., *Opera medica Hannoverae*, imprimerie Fratorem Helwingioram, 1775-1776, p. 748.

WINTROBE, M.M., *Blood pure and eloquent*, McGraw Hill Book Company, 1980.

ID., *Hematology. The blossoming of a science*, Lea et Fibiger, 1985.

Table des matières

CRÉDITS PHOTOGRAPHIQUES

ADAGP Paris 1993 / Lauros-Giraudon : 110-111 (coll. part.)
ADAGP Paris 1993 / Galerie Maeght : 278
APN Novosti : 176-177
Bernard Degroise / Diaf : 170
Boehringer Ingelheim International GmbH : 53, 64-65, 66-67 (photos Lennart Nilsson)
Bridgeman Art Library : 128 (Bath, American Museum)
Bridgeman-Giraudon : 119 (Londres, Christie's), 265 (Londres, Guildhall Art Gallery, d. r.)
Christian Errath / Explorer : 142-143
CIRIC : 71
CNRI : 5, 18-19, 25, 36 (ph. J.-C. Révy), 40 (ph. J.-C. Révy), 44-45 (ph. Professor Josso), 76-77, 89 (ph. J.-C. Révy), 150, 217 (ph. J.-C. Révy)
CNRI / Jacana : 26-27 (ph. Warner Layer)
CNRI / NP : 80-81 (ph. Doctor Redl)
Dagli Orti : 14 (musée d'Istanbul), 23 (Padoue, bibliothèque de l'Université), 24, 32 (Madrid, musée du Prado), 48-49 (Avignon, musée du Petit Palais), 52 (Pérou, Cuzco, Institut national de la culture), 59 (Prague, bibliothèque nationale de l'Université), 68, 96 (Caprarola, Palais Farnèse), 100, 101 (Florence, musée des Offices), 104-105 (Paris, musée du Louvre), 117, 118 (Lisbonne, Académie des sciences), 129 (Istanbul, bibliothèque de Topkapi), 130-131 (Danemark, château de Kronborg), 136-137 (Ravenne, basilique Saint-Apollinaire le Neuf), 164 (Tunis, musée naturel du Bardo), 165 (Le Caire, musée égyptien), 168-169 (Genève, bibliothèque publique et universitaire), 173 (Florence, musée des Offices), 178 (Stockholm, musée historique), 181 (Paris, musée Guimet), 195 (château de Versailles), 199, 206 (Madrid, musée du Prado), 210 (Besançon, musée des Beaux-Arts et d'archéologie), 212 (Venise, bibliothèque Marciana), 222 (Milan, Pinacothèque de Brera), 228 (Madrid, musée de l'Amérique), 229 (Paris, musée du Louvre), 231 (Rome, galerie Borghèse), 253 (Pompéi, maison de Marcus Lucretius), 258 (Danemark, Odense), 263 (château de Versailles), 269 (Avignon, musée du Petit Palais), 272 (Italie, château de Miramare)
Edimedia : 175 (musée du Vatican), 214-215 (Londres, National Gallery), 239
Edimedia / Bibliothèque nationale : 127
Explorer : 83 (coll. Devaux)
FPG / Explorer : 196, 201
Giraudon : 152-153 (Chantilly, musée Condé), 205 (Gand, cathédrale Saint-Bouon), 223 (musée de Bâle)
Hubert Josse : 225 (Kansas City, Nelson Gallery), 275
Jean Vertut : 4, 226
Jean-Loup Charmet : 34-35, 62-63 (Lyon, musée d'histoire de la médecine), 97, 102, 183
Lapi-Viollet : 243
Lauros-Giraudon : 98-99 (Troyes, musée d'art moderne), 193 (château de Versailles), 279 (Valenciennes, musée des Beaux-Arts)
Magnum : 115 (ph. S. Salgado), 218 (ph. S. Salgado), 240 (ph. E. Lessing ; Albi, musée Toulouse-Lautrec)
Marcel Bessis : 260
Mary Evans Picture / Explorer : 221
M. Depardieu / INSERM : 29, 78-79, 92-93, 112
Odyssey : 122-123 (ph. J.-L. Manaud), 134-135 (ph. H. Bamberger), 144-145, 148 (photos J.-L. Manaud), 156-157 (ph. J.-L. Manaud et Y. Gellie), 160-161 (ph. M. Viard), 167 (ph. H. Hamberger), 233 (ph. F. Guenet), 234 (ph. J.-L. Manaud), 237 (ph. P. Maître), 268 (ph. P. Maître et Y. Gellie)
Philippe Plailly : 30-31
Philippe Plailly / INSERM : 46
Phototake / CNRI : 11, 12, 16-17, 39, 72, 95, 207
Rapho : 120-121 (ph. M. Silvester), 132 (ph. Ch. Sarramon), 141 (ph. M. Friedel), 187 (ph. A. Manoukian)
Ribieras / Explorer : 158 (ph. C. Bézian)
Roger-Viollet : 185, 190 (coll. Viollet), 245, 246, 249 (coll. Viollet)
Roussel / UCLAF / CNRI : 15, 20-21, 57 (photos Secchi-Lecaque)
Science Photo Library : 13 (ph. J. Walsh), 51, 69 (ph. Doctor B. Eyden), 73 (ph. Professor A. Polliack), 106 (ph. J. Stevenson)
Science Photo Library / Biocosmos : 42-43 (ph. F. Leroy)
Science Photo Library / Laboratory of Molecular Biology / MRC : 41
Société de géographie / Edimedia : 125
SPADEM 1992 / Centre national d'art et de culture Georges Pompidou : 254 (ph. Béatrice Hatala)
SPADEM 1992 / CNRS : 276
SPADEM 1992 / Jean-Loup Charmet : 257 (coll. Madame Agathe Rouart-Valéry)
SPADEM 1992 / Lauros-Giraudon : 86-87 (musée de Beaux-Arts), 238 (Sète, musée municipal), 250 (Paris, Bibliothèque nationale, coll. R. Anacreon)
UPSALA : 54-55 (Suède, bibliothèque de l'Université)
Vioujard / Gamma : 84-85

Achevé d'imprimer en novembre 1992
sur les presses de CLERC S.A.
à Saint-Amand-Montrond et relié
par Brun, Malesherbes
N° d'édition : 0574
N° d'impression : 5076
Imprimé en France